아동·청소년
문학의 서 書

초판 1쇄 발행일 2008년 7월 30일

지은이_한스 하이노 에버스(Hans-Heino Ewers)
옮긴이_김정회 외
펴낸이_배정민
펴낸곳_유로서적

편집_심재진
디자인_류형운
등록_2002년 8월 24일 10-2439호
주소_서울시 마포구 합정동 387-18번지 현화빌딩 2층
TEL_(02)3142-1411 FAX_(02)3142-5962
E-mail bookeuro@bookeuro.com

ISBN 978-89-91324-30-5
Heinz-Heino Ewers
Literatur für Kindliche und Jugendliche
© 2000 by Wilhelm Fink Verlag, München, UTB 2124

Literatur für Kinder
und Jugendliche

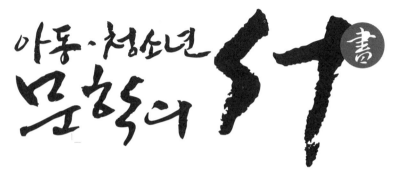

한스 하이노 에버스 지음
김정회 외 옮김

1983년부터 24년간 경기대학교 독어독문학과 교수로
재직하시면서「경기대학교 아동 · 청소년 문학 연구실」을
설립하신 김정회 교수님의 정년을 맞아 존경과 감사의
마음을 모아 이 책을 펴냅니다.

저자서문

　본서는 주요부분이 '아동 · 청소년 문학 연구 입문Einführung in das Studium der Kinder- und Jugendliteratur'이라는 제목으로 개설된 강좌에서 수차에 걸쳐 강의하면서 꾸준히 보완된 강의록을 기초로 삼은 것이다. 때문에 수강한 석사과정생과 교직전공생들의 수많은 반응과 제안 그리고 다양한 이론(異論)들이 참조되었다. 아울러 프랑크푸르트대학 '청소년도서학과Institut für Jugendbuchforschung'의 동료 연구진과 도서관 직원들의 수많은 도움에도 감사를 전한다. 5장에 실린 아동 · 청소년문학의 작가유형에 관한 내용은 1998년 6월 기독교 아카데미 투칭 학회에서 발표된 것이다.

　오늘날과 같이 고도로 발전된 사회에서 아동 · 청소년 문학은 매우 복잡하고 단번에 풀기 어려운 문화적인 행위시스템과 상징시스템으로 발전하였다. 따라서 이를 이해하기 위해서는 지적인 노력이 있어야만 한다. 그럼에도 불구하고 많은 교육과정에서 아동 · 청소년 문학을 이해하는 폭은 상당히 단순화되어있으며, 이는 종종 아동 · 청소년 문학의 일부에 지나지 않으면서도 전체로 간주되기도 한다. 본서는 이와 달리 아동 · 청소년 문학을 좀 더 넓은 시각에서 다루고 가능한 한 세분화하여 소개하고자 한다. 또한 초보자들을 고려하여 이러한 범주들을 체계적으로 다루고 전문용어에 대한 정확한 정의와 특히 도표들을 통한 설명을 시도했다. 이는 전문가들에게는 불필요한 중복일 듯하여 양해를 구하고자 한다. 본 개론서의 각장은 서로 연관이 있기 때문에 순서대로 읽는 것이 중요하다. 그러나 독자의 관심이나 강좌의 성격에 따라 일부는 대략적으로 읽어도 될 것이다.

본서를 위해 프랑크푸르트대학 청소년도서학과의 (아동·청소년) 문예학자인 안네그레트 뷜펠 박사와 프랑크푸르트 암 마인 '독일 아동·청소년 연극센터' 소장인 게르트 타우베 박사가 함께 협력해주었고, 도표는 아스트리트 오스트하이머씨가 제작했다. 끝으로 두이스부르크 대학교수인 요헨 폭트가 발간한 『문학과 매체학 전공도서Studienbücher Literatur und Medien』에 이 개론서가 수록된 것에 대해 개인적으로 매우 기쁘게 생각하는 바이다.

1999년 8월 프랑크푸르트 암 마인

한스 하이노 에버스

역자서문

경기대학교 인문과학연구소 산하 아동·청소년문학 연구실은 1995년 독문학과가 주축이 되어 설립되었다. 직접적인 동기는 1960년대 초 그간 변방의 문학으로 간주되던 아동·청소년 문학을 독문학의 영역으로 끌어들인 프랑크푸르트대학 독어독문학부 청소년도서학과의 연구 활동과 그 성과가 독일 아동·청소년 문학 발전에 기여하는 바가 크다는데 주목했고 외국문학 전공자로서 우리에게도 그 필요성이 절실하다고 판단했기 때문이다. 그간 우리 연구실은 연구원을 확보하는데 주력하면서 독일어권의 아동·청소년 문학작품을 소개하는 한편 독일의 문학교육이론을 소개하는 활동을 해왔다. 이제 10여년이 지나 외국의 연구사례를 본격적으로 소개해 우리 아동·청소년 문학 발전에 힘을 보탤 때가 됐다고 생각하고 이 책을 번역 출간하게 되었다.

저자인 한스-하이노 에버스Hans-Heino Ewers는 프랑크푸르트대학 독어독문학부 청소년도서학과 학과장이다. 에버스 교수는 수년간 세미나의 강의 자료를 토대로 2000년 『아동·청소년 문학Literatur für Kinder und Jugendliche』을 출간했다. 이 책은 개론서로서 총 8장으로 구성되어 있으며 아동·청소년 문학을 행위체계와 상징체계란 관점에서 다루고 있어 기존에 출간된 개론서와는 달리 아동·청소년 문학의 정의와 대상, 유통과 평가시스템, 전승방식, 기본규범과 문학담론, 적합성과 단순성에 이르기까지 아동 · 청소년 문학과 관련된 광범위한 내용을 다루고 있다. 최근 들어 국내에서 아동 · 청소년도서의 생산이 양적으로 팽창하는데 비해 이를 체계적으로 아우를 수 있는 이론적 바탕이 부족한 상황에서 이 책이 아동 · 청소년 문학 관련기관 종사자들과 전공자들에게 좋은 참고서가 될 수 있기를 기대한다.

이론서를 번역할 때면 늘 피할 수 없는 문제이지만 이 책을 옮기는 과정에서도 역시 수많은 전문용어들과 난해한 개념들로 인해 적지 않은 고충을 겪었음을 털어놓지 않을 수 없다. 따라서 번역이나 용어선택에 있어서의 오류가 불가피할 것으로 여겨지며 이를 발견한 독자들에게 따끔한 질책을 부탁하는 바이다. 아울러 기본개념과 용어 정립의 문제는 본 역자들을 비롯하여 아동 · 청소년 문학 관련기관 종사자들과 전공자들이 학제간의 연구와 토론을 통해 향후 함께 풀어나가야 할 숙제로 여겨진다.

끝으로 이 책을 한국에서 출판하는데 지대한 관심을 보임으로써 아직 독일에서 출판되지 않은 개정판의 원고를 기꺼이 역자들에게 보내준 한스-하이노 에버스 교수와 이 책을 옮기는데 필요한 여러 가지 개념과 용어에 대한 조언을 통해 전체 연구팀을 이끌어주신 김정회 교수님, 그리고 이 책의 필요성과 출판에 뜻을 더해주신 유로서적 배정민 사장님과 심재진 편집장님께 감사의 마음을 전하는 바이다.

경기대학교 아동 · 청소년 문학 연구실

머리말

　아동 · 청소년 문학은 문화학 및 문예학 영역에서 점점 더 관심의 대상이 되고 있다. 그것은 이제 엄연히 학문적 연구 대상으로 수용되어 더 이상 교육대학 및 교육학과의 특수영역에 머무르지 않고 일반대학의 모든 영역에 이르고 있다. 그에 비해 문학연구의 기본이자 지난 수십 년간의 문학 이론적 결과물에 해당하는 아동 · 청소년 문학 개론서는 부족하며, 이는 점차 연구 상황을 불리하게 만든다. 이와 관련하여 본 개론서는 이러한 부족함을 조금이나마 극복하고자 하는 시도라 할 수 있다.

　아동 · 청소년 문학 개론에 대한 기대치는 대개 일정한 방향에 따른다. 다수의 교육프로그램이나 교과과정에서 아동 · 청소년 문학은 주로 기본과정에서 집중적으로 학습되며, 이는 아마도 '아동 · 청소년 문학'의 기본적인 것을 다루는 단기간 코스나 집중 코스쯤 될 것이다. 그러나 이러한 교과과정의 상황과는 별개로 아동 · 청소년 문학 개론서는 대개 아동 · 청소년문학 자체를 소개해야하고, 그 역사적인 개괄, 개별적인 장르, 경우에 따라서는 교육적인 효용가치를 담고 있어야 한다. 이러한 기대를 충족시키는 일련의 개론서들이 있다(예를 들어 에를Erl 1973, 바움게르트너Baumgärtner 1974, 마크바르트Marquardt 1977, 카민스키Kaminski 1987, 빌크엔딩Wilkending 1987, 샤우펠베르거Schaufelberger 1990, 빈더Binder 1992, 그리고 이 원고를 탈고한 후에 출간된 간젤Gansel 1999, 라이트너/라부스Leitner/Rabus 1999). 그러나 본서는 이와 같은 유형의 개론서는 아니며 오히려 괴테 클링베르크(Göte Klingberg 1973)의 『아동·청소년 문학 연구Kinder- und Jugendliteraturforschung』의 계보를 잇는다. 이 개론서의 두 가지 주요 목적은 **아동·청소년 문학의 기본개념들에 대한 소개**와 **용어상의 문제들을 설명**하는 것이다.

클링베르크의 개론서는 이밖에도 연구방법론상의 문제도 포함하고 있지만, 본서는 이에 대해서는 그리 중요하게 다루지 않고 있으며 아울러 독자들에게 부담을 주지 않기 위해 포괄적인 연구에 대한 서술을 자제하고자 했다. 본서는 체계적인 성격의 개론서로서 **'아동·청소년 문학'이라는 대상의 기본적인 구조를 이해하고 그 용어들을 확립**하는 내용을 담고 있으며 아동·청소년 문학을 계속해서 공부하는데 토대가 되도록 이루어져 있다. 따라서 이 책을 읽는 독자에게는 본 개론서의 뒤를 이어 아동·청소년 문학사를 다룬 저서(예를 들어 빌트Wild 1990)에 대해 주목해 볼 것과 아동·청소년 문학사전(도더러Doderer 1975 ff., 바움게르트너/플레티카Baumgärtner/Pleticha 1995 ff., 퀴머링-마이바우어Kümmerling-Meibauer 1999)을 참조할 것을 권하고 싶다. 또한 아동·청소년 문학의 개별적인 영역들은 다른 이론서들(예를 들어 하스Haas 1974, 1985; 그뤼네발트/카민스키Grünewald/Kaminski 1984, 훈트Hunt 1996)로 더 자세히 이해되어야 할 것이다. 이러한 이론서들 가운데 가장 최근의 (독일어권의) 연구 상황을 반영한 것은 아마도 얼마 전에 출간된 『아동·청소년 문학Taschenbuch der Kinder- und Jugendliteratur(Lange 2000)』일 것이다. 그밖에 자료가 비교적 풍부한 최근의 서적은 눈에 띄지 않는다. 아동·청소년문학의 기본구조에 대한 연구는 아직 역사가 그리 길다 할 수 없으며, 따라서 본서에 수록된 각각의 장은 앞으로 그 수용에 있어서 계속 논의가 되어야 할 것이다.

본 개론서는 내용상의 측면에서 괴테 클링베르크의 저서에 비해 그리 폭넓게 다루고 있지는 않은데, 그것은 그사이 아동·청소년문학 연구의 팽창과 문학이론적인 기본연구에 대한 기대감이 상승된데 그 원인이 있다. 한편으로는 그동안 증가된 아동·청소년문학의 수용 연구와 '문학소비'(Klingberg, 8-10장, 129-178), 그리고 독서(독자) 연구와 문학 사회화 연구, 또 다른 한편으로는 '학교와 수업에서의 아동·청소년 문학'에 대한 연구(Klingberg, 7장, 110-128)도 본 개론서에는 포함되지 않은 부분들이다. 그렇다고 해서 이러한 분야들이 부차적이라는 의미는 아니다. 오히려 그 반대로 이들 연구 분야는 그사이 독자적인 연구 분야로 확립되었을 만큼 중요한 의미를 지닌다. 이러한 연구 분야는 아동·청소년 문학 연구와 교차되기도 하지만 또 다른, 부분적으로는 더 포괄적인 관점에서 구조화되어있기 때문에 더 이상 아동·청소년 문학 연구의 그늘에 국한시키기 어렵다. 독서(독자) 연구와 문학적 사회화 연구에 관해서는 하르트무트 에거르트Hartmut Eggert와 크리스티네 가르베Christine Garbe의 개론서를 참조했으면 한다(Eggert/Garbe 1995).

아동·청소년 문학의 수용을 일반문학 수용연구에서, 아동과 청소년들의 독서행동양식을 일반적인 독서(독자)연구에서, 그리고 아동·청소년 문학 교수법을 일반문학 교수법의 영역 내에서 다룬다면, 이로써 아동·청소년 문학 연구 대상의 영역은 함축적일 것이다. 괴테 클링베르크가 "아동·청소년 문학 연구의 대상"을 "문학과 아동·청소년을 함께 고려하는 것"으로 규정한 (Klingberg 1973, 21) 것과는 달리 본서에서 **아동·청소년 문학 연구의 대상**은 보다 좁은 의미로 파악된다. 즉, 여기에서 아동·청소년 문학 연구는 문학의 한정된(그렇다고 아주 동떨어진 것을 의미하는 것은 아니지만) 부분, 즉 전체 문학의 일부만을 다룬다. 그것은 **잠재적으로 아동과 청소년이 읽기에 적합한 것으로 간주되는 문학**으로 그와 관련된 문학적 행위시스템까지 포함한다. "문학과 아동 · 청소년을 함께 고려하는 것"에 대한 연구는 문학적 수용연구, 독서(독자) 연구, 문학적 사회화 연구, 교육학과 문학 교수법 등 **학제간의 공통된 시도**로 간주된다. 아동과 청소년들에 의해 실제로 소비되는 도서가 대개 아동 · 청소년 도서라는 점에서, 이러한 시도에는 아동 · 청소년 문학도 포함될 수 있을 것이다.

본 개론서는 클링베르크의 개론서와 마찬가지로 아동 · 청소년 문학의 기본적인 개념들에 대해 소개 하지만(물론 아동 · 청소년 연극을 포함하여), 삽화, 만화, 방송극, 어린이 라디오방송, 영화, 텔레비전, 비디오, 컴퓨터 게임 등과 같은 또 다른 아동 · 청소년 매체는 제외하였다. 이는 객관적으로 보았을 때 앞서 생략된 것들에 비해 훨씬 더 변명의 여지가 적어 보이는데, 이에 따른 이유는 순전히 주관적인 성향에서 비롯되었다. 이러한 매체들의 기본구조를 해당 행위시스템과 함께 자세히 서술하는 것은 그로부터 발생되는 광범위한 문제들은 차치하고라도 저자의 능력 밖이다. 그러나 앞으로 이 개론서를 보완할 경우에는 위와 같은 아동 · 청소년 매체들도 대상으로 삼을 수 있을 것이다. 아동 · 청소년 문학은 그 고유의 대상인 아동 · 청소년 도서들을 모든 해당 아동 · 청소년 매체들과 관계시킬 경우에 제대로 파악될 수 있다(이로써 그 자체가 포괄적인 아동 · 청소년 매체 연구의 일부로서 이해된다). 현재 그와 같은 매체에 관해서는 또 다른 성격의 전문서인 호르스트 하이트만Horst Heidtmann의 개론서 『어린이 매체 *Kindermedien*』가 이미 많은 주목을 받고 있다(Heidtmann 1992).

끝으로 아동 · 청소년 문학 영역에서 점점 더 중요한 의미를 지니는 국제적 문학관계, 즉 일련의 상호문화 교류 역시 생략하기 쉽지 않은 부분이었다. 이와 관련하여서는 특히 번역학의 영향 하에 가장 최근에 확립된 비교 아동 · 청소년 문학을 일컬을 수 있다(클링베르크의 '국제적 분포경로' 1973, 102페이지 이하 참조). 이러한 가장 최근의 아동 · 청소년 문학 분야를 개괄하기 위해서는 이머 오'설리번Emer O'Sullivan의 기본서를 참조할 수 있을 것이다(O'Sullivan 2000).

본서는 체계상으로는 다르지만 테마상에 있어서는 상당부분 괴테 클링베르크와 일치한다. 클링베르크의 1장 '일반적인 문제들Generelle Probleme'(1, 2와 1, 3 - Klingberg 1973, 23이하)은 여기에서도 마찬가지로 1장에서 다루어진다. 또한 6장 '서적의 출판, 중개 그리고 유통Herausgabe, Vermittlung und Verbreitung von Literatur'(같은 책, 100페이지 이하)은 본서의 2장과 상당히 일치하고 4장 '문학의 목적과 의도치 않은 성격Intentionen und unbeabsichtigt vorhandene Attitüden in der Literatur'은 6장과 부분적으로 일치한다. 물론 본서의 6장에서는 '아동 · 청소년 문학의 규범과 개념Kinder- und Jugendliteraturnorm und -konzepte'을 집중적으로 다루게 되지만, 이 중 몇 가지는 클링베르크의 경우에도 언급된 바 있다. 클링베르크의 4장과 본서의 6장을 비교할 경우 눈에 띄는 차이는 클링베르크의 경우에는 아동 · 청소년 문학과 일반문학의 공통점과 차이점을 모두 다루었지만 본서에서는 원칙적으로 아동 · 청소년 문학과 일반문학의 차이점만을 다루고 있다는 점이다(예를 들어 '문학의 내용과 형식Inhalt und Form der Literatur' 49이하, '의도치 않은 성격 Unbeabsichtigt vorhandene Attitüden' 85이하). 클링베르크의 5장 '아동과 청소년을 위해 생산된 문학에서의 개작Die Adaption in der für Kinder und Jugendliche produzierten Literatur' 과 본서의 7장은 아마도 가장 일치하는 부분일 것이다. 그것은 바로 클링베르크 저술의 연장선에 있다 할 수 있다.

   클링베르크의 개론서와 마찬가지로 본서 역시 **전문용어의 발전과 명확한 규정**을 위한 것이다. 다음과 같은 클링베르크의 주장은 족히 30년이 지난 지금도 여전히 타당하고 그의 바램은 아직도 상당부분 실현되지 않고 있다: "아동 · 청소년 문학 연구의 전문용어는 매우 뒤떨어져있고, 더욱이 기존에 사용되는 용어에 대한 정의들조차 일치하지 않는 경우가 빈번하다. 따라서 이 분야의 중요한 과제는 용어상의 통일이며, 이는 명확하게 정의될 수 있는 개념들을 확립하는 것을 의미한다[...]."(Klingberg 1973, 12) 어쩌면 불필요한 것처럼 보일는지 몰라도 본서에서는 각각의 용어들을 계속해서 정의와 주석으로 설명함으로써 이러한 점을 보완하고자 한다. 아울러 우리는 이러한 연구영역에 새로운 전문용어들이 범람하지 않게 하려고 한다(여기에서 제안된 것들은 대부분 전혀 새로운 것이 아니다). 전문용어가 지속적으로 번거로울 만큼 자세히 사용될 필요는 없다고 생각한다(물론 본서와 같은 기본서들은 예외이지만). 그것은 불확실한 경우들, 즉 정확히 어떤 대상 및 텍스트자료인지 또는 어떤 관점에서 논쟁거리가 되는지를 설명하기 위해 사용하는 것으로 충분하다.

   본 개론서는 원저자들과 학문사적인 의미를 상세히 다루지는 않지만 지난 수십 년간 발간된 일련의 새로운 문학 및 문화이론서들을 참조하고, 이러한 이론들을 유연성있게 사용함으로해서 아동 · 청소년 문학의 기본구조들을 밝히는데 주력한다. 동시에 그 자체를 별도로 다루지는 않지만 광범위한 의미에서 시스템 이론,

커뮤니케이션 이론, 기능주의적, 부분적으로는 구조주의적, 그리고 미디어 이론상의 내용을 담고 있다. 지난 20년간 아동·청소년 문학 연구 분야에서 이러한 문학이론적인 내용들을 담은 것들 중에서는 마리아 립Maria Lypp과 조하르 쉐빗Zohar Shavit이 두각을 나타낸다(Lypp 1984, Shavit 1986; Ewers 1994도 참조). 90년대의 카르스텐 간젤Carsten Gansel도 그들과 비견된다(Gansel 1995). 본서는 이들의 저서에서 많은 자극을 얻었다. 시스템 이론에서 비롯된 **행위시스템과 상징시스템의 구분**은 본서에서 중요한 의미를 지닌다. 본서의 전반부에 해당하는 1장부터 4장, 그리고 부분적으로 5장까지는 아동·청소년 문학의 행위시스템을 다루고 있는 반면, 6장에서 8장까지는 '아동·청소년 문학'이라는 상징시스템의 선택적인 관점들을 다루고 있다. 그러나 아동·청소년문학적 행위시스템이 상징시스템에 다소 직접적으로 관계될 경우에는 앞장에서도 상징시스템이 언급된다(특히 3장과 4장).

아동·청소년 문학의 대상을 창작법과 장르에 따라 세분화하기에 앞서 이들을 포괄하는 특징들이 **아동·청소년 문학의 기본적인 관점**이 된다. 동시에 이러한 특징들은 비교적 오랜 기간을 거쳐 이루어진, 즉 어떤 특정한 시기의 성질이 아닌, 시대를 초월하여 통용되는 그러한 것을 의미한다. 기존의 전문용어들은 이처럼 세대와 역사에 따른 아동·청소년 문학을 학문적으로 다루기 위해 고안된 것이다. 시대상으로는 기본적으로 18세기에서 20세기까지 해당되지만 아동·청소년 문학 발달상 그 이전을 다루기 위해서는 많은 전문용어들이 이용될 수도 있을 것이다.

본 개론서는 아동·청소년 문학을 처음으로 다루는 것도, 그렇다고 궁극적으로 완벽하게 다룬 것도 아니며, 그저 아동·청소년 문학을 광범위하게 다루기 위한 이론적인 토대를 만들고자 하는 의도에서 비롯되었을 뿐이다. 따라서 본서는 '아동·청소년 문학'에 대한 일종의 참고문헌 정도로 삼는 것이 적절하다고 여겨진다. (본서에서 인용된 문헌은 장별로 기록해두었으며 그중에는 중복되는 것들도 있다. 이러한 문헌들은 더 자세한 정보들을 담고 있다.)

CONTENTS

제 3 장
아동・청소년 문학의 전승방식들 131

제 4 장
아동・청소년 문학의 의사소통 155

CONTENTS

CONTENTS

제 1 장

아동·청소년 문학이란 무엇인가?
문학적 행위 영역에서의 대상에 대한 한계 설정

아동 · 청소년 문학이란 무엇인가?
문학적 행위 영역에서의 대상에 대한 한계 설정

아동 · 청소년 문학은 문화생활의 다른 많은 현상들과 그 궤를 같이 한다. 그러한 현상들을 더 깊이 파고들수록 처음에는 수긍이 가고 유용한 것처럼 보일지 몰라도, 그럴수록 그 현상에 대해 정의를 내리는 것은 점점 더 어려워진다. 더욱이 아동 · 청소년 문학에 대한 정의는 권력을 행사하는데 이용되는 논증적 도구, 말하자면 아동 · 청소년 문학이라는 문화적 현상을 **명실상부하게 명확히** 규정하고 대체 가능한 특정한 형태들을 아동 · 청소년 문학으로 인정하지 않는 다소간 은폐된 전술처럼 여겨진다. 이 장에서는 '정의 내리기'라는 일종의 권력놀음에 따라 또 다시 새롭게 정의를 내려 지금까지 완성된 정의를 무력화시킬 생각은 없다. 그와는 반대로 이러한 문화 현상에 대해 모든 점에서 어느 시대에나 보편타당한 정의란 존재할 수 없으며 그러한 정의를 찾는 것 자체가 무의미하다는 사실에서 출발하고자 한다. 아무리 노력해도 어느 시기에도 배제될 수 없는, 대상이 갖고 있는 근본적 이질성은 동일한 용어를 서로 다르게 사용하는 것처럼—우선 몇 가지만 예를 든다면, 교육서적, 아동도서, 청소년도서, 아동 ·

청소년 문학과 같이-과거와 현재에 사용되고 있는 용어들이 다수
라는 것과 일치한다. 아동 · 청소년 문학에서 다루고자 하는 것은
대상이 명확하게 한정되어 있는 영역이 아니라 상당 부분 겹치기
는 하지만 그럴 때마다 서로 다른 경계를 보여주는 다수의, 그러
니까 일단(一團)의 문화적 영역이다. 각각의 영역마다 그 나름대
로의 정의가 적용될 수 있으며, 다음에서는 이러한 일련의 정의
들을 설명해 보고자 한다.

1. 수집된 텍스트 자료로서의 아동·청소년 문학

　다음에서 전개될 아동 · 청소년 문학에 대한 여러 정의들(주
1-8)은 수집된 텍스트 자료, 즉 일정한 공통점과 하나 또는 몇 가
지 동일한 특징을 갖고 있는 일단의 텍스트를 아동 · 청소년 문학
의 대상으로 간주한다는 점에서 일맥상통한다. 이 정의들에 따르
면 아동 · 청소년 문학은 한 시기에 생산된 문학작품 전체 중에서
제한된 일부, 즉 한 단면을 나타낸다.

　일정한 기준에 따라 여러 텍스트들을 하나의 자료로 수집한
다는 것은 각자의 취향에 속하는 일이다. 자료로서 텍스트를 수
집하는 일은 어떤 결말을 지을 수 없는 전적으로 자의적인 행위일
수 있다. 하지만 여러 사람들로부터 인정을 받고 전통으로 굳어
진 텍스트 자료들도 존재한다. 이러한 종류의 수집된 텍스트 자
료들은 실재 문화생활에 속한다. 그러한 자료들은 어느 정도 문
화적 사실이 되었다. 다음에서는 우선 그런 종류의 텍스트 자료
수집에 관하여 언급하고자 한다.

2. 아동·청소년 도서

　아동 · 청소년 문학은 아동과 청소년이 실제로 읽는 문학작품

으로 이해되어져 왔다. 모든 문학작품 중 이에 해당하는 부분은 그 전체 분량에 의거해 개략적으로 파악할 수 있을 것이다. 그럼에도 불구하고 경험에 근거한 조사를 통해서 아동과 청소년이 실제로 어떤 책을 읽었는지 알아내려는 시도가 반복되었다. 근세의 아동 · 청소년 문학 연구 활동을 통해 생산된 문학작품 중에서 아동과 청소년이 실제로 읽은 책들을 가리키는 명칭으로 아동 · 청소년 도서라는 용어가 받아들여졌다(Brüggemann 1966, 21, Klingberg 1973, 25, Scherf 1975, 151, Doderer 1977, 161).

교과용 도서(주25), 즉 수업용 교재나 수업에 부수적으로 사용되는 도서들은 일반적으로 아동 · 청소년 도서에 포함시키지 않는다. 하지만 아동과 청소년들은 수업을 떠나서 각자 수업에 필요한 책들을 읽을 수 있다. 따라서 여기에서는 다만 상황에 따른 기준만을 제시함으로써 아동 · 청소년 도서와 교과용 도서를 구분하고자 한다. 다시 말하면 '아동 · 청소년 도서'란 수업과 상관없이 아동과 청소년들이 읽는 텍스트 전체를 가리킨다고 보면 좋을 것이다. 이 경우 교과서에 실린 문학작품도 포함될 수 있다. 이러한 상황에 따른 기준과 관련된 또 다른 특성이 있다. 교과용 도서는 보통 **의무적으로** 읽어야 하며, 수업과 관련 없이 읽는 도서는 의무적이지 않다. 따라서 여기서 말하는 아동 · 청소년 도서는 원칙상 **자발적으로** 읽는 도서이다.

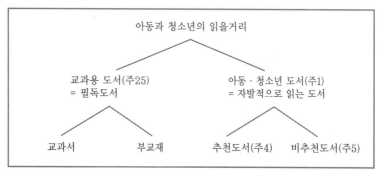

〈도표 1〉

3. 아동·청소년 권장도서

부모와 친척들을 비롯하여 작가, 출판업자, 비평가, 서적상, 도서관 사서, 성직자, 교사, 교육자 등과 같은 어른들이 아동과 청소년에게 읽기를 권유하는 책들은 또 다르게 수집된 텍스트 자료를 이룬다. 이와 관련해서는 또 다른 정의가 필요하다. 즉, 어른들이 아동과 청소년에게 권장하는 도서를 아동·청소년 문학으로 간주하는 것이다. 이 경우 중요한 특징은 책의 선택이 어른들의 처분에 맡겨진다는 것이다. 어른들은 일정한 문학서적, 일정한 장르 또는 출간된 전체 도서들 중 특정한 부분이 아동과 청소년이 읽기에 적합한 특성을 가졌다고 판단하고 선택한다. 결국 아동·청소년 문학 연구자들은 이러한 특성을 갖고 있는 책 또는 장르 전체에 대해 **아동·청소년 권장도서**라는 개념을 받아들였다 (Brüggemann 1966, 21이하, Brüggemann/ Ewers 1982, 3이하, Eckhardt 1987, 29). 그러나 여기에서는 어떤 텍스트를 이런 수집된 텍스트 자료에 집어넣을 때, 선정하는 기관이 그럴 권한을 갖고 있는지의 여부는 중요한 문제가 되지 않는다. 따라서 다수의 어른들이 인정한다면 그런 책은 아동·청소년 권장도서에 포함될 수 있다.

이 경우에도 교과용 도서와 구별하기 위해 이미 앞에서 언급한 상황에 따른 기준을 적용해야 할 것이다. 그 기준에 따르면 아동과 청소년이 학교 수업과 무관하게 여가시간에 그리고 더욱이 어느 정도 자발적으로 읽는 책들만이 아동·청소년 권장도서에 속한다고 보아야 할 것이다(이런 상황에 따른 구분은 주6과 주8에 정의된 텍스트 자료에도 적용된다는 점을 미리 밝혀둔다). 각각의 시기, 특히 초창기의 아동·청소년 문학 연구가 발전하는 시기를 살펴본다면, 여기서 주장하는 상황에 따른 기준은 당연히 아무런 기능을 발휘하지 못한다. 거의 모든 도서가 주로 교훈적이고 교육적인 성격을 갖고 있고 동시에 그때까지는 학제가 세분화되어 있지 않다면, 그런 기준은 무익한 것으로 보인다. 따라서 수업에 쓰이거나 또는 수업에 수반되는 도서와 자발적으로 읽는 도서를 분명하게 구별할 수 없다. 그런 경우 교과용 도서와 아동·청소년 도서 또는 아동·청소년 권장도서를 구분하는 것은 거의 의미가 없다.

어떤 책이나 어느 한 장르는 아동·청소년 도서로 추천하는 것만으로도 아동·청소년 권장도서가 될 수 있다. 역사적으로 보면 이런 식의 텍스트 자료는 독서목록과 독서지침서를 보아야만 파악할 수 있는 필독도서목록의 형태로 존재한다. 서적 출판이 확대되고 세분화되면서 단순하게 책을 추천하는 것과 병행하여 특수하게 수용자에게 적합한 책들이 출판되고 있다. 아동·청소년 도서로 잠재력이 있는 것으로 판단되는 책들은 독자적인 판형, 그러니까 아동·청소년 판으로 점점 더 시장에 쏟아져 나오고 있다. 물론 어떤 이유에서든 아동·청소년 판으로 만들 수 없는 도서들도 있다. 따라서 아동·청소년 권장도서가 오직 아동과 청소년을 위해 출간된 도서로 제한되어서는 안 된다. 어느 시기에나 단순히 추천을 통해 아동·청소년 권장도서에 속하게 되는 책도 많기 때문이다.

4. 수용하기에 적합하지 않은 아동·청소년 도서: 아동·청소년 추천 도서와 비추천도서

아동·청소년 권장도서(주2)로 분류된 도서들은 주1에서 아동·청소년 도서로 정의된 도서들과 상당부분 중복된다. 어느 시기에나 아동과 청소년들은 아동과 청소년용이라고 지정된 도서들 중 많은 수를 실제로 읽는다. 하지만 아동과 청소년은 읽기에 적합한 책이라고 해서 전부를 수용하는 것은 아니다. 아동·청소년 도서들 중 읽고 이해하기에 적합하지 않은 도서를 **수용하기에 적합하지 않은 아동·청소년 도서**라고 명명할 수 있을 것이다. 하지만 어느 시기에나 아동들, 특히 청소년들이 원래 성인을 겨냥해 만든 문학작품들도 읽는 것은 흔히 있는 일이다. 이렇게 볼 때 아동·청소년 도서를 권장도서와 비권장도서(Tencik 1963, 61)로, 더 간단히 말한다면 **아동·청소년 추천도서**와 **비추천도서**로 구분하는 것은 논리적으로 타당하다. 아동·청소년 비추천도서들 중에는 **은밀하게** 읽히는 도서 혹은 **묵인 하에** 읽히는 도서가 있는가 하면, "쓰레기와 잡동사니"라고 홍보함으로써 독자의 손에 들어가지 못하게 적극적으로 **금지시키는** 도서도 있다. 그러나 비추천도서도 뒤늦게 인정받아 권장됨으로써 추천도서가 되기도 한다.

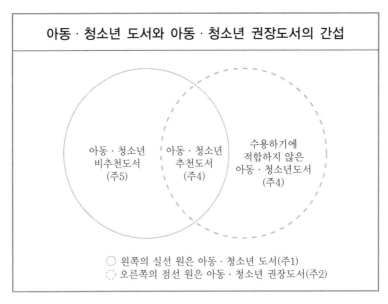

아동 · 청소년 도서와 아동 · 청소년 권장도서의 간섭

아동 · 청소년
비추천도서
(주5)

아동 · 청소년
추천도서
(주4)

수용하기에
적합하지 않은
아동 · 청소년도서
(주4)

○ 왼쪽의 실선 원은 아동 · 청소년 도서(주1)
◌ 오른쪽의 점선 원은 아동 · 청소년 권장도서(주2)

〈도표2〉

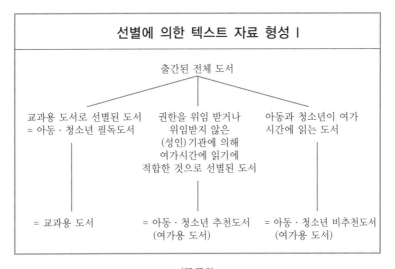

선별에 의한 텍스트 자료 형성 I

출간된 전체 도서

교과용 도서로 선별된 도서
= 아동 · 청소년 필독도서

권한을 위임 받거나
위임받지 않은
(성인) 기관에 의해
여가시간에 읽기에
적합한 것으로 선별된 도서

아동과 청소년이 여가
시간에 읽는 도서

= 교과용 도서

= 아동 · 청소년 추천도서
(여가용 도서)

= 아동 · 청소년 비추천도서
(여가용 도서)

〈도표3〉

5. 아동·청소년 공인도서와 비공인도서

아동과 청소년의 읽을거리로 적합한지를 결정할 때, 성인이라고 해서 모두가 동등한 권한을 행사하는 것은 결코 아니다. 아동과 청소년이 읽어야 할 책 또는 아동과 청소년에게 읽어주어야 할 책을 결정하는 주체는 역사적으로 볼 때 우선 종교단체 또는 교회기관이 담당했다. 그 후 절대주의 시대에는 국가기관이 그 업무를 관장했고 다시 비종교적인 교육단체에 넘어갔다가 마지막엔 교육전문기관으로 대체되었다. 시대에 따라 다른 방식으로 아동·청소년 도서와 관련하여 특별한 권한을 부여받고 부분적으로 권한을 누린 기관들이 있다. 이렇게 사회적으로 권한을 부여받은 기관들이 아동과 청소년이 읽기에 적합하다고 인정하는 것은 아동·청소년 권장도서들 중 엄선된 일부이다(주2). 이렇게 수집된 텍스트 자료에 들어있는 도서는 **아동·청소년 공인도서**라고 명명한다. 이런 텍스트들은 대개-추천도서목록이나 우수도서목록에 등재된 것에서부터 온갖 종류의 상을 받은 것에 이르기까지-여러 형태의 수상경력을 갖고 있다.

권장도서라고 해서 모두 아동·청소년 선정도서가 아니라는 사실은 어디에서나 소위 자격이 없는 자들이 개입한다는 것에 나름대로의 근거를 갖고 있다. 사회적으로 공인된 기관에 대항하는 경쟁상대가 일찌감치 문학시장이 확장되면서 나타난다. 독립적으로 아동·청소년 도서를 생산 판매하는 것이 유망한 사업이란 낌새를 맡은 출판업자와 인쇄업자 그리고 서적상들이 그들이다. 독자적인 판단에 의해 아동과 청소년을 위해 어떤 책을 출판해야 할지 결정하는 데 있어 이러한 세력들은 점점 더 통제를 벗어난다. 이러한 세력들 중 일부는 권한을 위임받은 기관의 우선권을 무시하기 시작하며 아동·청소년물을 출판할 때 더욱 자체 판단에 따라 행동하기 시작한다. 시장에서 거둔 성과가 크면 클수록 그러한 세력들은 어떤 책이 아동·청소년 도서로 적합한지를 결정하는 공인된 기관의 우선권을 무시한다. 출판업자와 서적상들은 오직 상업적 이익 때문에 출판을 한다는 사실이 그 결정적인 논거이다. 양측이 다소간 격렬하게 경쟁을 벌인 결과 아동·청소년 권장도서(주2)는 성직자와 교육자 또는 문학교사의 기대와 일치하는 아동·청소년 공인도서, 그리고 개개의 출판업자들이 사회적으로 인정받는 기관을 회피하거나 무시하면서 출판한 **아동·청소년 비공인도서**로 나누어진다. 문학교사들이 이른바 "쓰레기와 잡동사니"에 대항해 벌인 투쟁은 비단 허가를 받지 않은 금지된 아동·청소년 도서에 해당하는 것만은 아니다. 교사들의 투쟁은 줄기차게 그리고 가끔은 좀 더 격렬하게 권장도서들 중 일부, 즉 자신들의 규범에 맞지 않으며 자신들이 통제할 수 없는 도서들을 겨냥한 것이기도 하다. 이러한 도서들은 흔히 '순전히 상업적인 아동·청소년 도서'로 지칭되었고 이는 점점 논쟁을 가중시키는 폄하적인 명칭이 되었다(따라서 학문적 맥락에서는 사용이 불가해짐). 그러나 (긍정적으로) 공인된 아동·청소년도서의 경우는 자유로운 도서시장에서 상업적인 면으로 볼 때 좋은 사업이 될 수 있다는 점을 은폐시킨다는 점에서 이러한 명칭은 부적절하다.

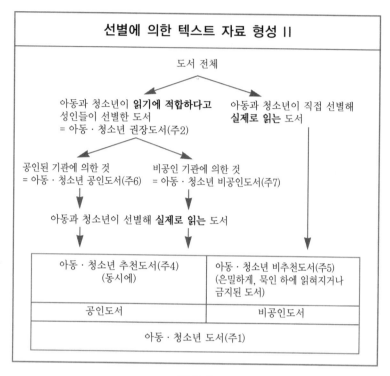

선별에 의한 텍스트 자료 형성 ll

도서 전체

아동과 청소년이 **읽기에 적합하다고**
성인들이 선별한 도서
= 아동 · 청소년 권장도서(주2)

아동과 청소년이 직접 선별해
실제로 읽는 도서

공인된 기관에 의한 것
= 아동 · 청소년 공인도서(주6)

비공인 기관에 의한 것
= 아동 · 청소년 비공인도서(주7)

아동과 청소년이 선별해 **실제로 읽는** 도서

아동 · 청소년 추천도서(주4) (동시에)	아동 · 청소년 비추천도서(주5) (은밀하게, 묵인 하에 읽혀지거나 금지된 도서)
공인도서	비공인도서
아동 · 청소년 도서(주1)	

〈도표4〉

6. 아동과 청소년을 대상으로 한 도서

지금까지 설명한 텍스트 자료들은 이미 출간되어 시장에 나와
전체 도서의 일부가 된 텍스트들로 이루어진 것이다. 이러한 도서
들은 출간되어 우선은 어느 정도 시간이 흐른 후에 아동과 청소년
에 의해 읽혀졌거나(주1, 4, 5) 어른들에 의해 아동과 청소년에게
적합하며, 아동과 청소년이 읽기에도 적합하다고 선별됨으로써
아동 · 청소년 도서가 된 것이다(주2, 6, 7). 이와 같이 지금까지
형성된 텍스트 자료들의 경우 그 이전 단계는 중요하지 않다. 작
가가 작품의 용도를 염두에 두었는지의 여부와 마찬가지로 사전

에 또 다른 독자층이 그 책을 읽었는지의 여부는 중요하지 않다. 지금까지 설명된 정의에 의하면 아동·청소년 도서는 이미 출간된 모든 도서들 중 아동과 청소년에게만 관련된 도서들을 가리킨다. 하지만 작품을 창작하기 전에 아동·청소년 도서가 될 수 있는 가능성을 확인하는 행위가 선행될 수 있을 것이다. 그럴 경우 확인 행위는 원고 청탁을 받은 사람이나 저자의 결정에 따를 것이며 그 자체로서 작품을 집필하고 제작하는 계기가 된다. 아동·청소년 문학연구에서는 처음부터 아동과 청소년을 위해 창작된 도서, 잠재적으로 아동과 청소년이 읽을 수 있는 도서로 출간된 것들에 대해 **아동과 청소년을 대상으로 한 도서**라는 용어가 통용되어 왔다(Doderer 1977, 162, Brüggemann/Ewers 1982, 4이하, Eckhardt 1987, 31). 제작자가 자신이 출간한 책이 아동과 청소년이 읽기에 적합한 책이라고 임의대로 생각하는 것은 책을 구상하는 단계에 다소간 지대한 영향을 줄 수도 있고 그렇지 않을 수도 있다.

7. 아동·청소년 권장도서의 구성

역사적인 관점에서 본다면 아동·청소년 권장도서(주2)는 우선 구전되거나 문서의 형태로 이미 존재하는 전승문학을 수용자에 맞게 이용하는 형태로 나타난다. 하지만 그 원전은 아동과 청소년만을 위한 것은 아니었다. 일부는-낭만주의가 시작되기 전에는 아무런 제한이 없는 경우가 흔했지만-전승된 민속 문학이 그리고 일부는 비교적 오래되었지만 문화적으로 매우 중요한 서사 문학과 각각의 시기에 고전이라고 할 수 있는 작품들 중에서 선별된 근세의 문학작품들이 예외 없이 아동과 청소년이 읽기에 적합한 도서에 속한다. 오직 아동과 청소년을 위해 창작된 작품은 오랜 기간 동안 거의 출간되지 않았다. 아동과 청소년을 위한 책의 발행인들은 초창기에는 주로 모음집을 만들거나 편찬을 하거나 번안을 하거나 개작을 하는 작가들이었다. 요약하자면 창작을 한 것이 아니라, 문학을 전달하거나 손질하는 역할을 담당했다고 할 수 있다.

이런 사정은 18세기에 들어와 변하기 시작했는데, 독일어 문화권도 예외는 아니었다. 아동과 청소년을 보는 관점이 새로워지면서 아동·청소년 도서에 적합한 또 다른 요구가 생겨났으며, 이것은 전승문학, 특히 민속문학과 고전문학이 더 이상 충족시킬 수 없는 요구였다. 이로 인해 아동과 청소년의 읽을거리로서 적합한 문학작품이 창작되어야 한다는 견해가 힘을 얻게 되었다. 18세기 말 이후부터 오직 아동과 청소년을 대상으로 창작된 작품들은 점점 더 중요시되었다. 이렇게 출간된 아동과 청소년을 대상으로 한 도서(주8)는 이때부터 아동·청소년 권장도서(주2)에서 차지하는 몫을 계속 늘려나갔다. 19세기와 20세기에는 아동과 청소년을 대상으로 한 도서의 규모와 중요성이 너무나 커졌기 때문에 역사적으로 볼 때 아동·청소년 권장도서 중에서 가장 늦게 출현한 이런 형식의 도서가 권장도서의 표준으로 격상되었다. 시간이 지나면서 아동·청소년 권장도서는 일상적인 의미로는 아동과 청소년을 대상으로 한 도서와 동일시되는 추세이다. 그 어느 때에도 아동·청소년 권장도서가 아동과 청소년을 대상으로 한 도서로만 채워진 시기는 없었지만, 경우에 따라 이러한 사실에 대해 이의를 제기할 수는 있을 것이다. 오늘날에도 일반문학에서 선별된 작품들과 이른바 전승문학의 상당부분이 아동·청소년 권장도서로 간주되고 있다. 그럼에도 불구하고 아동과 청소년을 대상으로 한 도서 쪽에 유리하게 무게 중심이 이동하면서 단연 일종의 현대화 과정으로 간주할 수 있는 변화와 세분화 과정이 재조명되고 있다. 아동·청소년 권장도서의 독자성이 커지면 커질수록 아동과 청소년을 대상으로 한 도서는 그 범위 안에서 보다 큰 관심을 끌고, 보다 더 중요시될 것이다.

8. 아동·청소년 문학의 총괄개념을 찾으려는 시도는 불필요하다.

지금까지 나열된 모든 정의들(주1-8)은 아동·청소년 문학을 정의한 것으로 그 정당성을 갖고 있다. 그 정의들은 다소간 문화적 현실성과 아동·청소년 문학의 사실성을 나타내는 텍스트 자료들을 지칭하는 것이다. 물론 여기서 설명된 텍스트 자료들 중 어느 한 가지를 아동·청소년 문학의 총괄개념이라고 내세워 아동·청소년 문학만이 갖고 있는 특징을 부각시킴으로써 다른 텍스트 자료들의 가치가 손상되어서는 안 될 것이다. 이런 현상은 주1, 2, 6, 8에서 흔히 일어날 수 있다. 이는 비단 아동·청소년 문학 연구대상의 영역을 지나치게 제한하는 것으로 끝나지만은 않는다. 아동·청소년 문학연구는 분명하게 경계를 지을 수 있는 **한 가지** 텍스트 자료를 다루는 것이 아니라 서로 겹치는 다수의 수집된 텍스트 자료들을 다루고 있기 때문이다. 말하자면 아동·청소년 문학의 연구영역은 단일한 분야가 아니라 **다수가 서로 겹치고** 있는 것이다.

이때 물론 일차적으로는 주변영역에서 서로 차이가 나는 분야들을 다루어야 할 것이다. 하지만 차이가 나는 주변영역을 별로 중요하지 않은 영역으로 간주해서는 안 될 것이다. 왜냐하면 그런 영역에서 핵심 영역을 바꾸려는 시도가 흔히 일어나기 때문이다. 예컨대 아동·청소년 비추천도서(주5)가 아동·청소년 권장도서(주2)로 바뀌는 결과를 가져올 수도 있다. 또한 반대로 아동과 청소년이 지금 당장은 수용하지 않아서, 아동·청소년 권장

도서 중 수용하기에 적합하지 않은 도서(주3)에 포함되는 생소한 도서들도 장기적으로 보았을 때 아동과 청소년이 실제로 읽는 도서에 편입될 수 있을 것이다.

9. 문학과 연관된 행위에 의한 자료 구성

지금까지 제시된 정의들의 공통점은 그 특징적 차이가 문학적 특성, 즉 도서가 갖고 있는 특징 내지는 도서의 종류가 갖고 있는 특징을 문제 삼지 않는다는 점이다.

어느 경우에나 결정적인 기준, 즉 자료를 구성하는 요인은 특정한 **행동** 및 **문학**과 **연관된 행위**로 간주할 수 있다. 따라서 아동·청소년 도서(주1)의 기준은 아동과 청소년이 읽을거리를 결정하는 행위와 그 결과 아동과 청소년이 실제로 그 책을 읽는 행위이며, 권장도서(주2)의 기준은 청소년이 읽을 수 있다고 임의로 규정하는 행위, 즉 문학작품이나 장르를 아동과 청소년이 읽기에 적합하며 읽을 수 있다고 선언하는 행위이다. 또 아동·청소년 공인도서(주5)의 기준은 도서의 선별과 명칭을 부여하는 행위이며, 아동과 청소년을 대상으로 한 도서(주7)의 기준은 작가가 아동과 청소년이 읽을 수 있다고 판단하고 작품을 저술하는 행위이다. 따라서 **텍스트** 영역이 아니라 문학적 **행위** 영역에서 행해지는 자료 구성이 다루어져야 한다.

그에 따라 지금까지 소개된 용어들은 제한적으로 사용되어야 할 것이다. 아동이나 청소년이 읽을거리를 선택하는 행위가 용어를 결정하는 근거가 될 수 있는지, 다시 말해 선택된 도서 자체가 정당한 것으로 여겨질 수 있는지의 여부는 중요하지 않은 요소로 간주되어야 한다. 어떤 작품을 아동이나 청소년이 읽는다는 사실은 그 작품을 아동·청소년 도서(주1)에 편입시키기에 충분하다.

다수의 성인들이 아동과 청소년이 읽기에 적합하다고 선언한다면, 특별한 경우 공감을 얻지 못한다고 하더라도 그 책은 아동 · 청소년 권장도서(주2)로 분류해야 할 것이다. 그리고 권한을 위임받은 기관이 요구하고 명칭을 부여했다면 그 책은 아동 · 청소년 공인도서(주5)로 편입시키기에 충분하다. 이 경우 책의 질 자체에 관해서는 언급할 필요가 없다. 작가가 아동과 청소년을 독자로 생각하고 출간한 책이라면 특별한 경우 아동과 청소년이 이해하지 못한다 하더라도 아동과 청소년을 대상으로 한 도서(주7)로 분류될 수 있다. 이때 확고하게 아동 · 청소년 도서라고 판단하고 선별하고 대상을 밝히는 행위들이 결정적인 역할을 한다.

10. 아동과 청소년을 대상으로 한 매체

지금까지는 수집된 텍스트 자료만을 다루었다. 그래서 공통적인 특징을 근거로 문학작품들을 모으고 분류하는 것이 주가 되었다(그럴 경우 비록 앞 절에서 설명한 바와 같이 도서가 갖고 있는 특징은 그 대상이 아니었지만 말이다). 하지만 일정한 유형의 책과 잡지, 카세트테이프, CD 등과 같은 매체로 구성된 자료도 수집될 수 있을 것이다. 우리는 아동과 청소년이 읽을 가능성이 있는 책들뿐만 아니라 아동과 청소년을 겨냥해 만든 매체들도 만나게 된다. 여기에서는 일반 매체들 중 특별한 수용자를 대상으로 한 매체만을 다루고자 한다(예컨대 도서는 아동 · 청소년 도서, 카세트테이프는 아동을 위한 카세트테이프이다).

아동 · 청소년을 이론적으로 연구할 때 오랜 기간 동안 문학과 텍스트, 책과 매체를 범주상 구분하지 않고 같은 의미로 사용한 것이 두드러진 특징이다. 따라서 오늘날에도 '아동 · 청소년 도서'와 '아동 · 청소년 문학'은 동의어로 사용되며 아동 · 청소년 문예학은 아동 · 청소년 도서 연구와 동일시되고 있다. 역사적인 관점에서 볼 때 아동과 청소년을 대상으로 한 매체는 사실상 중요한 역할을 했다. 아동과 청소년을 대상으로 한 도서(주8)가 발전하고 확고하게 자리를 잡기 훨씬 이전에 일부 전승문학에서 무분별하게 차용된 것들로 채워진 아동 · 청소년을 위한 간행물 및 잡지들의 출간이 유행한 적이 있다. 이 경우에는 매체 영역에서의 선별 작업이 도서 영역에서보다 훨씬 선행된 것으로, 아동 · 청소년을 위한 간행물 및 잡지가 독자적인 아동 · 청소년 문학이 논의되지도 않은 시기에 이미 시장에서 굉장한 성공을 거두었던 것이다. 역사적으로 이런 선구자적 역할 때문에 인쇄매체는 누구나 다 인정하는 확고한 우위를 점했고 용어상으로 천착되어 20세기에 들어와서도 상당기간 그 영향이 지속되었다. 이 경우 특히 아동 · 청소년 문학을 아동 · 청소년 간행물에 실린 작품들이라고 정의내리는 데에 그 여파가 끼친 영향도 적지 않다(비전문가들은 이를 두고 여전히 '아동 · 청소년을 위한 간행문학'이라는 괴상한 용어를 친숙하게 사용해왔다). 이와는 반대로 아동 · 청소년을 위한 간행물 및 잡지는 (최근에 와서는 카세트테이프, CD, CD-ROM과 같은 비인쇄매체도 포함) 어느 시기에도 아동 · 청소년 권장도서의 독보적인 출판매체였던 적은 없었다는 사실도 상기해야 할 것이다. 이들 중 대다수는 (권리를 갖고 있는 사람들에 의해 발생하기는 하지만) 특정한 수용자를 위한 출판물이 아니다. 이러한 경우에는 읽기를 권장하거나 해당 추천도서목록에 등재되는 것에 그친다.

용어의 의미를 명확히 하기 위해서라면 **'아동 · 청소년을 위한 도서 및 잡지'**라는 용어는 그것이 의미하는 아동 · 청소년 독자를 위한 특수한 출판매체를 가리키는 명칭으로 사용하는 것이 좋을 것이다. 여기에서 다루고자 하는 것은 '도서' 또는 '잡지'라는 출판매체 중 수용자가 정해진 형식이다. 이러한 특수 형식은 자료와 인쇄기법, 표지와 판형, 내용의 구성 그리고 식자와 삽화가 특별한 특징을 보여줄 수 있으며, 독자적 이야기를 임의로 게재한다. 삽화가 많다는 것도 '아동·청소년 도서'라는 책 형식의 두드러진 특징 중 하나이다. 19세기 이후에는 책표지의 제목을 시선을 끌게 만든 것도 그 중 하나이다. 아동·청소년 도서에는 수많은 세부형태가 있으며, 이들 중 일부는 다른 유형의 것들이고 또 일부는 같은 장르의 것들이다(가령 워크북, 초급 독본). 후자는 오직 아동과 청소년의 문화적 영역에서만 나타날 수 있는 이용 상황을 가리키는 책의 유형이다. 아동도서의 세부종류에는 알파벳책, 워크북, 그림책, 초급 독본, 초보자용 교재, 연감, 아동도서 선집, 지도책, 만들기책, 성경책, 백과사전, 기도서, 달력, 용어사전, 실용서, 종이접기책, 읽기책, 색칠공부, 놀이책, 낭독용 도서 등이 있다. 그림책에도 예컨대 플랩북, 팝업북, 탭북 등 세부형태가 무수히 많다.

오직 아동과 청소년을 위해 출판된 책 또는 잡지의 경우에 한해 순수한 아동·청소년 도서 또는 잡지라고 할 수 있을 것이다. 잡지는 아동과 청소년만을 위한 단행본으로 출간되거나 다른 잡지의 부록으로 출간될 수 있다.

아동과 청소년도 독자로 생각하고 출간된 출판물들은 이른바 가정도서, 연감, 캘린더, 축제일 선집, 가정 잡지 또는 아동과 청소년 난이 있는 일간지나 잡지들이다.

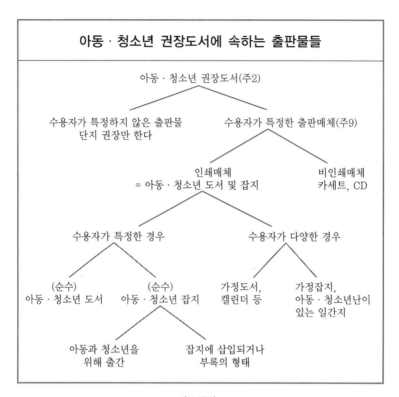

아동 · 청소년 권장도서에 속하는 출판물들

아동 · 청소년 권장도서(주2)

수용자가 특정하지 않은 출판물
단지 권장만 한다

수용자가 특정한 출판매체(주9)

인쇄매체
= 아동 · 청소년 도서 및 잡지

비인쇄매체
카세트, CD

수용자가 특정한 경우

수용자가 다양한 경우

(순수)
아동 · 청소년 도서

(순수)
아동 · 청소년 잡지

가정도서,
캘린더 등

가정잡지,
아동 · 청소년난이
있는 일간지

아동과 청소년을
위해 출간

잡지에 삽입되거나
부록의 형태

〈도표5〉

11. 중개영역에서의 자료 구성

아동 · 청소년 문학 분야에서 주1-8에 설명된 것과 일치하지 않을 뿐 아니라, 텍스트의 유형이나 책의 종류에 따라 행해지지도 않는 자료 구성이 종종 나타난다. 이 경우 활동범위에 따라 텍스트나 매체들을 다루어야 하며, 때에 따라서는 두 가지를 함께 다루어야 할 것이다. 이때 수집된 자료들을 구성하는 데 주로 사용되는 기준은 세분화된 수용자와의 관련성일 때도 있고, 테마나 테마의 범위, 경우에 따라서는 모티브의 범위일 때도 있다. 따라서

(아동의 경우에는 2살부터, 4살부터, 6살부터, 10살부터 그리고 청소년의 경우에는 12살부터, 14살부터, 16살부터 등과 같이) 아이들의 연령을 엄격하게 구분해서 텍스트나 책 그리고 그 밖의 매체들의 목록을 만든다. 또 아동과 청소년을 다른 식으로 규정한 특정 집단을 위한 목록이 만들어지기도 한다. 예컨대 다니고 있는 교육기관의 종류에 따라 유치원생용, 취학 전 아동용, 초등학생용이 있다. 또 성별에 따라 정해지는 경우도 있는데, 가령 소녀를 위한 책이 그것이다(소년을 위한 책이라는 용어는 이미 오래전부터 사용되지 않았다). 이와 같은 명칭들은 책의 장르로 대체될 수 있기 때문에 바뀔 수 있다. 예컨대 유치원생이나 취학 전 아동용 도서는 그림책으로, 초등학생용 도서는 초급 독본이나 초보자용 교재로, 소녀를 위한 책은 소녀도서 또는 소녀문학으로 바꿀 수 있을 것이다. 이렇게 분류한다면 서로 다른 다수의 책들이 하나로 묶이게 되어 오직 수용자와의 관련성만을 나타낼 것이다. 이를테면 단편, 장편, 희곡, 잡지, 조언서, 생활지침서, 예의를 가르치는 책과 계몽서 등등이 소녀문학의 범주에 들어갈 것이다.

특히 연령에 따라 책을 분류하는 것 이외에 테마나 모티브에 따른 것도 있다. 아동·청소년용 종교서적, 역사서, 모험서, 동물도서, 실용서 등이 그것이다. 이런 식의 수집된 자료도 아주 상이한 텍스트 장르와 책의 종류를 뒤섞어놓은 것이다. 가령 '동물도서'라는 자료의 범위는 우화에서부터 동물들만 다룬 이야기, (현실적이거나 가상적인) 동물이야기, 동물그림책, 동물화보집 그리고 동물도감까지 확대될 것이다. 수집된 자료를 구성하는 특징이 '동물'이란 생물체가 그 대상이기 때문이다. 케네스 그레이엄 Kenneth Graham의 『버드나무에 부는 바람*Wind in den Weiden*』이나 야노쉬Janosch의 『아름다운 파나마는 어디있나요

Oh, wie schon ist Panama」의 유형에 따른다면 이런 연관성이 상징적인 것으로 끝나 본질적으로는 동물과는 상관이 없지만, 그 점이 동물도서로 분류하는데 장애가 되지는 않는다. 논점이 되는 것은 비단 동물도서뿐 아니라 다른 영역에서 도서를 분류할 때에도-가령 모험도서냐 인디언도서냐와 마찬가지로-실제로 테마가 중요하냐 아니면 단순하게 그림의 영역이냐 아니면 모티브 전체가 중요하냐하는 문제이다. 문예학적인 관점에서 도서 자료를 구성할 때 문제가 많다고 하더라도 그러한 자료 구성은-특히 이 분야에 실제로 종사하는 사람들에게는-아동·청소년 문학 또는 아동·청소년 도서를 분류하는 결정적인 방식으로 간주된다.

이런 식의 자료 구성은 일반적으로 중개 영역에서 행해진다. 앞에서 언급한 범주들은 추천도서목록과 우수도서목록의 분류 원칙으로 이용된다. 이러한 범주는 그 자체가 역사적으로는 처음 등장했을지 모르지만, 지역 공공도서관과 학교도서관에 소장된 아동·청소년 도서를 이용자 중심으로 분류하는 범주로 이용된다. 이런 도서관들에서는 그 범주가 독자적 분류 번호 군이 되기도 한다. 한 번 어느 정도 확고하게 정해지면 이런 범주는 아동·청소년 도서 출판 영역에도 영향을 준다. 이미 출판업자들은 점점 더 많은 아동·청소년 도서를 이런 도서 자료 중 어느 하나에 편입시킨다. 말하자면 처음부터 아동·청소년들 중 일정한 연령의 아이들 혹은 여자아이들에게 권유한다. 또는 중개영역에서 확정된 테마 영역 중 어느 하나에 편입시켜 모험서나 종교서 또는 역사서로 분류하기도 한다. 아동·청소년 도서의 성격을 전달하는 이용자 중심의 분류는 이미 출판업자의 출판 프로그램을 분류하는 원칙이 되었다.

12. 아동·청소년 문학의 자료 구성 영역

여기에서는 세 가지 영역에서 자료 구성을 다루고자 한다. 문학적 영역에서는 텍스트를 그룹별로 모을 수 있다(이 경우 우선적으로 그 근거가 문학과 관련된 도서 자료 구성만을 다루었다). 매체 영역에서는 아동과 청소년을 대상으로 한 특수 형태의 매체들이 생겨난다. 문학 또는 도서를 중개하는 영역에서는 특정한 수용자 집단에 따라 혹은 테마와 모티브에 따라 텍스트 그리고/또는 매체를 한데 묶는 작업이 나타난다. 세 가지 영역에서 행해지는 이런 식의 수집된 자료 구성은 부분적으로 서로 밀접한 연관이 있기 때문에 구별하기가 쉽지 않다. 예컨대 책의 내용에 따라 구분하면 '논픽션'이고 책의 유형에 따라 구분하면 '실용서'이다. 수없이 많은 수집된 텍스트 자료를 표시하기 위해 사용되는 용어들은 그만큼 혼란을 준다. 그래서 수집된 텍스트 자료 또는 문학 장르를 다루어야 할 경우엔 책과 관련된 개념들이 이용되고, 원래 도서의 유형 또는 매체의 유형을 가리키는 경우에는 반대로 '문학'이란 말이 언급된다. 입문서나 개론서들을 보면 최근까지도 깊이 생각하지 않고 텍스트의 종류와 책의 장르 그리고 이용자 중심의 자료 구성(동시, 아동·청소년 판타지 소설 또는 탐정소설 이외에 그림책, 소녀문학, 모험서 또는 동물도서 등. Haas 1974, 1984 참조)이 병렬되는 경우가 흔히 나타난다.

수집된 자료 구성의 세 가지 영역 모두는 '아동·청소년 문학'이란 대상을 적절하게 파악하는데 그 정당성이 입증된 것이며 동시에 필수적인 것이다. 세 가지 영역 중 어느 하나만을 표준이라고 선언하거나 '진짜' 분류방법이라고 자처한다면 그건 바람직하지 않은 일이다. 따라서 역사적으로 보았을 때 아동·청소년 문학에 관한 논의가 중개자의 관점과-어느 정도 차이는 있지만-

서적상의 관점에 의해 주도된 반면, 문학 내지는 작품의 내용이란 관점은 장기간 발전이 덜 된 상태에 머물렀기 때문에 이런 점을 강조해야 할 것이다. 전달과 연관해서 사서나 서적상이 사용하는 용어의 중요성이 큰 것은 아동 · 청소년 문학이라는 영역에서 교육 분야와 공공도서관 그리고 서적상과 같은 전달기구들이 다른 기구들보다 더 큰 역할을 했으며 앞으로도 그러리라는 것과 관련이 있다(제2장 참조). (주로 초등학교) 교사들 외에 서적상과 출판업자들, 혹은 사서들이 상당기간 동안 아동 · 청소년 문학에 관한 이론적 논의에 영향력을 행사했다. 그와는 달리 '아동 · 청소년 문학'이란 대상에 대한 순수 학문적 관점은 전개된 시점이 얼마 되지 않아 모든 면에서 충분할 만큼 세분화되어 있지 않다. 순수하게 문학적 현상을 설명할 때 책과 연관된 그리고 전달과 연관된 범주에 의존한다는 사실에서 그런 점이 여실히 드러난다.

13. 아동 · 청소년 문학의 범주에서 수집된 텍스트 자료로서의 아동 · 청소년 희곡 – 게르트 타우베Gerd Taube

지금까지는 아동과 청소년이 읽는 문학에 관해서만 언급했다. 하지만 처음부터 연극을 상연하기 위한 대본으로 쓰인 텍스트들도 아동 · 청소년 문학에 속한다. 이는 예외적인 것들을 제외하면 희곡 텍스트, 즉 각본이다. 모든 희곡 텍스트는 물론 보편적인 읽을거리가 될 수도 있으며 목적에 맞게 출판될 수도 있다. 수업과는 별개로 그리고 수업시간에 다루어지지 않고 아동과 청소년이 실제로 읽는 모든 희곡 텍스트는 아동 · 청소년 도서(주1)의 구성요소가 된다. 이러한 구성요소를 **아동 · 청소년 희곡도서**라고 명명할 수 있다. 따라서 앞에서 설명된 아동 · 청소년 도서에 대한 일반적인 분류방식이 여기에도 적용된다. 아동 · 청소년 희곡 도서에서는 권장도서(주4)냐 또는 비권장도서냐 또는 묵인 하에 읽는 도서냐 아니면 금지된 도서(주5)냐가 문제가 될 수 있다.

그때그때 시장에 나온 희곡 작품 전체 중에서 대다수 성인들이 아동과 청소년이 수용하기에 적합하다고 생각하는 작품들로 구성된 특수한 텍스트 자료를 따로 떼어놓을 수 있다. 이러한 개념적 특성을 근거로 한다면 이런 텍스트 자료는 **아동·청소년 권장희곡**이라고 할 수 있을 것이다. 이 경우—출판이 된 경우에는—잠재적으로 아동과 청소년에게 적합한 희곡 작품일 뿐 아니라, —모두가 접근할 수 있지만 인쇄가 되지 않은 경우에 한해—아동과 청소년의 관람을 추천할 만큼 공연하기에 적합한 원전이라 할 수 있는 희곡 텍스트와 관계된다. 희곡 텍스트는—아동과 청소년이 읽기에 적합하며 그럴 잠재력이 있다고 단순하게 추천함으로써 또는 아동과 청소년이 공연하기에 적합한 원전이란 명칭을 부여함으로써—나중에 아동·청소년 권장희곡이 될 수 있을 것이다. 이러한 추천은 다음과 같은 두 가지 방식으로 구체화될 수 있다. 수용자를 지정해서 출판하거나 해당 작품을 분명하게 아동과 청소년 관객을 대상으로 공연하는 방식이다.

아동·청소년 권장희곡(주13)의 범위 안에서 희곡 텍스트라는 보다 좁은 범위의 수집된 자료를 따로 떼어낼 수 있는데, 그 특징은 처음부터 아동과 청소년을 위해 쓰였다는 것이다. 이것은 일반 희곡 작품을 아동·청소년을 위해 개작했다는 의미이기도 하다. 18세기 후반과 19세기 초 이후 이에 해당하는 명칭은 도처에서 다양하게 나타났다. '교육극Erziehungstheater', '아동용 희곡 Schauspiel für Kinder', '아동 희곡Kinderschauspiel', '아동용 극Theater für Kinder', '아동극Kindertheater', '아동용 드라마Dramatische Spiele für Kinder', '아동 드라마

Kinderdamen'(아동 대신 청소년이란 말을 사용할 수도 있다). 이런 텍스트들에 대해서 여기서는 아동 · 청소년을 대상으로 한 희곡이라는 용어를 제안하고자 한다. **아동 · 청소년을 대상으로 한 희곡** 작품은 대개 누구나 접근할 수 있는 매체, 즉 아동 · 청소년 잡지와 모음집, 놀이책과 워크북 그리고 연극연감과 그 밖의 희곡 작품 모음집에 발표된다. 그럼에도 불구하고 그런 희곡 작품은 순수하게 읽는 희곡이라 할 수 없고, 대부분 우선은 아동과 청소년층의 아마추어 공연을 위해 계획된 것이다. 따라서 아동청소년을 대상으로 한 희곡 작품은 독서라는 개념에 주목한다면, 직접 읽어서 수용하는 것뿐 아니라 연극 행위를 통해서 수용하는 것까지 확대해서 이해해야 할 것이다. 아동 · 청소년을 대상으로 한 희곡 텍스트는 광범위하게 본다면 아동과 청소년을 위한 읽을거리일 뿐 아니라 공연거리로도 이해될 수 있다.

앞에서 설명한 아동 · 청소년 공인도서(주6)와 비공인도서(주7)라는 용어는 아동 · 청소년 (권장) 희곡 작품 및 아동 · 청소년 (대상의) 희곡 작품에도 적용될 수 있다. 아동 · 청소년 도서 및 잡지(주10)에 발표된 아동 · 청소년 희곡 작품의 공인과정과 공인 기관들은 다른 아동 · 청소년 문학의 그것과 동일하다. 공인 기관들이 순수한 희곡 출판물에 거의 관심을 표명하지 않기 때문에 해당 추천도서목록과 일반도서목록에서 아동 · 청소년 희곡 작품을 위한 별도의 난을 찾을 수 있는 경우는 드물다. 오직 아동 · 청소년 희곡과 관련된 추천도서목록, 우수도서목록은 역사적으로 볼 때 상당기간 나타난 것이 없다. 하지만 아동 · 청소년 희곡 작품은 아동 · 청소년 문학 관련 기관들이 관심을 갖지 않았다 하더라도 이미 공인된 원전을 각색한 것이란 점에서 공인받은 것으로 간주될 수 있다. 아동 · 청소년 희곡과 관련된 독자적인 공인 기관은 최근에서야 비로소 만들어졌다. 그 사이 아동 · 청소년 희곡 작품에 수여하는 일련의 상들이 만들어졌으며, 작품시장과 극전문가의 대담 형태로 개별 작가와 작품들이 연극으로 상연되도록 추천되고 있다.

14. 아동 · 청소년 연극 – 게르트 타우베

아동과 청소년이 텍스트를 읽는 것이 아니라 연극을 관람함으로써 수용하는 (연극) 텍스트 전체를 여기서는 **아동과 청소년의 연극수용**이라는 용어로 사용하고자 한다(연극의 수용이란 수용하는 행위를 가리키는 것이 아니라 공연되는 작품의 자료 수집을 의미한다). 이렇게 정의한다면 연극과 문학의 연관성이 일방적으로 문학의 관점에서 설명된 셈이다. 19세기에서 20세기로 넘어가면서 더 이상 극은 희곡 작품을 공연하는 기구로 간주되지는 않았다. 연극이 문학의 영역을 벗어나 독자성을 갖게 됨으로써 연극이 갖고 있는 문학 이전의 전통을 되돌아보고 연극이 갖고 있는 언어수행적 관점을 확인하는 결과를 가져왔다. 그럼에도 불구하고 일반 연극과 아동 · 청소년을 대상으로 한 연극은 오늘날까지도 극문학과 밀접한 관련을 맺고 있다. 이점은 특히 독일어권의 연극에 해당되지만 프랑스와 러시아의 연극에도 해당된다. 그밖에도 특히 시각과 몸짓으로 의미가 정확히 전달되는 연극이 발달되었다. 이런 연극은 대본이 없으며 일부는 전혀 대본의 영향을 받지 않는다. 희곡 작품을 공연하는 것을 연극이라고 하는 것은 정당하다. 하지만 그럴 경우 '연극'이라는 총체적 현상의 어느 한 단면만을 설명한다는 것을 알아야 할 것이다. 따라서 아동과 청소년의 연극 수용이란 개념은 희곡 작품의 공연을 수용하는 것뿐 아니라 그 밖의 공연물을 수용하는 것도 포함될 수 있도록 확대해서 이해할 수 있을 것이다.

다수의 성인들이 아동과 청소년이 수용하기에 적합하다고 여기는 공연물인 연극 공연 전체에 대해 여기서는 잠정적으로 **아동·청소년 권장연극**이라는 개념을 사용하고자 한다. 일반 연극 공연 중 상당수가 더욱이 아동과 청소년의 관람이 적절하다고 간주되는 공연 전체가 아동·청소년 권장연극에 속한다. 이럴 경우에는 해당 공연의 생산자(극작가, 연출가, 감독, 연극교육자)의 견해가 중요하다. 하지만 비평가나 다른 공적기구(성인들, 이를테면 교사들)의 추가적 평가도 또한 중요할 수 있다. 따라서 일반 연극 공연은 공연이 끝난 후에야 비로소 아동·청소년 권장연극이라고 공언할 수 있다. 아동·청소년 권장연극의 토대가 되는 희곡 텍스트들은 일반적으로 이미 아동·청소년 권장희곡 작품(주13)의 일부로 간주할 수 있다. 따라서 아동·청소년 권장희곡 작품의 공연을 아동·청소년 권장연극이라고 하는 것은 타당하다. 하지만 아동·청소년 권장연극은 여기에 해당하지 않는다. 특히 아동·청소년 연극이 희곡 작품을 원전으로 갖고 있지 않을 경우엔 언제나 그렇다.

아동과 청소년의 연극 수용(주15)이 아동·청소년 권장연극이라고 여겨지는 공연을 가리킨다면, 여기에서 설명된 개념에 따라 **아동·청소년 추천연극 수용**과 부정적 측면에서는 **아동·청소년 비추천연극 수용**도 논의의 대상으로 삼을 수 있을 것이다. 아동·청소년 비추천연극 수용은 아동과 청소년에게 부적합한 연극 공연을 아동과 청소년이 관람한다는 의미일 것이다. 그런 연극의 관람은 책을 읽을 때와는 달리 은밀하게 행해지는 경우가 더 적을 것이다. 연극 공연의 관람은 공개된 장소에서 이루어지는 행위이기 때문이다. 부적절한 것으로 간주된 연극의 관람을 묵인하거나 엄격하게 금지한 사례는 실제로 증명될 수 있지만, 연극사에서 특별히 아동과 청소년에게 금지된 연극은 거의 찾아볼 수 없기 때문에 그런 사례는 수치상으로는 거의 무시해도 좋다. 그와는 반대로 관계당국이나 성직자들이 제기한 일반적인 관람의 금지가 더 흔했다. 아동과 청소년의 연극 관람이 묵인되고 금지되는 것은 다른 근거에서 부차적인 의미를 갖는다. 적어도 19세기 후반부터는 아동과 청소년의 연극 관람을 아동과 청소년이 스스로 자유롭게 결정하는 경우는 극히 드물고, 대개는 어른과 함께 관람한다. 따라서 연극의 관람은 동반하는 어른의 결정에 달려있다.

아동·청소년 권장연극(주16) 중에서 아동과 청소년이 수용하기에 적합한 공연물을 따로 떼어낼 수 있다. 이것은 오로지 아동과 청소년 관객을 위해 제작되는 공연이다. 이러한 공연자료 수집을 고려한다면 여기서 설명된 개념의 내용에 따라 아동과 청소년을 대상으로 한 연극도 논의의 대상이 될 수 있을 것이다. 오늘날 일상 언어에서 통용되는 '아동·청소년 연극'이라는 용어는 여기에서는 아동과 청소년을 대상으로 한 연극만을 지칭한다. 아동과 청소년을 대상으로 한 연극(주14)은 문학 원전과 관련해서 아동·청소년을 대상으로 한 희곡 텍스트에만 한정되는 것은 아니며, 그 대상이 아동과 청소년이 아닌 작품들도 공연될 수 있다. 그러나 그럴 경우에는 대개 아동·청소년 권장희곡 텍스트(주13)이며, 그런 점에 있어 아동과 청소년이 수용하기에 적합하도록 선별된 공연물로 간주된다.

역사적으로 볼 때 여기서 다룬 것은 비교적 최근에 나타난 현상들이다. 특별히 아동을 위해 제작된 연극 공연은 1860년대에 와서야 비로소 나타난다. 크리스마스가 가까워지면 극장들은 새로운 유료관객층을 발견하게 되었는데, 새로운 관객층은 아동과 청소년이었으며 극장은 오직 아동과 청소년을 위해 계획적으로 연출된 공연을 제공했다. 시간이 흐르면서 크리스마스 동화극이라는 특수한 연극 형식으로 발전한 크리스마스 코미디가 아동·청소년을 대상으로 한 최초의 연극이라고 생각해도 될 것이다. 어른들이 아동과 청소년들에게 연극 공연 관람을 권장한 것은 크리스마스 코미디가 나오기 이전에는 일반 연극 상연에만 적용될 수 있었다. 따라서 아동·청소년 권장연극(주16)은 지금까지는 일반인을 위한 연극이 그 전부였다. 연극 수용은 항상 실제 공연과 결부되어 있기 때문에, 18세기 초까지 아동과 청소년에게 연극 공연을 정식으로 권유했는지에 대한 의문은 문학의 경우와는 달리 제기되지 않는다. 이 시기까지는 극장이 주로 유랑극장이었기 때문에 도서와는 달리 항상 접할 수 있는 게 아니었다. 나중에 극장이 한곳에 자리를 잡고 정규적으로 공연을 하던 시기에도 관람의 추천은 주로 일시적으로 관람이 가능한 개개의 연출에만 한정되었다. 공연물은 이렇게 시간적으로 제약이 있기 때문에 연극 영역에서는 아동과 청소년에게 권장하는 공연에 관한 목록이 일정하고 지속적으로 나올 수 없었다. 아동·청소년 권장연극은 아동·청소년을 대상으로 한 연극이 출현하기 이전에는 작성하기가 어려운 자료이며 더욱이 지역에 따라 매우 다양할 것이다.

이와는 달리 아동·청소년 권장연극 텍스트(주13)와 아동·청소년을 대상으로 한 연극 텍스트(주14)는 훨씬 일찍 그 존재를 증명할 수 있다. 아동과 청소년이 공연을 하기 위해 선택했거나 특별한 용도로 집필된 인문주의 시대의 학교 연극, 종교개혁 시대의 학교 연극, 예수회 연극의 극본들은 일부는 읽는 희곡으로서, 일부는 집안에서 공연하기 위해 만든 아동극에 이르기까지, 일부는 아동·청소년 권장연극 텍스트, 일부는 아동·청소년을 대상으로 한 연극 텍스트로 간주할 수 있다. 아동과 청소년들이 학교와 같은 공적인 환경에서 그리고 나중에는 가정과 같은 사적인 환경에서 그러한 텍스트들을 다루고 읽고 공연함으로써 이러한 유형의 연극 텍스트들은 전문극단의 공연을 위해 원전으로 이미 출간되었고 현재 출간되고 있는 텍스트와는 구별된다.

 아동 · 청소년 공인도서(주6)와 비공인도서(주7)라는 개념을 아동 · 청소년 (권장)연극(주16)과 아동 · 청소년(대상의) 연극(주17)에 적용하는 것은 의미가 없어 보인다. 하지만 한계를 정하는 데에는 꽤나 혼란스러울 것이다. 공인된 아동 · 청소년 희곡 텍스트를 공연하는 것이라면 **공인된 아동 · 청소년 연극**이라고 말할 수 있을 것이다. 그럼에도 불구하고 공연물이 대본을 제시하지 못할 경우에는 이렇게 정의하는 것은 무의미하다. 그 외에도 이러한 정의는 연극의 공연기법이라는 차원을 전적으로 무시하는 것이다. 아동 · 청소년 도서를 공인하는 기관들은 아동 · 청소년 연극에 관해 앞에서 언급한 견해들과 관련해서는 전혀 권위가 없는 것으로 판명되었다. 이 경우 극단이란 기관 자체가 권위 있는 공인기관이 되며, 극단은 (공연계획을 결정하는 사람들−극장장, 극평론가, 연극교육가, 결정에 참여하는 위원의 형태로) 작품을 선택하고 (연출가의 형태로) 연출방식을 결정하는 기구로서의 의미를 지닌다. 어떤 극단이 대중 전반(또는 일부)에게 문화적인 면에서 존경을 받으면 받을수록 그 극단이 공연하는 아동 · 청소년 연극은 더욱 **공인된 아동 · 청소년 연극**으로 인정을 받게 된다. 더욱이 아동 · 청소년 연극을 잠재적 관객들에게 전달하는데 관여하는 기관들이 이러저러한 연출에 대해 비판을 한다고 해도 달라지지 않는다. 인정을 받는 연극과 인정을 받지 못하는 연극 사이의 경계, 즉 공인된 아동 · 청소년 연극과 비공인된 아동 · 청소년 연극

사이의 경계를 어떤 점에서 어떻게 결정하는지는 시기에 따라 다르며 관점의 제약도 받지 않는다. 예를 들면 한편으로는 국립 또는 시립극장과 수준 높은 사설극장 사이에서, 다른 한편으로는 순전히 상업적인 기업가들 사이에서 그러한 경계는 사라질 수 있을 것이다. 최근에 와서는 다른 공인 기구들이 생겨났다. 전문적인 연출가들(국제 아동·청소년 연극협회ASSITEJ, 각 주와 지역에 산재하는 아동·청소년 연극연구회)이 강력하게 주장하고 제휴함으로써 영화분야에서 일어난 '자발적 자율규제'와 유사한 조치가 확립되었다. 비공식 회합, 페스티벌 그리고 워크숍에서 주로 다루는 것은 아동과 청소년을 위한 아동·청소년 연극의 예술적 특성과 연출의 적합성이다. 이러한 논의 과정도 어느 정도는 아동·청소년 연극의 공인 장치로 간주할 수 있다.

제 2 장

아동·청소년 문학의 유통 및 평가 시스템

제 2 장

아동·청소년 문학의 유통 및 평가 시스템

　　제1장에서는 대부분 아동·청소년 문학과 관계된 행위들에 대해 언급했다. 몇 가지 예를 들자면, 아동과 청소년들이 직접 읽을거리를 선택하는 경우, 아동과 청소년을 위해 어른들이 읽을거리를 선택하는 경우, 아동과 청소년을 위해 텍스트를 집필하는 경우, 아동과 청소년을 특정 대상으로 하는 도서와 다른 매체들을 제작하거나 출판하는 경우 등이 이에 해당한다. 하지만 수집된 자료 구성이 (그것이 텍스트에 관계되었건 매체들에 관계되었건 간에) 결부되어 있는 행위에 한해서만 언급했다. 아울러 행위 자체가 아니라, 수집된 자료를 구성할 때마다 행위가 미치는 영향에 주목하였다. 만일 행위 자체에 관심을 갖는다면, 이내 그러한 행위들이 서로 밀접하게 관련되어 있다는 사실을 확인할 수 있을 것이다. 이러한 행위들은 전체 연결고리 안의 한 부분으로서 임의로 삽입된 것이 아니라, 오히려 전체 연결고리 내에서 확고한 위치를 차지하고 있다. 또한 어떤 특정한 행위를 수행할 때 다른 것으로는 대체할 수 없는 정해진 기능을 하게 된다. 이 때 어느 정도 확정된 행위유형과 마주치게 되는데 이러한 행위들은 미리 형성된 (행위의) 역할을 맡아야 한다. 제2장에서는 행위라는

연결고리 내의 한 부분으로서의 아동 · 청소년 문학과 관련된 행위, 다시 말해 특정한 아동 · 청소년 문학과 관련된 행위 시스템에 대해 다루고자 한다.

1. 아동·청소년 문학의 행위 시스템, 복합 시스템으로의 단일화와 내적인 세분화

행위 시스템과 관련하여 다음과 같은 경우들을 언급할 수 있다. 우선 몇몇 행위 유형 또는 그 기능이 같은 분야로 분류되어지며 서로 밀접하게 관련되어 있는 경우, 그리고 이와 같은 행위의 연관관계가 처음과 마지막 기능을 제시해 주는 경우, 달리 말해 이러한 관계가 명확하게 구분지어진 시스템의 경계—동시에 주변의 여러 상황과의 관계를 규정하는—를 지정하는 경우, 마지막으로 포괄적인 행위의 목적, 즉 총체적인 기능 내지는 총체적인 기능 수행이 이루어질 수 있는 경우이다. 하지만 이미 언급되어진 아동 · 청소년 문학과 관계된 행위는 매우 다양하기 때문에 한 가지로 규명되는 행위 시스템 개념만으로 설명할 수 없다. 아동 · 청소년 문학은 사실 문화의 여러 다양한 분야와 관련되어 있기 때문에, 도서 시장이나 공공 도서관에서 접할 수 있을 뿐만 아니라 심지어는 유치원이나 학교에서, 교회와 연관된 분야에서, 여러 다양한 여가선용 시설에서, 문학의 집(역주: 작가들이 모여 문학에 대해 이야기를 나눈 곳), 문예란 등에서도 접하게 된다. 그렇기 때문에 하나의 시스템이 아닌 다양한 몇몇의 **아동 · 청소년 문학의 행위 시스템**에 근거를 두는 것이 중요하다.

아동 · 청소년 문학이 관련된 여러 행위 시스템을 자세히 살펴보면, 아동 · 청소년 도서가 몇몇 행위 시스템에서 다소 부수적인 역할만을 담당하고 있음을 알게 된다. 또한 아동 · 청소년 문학은 그 자체와는 상관없는 목적을 달성하기 위한 수단이 되기도 한다. '여가 시간을 가족과 함께' 보내는 행위 영역이나 유치원이라는 행위 영역이 이에 해당하는 예라 할 수 있을 것이다. 한 권의 그림책을 같이 보거나 이야기를 소리 내어 읽어 보는 것이 여기에 해당하는 문화 행위이다. 이러한 즐거운 경험이나 미학적인 행복한 체험과 같은 특별한 방식이 이와 같은 문화 행위의 근본적인 목적일 것이다. 이와는 반대로 '여가 시간을 또래 집단 내에서' 보내는 것과 같이 가족과 상관없는 행위 영역에서도 아동·청소년 문학이 언급할만한 역할을 하고 있는지의 여부는 의문이다. 같은 연령대 그룹에서의 음악이나 영화 또는 비디오 소비와 비교해 보면 요즘 책을 함께 읽는 경우는 오히려 드물다. 하지만 '혼자서 여가시간'을 보내는 행위 영역의 경우에는 사정이 다르다. 다시 말해 요즘 아동·청소년들은 혼자서 여가시간을 보낼 때 책을 읽는다. 여기에서 보다 **넓은 의미에서의 아동·청소년 문학의 행위 시스템**에 대해 언급할 수 있는데, 그렇게 하기 위해서는 아동·청소년 문학과 관계된 모든 행위 영역을 특징지어야 할 것이다. 아동·청소년 도서를 근본 목적으로 하는 행위 영역들은 넓은 의미의 아동·청소년 문학 행위 시스템과 대립되는 입장이다. 그것은 이른바 아동·청소년 문학의 생산 또는 아동·청소년을 대상으로 하는 매체(책, 카세트테이프, CD 등)의 제작과 보급에 기여하는 모든 행위 영역을 의미할 뿐만 아니라, 아동·청소년 도서를 평가하고 판단하는 모든 행위 영역을 의미한다. 여기에서는 모든 개별적인 기능들이 아동·청소년 문학 내지는 총체적인 목적으로서의 관점들 중 하나와 관계되어 있다. 이런 점에 있어서 우리는 보다 **좁은 의미에서의 아동·청소년 문학의 행위 시스템**에 대해 언급할 수 있을 것이다.

아동 · 청소년 도서와 관련된 몇몇 행위 영역은 다소 서로 아무런 관련 없이 존재할 수도 있다. 하지만 이런 분야들도 서로 어느 정도 규정된 관계를 맺을 수 있다. 몇몇 행위 영역들의 상호 관계가 아주 긴밀하고 지속적인 경우, **아동 · 청소년 문학의 복합 시스템**(하위 시스템으로 구성되어 있는 상위 시스템)이라 할 수 있다. 이럴 경우 관련되는 행위 영역들이 일시적으로 경쟁을 한다면, 즉 그때마다 자신들의 목적을 추구하거나 그 목적을 실행하기 위해 서로 다른 분야로 분류되어야 한다면, 이런 영역들은 단지 복합 시스템의 하위 시스템으로만 존재할 수 있다. 경쟁 관계를 해소할 수 없는 경우에는 일반적으로 전체 시스템이 서로 독립적인 복합 시스템으로 분열된다. 따라서 두 가지의 아동 · 청소년 문학 복합 시스템이-말하자면 종교적인 것과 세속적인 것은-병존과 같할 수 있고, 최소한 서로 연관될 수도 있다.

처음부터 아동 · 청소년 문학의 모든 행위 시스템을 **좁은 의미**뿐만 아니라, **넓은 의미**에서도 아동 · 청소년 문학 복합 시스템의 하위 시스템이라고 인식해서는 안 된다. 이와는 대조적으로 총체적인 목적으로서의 아동 · 청소년 문학을 목표로 하는 행위 영역은 서로 아주 밀접하게 연관되어야 한다. 이러한 행위 영역들이 모든 아동 · 청소년 문학 복합 시스템의 핵심 분야를 형성할 것이다. 이 경우 구체적으로 어떤 행위 영역들이 중심을 이루는지, 그리고 그때마다 어떻게 관계를 맺게 되는지는 사회나 문화권 또는 시대에 따라 다르다. 그렇기 때문에 이어지는 내용들은 어디에서나 1950년대 중반 이후 독일의 상황과 관련되어 있다. 단 그 영향력에 있어서 최고 정점에 이르렀던 1900년대 특징에 대해 설명하고 있는 아동 · 청소년 문학과 관련된 교육적인 전문 공식 기관에 대해 다루고 있는 부분(제2장 5절 참조)은 예외로 한다.

다음에 이어지는 설명은 예외가 되는 부분은 제외하고 시스템의 목적으로서의 아동·청소년 문학(또는 그 관점들 중의 하나)과 관계있는 아동·청소년 문학의 행위 시스템에 국한된다(좁은 의미의 아동·청소년 문학 행위 시스템). 하지만 이 부분 중에서도 우리가 다룰 부분을 선택해야 한다. 좁은 의미에서의 아동·청소년 문학 행위 시스템은 그때마다의 구체적인 목적에 따라 **생산 시스템, 유통 또는 중개 시스템, 평가 시스템 그리고 구매 시스템**으로 나뉜다. 물론 이러한 구분은 시스템 유형의 순수한 특징뿐만 아니라 혼합 유형과도 관계될 수 있다는 사실에 근거하고 있다. 때문에 유통 시스템은 때에 따라 평가 시스템이 되기도 한다. 제2장에서는 전적으로 아동·청소년 문학의 **유통 또는 중개 시스템과 평가 시스템**에 대해 다룰 것이다. 특히 우리가 유통과 평가 시스템 유형에 집중하는 이유는, 아직 더 입증해야 하지만, 이러한 시스템들이 아동·청소년 문학 분야를 장악하고 있기 때문이다. 비유적으로 말하자면 이러한 시스템들은, 아동·청소년 문학이 본질적으로 오직 작가와 아동·청소년 독자끼리만 관계되는 일이라는 견해에 반대할 수도 있는, 원래 이 분야에서 주도권을 쥐고 있는 사람들을 의미한다.

이 장에서는 작가와 독자가 연관된 행위 시스템에 대해서는 다루지 않는다. 한편으로는 이른바 작가, 제작자, 개작자, 번역가, 삽화가 그리고 그래픽 디자이너 사이의 관계를 규정하고, 다른 한편으로는 도서 중개인, 매체 중개인, 출판사 사이의 관계를 규정하는 행위 영역 또는 다양한 구매 내지는 사용 분야(독일어 수업에서부터 '개인도서'라는 행위 영역에 이르기까지)의 행위 유형을 결정하는 행위 영역에 대해서도 다루지 않는다. 또한 모든 유통 시스템 내지는 평가 시스템에 대해서도 논의할 필요가 없다. 이른바 유통과 관련된 시스템 유형의 반대 형태, 즉 개개인에 대한 매체 보급을 차단하는 **아동·청소년 도서 차단 시스템**(국가인증 유해도서 차단 표시)에 대한 논의도 생략된다. 아동·청소년 문화면에서 비교적 그 의미가 예나 지금이나 그리 중요하지 않기 때문에, 1954년 설립된 '청소년에게 유해한 도서를 검열하는 연방 검열국'과 '청소년 유해 도서 확산에 대한 기본 법규'(이에 대해서는 Tack 1975, Jäschke 1988, Barsch 1996, Schulz 2002, Mikat 2002)에 대해 보다 상세하게 논의하는 것은 불필요하다.

그렇다면 개별 시스템 또는 하위 시스템에 속하는 분야에서는 **개별적인 행위 기능**을 어떻게 정리할 수 있을까? 총체적인 목적에 따른 각각 개별 시스템의 구분은 시스템 내적인 행위 기능의 구분에도 응용된다. 각각 시스템들의 목적에 맞춰 생산, 유통, 평가 또는 구매 시스템을 다루는지와 관계없이, 개별적인 시스템의 각 분야에서 계속해서 우리가 다루게 될 **생산, 유통, 평가 그리고 구매와 관계된 행위** 기능과 마주치게 된다. 생산과 관련된 행위 기능은 **시스템의 대상물**을 만들어낼 뿐만 아니라, 주변의 다른 시스템에서 이끌어낸 다양한 **재료를** 이용한다. 어떤 **한 시스템의 최종 단계**는 구매와 관계된 행위 기능이다. 이 부분은 최종 대상물을 소비하고(즉 시스템으로부터 취하고) 그렇게 함으로써 행위의 **최종 소비자**라 할 수 있는 사람들의 시스템 대상물 구입 행위와 관계된다. 어떤 행위 시스템은 생산, 유통, 평가 그리고 구매와 관계된 행위 기능을 나타낼 뿐만 아니라, **단일화 기능**도 나타낸다. 후자의 경우 시스템은 독자적인 행위 구조를 반영해주며, 관련된 모든 행위 기능들 간의 어떤 동질성을 이러한 방식으로 갖게 해 준다. 일반적으로 출판 매체나 제도적인 기관에 의해 유지될 수 있는 시스템 특유의 공공성이 단일화 기능을 떠맡는다.

계속해서 이제까지 다루어진 아동 · 청소년 문학의 행위 시스템이 어느 정도로까지 세분화될 수 있는지, 즉 아동 · 청소년 문학과 관계된 다른 행위 시스템에 대해 얼마나 독립적인지에 대한 질문이 이어진다. 이 경우 제도적 차원의 세분화와 기존의 기관 내부에서 시행되는 세분화 사이의 차이점을 구분할 수 있을 것이다. 이 때 세분화의 범위와 방법에 대한 질문을 시스템 내부의 개별적인 행위 기능과도 연관시킬 수 있을 것이다.

2. '아동 · 청소년 도서 시장' 이라는 행위 시스템

'아동 · 청소년 도서 시장' 이라는 행위 시스템은 개별적인 기능 측면에서 확실히 평가도 실행하는 **유통 시스템**과 우선적으로 연관된다. 처음에는 아동 · 청소년 도서(주10), 그리고 최근 10년 간은 아동 · 청소년 대상의 레코드판, 카세트테이프, CD와 CD-ROM(부분적으로 아동 · 청소년 대상의 비디오카세트와 DVD)과 같은 **아동 · 청소년을 대상으로 한 매체**(주9)가 시스템의 대상물을 이루고 있다. 이러한 행위 시스템에서는 **출판사와** 다른 매체의 제작자가 생산자 역할을 담당한다. 계속해서 아동 · 청소년 도서와 그 생산자인 출판사에 주목할 것이다. 제작자들은 시스템 대상물의 제작, 즉 아동 · 청소년 도서를 제작하기 위해 주변의 다른 시스템에서 이끌어낸 재료를 이용한다. 원고(아직 출판되지 않은 상태의 텍스트), 삽화, 사진, 그래픽 작업물 등 그리고 이미 출판된 문학 작품들(그리고 삽화들)도 이러한 재료라고 할 수 있다.

출판사들은 다양한 방식으로 아동 · 청소년 도서를 제작하고 있다. 즉, 어떤 이유에서건 가끔 아동 · 청소년 도서를 개별적으로 출판하는 출판사들이 있고, 또 계속해서 고정적으로 아동 · 청소년 도서를 출판하긴 하지만 아동 · 청소년 도서 출판이 주 업무가 아닌 ·출판사들도 있다. 이와 같이 아동 · 청소년 도서를 제작하는 경우에는, 몇몇 아동 · 청소년 도서 작가들 중에서 해당 출판사 측에 자신의 작품에 대한 저작권을 넘겨준 작가를 출판사 입장에서 담당하고 관리하는 일이 중요하다. 여기에 해당하는 출판사로는, 빌헬름 하이(Wilhelm Hey 1789-1854)의 아동 도서와 요한나 스피리스(Johanna Spyris 1827-1901)의 아동 도서들을 출판했었던 고타에 있는 프리드리히 안드레아스 페르테스 출판사를 들 수 있고, 오늘날에는 주어캄프와 인젤 출판사가 **아동 · 청소년 도서 특별 기획 출판사**에 속한다고 할 수 있다.

하지만 꾸준히 유지되는 다양한 **아동 · 청소년 도서 출판부**에 대해서도 다룰 수 있다. 물론 이것은 출판사의 다양한 업무 분야 중 한 파트일 뿐, 일반적으로 독립된 출판사로 간주하지는 않는다. 바인하임에 있는 벨츠-출판사의 자회사로서 1971년 아동 · 청소년 도서 출판부로 설립된 '벨츠&겔베르크'는 뮌헨의 한저 출판사(1993년에 설립)와 프랑크푸르트의 피셔 출판사(피셔 샤츠인젤, 1994년에 설립)와 마찬가지로 이에 해당하는 예라 할 수 있다. 문고판을 출판하는 출판사의 경우에도 아동 · 청소년 도서 출판부에 해당된다(이른바 1971년 설립된 '데테파우 주니어'나 1972년 설립된 '로볼트/로로로 로트퓩스'). 마지막으로 전적으로 아동 · 청소년 도서 출판에만 중점을 두는 출판사가 있다. 이 경우 때때로 다른 장르의 책을 출판할 수도 있고, 출판사의 이미지를 위해 부수적인 의미에 한해서 다른 출판 영역의 도서(수업용 부교재 또는 교육용 지침서)들을 출판할 수도 있다. 바로 이런 출판사들을 (원래) **아동 · 청소년 도서 출판사**라 한다. 1950년 13개의 출판사들에 의해 '청소년 도서 출판 협회(avj)'가 설립되었고, 1966년 연합 협회로 등록되었다. 2002년 이 연합 협회는 독일,

오스트리아, 스위스의 76개 독일어권 아동·청소년 도서 출판사 및 아동·청소년 도서 출판부를 갖고 있는 출판사들을 대표하게 된다. 이 연합 협회에서는 회원지를 발행하고 있는데, 이 회원지 는 꾸준히 활성화되고 있다(『모든 아동·청소년 도서 출판사 *Kinder- und Jugendbuchverlage von A bis Z*』).

역사적으로 보면 출판사가 아동·청소년 도서의 유일한 제작 자는 아니었다. 다른 산업 분야에서도 아동·청소년 도서 제작에 참여했다. 예를 들면 우선 **인쇄소**(특히 종이제품, 조형 예술품, 그림엽서, 벽걸이 달력, 재도용 본, 선물용품 등이 관계되는)가 있고, **놀이 산업과 장난감 산업**도 여기에 해당된다. 종종 이와 같 은 아동·청소년 도서와 관계된 부산물 생산은 지역별로 그 의미 를 갖는데, 특수한 경우에는 이러한 부산물 생산에서 아동·청소 년 도서 출판사로 발전하기도 했다. 아동·청소년 도서 제작과 관계된 다른 산업 부문들은 오늘날에도 존재한다. 뮌헨에 위치하 고 있는 아르스에디치온 출판사는 '아동도서, 선물용 도서 그리 고 문구&소형 상점'에 두루 관여하고 있다(avj, 2002, 10이하). 라벤 스부르거 도서 출판사 오토 마이어는 오늘날 놀잇감을 제작하는 라벤스부르거 출판사와 함께 라벤스부르거 주식회사의 자회사에 속한다. 라벤스부르거 주식회사는 원래 1883년 서적상이었던 오 토 마이어(Otto Maier)에 의해 책과 놀잇감을 제작하는 출판사 로 설립되었다(avj, 116이하).

'아동·청소년 도서 시장'은 어느 정도 유통과 관련된 행위 기능이다. 출판사들과 도서 소매상들 사이의 중간 영역에서는 **출 판 영업자와 출판물 중간 도매상**(도서 중개업)이 그 중심 역할을 담당하고 있다. 독일에서는 아동·청소년 도서와 매체를 전문으 로 다루는 출판물 중간 도매상을 찾아보기 어렵다. 독일에서 매년 개최되는 **도서 박람회**(프랑크푸르트/마인에서 개최되는 가을 박람회, 최근에는 연초에 라이프치히에서 개최되는 박람회)가 이와 비슷한 역할을 하고 있다. 물론 이러한 도서 박람회에는 '아동 · 청소년 도서'가 전시되는 특별 파트가 따로 있다. 바로 이것은 기관 내부적인 세분화라 할 수 있다. 이와는 반대로 연초에 개최되는 국제적인 차원의 아동 · 청소년 도서 전문 박람회(이탈리아의 볼로냐)가 자리를 잡고 있는데, 대부분 독일어권의 아동 · 청소년 도서 출판사들이 그 중심을 이룬다.

서적 소매 분야도 역시 비슷한 상황이다. 이 분야에서도 아동 · 청소년 도서를 위한 포괄적인 특별 도서 판매의 세분화에 대해서는 논의할 수 없다. 자영업으로 운영되고 있는 아동 · 청소년 도서 서점의 수가 특히 대도시에서는 적지 않지만, 그곳에서 팔리는 도서량은 사실상 아동 · 청소년 도서가 서점을 통해 팔리는 수치에 아무런 변화를 주지 못한다. 이 부분에 있어서는 일반적으로 기관 내적인 차원의 세분화가 이루어지며, 대부분의 도서 판매는 아동 · 청소년 도서 담당 부서에서 맡는다. 아동 · 청소년 도서와 관련된 업무의 전문화는 확실히 규모가 보다 큰 기업에서만 가능하다. 서적 소매와 함께 아동 · 청소년 도서의 보다 폭넓은 판매 경로로서 북클럽을 들 수 있다. 이러한 **북클럽**은 부분적으로는 자신들 고유의 도서 체인점을 소유하고 있으며, 또 부분적으로는 도서 판매의 운송 부분까지 담당하고 있다. 그 밖에 **다른 형태의 도서 판매**도 언급해야 한다. 이것은 큰 상점에서의 도서 판매로서 체인을 이루고 있는 대형 마트, 잡지를 판매하는 상점, 문구점, 선물 가게, 완구점에서 그리고 최근에는 가구점에서도 도서 판매가 이루어진다.

판매 영역에서는 소비자 내지는 **구매자**가 최종 단계로 분류된다. 이들은 대상물을 '소비'한다. 즉 '아동·청소년 도서 시장'이라는 행위 시스템에서 대상물을 끄집어낸다. 하지만 구매자가 반드시 (최종) 사용자일 필요는 없다. 다시 말해 구매자는 구입된 아동·청소년 매체를 다른 유통 시스템(도서관과 같은. 제2장 3절 참조)에다 반입시킬 수도 있다. 따라서 여기에서는 구매자가 소위 최종으로 구매한 대상물을 전달하는 최종 소비자로서의 위치를 차지하는 경우에서만 행위 기능을 살펴보고자 한다. 이러한 행위 기능이 제일 중요한 대상이 되는 독자 그룹인 아동과 청소년들에 의해 이용되는 경우는 얼마 되지 않는다. 주로 고학년의 아동과 청소년들이 스스로 선택하고 구입하는 아동·청소년 문고판 도서는 일찍이 구입자의 주머니 사정에 맞춰진 것이다. 양장본(하드커버)으로 된 아동·청소년 도서는 대부분 그 책들의 독자로 여겨지지 않는 어른들에 의해 구입된다. 이럴 경우 독자와 구매자가 일치하지 않고 분리된다. 성인 구매자는 구매를 다양하게 결정할 수 있다. 즉, 그들은 서점 직원과 같은 전문가들에게 선택 결정권을 일임할 수도 있고, 우선적으로 독자로 예상되는 최종 소비자들이 갖고 싶어 하는 책에 선택의 중점을 둘 수도 있다. 마지막으로 성인 구매자는 스스로 결정하려할 수 있는데, 이 때 여러 다양한 방법으로 조언을 구할 수 있다.

구매 동기를 살펴보면, 장정본으로 된 아동·청소년 도서는 대부분 '선물용 도서'에 속한다. 선물을 하는 동기 중에는 19세기 초 이후로 크리스마스가 제일 많다. 심지어 어떤 때에는 아동·청소년 도서가 대체로 크리스마스 시즌 상품으로 여겨져, 그 시기에만 눈에 띌 정도로 광범위하고 많은 양의 도서가 시장에 나올 정도이다. 크리스마스 외에 부활절도 있다. 보다 폭넓은 의미에서 선물을 주는 동기를 살펴보면 가톨릭과 관계된 행사로는 첫

영성체와 견진성사가, 기독교와 관계된 행사로는 세례식, 유대교의 바르 미츠바 의식(역주: 13세 때 치르는 유태교의 남자 성인식)이 눈에 띈다. 그리고 구동독의 성년식(역주: 14-15세 청소년들이 국가와 사회주의 사회에의 충성을 서약하는 제전)도 있다. 그 밖에 수호성인의 날과 생일 역시 못지않게 중요하다. 이런 날들에는 부모님이나 친척들뿐만 아니라 유치원이나 학교 친구들도 책을 선물한다.

'아동 · 청소년 도서 시장'은 특별한 기능적 측면에서 **평가를 실행**하는 행위 시스템이다. 따라서 '아동 · 청소년 도서 시장'은 유통 시스템일 뿐만 아니라 **선정 시스템**이다. 출판사들은 자신들에게 보내지는 수많은 원고와 삽화 초안들 중에서 선택을 한다. 시장에 제공된 매체들 중 아동 · 청소년을 대상으로 한 매체의 경우는 이미 선정 과정을 거친 것들이다. 계속해서 출판 영업자를 언급할 수 있을 것이다. 도서를 소매로 판매하는 경우에 이들은 출판사 기획 목록 중에서 자신의 마음에 쏙 드는 몇 개의 도서를 선택해 특별히 공세를 퍼부으며 적극적으로 제공하는 반면, 다른 도서들은 등한시할 수 있다. 제공되는 수많은 아동 · 청소년 도서들 중에서 선택을 해야만 하는 서적상이나 아동 · 청소년 도서 담당자는 출판 영업자와 맞서는 입장에 있다. 확실히 아동 · 청소년 도서 및 매체들의 소매에 있어서는 고객의 구성이 더욱 특별하다. 하지만 이 경우에도 마찬가지로 아동 · 청소년 도서에 대한 도서 판매 전문가들의 견해가 반영된다. 결국 어느 정도 비중이 있는 평가 기관과-전적으로 자신들의 생각을 개입시키는-선정 기관이 아동 · 청소년 도서와 매체의 성인 구매자인 것이다. 하지만 여기에 언급된 평가들은 공공 기관에서 행해진 것이 아니기 때문에 그 어떤 권위도 갖지 못한다. 다만 그때 마다 선정한다는 실질적인 효과를 누릴 수 있을 뿐이다.

이와 같은 행위 시스템은 **전문적인 공공성**을 통해 그 기능이 통합된다. 이러한 기능의 전문 공공성은 한편으로는 몇몇 출판사들의 공식 홍보 활동으로 이루어진다. 이러한 공식 활동은 한편으로는 서적상들을 대상으로 한 활동–일 년에 두 번 나오는 신간 안내문이나 『뵈르젠블라트 *Börsenblatt*』(아래 참조)에 내는 광고–이고, 다른 한편으로는 직접적으로 일반 대중 고객을 대상으로 한 활동–도서 팸플릿, 전체 목록, 또는 일반 대중 신문이나 잡지에 난 광고–이다. 또 다른 한편으로 도서 판매를 전문으로 하는 공식 기관 및 그 기관의 활동에는 출판 연합회의 기관지나 사기업에 의해 출판되는 전문 잡지가 해당된다. 독일의 도서판매 거래소 협회에서 발간하는 『독일 도서 판매를 위한 뵈르젠블라트 *Börsenblatt für den Deutschen Buchhandel*』는 아주 중요한 의미를 갖는다. 이 잡지는 정기적으로 아동 · 청소년 도서 분야도 다룬다(그리고 주요 연간지인 『아동 · 청소년 도서 *Kinder- und Jugendbuch*』에서도). 『뵈르젠블라트』가 우선적으로 출판사 직원과 도서를 판매하는 직원을 대상으로 한 잡지라면, 독일 도서판매 거래소 협회에서 발간하는 『부흐저널. 주제, 제목, 조언 & 경향 *Buchjournal. Themen, Titel, Tips & Trends*』 역시 도서 판매를 통해 직접적으로 일반 대중 구매 고객에게 전달되는 고객용 잡지다. 하렌베르크 커뮤니케이션 출판–매체 회사에서 발간하는 『부흐레포트 *Buchreport*』는 전문지인 반면, 같은 회사에서 발간되는 『부흐 악투엘 *buch aktuell*』은 일반 독자들을 대상으로 한 잡지이다.

아동 · 청소년 도서를 전문으로 하는 고객용 잡지로는 90년대 초 발간되기 시작한 『도서–매체–잡지 *Bücher-Medien-Magazin*』와 『힛츠 퓨어 키즈 *Hits für Kids*』가 대표적이다.

'도서 판매와 출판사를 위한 잡지'로 발행되는 『힛츠 퓨어 키즈』는 얼마 전부터 『부흐저널』의 부록으로 판매되고 있다. 『부흐베르붕 데어 노인Buchwerbung der Neun』에서 출판하는 『룩. 샤우엔-레젠-슈필렌. 모든 어린이들을 위한 재미난 잡지.Look. Schauen-Lesen-Spielen. Das lustige Buchmagazin für alle Kids』도 이러한 범주에 속한다. 이미 언급된 '청소년 도서 출판 협회'는 1998년부터 독자적으로 아동 · 청소년 도서 추천 목록을 발간하고 있다. 『뷔혀박스. 새로 나온 아동 · 청소년 도서를 실은 책 상자Bücherbox. Neue Kinder- und Jugendbücher』라는 타이틀의 이 추천 도서 목록은 '도서 판매원'이 그 대상이다. 이 목록을 이와 같은 출판 시스템과 관련된 그 밖의 공공 기관의 참고 자료로 간주할 수도 있다. 여기에서 언급된 잡지들은 대개 전체 내지는 상당 부분 출판사들의 광고나 구독료를 통해 재정적인 측면을 충당하고 있다.

행위 시스템으로서의 '아동 · 청소년 도서'에 대해 언급하면서, 분리된 독립적인 도서 시장이 '아동 · 청소년 도서'에 관계되어 있다는 사실이 논의되지 않았다. 오늘날 아동 · 청소년 도서는 거의 다양하게 공급되는 서점을 통해 판매되는 하나의 상품을 의미한다. 아동 · 청소년 도서 시장은 일반도서 시장의 담당 부서와 관계되어 있다. 그럼에도 불구하고 이러한 행위 시스템은 몇몇 분야로 다양하게 세분화된다. 대부분 제작자 측면에서의 기관별 세분화가 성공적으로 이루어진 것 같다. 50년대 이후로 독일의 (동독과 스위스 그리고 오스트리아에서도) 아동 · 청소년 도서 출판사(주21)와 그 밖의 출판사들은 몇몇 아동 · 청소년 도서 출판부(주20)가 주도하고 있다. 출판사가 한 분야에 주력하는 전문화는 이러한 행위 시스템의 다른 분야에서의 전문화와는 비교도 할 수 없을 정도이다. 아동·청소년 도서 전문 매장은 수적인 면에서는 아동·청소년 도서를 전문으로 하는 고객용 잡지와 마찬가지로 제외된다.

3. '아동·청소년 도서'와 관련된 공공 도서관의 행위 시스템

독립적인 **공공 도서관 제도**가 생성된 곳이라면 어디서든 이와 같은 행위 시스템에 대해서 언급할 수 있다. 이것은 한편으로는 더 이상 종교적으로 연관되지 않고 정치적이거나 세계관에 입각한 운동에 편입되지 않은 도서관 제도를 의미하고, 다른 한편으로는 학술 도서관 같이 교육 기관 또는 연구 기관(전문대학, 단과대학 내지는 종합대학, 아카데미, 연구소 등)에 구속되지 않은 도서관 제도를 의미한다. 공공 도서관은 "우선 일반 정보를 제공해 주고, 정치적이고 직업적인 일반 교육 및 관리"에 기여한다. 그리고 "보유하고 있는 책들을 전체 공공 기관에 제한 없이 제공" 한다(Hacker 1976, 13). 이와 같은 공공 도서관은 전적으로 법적 책임이 있는 공식 기관이다(자치단체, 주(州), 연방). 오늘날 교회 기관에 속한(가톨릭, 신교도, 유대교와 관계된) 공공 도서관(교구에서 운영하는 도서관)은 전적으로 이중적인 역할을 하고 있다. 한편으로는 교회 내부 기능(말하자면 종교 서적 보유와 같은)을 수행하고, 다른 한편으로는 모든 사람들이 이용할 수 있는 일반 도서관으로 인식되어 본래의 목적 대신 공공 도서관으로 이용할 수 있다. 후자의 역할을 대신함으로써, 즉 종교적이거나 교회에 연관된 특별한 임무 수행이 아닌 대중적인 임무를 수행함으로써 교회 기관에 속한 공공 도서관이 공공 도서관 행위 시스템의 한 분야를 형성하게 된다. 교회 기관에 속한 공공 도서관이 있는 곳에서는 이런 도서관이 공공 도서관 외에도 대출 가능한 도서 제공자로 등장한다.(이후 내용에서는 '도서관'이라는 의미는 '공공 도서관'을 의미한다.)

부족하나마 어느 정도 교육을 받은 계층과 전혀 받지 못한 계층, 소외 계층 그리고 특히 여성과 청소년을 대상으로 도서관이 도서를 제공하는 일은 교회나 종교단체를 통해 오랜 전통을 두고 있는 반면, 공공 도서관 제도는 그 역사가 얼마 되지 않는다. 공공 도서관이 발생하게 된 그 이념적인—주의:제도적인 것이 아니다—뿌리는 18세기 민중 계몽 운동에서 찾아볼 수 있을 것이다. 더욱이 18세기 이후 번지기 시작한 사설 유료 대여 도서관—물론 오늘날에는 전혀 중요하지 않다(그리고 부분적으로는 북클럽들이 그 기능적인 측면을 대신하고 있는)—이 중요한 선도자 역할을 했다. 부활의 시대, 즉 19세기 초엽과 중반 비더마이어 시대에 교회 관련 도서관 제도가 다시 우위를 차지하게 되었다면, 19세기 말과 20세기 초부터 기나긴 과정에서 마침내 포괄적으로 인정을 얻는 공식 기관으로서의 공공 도서관이 건립되었다. 모든 계층, 특히 중산층과 하류층의 아동들과 청소년들에게 양서를 제공하는 것은 공공 도서관이 반드시 필요한 구성 요소라는 사실을 드러내주고 있는 것이다. 이러한 공공 도서관을 정착시키고 제도적으로 안정시키는 것은 민중 교육 운동의 근본적인 목적 중의 하나였다.

이러한 행위 영역은 특별한 혼합 유형, 즉 **유통과 평가 시스템**과 관계가 있다. 공공 도서관의 행위 시스템이 주변의 다른 시스템에서 이용하는 재료로는 우선적으로 아동·청소년 도서가, 최근에는 아동·청소년용 카세트, CD, CD-ROM, 비디오카세트, DVD 같은 **아동·청소년을 대상으로 한 매체들**(주9)이 중심을 이룬다. 몇몇 예외적인 경우를 제외하고는 책이나 다른 매체들은 아동·청소년 도서나 매체 시장에서 잘 팔린다. 다른 모든 출판 시스템과 마찬가지로 공공 도서관 시스템도 그 고유의 대상물을 생산해낸다. 즉 아동·청소년 도서 시장에서 발생된 매체가 **공공 도서관의 매체**로 전환되는 것이다. 공공 도서관에서 선정하고 조사하고 분류한 도서들과 다른 종류의 매체가 바로 그것이라 하겠다. 이에 따르면 (일반) 시장에 아동·청소년 도서와 매체가 제공되는 것과 **공공 도서관에 의한 아동·청소년 도서와 매체의 제공**에는 차이가 있을 수 있다. 이러한 행위 시스템 내에서는 몇몇 기능이 단지 부분적으로만 제도적으로 세분화 되는데, 우리가 여기에서 다루는 것은 종종 기관 내부적인 업무 분담과 관련 있다.

생산과 관련된 첫 번째 기능에서는 공공 도서관 시스템이 **평가 시스템**임을 입증한다. 공공 도서관은 시장에 나와 있는 아동·청소년 대상의 매체를 선별하고 평가하는 일을 행하는데, 심지어는 논의되도록 이미 보내졌거나 요구된 서평용 증정본과 출판사의 관점을 바탕으로 평가하기도 한다. 제공된 대상물에 대한 선별 작업은 지역의 개별 도서관에서 시행할 수 있다. 보다 규모가 큰 도서관에는 이러한 일을 수행할 수 있는 자체 기능이 있다. 소위 말하는 편집부라는 부서가 바로 그것이다. 하지만 평가와 선정은 중앙 기관에 그 전권이 위임된다. 독일에는 이러한 기관이 몇 있다. 공공 도서관에 대해서는 로이틀링엔에 위치하고 있는 '도서관을 위한 구매 중심 회사(ekz)'가 평가와 선정 권한을 가지고 있고, 가톨릭 도서관에 대해서는 본에 위치하고 있는 '보로모이스 연합 협회'가(바이어른 주에 대해서는 뮌헨에 위치한 '성 미하엘 연합'이), 기독교 도서관에 대해서는 괴팅엔에 있는 '독일 기독교 도서관 연합 협회'의 '독일 도서 및 도서관 업무를 위한 본부'가 그 권한을 가지고 있다. 이러한 중심 기관들은 몇몇 편집부 직원의 도움과 각 도서관에서 파견된 다수의 사서들과 원고를 심사하는 편집원들의 공동 작업을 통해 시장에 나와 있는 도서와 매체들을 선정하고 평가할 뿐만 아니라, 구입하도록 제안을 하기도 한다. 그리고 그 결과는, 전체 혹은 상당 부분이 짧은 서평으로 이루어진 소식지에 실린다. 도서관을 위한 구매 중심 회사의 기관지로는 『BA-서평, 신간도서목록. 공공 도서관을 위한 편집부 간의 협력 평가인 기초 업무와 보고*BA-Besprechung, Annotationen. Basisdienst und Mitteilungsblatt der Lektoratskooperation für öffentliche Bibliotheken*』가 있고, 보로모이스 연합 협회의 기관지가 있고, 성 미하엘 연합의 『가톨릭 도서관 작업을 위한 도서 소개*Buchprofile für die katholische Büchereiarbeit*』, 독일 기독교 도서관 연합의 『데어 에반겔리쉐 부흐베라터. 책과 도서관 작업을 위한 잡지*Der Evangelische Buchberater. Zeitschrift für Buch- und Büchereiarbei*』가 있다.

위에서 언급된 모든 **도서관과 관련된 서평지**들은 정기적으로 아동 · 청소년 도서에 대한 짧은 서평을 제공할 뿐만 아니라 다음과 같이 도서를 분류한다. 우선 도서관을 위한 구매 중심 회사의 『BA』같은 경우, 아동 · 청소년 문학(= 'J')을 1.그림책, 2.동화와 우화, 3.전설, 설화, 민담, 해학극, 4.1.6~9세의 어린이를 위한 단편, 4.2.6~9세의 어린이를 위한 시, 운문, 여러 장르의 시 모음집, 4.3.6~9세의 어린이를 위한 실용서, 5.1.9~13세의 어린이를 위한 단편 소설, 5.2.13세 이상의 청소년들을 위한 단편과 장편 소설과 같이 분류하고, '도서 소개'는 아동 문학과 아동 실용서를 그림책, 동화, 6세 까지의 어린이를 위한 단편/그림책, 동화, 6~9세 까지의 어린이를 위한 단편/그림책, 동화, 10~14세 까지의 어린이를 위한 단편(14세 이상을 위한 청소년 장편 소설은 더 이상 세분화되어 구분되지 않는다. 대신 '순수 문학은 장편 소설과 단편 소설'로 분류된다)으로 분류하고, 『데어 에반겔리쉐 부흐베라터』는 그림책, 처음 글을 읽기 시작한 독자를 위한 단편, 어린이를 위한 단편, 청소년을 위한 단편, 젊은 청년들을 위한 단편, 아동과 청소년을 위한 실용서로 분류한다. 제공된 도서와 매체에 대해 중앙 기관에서 시행한 평가를 도서관이 반드시 의무적으로 받아들일 필요는 없다. 개별 도서관은 어떤 평가들에 대해서는 전적으로 무시할 수 있다. 어떤 특정한 경우, 즉 공공 도서관에 이미 비치되어 있는 아동·청소년 문학 작품들 중 출판사를 달리해서 새롭게 다시 출판된 판본-종종 대체하자고 추천된-의 경우에 도서관 시스템에서 시행하는 평가가 적용된다. 이러한 평가는 매체뿐만 아니라 아동·청소년 문학 작품들에도 적용된다. 이러한 경우, 이렇게 추천된 몇몇 매체들 중에서 **도서관이 공인한 아동·청소년 문학**이라는 다소 고정적인 자료가 생겨났다는 사실이 명확해진다.

서평지 외에도 공공 도서관의 전문지가 발행된다. 이 잡지는 대개 전문 연합 협회와 직업조합에 의해 발행되며 아동·청소년 문학의 발전과 중개에 대한 논의도 다루고 있다. 예를 들면 『BuB-책과 도서관. 매체, 커뮤니케이션, 문화. 도서관 사서와 보조사서 연합 협회에서 발행하는 전문 잡지*BuB-Buch und Bibliothek. Medien, Kommunikation, Kultur. Fachzeitschrift des Vereins der Bibliothekare und Assistenten e.V.*』(=vba)와 『디 뷔혀라이. 라인란트-팔츠의 지방 자치 단체에서 운영하는 공공 도서관을 위한 잡지*die bücherei. Zeitschrift für kommunale öffentliche Büchereien in Rheinland-Pfalz*』(코블렌츠의 라인란트-팔츠 주립 도서관 발행) 등이 있다. 이미 언급된 바와 같이 전문지들은 학회와 연수 모임을 주관하는 일 외에도, 특히 아동·청소년 도서 선정에 있어서의 문제점들을 다루는 **공공 도서관의 전문 기관**의 교육 자료가 된다. 시장에 제공된 아동·청소년 도서와 매체에 대해 미리 선정하고 평가하며 거기서 선정된 우수 도서와 매체를 추천하는 일과 함께 아동·청소년 도서와 매체의 구매 내지는 소비 측면의 행위 기능을 실행하는 것은 공공 도서관의 행위 시스템 내부적으로, 인력으로 그리고 제도적으로도 비용이 많이 드는 일이다. 이러한 행위 시스템은 전적으로 시스템 내부의 절차에 따라 아동·청소년 문학과 관련된 상품을 구축하는데 있어서 상당히 자율적이다. 그것은 넓게는 교회의 도서관에도 적용할 수 있을 것이다(이와 관련된 몇몇 전문 연합 협회들은 '교회 도서관 연합 연구회'로 편입되었다). 제공된 아동·청소년 도서에 대해 공공 도서관이라는 행위 시스템에서 실행하는 선정과 평가는, 그 범위와 방법적인 측면 그리고 계속성에 있어서 오늘날 다른 것들과 비교가 되지 않을 정도이다. 여기에 관여하는 구매 본부의 편집자와 공공 도서관의 편집인 내지는 사서들은 폭넓은 전문 지식을 갖춘 비교적 규모가 큰 전문가 그룹을 형성하고 있다. 공공 도서관에서 실행하는 아동·청소년 도서와 관계된 평가는 공공성에 있어서는 단지 부분적으로만 이용되긴 하지만, 이 분야에 있어서는 확실한 권위가 인정된다. 상당히 자율적인 공공 도서관의 평가 시스템은 전적으로 합법적인 아동·청소년 도서 공인 기관(제1장 5절 참조)으로 인정받고 있다.

개별 도서관은 공공 도서관에서 발행하는 서평지의 (주요) 수용자이자 공공 도서관 내부적인 평가 시스템 소비의 최종 단계이며, 공공 도서관이라는 행위 시스템의 생산과 관련된 마지막 두 기능의 실행자이기도 하다. 지금까지는 평가에 대해서만 이야기하였지만, 공공 도서관에 적합한 것으로 간주되는 도서들을 구입하는 것, 즉 구매도 중요하다. 공공 도서관은 일반적으로 도서나 다른 매체를 직접 소매로 주문하곤 한다. 이런 면에서는 공공 도서관은 다른 도서 구매자들과 구별되지 않는다. 두 번째 절차는 구입된 도서들을 도서관에 적합하게 처리하는 일이다. 말하자면 목록을 만들고(형식과 내용을 규명하고), 분류하며, 부분적으로는 책을 새롭게 장정한다(도서관용 제본). 이렇게 함으로써 공공 도서관 시스템 중 생산적인 기능, 즉 체계 대상물의 마지막 생산 단계를 완벽하게 파악할 수 있을 것이다. 물론 도서관들은 이 두 운영 기능을 중앙 기관에 위임할 수 있다. 사실상 공공 도서관의 중앙 부서는 중간 도매와 마찬가지로 개별 도서관의 주문에 물품을 공급해 주기 위해 도서들을 출판사로부터 직접 받거나 부분적으로는 많은 양을 비축하고 있는 구매 본부로서의 기능을 수행한다. 이런 경우도 도서목록을 작성하고, 분류하며, 책을 장정하는 일은 똑같이 이루어진다.

공공 도서관에서 시행하는 선별된 매체들의 (형식과 내용의) **규명과 분류**는 상당히 중요하다. 출간된 아동·청소년 도서의 분류는 이미 도서 소매 단계에서 이루어진다. 하지만 이러한 분류는 앞서 이미 연령을 세 단계에서 네 단계로 나누어 그룹을 지었던 세분화와 마찬가지로, 일반적으로 그림책, 단편 도서/일반 대중 문학, 실용서로 구분 짓는 것에 국한된다. 하지만 공공 도서관의 분류는 더 나아가 수용자와 관련된 목록도 작성하며(예컨대 소녀 문학), 내용, 주제별 영역 그리고 모티브에 따라, 부분적으로는 장르에 따라 분류한다. 이 부분은 이미 제1장에서 언급된 수용자 혹은 이용자 중심의 자료 구성(주11 참조)과 연관되어 있다. 현재 공공 도서관의 행위 시스템은 이러한 도서자료 구성에 대해 결정적이지는 않지만 그래도 상당히 책임이 있다.

이러한 시스템의 **유통 기능**은 공공 도서관에 의해 제공된 아동·청소년 도서를 비치하고 적극적으로 제공하는 일이 그 중심을 이루고 있다. 후자는, 도서관을 이용하는 아동들과 청소년들이 열람과 대출을 할 수 있는 열람실과 (개방된) 서고를 통해 이루어진다. 그 외에 도서-매체 전시회, 독서 토론회, 특별 목록과 주제별 소책자, 낭독회, 작가 낭송회와 소규모 연극 공연, 공공 도서관에서 주관하는 공식 행사와 같은 특별 행사를 언급할 수 있다.

공공 도서관이라는 행위 시스템의 **최종 소비자**는 **도서관 이용자** 내지는 **대출하는 사람**이다. 도서 시장에서와 마찬가지로 이 경우도 책을 읽을 독자와 대출자가 일치하지 않을 수도 있다. 즉 어른들이 아이들을 위해 읽을거리를 대출할 수도 있다. 하지만 도서 판매에 있어서는 (서로 다른 두 개의 그룹에서) 책을 구매한 사람이 꼭 그 책을 읽을 사람은 아니라는 구매자와 독자 사이의 역할 분리가 일반적인 반면, 공공 도서관 시스템에서는 꼭 그렇지는 않다. 공공 도서관의 무료 도서 대출(혹은 최소한의 대여료를 받는 대출)의 원칙은, 책값의 부담을 덜어줌으로써 접근을 용이하게 하는 사회적 요소만을 갖춘 것은 아니다. 그와 동시에 대출 가능한 도서를 아동·청소년 독자가 직접 접할 수 있도록 하는 것을 전제 조건으로 하고 있다. 책을 대출하는 행위는 글자 그대로 책을 사는 것 보다 비용이 덜 드는 일이다. 도서 대출은 비용지출 없이 이루어질 수 있기 때문에 아이들과 청소년들의 용돈뿐만 아니라 부모님의 지급 능력과는 상관없으며, 더욱이 무슨 특별한 날(생일, 견진 성사, 크리스마스 등)에만 선물을 해주곤 하던 것과는 달리 평상시에도 책을 접할 수 있게 해준다. 결국 도서 대출은 비용이 들지 않는 행위-그것은 단지 한시적으로만 책을 소유한다는 사실을 통해 그 효과가 더욱 강화되는-이기에 거의 어른들의 간섭을 받지 않는다. 도서 대출은 아동들과 청소년들의 일상에서 돈을 많이 들이지 않고 이루어지며, 그런 이유로 실질적으로 책을 읽도록 동기를 부여하는 데 (그리고 실질적으로 책을 읽는 속도에) 있어서도 한 몫하고 있고, 무엇보다도 비교적 가볍게 어른들의 주의를 피할 수 있게 해 준다. (어쨌든 비용이 많이 들지도 않고 자신의 소유물도 아닌 도서 대출을 통해서는 또래 집단 내에서 거의 어떤 '상징적인 자산'도 축적할 수 없다.)

하지만 아동·청소년 독자가 직접 책을 접할 수 있는 가능성은 또 다른 방법적인 한계에 부딪히게 된다. 아동·청소년 독자가 접하게 될 책들은 이미 선별되고 통제된, 즉 다소 엄격한 검열 과정을 거친 도서와 매체들에 국한될 수 있다. 어린이 독자들, 특히 청소년 독자들은 어떤 특정한 한편으로는 바람직하지 않은 책을 읽고 싶어 하는 욕구를 공공 도서관에서는 충족시킬 수 없다는 사실을 분명히 알고 있다. 아동들과 청소년들이 도서를 대출할 때 부모님의 간섭을 피하는 것은 아동·청소년들의 도서 대출이 종종 제한을 받는다는 느낌이 드는 도서관 관련자들의 감독 하에 다시 방해를 받는다. 도서관은 공공장소이기 때문에 도서 대출은 공공 기관에서 실행하는, 즉 사회적 제약을 받는 행위인 것이다. 아동과 청소년 독자 입장에서 도서 구입에 비해 보다 더 자유롭게 도서를 선택할 수 있는 여지는 엄격한 도서관 사서들의 규제를 받기는 하지만, 다른 한편으로는 이러한 자유로운 선택의 여지에 대한 도서관측의 존중 가능성도 존재한다. 공공 도서관은 도서 판매보다 아동·청소년 독자들과 관계를 맺을 수 있는 기회가 더 많다. 공공 도서관은 아동·청소년들이 당연히 집안에서는 경험할 수 없는 독서 체험을 할 수 있도록 중개자 역할을 할 것이다.

여기서 언급되는 '아동·청소년 도서'와 관련된 공공 도서관의 행위 시스템은 제도적으로 독립된 아동·청소년 도서 전문 도서관과는 무관한 것이다. 공공 도서관은 다수의 독서 그룹을 도서관이 관리하는 것을 목표로 하고 있다. 그 그룹들 중 하나가 아동과 청소년 독자들로 구성된 그룹이다. 공공 도서관은 여러 방식으로 다양한 목표 그룹을 제대로 취급하려 노력하고 있다. 아동·청소년 독자 같은 경우에 **아동·청소년 도서와 매체를 담당하는 전담 부서**를 설치하며, 이에 상응해서 **그 부서에 속한 아동·청소년 도서와 매체를 담당하는 편집부**를 조직하기도 한다. 여기에서 모든 공공 도서관의 구조상의 특성을 관찰할 수 있다("대부분의 공공 도서관에는 아동·청소년 도서를 전담하는 고유 부서가 있다." Hacker 1976, 23). 대도시의 공공 도서관-오늘날 대부분 **도서관 시스템**이 하나의 **중앙 도서관**과 몇몇의 **지역 도서관**과 관계있는 (Hacker, 25)-의 경우에는 다양한 형태의 부서가 있다. 아동·청소년 도서 전담 부서를 갖춘 중앙 도서관뿐만 아니라 지역 도서관이 생길 수 있다. 하지만 아동·청소년 도서 전담 부서가 없는 중앙 도서관과 함께 공간적으로 독립된 아동·청소년 중앙 도서관이 있는 경우도 있다. 이것은 제도적으로 독립된 일련의 아동·청소년 전문 도서관의 가능성을 의미하는 것이다. 뮌헨에 있는 '국제 청소년 도서관'이 이에 해당한다고 할 수 있다.

4. 아동·청소년 문학과 관련된 유통 – 평가 시스템에서의 '교과용 도서'

현재 독일에서는 유치원과 학교도 아동·청소년 도서의 보급에 있어 중요한 중개자 역할을 하고 있다. 적지 않은 수의 청소년들은 우선적으로 이러한 공공 기관을 통해 그림책, 아동 도서, 청소년 도서를 접하게 되고, 그와 동시에 책을 읽도록 강요된다(소위 말하는 독서 진흥). 하지만 유치원과 학교는 유통 시스템일 뿐만 아니라, 아동·청소년 문학과 도서를 수용하는, 즉 구매라는 고유의 형태가 이루어지는 장소이기도 하다. 이미 언급된 바와 마찬가지로 유치원에서는 그림책들을 여럿이 함께 볼 수 있고, 이야기를 낭독할 수 있으며, 카세트테이프나 CD를 들을 수 있다. 초등학교와 중학교에서는 (국어 시간뿐만 아니라 다른 과목 시간에도) 다른 텍스트들과 함께 동시, 아동용 단편선 그리고 청소년 대상의 소설을 모두 읽고 토론한다. 이러한 이유에서 이어지는 언급도 학교에 국한되며, 그것도 문학 작품 내지는 매체들의 유통 시스템을 의미하는 한에서만 조망된다. 아동·청소년 문학 작품에 대한 학교의 구매에 대한 설명은 아동·청소년 문학의 수업 방식 분야에 해당된다. 하지만 유감스럽게도 이 책에서는 이 부분에 대한 논의는 이루어지지 않는다.

학교가 책과 다른 매체들의 유통 시스템과 관련되어 있다면, 이 부분에서는 좁은 의미에서의 교과용 도서—몇몇 전문 분야와 학년별 참고서 또한—에 관심을 갖는 것이 아니라, 수업용 교재에 추가로 사용되는, 즉 교과서에 부가적으로 읽히기 위해 학생들에게 제공되는 모든 도서에 관심을 가질 것이다. 이러한 특징의 도서에 대해 우리는 이미 제1장에서 **교과용 도서**로 설명한 바 있고, 여가 시간에 읽는 도서로서의 아동·청소년 도서(주1)와도 구분을 지어 설명한 바 있다. '아동·청소년 도서'와 '아동·청소년 추천 도서'(주2)에 근거한 '교과용 도서'와 '교과용 추천 도서'의 구분은 의미가 없다. 왜냐하면 이러한 도서들은 몇몇 자발적으로 읽는 도서와 관련성이 많지 않기 때문이다. 교과용 도서로 간주되는 것은 다소 의무적인 성격을 띠고 있으며, 그에 따라 수업 내지는 수업에 추가로 읽혀진다. 이에 반해-아동청소년을 대상으로 하는 도서(주8)에 상응해서-**교과용 전문 도서**는 이 경우에 특히 학교에서 필요한 것으로 집필된(예컨대 받아쓰기 연습 텍스트 또는 문법 연습문제 텍스트) 모든 텍스트로 이해할 수도 있다.

교과용 도서와 관계된 학교 유통 시스템은 공공 도서관의 행위 시스템과 마찬가지로 첫 번째 생산자로서의 행위 기능면에서 비용이 꽤 많이 드는 **평가 시스템**임이 증명된다. 물론 이것은 시장에 나와 있는 아동·청소년을 대상으로 한 매체와 관계된 것은 아니다. 아동·청소년을 대상으로 한 매체 시장이 관심을 갖고 다루는 **재료**의 경우는, 일반적으로 **텍스트**, 즉 **문학 작품**들이 그 중심을 이루고 있다. 문학 작품의 구매는 매체들의 소비와는 다른 규정을 지켜 실행된다. 바로 저작권 문제가 여기에 해당된다. '저작권이 없는'(예컨대 소위 말하는 전래 동요와 동시, 민담, 설화, 해학극 등) 경우는 저작권이 만료된 텍스트(즉 고전 문학 작품)의 경우와 마찬가지로 비용을 들이지 않고 수업에 사용할 수 있다. 저작권법의 보호를 받는 텍스트-요즘은 거의 모든 텍스트들이 저작권의 보호를 받고 있다-를 사용할 때에는 저작권료(저작권 소유자에게)와 사용료(파우게 보르트VG Wort(역주: 저작권 담당 에이전시)의 경우)를 지급해야 한다.

교과용 도서로 사용 가능한 것으로 여겨지는 텍스트의 출처에 대해 고려해 보면, '아동·청소년 도서'와 관련된 공공 도서관의 행위 시스템과는 큰 차이가 있다. 후자의 경우는 그 선택이 일반적으로 '아동·청소년 도서' 시장에서 이루어지는 한에서 선행된 구분과 관련되어 있다. 이러한 구분을 자체 내에서 다시 한 번 구분하기 위해, 아동·청소년들이 읽어야만 하는 도서에 대해 앞서 제시되었던 구분 내에서 다른 것-일차적으로 작가와 출판자-들 중 하나를 받아들인다. 일반적으로 교사들과 교사를 양성하는 교육자들에 의해 시행되는 교과용 도서 선정의 경우, 기본적으로 앞서 시행된 구분은 받아들여지지 않는다. 어쨌거나 그러한 구분은 예컨대 학교 측면에서는 이내 순전히 이윤 추구라는 혐의를 받고 있는 출판사에 의해 실행되었다 하더라도 받아들여지지 않는다.

교과용 도서로의 사용 여부를 판단하는 학교 감독 기관과 교사들 차원에서 보자면, 아동·청소년 도서로서 시장에 나와 있는 것은 결코 교과용 도서로 적합하지 않다. 학교 감독 기관과 교사들이 오히려 **다른** 문학 종류, 즉 대중 문학이나 '고전 문학'에서 교과용 도서를 발견할 수 있다고 믿었던 시대가 있었다. 이들은 때때로 '아동·청소년 도서' 시장에 대해 특별한 불신임을 표하기도 하는데, 이것은 19세기 말 볼가스트(1910)에서 보였던 것처럼 근본적인 불신으로까지 이어졌다. 18세기와 19세기 초를 살펴보면, 아동·청소년 도서는 세기말부터 실행되어온 모든 예비 작업들에서 20세기 중반에 들어서야 비로소 교과용 도서의 범주에 받아들여지는 보다 폭넓은 기회를 얻을 수 있었다. 처음으로 1963년 출판된 안나 크뤼거(Anna Krüger)의 학술 연구 저서인 『교과서로서의 아동·청소년 도서*Kinder- und Jugendbücher als Klassenlektüre*』는 이 분야에서 어느 정도 성공을 거두었다. 아동·청소년 도서 중에서 어느 정도나 교과용 도서로 채택될 기회를 얻을 수 있는가 하는 것은, 일반적으로 학교 감독 기관과 선생님들이 그때 마다 주도하는 문학 교육 콘셉트, 특히 국어 수업 콘셉트에 의해 좌우된다. 텍스트의 작가가 아동과 청소년 독자를 염두에 두었다는 사실이 장점이 되지 않는 것과 마찬가지로, 텍스트의 작가가 아동과 청소년 독자를 전혀 염두에 두지 않았다고 하더라도 어쨌거나 그러한 사실이 **교과용 도서로 쓰일 텍스트**

선정에 장애가 되지는 않는다. 예외의 경우를 제외하면, 이와 같은 선정 과정에서는 일반 문학 작품들이 특별히 불이익을 당하는 것도 아니고, 아동과 청소년을 대상으로 한 도서(주8)가 특별히 우대 받는 것도 아니기 때문이다. '교과용 도서'의 유통 시스템에 있어서는 좁은 의미에서의 아동·청소년 도서 행위 시스템이 중요한 의미를 갖지 않는다.

여기에서는 개별적으로 시스템 대상물의 기초를 이루는 선정 절차에 대해서는 언급하지 않겠다. 독일에서는 이러한 선정 절차가 주마다 각각 다른 방식으로 이루어진다. 마찬가지로 학교 감독 기관(때에 따라서는 정부 각료에 이르기까지)과 개별적인 학교 또는 교사진 사이의 권한 분할도 서로 다를 수 있다. 여기에서는 중요한 심사의 대상인, 다시 말해 (긍정적인) 승인을 받은 작품들만이 이러한 시스템의 대상물이 될 수 있다는 사실을 확인하는 것으로 충분하다. 교과용 도서 또한 그 자체로 **공인된 (아동·청소년)문학**이다.

유통과 관계된 행위 기능과 관련해서 다음과 같이 부연설명을 할 수 있다. 교과용 도서와 관련된 학교의 행위 시스템은 매체를 구입하는 것이 아니라 텍스트만을 구입하기 때문에, 두 번째 행위 단계에서는 **학교와 관련된 출판물**에 관심을 가져야만 한다. 여기에는 학교를 특정 대상으로 한 두 가지의 출판물 형식이 해당된다. 그것이 일반적인 문학 텍스트이건 아동·청소년 문학 텍스트이건 상관없다. 짧은 형식의 문학(시, 우화, 일화, 경구 등) 내지는 분량이 보다 적은 텍스트 종류(동화, 이야기, 단편, 단막극 등) 또는 길이가 긴 텍스트 종류(단편 소설, 장편 소설, 희곡 등)에서 발췌한 것들은 (학교) **독본**으로 편성된다. 반면 길이가 훨씬 긴 텍스트 종류(소위 말하는 교과서에 인용된 텍스트 전문(全文))는 다소 길이가 짧아진 형태로 독자적인 **교과서**-종종 수업 방식과 관련된 부교재도 포함-로 만들어진다. 독본과 교과서(수업용 교재와 연습 문제, 교사 지침서와 그 밖의 수업관련 출판물)는 **교과서 전문 출판사**에서 출판한다. 독일의 경우 교과서 전문 출판사는 다른 아동·청소년 도서 출판사와 구분된다. 교과서 전문 출판사의 출판물들은 자유로운 도서 출판이 아닌, 이용자 내지는 구매자에 의해 우선적으로 규정된 도서출판이다. 이런 출판사들은 거의 학교 감독 기관과 교사진의 방침에 맞춰 출판한다.

아동·청소년 문학 작품들이 교과용 도서와 구체적으로 어떤 관계를 맺고 있는지는 시대에 따라 다를 뿐만 아니라 학교 유형에 따라서도 차이가 있다. 다수의 연방 각 주(州)의 현재 초등학교 독본은 어린이 대상의 아동도서(시, 동화, 초보자가 읽는 이야기, 환경 이야기, 현대 아동 단편)들이 대부분이다. 이와 같은 단계의 학교를 살펴보면, 점차 어린이를 대상으로 하는 아동도서(주8)가 교과용 도서의 대부분을 차지한다고 할 수 있다. 초등교육 과정의 마지막 학년에서 그리고 중등과정 (첫 단계의) 저학년에서 읽혀지는 교과서에 인용된 텍스트 전문도 이와 비슷하다. 이 경우에도 이야기식의 아동·청소년 도서가 지배적이다. 다수의 교과서 전문 출판사들은 이에 대해 이미 교과서 내지는 교과서에 인용된 텍스트 전문에다가 학교에서 사용되는 아동·청소년 단편 소설과 장편 소설을 수용하는 방법으로 대응하고 있다. 하지만 대다수의 경우 교과서가 아닌 아동·청소년 문학 작품의 양장본(초판본) 또는 문고판 형식을 이용한다.

아동·청소년 도서 출판사들은 소위 말하는 **수업용 문고판 도서**를 납품해 왔다. 학교는 오로지 교과서를 출판하는 출판사에서 출간된 도서들만 승인하는 근본 원칙을 깨고 있다(이 경우 학교는 텍스트뿐만 아니라 매체들도 구매를 하며, 그런 면에서 공공 도서관의 구매 방식에 가깝다). 아동·청소년 도서 출판사들은 수업용 문고판 도서를 납품함으로써 교과서를 출판하는 출판사 고유 분야로 파고들며, 특히 교과서 출판 부문에서 경쟁을 벌이고 있다(점차 아동·청소년 소설의 많은 문고판 형식이 보다 매력을 끌게 되었을 뿐만 아니라 이에 맞게 교과서보다 값도 훨씬 저렴하다). 이와 비슷한 상황은 수업용 지침서의 경우에서도 나타난다. 예를 들면 아동·청소년 도서 출판사들은 점점 자신들이 출판해낸 아동·청소년 도서에다 수업 제안서와 수업자료를 덧붙여 내놓고 있다. 아동·청소년 도서를 문고판 형식으로 출판하는 출판사들은 교사들을 위한 일련의 시리즈물을 이미 발행하고 있다(『학교에서 데테파우 주니어 읽기Lese in der Schule mit dtv junior』, 베텔스만 옴니부스 타셴부흐 출판사의 『책 읽는 스쿨버스Schulbus Praxis』, 피셔 샤츠인젤 출판사의 아동·청소년 도서 문고판 시리즈 『학교를 위한 보물섬Schatzinseln für die Schule』 등). 비록 한쪽 측면에서 보는 것이기는 하지만 아동·청소년 도서 출판사와 교과서를 출판하는 출판사 사이의 권한의 경계가 여기에서는 무력화된다.

학교와 공공 도서관의 행위 영역은, 비록 광범위하게 적용되는 것은 아니지만 독일의 대다수의 학교에서 실행하고 있는 제도와 연관해서 서로 관련을 맺게 된다. 즉 이 두 영역이 서로 정식으로 접목되는데, **학교 도서관**이 바로 그것이다. 수업에 부가적으로 읽히기 위한 도서(여기에는 백과사전, 그 밖의 (사전 편람 따위의) 참고 서적, 전공분야와 관련된 전문적인 실용서 등이 속한다고 할 수 있을 것이다)가 반입된다는 점에서 학교 도서관은 교과용 도서와 연관된 행위 시스템에 속한다. 그리고 "학생들이 대출을 할 수 있게끔 넓은 의미에서의 교과용 도서를 비치(주18)해 놓는다"는 특정한 기능도 있다. 그러나 일반적으로 학교 도서관에서 제공하는 도서들은 수업에 사용되는 도서들에만 한정되는 것은 아니다. 말하자면 대개 학교 도서관은 학생들에게 여가용 도서도 제공하며, 그 중 대부분이 아동·청소년 도서이다. 요즘 같은 시청각 자료 시대에 있어서 여가용 도서는 학교 운영진과 교육청 측면에서는 개인 독서를 자극하는 수단으로, 소위 말하는 독서진흥 수단으로 간주된다. 학교 도서관은 이처럼 폭넓게 도서를 제공하고 기능의 다양성을 광범위하게 발휘함으로써 공공 도서관과 함께 한 분야 내지는 동일한 분야로 분류된다. 그러한 전제 하에 학교 도서관 제도는 전적으로 특정 분야가 확장된 것으로, 즉 대체로 공공 도서관 제도가 학교 영역으로 연장된 것으로 간주할 수 있다. 몇몇 자치단체에서는 이러한 특징이 제도적 측면에서 반영되어 나타난다. 즉 학교 도서관은 학교가 아니라 지방 공공 도서관에 의해 일종의 지점같이 운영된다. 학교 도서관에 대해 공공 도서관은 실질적인 부분을 담당하고 있다. 예를 들자면 베를린에 위치한 독일 도서관 연구소는 학교 도서관을 위해 상담소-동시에 『학교 도서관의 현재. 논문, 보고와 정보*Schulbibliothek aktuell. Beiträge, Berichte und Informationen*』라는 잡지의 편집자로서의 역할도 담당하는-를 제공해주고 있다. 하지만 이런 종류의 상담소는 현재 주 정부의 담당 부서 또는 지방 자치 단체의 담당 부서에서도 찾아볼 수 있다.

5. '아동·청소년 문학'의 교육학적인 행위 시스템

앞서 공지한 바와 같이, 여기에서는 아동·청소년 문학에 대한 평가 시스템-상당히 오랜 기간 동안 행위 영역 전반에 영향을 끼친-의 생성 과정을 쫓기 위해, 현재를 떠나 과거 19세기와 20세기 초로 눈을 돌릴 것이다. 이 때 18세기와 19세기 초에 이미 그와 같은 평가 시스템의 초기 형태나 시초가 될 만한 조짐이 있었는지에 대한 질문에 대해서는 주의를 기울이지 않을 것이다. 19세기가 진행되면서 서서히 드러나기 시작한 평가 시스템은 초등학교 교사진에 의해 운영되었다. 예로부터 교사들은 (개인 교습이건 학교 수업이건 간에) 수업뿐만 아니라 어린이와 청소년들의 교육에 대해 포괄적인 의미에서 책임감을 갖고 있었다. 본 내용에서 교사가 교육 담당자로서의 역할을 의미할 때에는 **교육학자**로 표시하는 곳도 있을 것이다. **아동·청소년들이 학교 수업과 상관없이 여가 시간에 읽는 도서에 대한 감독**도 동시대 교육학자로서의 교사들에게 주어진 의무라는 게 공통된 견해다.

모든 도서는 아동·청소년 독자들에게 교육적으로 영향을 미친다. 하인리히 볼가스트는, "청소년 문학"은 "언제 어느 상황에서건 교육 수단으로" 작용하기 때문에 "예외 없이 의도적으로 교육적인 영향력을 염두에 둔 관점에서 관찰될 수 있다"고 언급했다(Wolgast 1910, 18). 이러한 전제 조건 하에서 교육학자들은 모든 읽을거리들을 교육학적인 측면에서 평가해야 한다는 의무감을 느끼고 있다. 즉 교육적인 관점에서 보았을 때 유용한지 (아니면) 해로운지를 판단해 분류한다. 따라서 두 가지 이유를 바탕으로 **교육학적**인 평가 시스템에 대해 논하고자 한다. 한편으로 이 시스템은 교육학자들에 의해 운영된다는 것에 대해 언급할 수 있다. 그리고 다른 한편으로 이 시스템 내에서는 교육학적인 관점에 따라 판단되기 때문에, 그 성과 내지는 시스템 대상물에 초점을 맞춰 **교육학자들이**(교육학적으로 적합한지 아닌지)**추천한 아동·청소년 도서**에 대해서도 언급할 수 있다.(하지만 부차적으로 이러한 평가 시스템 담당자들 중에는 간혹 공공 도서관 사서 같이 분명히 다른 직업을 대표하는 사람도 있다고 언급할 수 있다. 하지만 그러한 사실은 행위 영역의 근본적인 특징에 아무런 영향을 끼치지 못한다).

교육학자들 간의 논의에서는 교과용 도서 이외에 아동과 청소년들이 읽는 문학 서적 내지는 일반 서적을 **개인 도서**로 지칭한다. 역사적으로 보면 이 용어는 다양한 의미를 내포하고 있다. 즉 이 용어는 아동 · 청소년 도서에 대해 여기에서 내린 정의(주1)에 따라 여러 차례 중립적으로 사용되었는데, 이 경우는 때에 따라서 여가용 도서라고도 했다. 하지만 텍스트를 **순전히 개인** 도서로 분류하는 일은 종종 그것 자체로 평가 절하되는 일이기도 하다. 이런 종류의 도서의 경우 기껏해야 '문제의 소지가 없는' 공인되지 않은 도서가 주류를 이루기 때문이다. 이러한 추론에는 어떤 논리적 연관성이 있다. 말하자면, '교과용 도서' 자체가 긍정적인 가치를 내포하고 있다면, 의도적이건 아니건 이내 부정적인 가치를 내포하고 있는 대립개념과 연관되는 것이다. 교과용 도서와 개인 도서 사이의 대립은 그 의미에 따라 단순히 상황적인 차이점(수업용 교재인지-수업 외적인 것인지)에서 벗어나 가치의 차이(공인된 것인지-비공인된 것인지)로까지 영향을 미치게 된다. 이와 같이 '개인 도서'라는 용어를 그 가치를 인정하는 좁은 의미로 정의 내린다면-이에 대해서는 전적으로 역사적인 측면에서 동기가 부여되는-, 이것은 아동 · 청소년 도서(주1)와 일치하지 않는 수집된 텍스트 자료와 관계된다. 교과용 도서와 개인 도서에 대한 가치 평가 면에서의 대립 개념은 특히 19세기부터 20세기 초를 특징짓는 학교 제도 내지는 교사진들과 아동 · 청소년 도서 시장이 첨예하게 대립하는 역사적인 상황에서 기인된다. 하지만 20세기 중반과 후반을 살펴보면, 역사적으로 더 이전 시대에도 이처럼 양극화된 대립 개념은 적당하지 않다. 그렇기 때문에 우리는 여기에서 개인 도서라는 개념을 사용하지 않고, 중립적인 개념인 '아동·청소년 도서'라는 개념을 사용하거나 때에 따라서는 '여가용 도서'라는 개념을 사용하고자 한다.

18세기와 19세기 초 상류층에서 지배적인 수업 형태였던 가정교사의 경우에 수업 외적인 아동·청소년 도서에 대한 교육학자로서의 권한은 당연한 것이었으며, 이 경우 교사와 양육자로서의 겸임이 확실했다. 18세기에는 가정교사가 자신에게 가르침을 받는 '문하생'들의 수업 교재뿐만 아니라 그들이 여가용 도서까지도 선정하는 권한을 갖고 있었다. 크리스티안 펠릭스 바이스 Christian Felix Weiß에 의해 1776년부터 발간된 어린이 잡지 『어린이들의 벗 Der Kinderfreund』에 실린 친숙한 틀 이야기에서는─이 시대의 수많은 다른 작품들에서도─부분적으로 아동들과 청소년들이 여가용 도서에 대해 가정교사가 감독하고, 담당하며, 수업 외적으로 활용하는 것에 대해 자세히 묘사되어 있다. 이 때 가정교사는 도서를 선정할 수 있는 권한만 갖고 있었던 것은 아니다. 광범위하게 자신들이 선정한 도서의 유효 범위를 정할 수 있었다. 비록 그 영향력의 범위는 작았을지 모르지만, 가정교사들은 이상적인 문학의 사회화를 가능하게 하는 것뿐만 아니라 실현시키기 위해 열의를 다할 수 있었다. 대다수의 가정교사들은 자신들이 행사할 수 있는 협소한 영향력의 범위를 넘어 아동·청소년 도서의 교육학적인 비평가로, 이따금 아동·청소년 도서 이론가로도 활동했으며, 짧은 논문도 발표했다. 수업 외적인 아동·청소년 도서에 대한 교육학자들의 권한에서 아동·청소년 도서에 관여된 이론적이며 비판적인 논의가 이루어지는 고유한 전문 공식 기관이 생겨났다. 이 기관은 우선 아동·청소년 도서의 근본적인 질문들에 대한 교육학자들의 이해를 돕고, 부분적으로는 문외한, 즉 부모님들로 하여금 자녀들이 읽는 책을 살펴보는데 어느 정도 참여하도록 하기 위한 것을 목표로 하고 있다.

아동·청소년들의 여가용 도서를 직접 선택할 수 있는 가능성은, 그것이 가정교사에게 주어졌었던 것과 마찬가지로, 일반(의무적인)학교 제도(교육 담당자가 누이건 간에)가 생기면서 교사들에게서 사라졌다. 그 결과 아동·청소년들이 읽을 책을 선택할 범위는 매우 넓어졌고─이것은 더 이상 소규모의 학생 그룹과는 관계가 없고, 학년별 학급과 관련된다─, 교육학자로서의 교사의 역할은 간접적인 조치를 취하는 데에만, 즉 교육학적인 관점에서 긍정적으로 평가되는 여가용 도서에 대해 전제 조건과 기본조건을 만드는 데에만 제한될 수밖에 없었다. 개인 출판사가 '검사 과정을 거치지 않고' 아동·청소년들을 대상으로 시장에 내놓은 물품들이 실제의 아동·청소년 도서를 점점 더 장악해간다는 부인할 수 없는 사실에 대한 반작용으로, 교사진은 19세기가 진행되는 동안 그때그때 제공되는 아동·청소년 도서와 매체(주9)를 교육학적인 시금석에 따라 효과적으로 선별하는 고유 시스템을 만들었다. 이 시스템은 비록 그 형태는 변하고 여러 다양한 운영진들을 거치기는 했지만 오늘날까지 유지되어 오고 있다.

이러한 교육학적인 평가 시스템은 원래 몇몇 교사진(부분적으로는 성직자들과 공공 도서관의 사서들도)에 의해 실행된 것인데, 이들은 시장에 제공된 도서들 중 양서를 선별하여 **지침서**의 형태로 출판했다. 그 예로, 함부르크에서 교사생활을 하다 후에 목사가 된 A. 데트머 박사에 의해 작성되어 1884년 두 번째 출판된 『독일 청소년 도서의 전형*Musterung unserer deutschen Jugend-*

literatur』이 있고, 더 나아가 뉘른베르크 상업학교 교장인 게오르크 빌헬름 호프Georg Wilhelm Hopf의 『대중 서적에 대한 짧은 평이 포함된 부모님과 교사들을 위한 청소년 도서에 대한 보고 *Mitteilungen über Jugendschriften an Eltern und Lehrer nebst gelegentlichen Bemerkungen über Volksschriften*』가 있는데, 이것은 1849년 초판이 출판된 이후, 1861년에 4쇄가 그리고 1875년에 5쇄가 나왔다. 그밖에 1852년에는 카셀의 신학 박사이자 도서관 사서였던 카알 베른하르디Karl Bernhardi에 의해 '성서적이고-기독교적인 세계관에 대한 연구'를 목표로 한 『독일 대중 서적과 청소년 도서 지침서*Wegweiser durch die deutschen Volks- und Jugendschriften*』가 출판되었고, 1857년부터는 노이키르헨의 목사인 H. 슈베르트에 의해 출판된 『독일 대중 문학과 청소년 문학을 위한 중앙지*Centralblatt für deutsche Volks- und Jugendliteratur*』-헤르만 쾨스터(Hermann Köster)가 '최초의 비평적인 청소년 도서 잡지'로 칭한(Köster 1927, 393)-가 발행되었으며, 마침내는 1866년 목사인 헤르만 롤푸스Hermann Rolfus에 의해 『가톨릭 성도인 부모와 선생님들의 추천에 의해 선별된 청소년 도서 목록*Verzeichnis ausgewählter Jugendschriften, welche katholischen Eltern und Lehrern empfohlen werden können*』이 출판되었다. 이러한 지침서들이 1900년 이후에도 인기가 있다는 사실은, 다음과 같은 예로 입증할 수 있을 것이다. 『우리의 아이들은 무엇을 읽어야 하는가? 부모, 교사 그리고 출판업자들을 위한 지침서 *Was sollen unsere Jungen lesen? Ein Ratgeber für Eltern, Lehrer und Buchhändler*』가 베를린의 피어첸테 실업학교 교장인 프리츠 요한네손 교수에 의해 1913년 재판된다(이 부분

에 대해서는 제1장 참조).

이미 1852년 '다수의 대중 문학과 청소년 문학 작가들의 협력 아래' 베른하르디의 목록이 작성되었는데, 이 목록은 그 뒤를 이은 대다수의 지침서에 유용하게 쓰였다. 아동·청소년 도서 시장은 개인들에 의해서는 결코 정리될 수 없을 정도로 성장했던 것이다. 따라서 시장에 제공된 도서에 대해 평가하고 선별하는 일은 **교사들의 모임**과 **교사 연합회**를 형성하는 계기가 되었고, 이러한 협회들은 자체 위원회를 구성했으며, 그 성과는 **추천 도서 목록**이라는 형태로 출판되었다. 쾨스터에 의하면 1851년 베를린의 '교사들의 모임Gesellige Lehrerverein'은 크리스마스 목록을 발행했다(Köster 1927, 401). 그리고 1858년 '스위스 평교사 모임Allgemeine schweizerische Lehrerverein'에서 위원회를 설립했고, 1862년 이 위원회가 구성한 첫 번째 도서 목록이 '스위스 교원 신문Schweizerische Lehrerzeitung'에 실렸고, 이것을 계기로 1870년부터 규칙적으로 『청소년 도서에 대한 보고 *Mitteilungen über Jugendschriften*』가 발행되었다(같은 책, 404). 교육학적인 아동·청소년 도서 비판-오늘날의 '청소년 도서 비평Jugendschriftenkritik'-은 1890년대 초까지 지역 교사 모임과 그 모임의 위원회에 의해 계속 운영되다가, 1893년 비로소 통합되어 상부조직이 결성되었다. 그것이 바로 '독일 청소년 도서 평가 위원 연합회'이다. 이 협회는 결성되자마자 위원회는 급성장했다(1893년 12명, 1900년 21명, 1910년 114명, 1920년 128명, 1932년 276명)(Azegami 1996, 15).

'독일 청소년 도서 평가 위원 연합회'는 회칙에 따라 "1.청소년을 위해 양서(良書)는 확산시키고 질이 좋지 않거나 가치가 떨어지는 책은 저지하고자 하는 모든 노력(계획)을 통합시켜 강화하고, 풍부한 결실을 맺도록 하는 것과 2.이러한 도서를 평가하기 위한 균등한 올바른 원칙을 세우고 확산시키는 것"을 목표로 하고 있다(Azegami에서 인용 1996, 19). 독일 청소년 도서 평가 위원회 연합회는 1893년부터 비평적 성격의 기관지인 『유겐트쉬리프텐-바르테*Jugendschriften-Warte*』를 매달 발행하고 있으며, 여기에는 정기적으로(주로 크리스마스를 겨냥해) '청소년 권장 도서 [추천]목록' 및 방대한 특별 목록이 실린다(Azegami 1996, 11이하). 그 밖에 비록 그 명칭은 바뀌었어도 요즘에도 시장에 제공되는 이 월간지는 이론적인 논문이나 경험 보고로 가득 차 있으며, 아동·청소년 도서와 관련된 교육학적인 이론적 논의가 이루어지는 중요한 기관지로 발전되었다. 『유겐트쉬리프텐-바르테』는 독일의 30개가 넘는 학생 신문, 교원 신문, 교육학 신문에 첨부되며, 그 발행부수는 상당하다(1894년 22,500부, 1901년 31,000부, 1910년 56,000부)(같은 책 8이하).

그 역사적 생성과정에서 명확해진 아동·청소년 도서와 매체에 대한 교육학적인 평가 시스템은 구조적으로 공공 도서관 내의 평가 시스템과 유사하다. 이 두 시스템은 현재 출간된 아동·청소년 도서 내지는 매체를 다루며, 출판 도서 안내 책자와 서평용 증정본 내지는 평가용 증정본을 중심으로 평가를 한다. 여기도 마찬가지로 (긍정적이건 부정적이건) 평가를 내리는 평가 위원회 내지는 원고 심사 위원과 관련되어 있다. 이 두 시스템에서는 상당히 자율적으로, 보다 정확히 말하자면 잘 짜인 메커니즘에 따라 선정 행위가 이루어지고 있다. 이러한 메커니즘은 한편으로는 일치된 평가 원칙 유지를 보장하고, 다른 한편으로는 때에 따라 다양한 직업을 가진 사람들의 폭넓은 참여를 마련해 준다. 그렇게 함으로써 유사성은 확실하게 중단된다. 공공 도서관의 평가 시스템은, 단지 평가 시스템뿐만 아니라 동시에 **유통 시스템**이기도 한 행위 시스템의 첫 번째 생산적 기능을 의미할 뿐이다. 공공도서관의 평가 시스템은 도서관에 적합한 도서와 매체를 구비할 목적으로 아동·청소년 도서와 매체를 구매하기 위한 토대가 된다. 비로소 그렇게 함으로써 시스템 대상물의 생산이 끝을 맺는다. 이와는 반대로 '아동·청소년 도서'에 대한 교육학적인 행위 시스템은 순수 평가 시스템으로서 오로지 평가하는 일만 한다. **시스템 대상물의 생산**은 교육적인 관점에 따라 행해지는 (긍정적이거나 부정적인) 평가로 완결된다.

이러한 시스템의 **유통과 관련된 행위 기능**은 실행된 평가를 대중들에게 널리 확산시키고, 특히 **수신자들**-바로 이들을 위해 이러한 평가가 실행된-**에게** 전달될 수 있게 하는 것이다. 예컨대 봄과 가을에 제공되는 아동·청소년 도서와 매체에 대한 평가는 (긍정적이거나 부정적인) 추천 도서 목록의 형태를 띨 수 있고, 또는 짧은 논평이 실린 소책자로 발행될 수도 있다. 이러한 도서 평가는 정기적으로 발행되는 서평지(잡지나 가제본으로 만들어지는)와 관련하여 실행되거나, 강연과 도서 전시회를 통해 널리 보급된다. 교육학적인 평가의 출판 형태와 보급 형태는 물론 시대를 초월해서 매우 다양하다.

한편으로는 다른 아동·청소년 도서 유통 시스템의 행위 담당자가, 다른 한편으로는 부모, 친척, 대부나 대모 등과 같은 아동·청소년 도서와 매체의 성인 구매자가 평가의 수신자, 달리 말하자면 이 시스템의 **소비와 관련된 행위 기능**의 담당자에 해당된다. 이러한 시스템의 구매자 역할은 **조언**을 이용하는 것, 즉 몇몇 도서와 관련된 (긍정적이거나 부정적인) **추천**을 받아들이는 데 국한된다. 따라서 구매자의 입장에서 보자면, '아동·청소년 도서'에 대한 교육학적인 평가 시스템은, 종종 추천 도서 목록 대신 권장 도서 목록이라고 언급하는 것과 마찬가지로, **추천 시스템**을 의미한다. 각각의 (해당) 영역에서 풍부한 지식과 오랜 경험이 있다고 판단되며, 보다 큰 권위를 부여받은 사람들이 조언을 하도록 되어 있다. 이러한 조언은 동등한 권위를 바탕으로 한 것이 아닌 권한 내지는 권위의 차이에 근거한 사람들 상호간의 행위와 관계된다.

순수 평가 시스템은 조언을 원하고 요구했던 사람이 추천을 받아들임으로써 이루어진다. 구매자가 그 추천을 실제로 따르는지 따르지 않는지는, '아동·청소년 도서'에 대한 교육학적인 행위 시스템과는 관계없이 결정된다. 언급된 추천은 다른 행위 시스템에서만 실행될 수 있다. 조언을 구하는 사람은 다른 역할-가령 아동·청소년 도서 구매자 또는 대출자의 역할을 할 때-에서만 이러한 추천을 받아들인다. 교육학적인 평가 시스템은 다른 행위 시스템에 영향을 미치려 하기 때문에 불가피하게 이러한 시스템의 고유 원칙과 갈등을 빚을 수밖에 없다. 도서를 구입할 때는 서적상의 다른 추천이 교육학적인 추천을 방해한다. 그리고 도서 대출의 경우에는 공공 도서관의 선정 상태에 따라 도서관에 구비되어 있지 않을 가능성도 있고, 또 도서관 사서의 다른 추천으로 인해 방해받을 가능성이 있다. 그렇기 때문에 순수 평가 시스템에서 일하는 사람들은 종종 어떤 무력감을 느끼게 된다.

따라서 순수 평가 시스템의 담당자-이 경우는 교사들-가 직접 영향력을 행사할 방법을 모색하는 것은 놀라운 일도 아니다. 분명 역사적으로만 흥미로운 이러한 시도 중 하나가 독자적으로 아동·청소년 도서를 출판하는 것이다. 몇몇 교사들, 그리고 지방 청소년 도서 위원회도 주로 1900년경에 자체적으로 구성하고 인쇄한 동시집과 명시집, 동화 모음집, 단편선, 동물책 등은 물론이고, 아동 도서와 소책자 시리즈를 자체 출판사에서 출판했으며, 종종 이것들은 서적상을 통해 제작 원가로 팔렸다. 아동·청소년 도서 시장을 거치는 이와 같은 매체의 생산과 유통에 대한 반응으로 몇몇 출판사들은, 개별적인 '청소년 도서 작가' 또는 청소년 도서 위원회에 의해 창안된 도서 내지는 시리즈를 자체 출판사 프로그램에 편입시키기로 결정했다. 여기에 해당하는 예를 들자면, 『함부르크 청소년 도서-위원회에서 선정한 청소년용 동물책Tiergeschichten. Für die Jugend ausgewählt vom Hamburger Jugend-Schriften-Ausschuss』(라이프치히, 에른스트 분덜리히 출판 1911, 110)은 만 부씩 다섯 번 출판되었다. 출판사에 적합하긴 하지만, 자유롭지 못하고 처음부터 교육학적으로 제약을 받는 교과서와 흡사한 아동·청소년 도서 출판물이 있다. 교과서 제작 방식에 따라 교육학자들이 자신들의 입장에서 규정해 놓은 아동·청소년 도서 제작이 특별히 더 좋은 방법이 아니었다면, 당시의 입장에서 대부분 '조잡한 문학'을 제공할 수밖에 없었던 시장원리에 따라 많은 '청소년 문학가'들이 더 늘어났을 것이다. 그랬다면 '평가 위원회'로부터 계획된 아동·청소년 도서 출판을 위한 후생 복지 사업국 위원회가 건전한 교육을 위해 결성될 수 있었을 것이다.

때때로 교육학적인 평가의 영향, 특히 청소년 도서 위원회 연합회의 영향이 너무 커서, 대다수의 아동·청소년 도서 출판사들이 교육학적인 인정을 얻으려 혈안이 될 정도였다. '청소년들을 위한 청소년-도서-위원회의 추천'과 같은 조언이 잇달아 수많은 출판사 광고를 채웠고, 한 단계 더 나아가 몇몇 출판사들은 교육학적인 비판(평가)의 중심인물들을 편집인 또는 담당자로 고용해서 시리즈 전체를 책임지게 하려 했다. 예컨대 1910년대, 20년대, 30년대의 주도적인 아동·청소년 문학 이론가들 중 한 사람인 제버린 뤼트거스Severin Rüttgers는, '역사에 대한 모든 분야의 연대기, 일지, 보고서 및 그 밖의 기록문, 특히 독일의 지리학과 박물학(博物學)'을 제공했던 『샤프 슈타인의 그륀 시리즈 Schaffsteins Grüne Bändchen』의 편집인으로 활동을 했다. 옛날부터 유명한 성직자(신학자), 교사, 교장 또는 대학의 학자들을 작가 내지는 편집자로 고용하는 것이 아동·청소년 도서 출판사에게는 막대한 이점이 있었다.

교육학적인 분야에서 아동·청소년 도서 출판에 행사해왔던 영향력은 적어도 역사적인 관점에서는 여전히 어느 정도 끼칠 수 있었다. 교육학자들에 의해, 후에는 교사 협회와 교사 협회의 평가 위원회에 의해 실행되는 시장에 제공된 아동·청소년 도서에 대한 평가는 거의 모든 사회계층에서 인정해준 권위 덕분에, 거의 몇 안 되는 출판사들만이 그러한 평가를 거쳐 출판할 수 있었을 정도로 매매 방식에 영향을 끼쳤다. 바로 그런 점에, 평가에 대한 교육학자들의 기본 원칙에 그때그때 맞춰 책을 출판하려는 출판사들의 상업적인 계산이, 심지어는 아동·청소년 문학에 대한 논의에 있어서 이처럼 대단한 영향력을 갖고 있는 단체에서 아동·청소년 도서 작가 대부분을 구성하려는 상업적 계산이 있었던 것이다.

6. '아동·청소년 문학의 공공성'이라는 행위 시스템

이제부터는 현재로 되돌아와 가장 최근의 아동·청소년문학의 행위 시스템에 관하여 언급하겠다. 이 체계는 20세기 후반에 와서야 비로소 완전한 형식을 갖추게 되었다. 이 행위 시스템의 핵심영역은 제공된 아동·청소년 문학을 소개하고, 평가하고, 토론하고, 분류하는 것이다. 대체로 이런 것들은 일반 대중을 겨냥한 활자매체와 비활자매체에서 행해지고 있다. **일반적인 아동·청소년 도서비평과 매체비평**의 영역은 이런 도서비평이나 매체비평이 일간지와 주간지, 그리고 일반 문화비평 잡지, 대중잡지, 화보, 그리고 부모, 여성, 그밖에 그룹별로 연관된 애호가들을 위한 잡지 및 몇몇 라디오 방송과 텔레비전방송에서 이루어지고 있음을 표명하고 있다. 이 외에도 아동·청소년 문학의 공공성에 대한 많은 공개토론이 있다. 예를 들면 낭독회, 작품에 대한 설명회와 박람회, 더 나아가서는 점점 증가하고 있는 공식적인 상들을 제정하는 것과 관련된다(문학상 후보, 베스트작품 후보, 문학상과 그 밖의 시상들). 여기서 중요한 문제로 거듭 강조할 수 있는 것은 아동·청소년 문학의 기본 특징들에 속하는 행위 시스템을 구체화하는 것이다.

여기서는 도서관 영역과 교육학의 행위 시스템에서 알게 된 **평가 시스템**의 방식에 대해 언급할 것이다. 일반적인 아동·청소년 도서비평과 매체비평은 주변에 있는 **재료**로서 온갖 종류의 출판광고와 아동·청소년 도서와 매체의 서평용 증정본에 관심을 가진다. 이와 같은 평가 시스템이 순수하게 재료 측면에서 이런 대상물과 관계가 있다 하더라도, 문학의 공공성은 이러한 대상물을 어떤 부분에서는 특히 원저작자와 관련해서는 다르게 정의하고 있다. 도서관 시스템과 교육학적인 행위 시스템은 관심을 갖게 된 대상물들에서 출판사와 그 밖의 다른 생산자들에 의해 생산된 매체들을 인식한 반면, 문학의 공공성은 18세기에 시작된 이래로 소설가-시인, 문필가, 에세이 작가 등-와 조형예술가 혹은 공연예술가들의 작품이나 입장만을 중요시했음에 틀림없다. 재료의 측면에서 보면 이런 문학의 공공성은, 매체생산물에 관심을 갖는 것이 아니고, 문학적이고 예술적인 작품에 관심을 갖는다. 문학의 공공성은 책이나 그 밖의 다른 매체에서 우선 소설가나 삽화가의 작품을 주시하고, 텍스트나 그림들을 문필가나 예술가의 독자적인 표현으로 간주한다. 출판사들과 다른 매체생산물의 생산자들은 문학의 공공성에 대한 담론에서 기껏해야 부수적으로 나타날 뿐이다. 이들은 광범위하게는 생각을 행동으로 옮기는 자, 다시 말해 작가나 예술가가 규정하는 것들을 단순히 시행하는 기관으로 간주된다. 그래서 무시당하는 거인처럼 여겨지기도 한다. 문학의 공공성은 모든 문학적이고 예술적인 표현을 상업적으로 전달하는 것을 심히 약화시켰다. 그럼으로써 작가와 예술가 그리고 그들의 작품을 최고의 것으로 규정했다. 이러한 규정은 실질적인 생산관계에서 보면 불필요하게 여겨질 수도 있지만, 한편으로는 작가나 예술가의 위상을 높이는 결과를 가져오기도 했다. 이와 같은 담론을 통해 발생된 직접성이라는 현상은 아주 전형적인 특별한 경우에 등한시 될 정도로 문학-예술 작품의 중개성을 심히 과소평가했다.

기자, 편집자, 비평가, 심사위원, 문화담당관 등 **문학의 공공성을 담당하는 대리인**들은 자신들의 입장에서 **특별한** 관점으로 작가나 예술가, 그리고 그들의 작품에 맞서지 않도록 요구한다. 중개인들은 서점의 고객층과 신분에 따른 각기 다른 유형의 판매정도, 도서의 적합성, 혹은 교육적 가치가 있느냐에 대한 시각으로 작품을 판단하지 않는다. 도서판매와 도서관, 교육학적인 그리고 그 밖의 모든 특별한 관점에서 볼 때, (세계관적이고 종교적인 방법에서도 마찬가지로) 문학의 공공성을 담당하는 중개인들은 일반 독자의 대변자이다. 그들은 또한 전문가 입장을 취하고 어떤 면에서는 전문가라 볼 수 있지만, 이런 전문가적인 근성은 어쨌거나 자신의 이해하는 바에 따라 그저 **일반적인** 어떤 독자의 역할을 전문적으로 수행하고 있음을 나타내줄 뿐이다(비평가의 역설적인 표현을 빌자면 '전문독자'라고 표현되는). 중개인들은 본업이 일반 독자로서 이상적인 방식으로 직업상 다른 곳에 참여하는 독자를 제한적으로나마 충족시킬 수 있는 역할을 할 수 있다. 이런 직업적이냐 아니냐에 따른 계층별 요소가 근본적으로 서로 동등한 비평가와 독자사이의 유일한 차이점인 것이다. 독자 역시 이미 비평가처럼 특별한 시각이 아닌 일반적인 시각으로 작가와 예술가들 그리고 그들의 작품에 대립적인 입장을 취하고 있기 때문이다. 만일 개인이 **독자층**을 형성하게 되는 경우에 어쨌든 더 이상적으로 그들은 자신의 직업적인 특별한 시각으로부터 거리를 두고, 이제는 '일반적이면서도 인간적인' 영역으로 시각을 넓혀야 한다. 작가나 예술가들의 역할이 그저 일반적인 사람들의 역할, 즉 독창적이고 창조적인 개인의 역할을 이상적으로 완성된 것으로 간주한다면, 왜 문학의 공공성에서 형성된 작가/예술가, 비평가와 독자사이의 관계가 문학이라는 매체에서 생겨난 원칙적으로 동등한 관계의 의사소통이라고 규명 지을 수 있는지가 이해된다(Habermas 1962). 이것은 문학의 공공성 안에는 서적들과 다른 매체에 대한 **균형적인 의사소통의 과정**만이 생겨난다는 사실에 상응한다. 문학비평이란 선별을 하는 것도 아니고, 추천을 한다거나 경고하는 것도 아니다. 비평가는 독자에게 문학작품에 대한 자신의 평가를 부풀린다거나 줄이는 식으로 하지 않는다. 독자가 비평가의 평가에 동조하는지의 여부는 완전히 독자자신의 판단에 맡겨지는 것이다. 그래서 권유와 추천뿐만 아니라 충고와 경고 같은 모든 표현법과 제스처는 거부되는 것이다. 독자는 이런 것들을 부담스럽게 느끼며, 자신을 무시한다고 생각할

지도 모른다. 엄밀히 말하자면, 아동·청소년문학의 공공성에 의해 공인된 아동·청소년문학이란 말은 어패가 있을 수도 있다.

여기서는, 현재 일간지와 주간지(문예부록을 첨부하는), 몇몇 대중잡지, 라디오와 텔레비전 프로그램에서 시행하는 시장에 나와 있는 아동·청소년 문학에 대한 추천, 평가, 토론, 그리고 분류가 문학의 공공성에 제시된 이상적인 원칙들을 어느 정도 참작하고 있는지, 혹은 다른 아동·청소년 문학의 평가 시스템에 있어서 전형적으로 입증되었던 것처럼 추천모델에 사로잡혀 있는지에 대한 문제를 캐낼 필요가 없다. 이런 질문은 아동·청소년 문학상과 아동·청소년 도서 작가상 및 삽화가상으로 눈길을 돌리게 하는데, 이런 것들은 규약과 구체적인 목표에 따라 문학의 공공성이라는 근본원칙들을 준수하거나 또는 서적판매와 도서관 그리고 교육학적인 행위 시스템의 추천방식에 더욱 강하게 의지할 수 있다. 심사위원이 일반적인(그러면서도 논쟁의 여지가 있는) 토론에서 결정할 준비가 되었다면, 첫 번째 경우는 그 만큼 더욱 강화될 수 있을 것이다(그렇게 함으로써 상을 주는 것 그 자체를 근본적으로 의사소통을 자극하는 한 수단으로서 이해할 수 있는 것이다). 실제 상을 제정하는데 있어서 소개하고 추천하는 보조기능만이 상에 부여된다면, 두 번째 경우는 있을 법한 일이다. 따라서 아동·청소년 문학상, 아동·청소년 도서 작가상 및 삽화가상은 자동적으로 아동·청소년 문학의 공공성과 그것의 행위유형에 편입시킬 수 있는 것은 아니다.

아동·청소년 문학의 공공성은 마지막 단계의 기능을 고려해 볼 때 일반 문학의 공공성과 구분된다. 예외적인 경우를 제외하고 아동·청소년 문학의 공공성에 해당하는 대중은 이 문학의 주요 수신자인 아동·청소년 독자를 포함하지 않는다. 이 부분에서는 **아동 · 청소년 문학에 대한 어른들의 의사소통 과정만이** 중요하다. 구체적으로 아동 · 청소년 문학의 공공성에 해당하는 대중은 한편으로는 아동 및 청소년들과 관계가 있고, 아동 청소년들이 읽을거리에서 책에 관련된 방향을 설정하고 의사소통을 하는데 관심을 갖고 있는 모든 성인들로 구성되어 있고, 다른 한편으로는 직업이나 명예상 다른 행위분야에서 아동 · 청소년문학의 생산, 유통, 혹은 개작을 다루고, 시스템 특유의 공공성뿐 아니라 대상과 관련된 **일반적인** 공공성에 관여하는 것에도 흥미를 갖고 있는 성인들이 중요한 역할을 담당하고 있다. 후자는 여기서 출판자, 편집자, 서적상, 사서 또는 교육가들로서 언급되는 것이 아니라, 아동 · 청소년 문학의 성인독자로서 언급이 된다.

주요 수신자들이 아동 · 청소년 문학의 공공성에 참여하지 않는다는 사실은, 아동 · 청소년 도서의 공공성뿐만 아니라 아동과 청소년들에 의해 전달되는 문학의 공공성을 성취하려는 노력에 반대를 야기했다. 이런 공공성에는 아동과 청소년들이 작성한 논평과 서평, 아동과 청소년들이 작성한 베스트리스트, 아동과 청소년들에 의해 제정된 상, 그리고 아동과 청소년들이 계획한 박람회 등이 있을 수 있다. 반대로 (성인에 의해서 전달된) 아동 · 청소년 문학의 공공성과 더불어 성인들은 오로지 보조원으로만 존재하는 **아동 · 청소년이 행하는 문학의 공공성**이 오랫동안 정착하지 못했다는 사실은 과거와 현재 아동 · 청소년 문학의 행위 시스템에 있어서 문제시되는 측면에 속한다. 이 두 가지 아동 · 청소년 문학의 공공성이 서로 반목해온 것은 옳지 않은 것처럼 여겨진다. 아동 · 청소년 문학에 관심이 있는 어른들이 문학의 공공성이라는 틀 내에서 이러한 대상에 대하여 서로 합의를 보면 안 되는 이유가 어디 있는가? 여기서는 이 문제점을 인식하고 두 가지 공공성을 융화시키도록 노력을 할 것이다. 그 밖에 다수의 성인 전문가로 구성된 심사 위원회에 있는 몇몇 아동·청소년 구성원들은 눈가리개용으로서 아주 미약한 역할만 하고 있다. 그렇다면 이 두 가지 공공성은 '아동·청소년 문학'이라는 대상에 대해 항상 같은 의견이어야만 하는가? 반대로 이후 문학의 공공성은 그 특성상 견해가 서로 다르다는 것은 당연한 것 같다. 이 두 가지 문학의 공공성은 절대적으로 오해 없이 진술할 기회를 가져야 한다.

7. 역사적인 관점에서 본 아동·청소년 문학의 행위 시스템

한 가지 예외만 제외하고 지금까지는 특히 현재에 관련시켰는데, 그 이유는 아동·청소년 문학의 행위 영역이 현 제도에서 보면 매우 세분화되었을 뿐 아니라 여러 분야의 문화적인 행위 시스템을 나타내고 있기 때문이다. 역사적으로 볼 때 문학생활에서 나타나는 이러한 분야가 다량의 유통 시스템이나 평가 시스템, 그리고 추천시스템의 다양성을 항상 다루는 것은 아니다. **'아동·청소년 도서 시장'이라는 행위 시스템은 유통을 기본으로 하는 시스템**으로 간주해야 한다. 내부적인 면에서는 어떤 변화가 있었다 하더라도 아동·청소년 도서 시장은 18세기 이후로 (이전에는 없었던) 존재해왔고, 현재는 '아동·청소년 도서와 매체 시장'에까지 확대되었다. 그 밖에 독일에서는 거의 연구가 되지 않았지만 처음부터 **종교적인 아동·청소년 도서 생산과 유통**이 있었다. 이것은 부분적으로는 독립된 아동·청소년 도서 시장의 형태로(출판 영업자뿐만 아니라 중간상과 서적소매상), 또 부분적으로는 북클럽의 형식으로 또는 도서관 자체의 유통 시스템과 평가 시스템으로 나타났고, 이러한 형태로 오늘날까지도 그 역할을 하고 있다.

일반적인 **아동·청소년 도서 시장**은 유통 시스템뿐만 아니라 평가 시스템도 다룬다. 그러나 앞에서 이미 언급했듯이 아동·청소년 도서 시장 안에서 행해지는 평가들은 공식적으로 인정받은 것이 아니다. 그 평가는 광범위하게 사회적인 인정을 받지 못한다. 출판사와 서적소매의 결정은 일반적으로 그것이 갖는 권위와 표준적인 가치를 인정받지 못한다. 일반적인 아동·청소년 도서 및 매체시장은 (긍정적이거나 부정적으로) 공인할 수 있는 권력을 부여받은 기관을 갖고 있지 않다. 아동·청소년 도서 시장에서 행해지고 있는 평가에 대해 사회적으로 유보시키는 근본 원인은, 추측컨대 유통 시스템의 경우 어쨌든 자유 시장경제를 하는 국가들에서 수익성에 방향을 맞춘 상품생산과 관련이 있는데 기인한다. 말하자면 상업적인 이익이란 이유로 제대로 인정을 받지 못한다는 인식이 기저에 깔려있는 것이다.

　이런 이유로 아동·청소년 도서의 생산이 증가함에 따라 (아동·청소년 도서 시장으로부터) 시장에 나온 상품에 대해 사회적으로 인정받은 독립된 기관이 시행하는 평가에 대한 요구가 커져가고 있다. 따라서 (긍정적 혹은 부정적인) 공인을 실행했던 **(순수)평가 시스템의 생성**을 우선 역사적으로 살펴보도록 한다. 이런 관점에서 볼 때 계몽주의 시대가 첫 번째 역사적인 정점을 이루었다고 말할 수 있겠다. 18세기 후반의 (비종교적인) 아동·청소년 문학의 공인기관에 대한 연구는 물론 아직은 미비한 상태였다. 19세기가 진행되면서 새로운 비종교적인 평가 시스템들이 생겨났는데, 그것들 중에서 오늘날까지 영향력을 미치고 있는 위에서 언급했던 교육학적인 평가 시스템이 눈에 띈다. 평가 시스템들은 한편으로는 조언도 하고 추천도 할 수 있으며, 다른 한편으로는 평가를 제시하는 방법을 통해 고유의 평가교육을 하도록 자극할 수 있고, 그렇게 함으로써 문학의 공공성의 한 부분으로 입증될 수도 있다. 확실히 18세기 후반의 아동 · 청소년 문학의 평가체계들은 상당부분 조언과 추천 기관으로 간주할 수 있다. 그러나 이 시스템들 역시 이 시점에서는, 교육학적인 공공성과 아직도 엄격하게 구분되지 않은 문학의 공공성으로까지 확대된다. 이미 계몽주의 시대에 명확하게 나타난 아동 · 청소년 문학의 공공성에 대해 얼마만큼 언급할 수 있는지에 대한 해명은 더 많은 역사적인 연구를 필요로 한다. 그와는 반대로 분명한 것은, 아동 · 청소년 문학은 19세기가 시작되면서 문학의 공공성에 대한 테마를 놓고 진행했던 토론을 중단했다는 사실이다. 19세기 중엽과 말엽에 새롭게 등장한 (비종교적인) 평가 시스템들에 있어서는 문학의 공공성 영역 밖에 정착했던 순수한 추천기관이 중요했기 때문이다.

19세기의 시작과 함께 독일에서 아동 · 청소년 문학의 유통과 평가방식에 대한 다양한 기획이 우선적으로 중단되었다는 사실, 심지어 어떤 면에서는 후퇴되었다는 사실은 특히 이 시기의 특수 문학의 위신이 떨어진 것과 상관이 있다. 아동 · 청소년 문학은 아주 유망한 위치에서부터 18세기 후반에 도서 시장의 한 부분으로까지 전락한다. 특히 설령 그 가치를 인정한다 해도 문화기관의 측면에서 아주 미미한 정도로만 인정한 상태였다. 19세기 초 · 중반에는 방금 말한 것에 합당할 만큼 안정되고 (비종교적인) 아동 · 청소년 문학의 평가체계가 더 이상 나오지 않았다. 19세기가 시작되면서 독일에 정착한 (비종교적인) 학제는 그 당시 아동 · 청소년 도서를 거의 금기시하다시피한데 기초를 두었다. 아동 · 청소년 도서는 교과용도서의 자료수집에서 추려진 것으로, 많은 교육 권위자들의 의견에 따라 더 이상 아동과 청소년이 시간 있을 때마다 읽는 여가용 독서목록에 이것을 끼워 넣어서는 안 된다는 것이다. 20세기 중엽을 거쳐 말에 이르러 학제가 다시 아동 · 청소년 도서들을 유포하는 매체가 되기까지는 위에서 상세히 설명한 개념에 따르면 100년 이상의 많은 시간을 필요로 한다. 훗날 아동 · 청소년 도서 역시 종교와 개개의 세계관적이고-정치적인 분야들에 의해 점차 인정받았다. 주도적인 역할을 하는 교육학자나 문인들이 아동 · 청소년 도서를 비록 이데올로기적인 영향에 순응하는 매체이며 어느 의미에선 이상적인 '경향문헌'일 뿐이라고 과소평가했다 해도 말이다.

그러나 모든 경시에도 불구하고 시작된 아동 · 청소년 도서의 놀랄 만한 시장 확장과, 아동 · 청소년을 대상으로 한 (문학적으로는 가치가 별로 없는) 종교적이고, 후에는 정치적이고 애국적인, 게다가 편협한 애국주의 성향인 경향문학의 '위협적인' 성과는 새로운 (비종교적) 평가 시스템 생성의 근본적인 발판으로 간주할 수 있을 것이다. 다시 말하면 초 · 중등 교육 담당자에 의해 이행되는 소위 말하는 '청소년 문학 비평'이 그것이라 할 수 있다. '청소년 문학 비평'은 영향력이 점점 커짐에 따라 아동 · 청소년 도서 생산자들 중 일부에게 도서를 제작하는데 있어 엄격히 규정된 평가 원칙을 따르도록 강요했다. 교육학적인 청소년 문학 비평은 아주 성공적이었으며, 아동 · 청소년 문학뿐만 아니라 아동 · 청소년 도서에 문화적인 명성을 다시 한번 마련해주었다(Dolle-Weinkauff/ Ewers 1996, Wilkending 1997). 물론 아동 · 청소년 문학비평을 다시 문학의 공공성의 한 구성요소로 만들고자 하는 것은 교육학적인 청소년 문학 비평의 의도는 아니다. 청소년 문학 비평을 담당하는 사람들은 (긍정적이거나 부정적인) 추천을 통해 아동 청소년 문학적 소비를 조장하고자 했던 권위자들이나 전문가들로 이해된다.

19세기말과 20세기 초, **유통 시스템** 영역에 **세분화 과정**이 이루어진다. 이 과정에서 청소년 문학 운동의 몇몇 대표자들이나 위원회의 시도들, 즉 '상업적인' 도서 시장과 함께 독립된 아동 · 청소년 도서 생산과 유통을 실행하려는 시도는 오래가지 못했다. 이에 반해 이 시점에 자리 잡기 시작한 **공공 도서관제도**의 정착은 오래도록 영향을 미쳤는데, 이 제도와 함께 다양하면서도 피상적인 아동 · 청소년 도서들의 유통 시스템이 등장했다. 아동 · 청소년 독자, 즉 실질적인 목표 집단을 직접 확보하는 능력을 눈여겨볼 때, 공공 도서관제도는 도서 시장을 능가하는 것으로 입증되었다. 즉 이 제도가 책과 함께 하는 아동과 청소년들의 일상생활에서 아동 · 청소년 도서 시장을 상당히 빨리 잠식한 것은 기적이 아니다. 공공 도서관제도에는 유통 시스템뿐만 아니라-사회적으로 인정된-평가 시스템이 중요하기 때문에, 공공 도서관 제도가 실행되면서 (비종교적인)**평가 시스템**의 영역에서도 **세분화**가 도입되었다. 교육학적인 시스템과 더불어 사회적으로 다양하게 수용된 평가 시스템으로서의 도서관 시스템이 등장하는데, 이 시스템은 물론 오랜 시간동안 교육학적인 청소년 문학비평의 평가원칙을 따랐다.

20세기가 진행되는 동안에 공공 도서관제도가 생겨나면서 도입된 **아동 · 청소년 문학의 유통 시스템과 평가 시스템의 세분화 과정**은 지속 되었다. 아동 · 청소년 도서가 서서히 '교과용 도서'라는 행위 시스템으로 재수용 되면서 다양한 유통 시스템뿐만 아니라 새로운 평가 시스템도 발을 내딛은 상태였다. 시장에 제공된 아동 · 청소년 문학은 이제부터 세 번에 걸친 검사를 받게 된다. 교육의 질, 도서관에서의 유용성 여부, 학교에서의 사용가능을 목표로 한 것이다. 그러나 교육적인 평가와 추천 방식이 도서관과 학교외의 공간에는 더 이상 영향을 끼치지 못했다. 무엇보다도 20세기 후반기를 눈여겨 볼 때, 아동 · 청소년 도서들과 관련된 평가와 추천 관련 업적들이 눈에 띄게 강화되었다고 말할 수 있으며, 그것은 종종 수상과 관련이 된다. 정치기관, 협회, 재단, 노조, 연방정부와 주의 관청, 지방자치단체, 아카데미, 매체기관 등은 오늘날 대개 주제별로 상을 제정하거나 추천 팸플릿 혹은 추천 리스트를 제공하는데, 누군가가 이런 것들을 개괄할 수는 없을 것이다. **문학의 공공성**을 넘어 여러 영역에서 이런 다양한 형태의 추천제도가 행해진 반면, 1960년대 이후 독일어권에서는 문학의 공공성이 다시 아동·청소년 문학 분야에도 지속적으로 개방되었다. 라디오와 텔레비전, 그리고 몇몇 인쇄매체에서 행해지는 실제 아동·청소년 문학비평은 시간이 지나면서 아동·청소년 문학 영역에서 상당한 명성을 누렸다.

8. 아동·청소년 문학의 전문 공공성

제2장을 시작할 때 아동·청소년 문학의 복합 시스템을 유지시키기 위한 조건으로, 개별적인 행위 영역 사이에서 발생하는 다소 복잡하게 얽힌 상호관계에 관하여 아주 일반적으로 언급했다. 이제 여기에서 구체적으로 다루어보자. 이제까지의 실행은 접점, 즉 개별적인 시스템들 사이의 단면들을 분명하게 보여주었다. 따라서 모든 행위 시스템들은 그 밖의 다른 시스템들로부터 재료를 얻는다. 두 가지만 예를 들자면 그 중에서 추천 시스템은 책을 팔거나 대여하는 다른 시스템의 행위기능을 위해 조언을 한다. 이 경우에는 물론 시스템과 환경의 관계가 문제 되는데, 이들의 관계는 개별 시스템들을 모아서 하이퍼시스템으로 단일화하는 데 그리 적당하지 않다. 하이퍼시스템의 경우, 내적 조화에 대해 동일한 형태의 행위를 전제 조건으로 제시해주는 분명한 기준을 전제로 하고 있다. 이런 내적인 조화는 일반적인 평가와 행위의

기본조건들에 대한 개별적인 시스템들의 방향설정을 의미한다. 왜냐하면 기본적인 문제에 있어서 동일한 상징 시스템을 사용해야 하기 때문이다. 달리 말하면 개별적인 시스템들이 어떠한 한 문제에 대해서 서로 다른 입장과 다양한 방식으로 기여하고 있다는 것이 증명되어야 한다. 내적인 조화는 서로 관련 있는 시스템들 각각의 개별적인 행위기능에 영향을 미친다. 하지만 특별한 경우에는 내적인 조화가 계획된 행위를 위해서 개별적인 시스템들을 광범위한 영역에서 결합시킬 수 있다.

누구에 의해 그리고 어떤 경로를 통해 그와 같은 내적인 조화가 야기될 수 있는 것일까? 일반적인 평가원칙과 행위원칙, 이른바 조화를 이루는 규범이 어떤 기관을 통해 발생하는 것일까? 역사적으로 볼 때 이런 기능에서는 여러 가지 상이한 기관들이 나타나는데, 일반적으로 말할 수 있는 건 오로지 사회적으로 인정된 평가 시스템을 나타내는 행위 시스템들만이 여기에 알맞다는 것이다. 단일화하기 위한 가능한 방법은 아동·청소년 문학의 평가 시스템들 중 하나에 권위를 인정해주고, 기본원칙들을 자신의 영역뿐 아니라 모든 아동·청소년 문학에 관련된 행위 시스템을 위해서 발전시키고 자리를 잡을 수 있게 하는 데에 있다. 이것은, 다른 하위시스템 내부에서 특별한 관점이 가치를 얻으며 그 결과 발생할 변동 가능성을 배제하지 않는다. 그러나 이 변동은 포괄적인 시스템에 속하는 것이 문제가 될 정도로 광범위해서는 안 된다. 19세기 말과 20세기 초에는 아동·청소년 문학의 표준권위가 **교육학적인 행위 시스템**에(주27) 존재한다고 생각되었다. 오랫동안 상업적인 도서 시장과 종교적인 문학공급에 대해 중요한 비종교적인 평가기관으로 의미 있게 대립했던 이 시스템은, 아동·청소년 문학 규범의 발전을 위한 해당기관으로 간주되었고, 경쟁적인 평가 시스템뿐만 아니라 예컨대 도서관 시스템으로도 형성되었다.

(뒤이어) 기관 측면에서 살펴보면 교육학적인 행위 시스템인 '아동·청소년 도서'는 오늘날까지도 현존한다. 여기서는 다만 '교육 및 학문 연구자 노조의 청소년 문학과 매체 연구회(청소년 문학 연합 위원회)', '바이에른의 교사 연합 청소년 문학 위원 협회', 그리고 '스위스 교사들/청소년 문학 위원회 상부 조직'만이 언급될 것이다. 그러나 이런 기관에서 실행된 아동·청소년 도서 평가는 하인리히 볼가스트Heinrich Wolgast나 빌헬름 프로네만 Wilhelm Fronemann 시대에는 입지를 굳건히 하였던 그 기준 의 위상을 상실했다. 20세기 후반 독일 아동·청소년 문학의 복 합 시스템의 역사는 **교육학적인 행위 시스템의 위치 및 의미가 상 실되면서** 두드러졌다. 이런 하위시스템은 19세기 후반과 20세기 초에 확고했던 지도적 위치만을 잃은 것이 아니다. 훨씬 더 나아 가 근본적인 책임 분야, 다시 말해 시장에 제공되는 **여가시간을 위한** 읽을거리에 대한 평가에서 완전히 손을 떼게 되었다. 이러 한 도서 평가의 역할은 60년대 이후 아동·청소년 문학이 완전히 자리를 잡음으로써 **교과용 도서**를 승인하는 임무를 맡게 되었다. 공공 도서관 제도와 아동·청소년 문학의 공공성이 갖고 있던 **여 가용 도서**로서의 아동·청소년 문학에 대한 권한을 (광범위하게 는 교사들도 포함되는) 교육학자들이 맡게 된다. 그 이유는 이제 는 **교사협회로서 교과용 도서**로서의 아동·청소년 문학에 집중하 기 위함이다. 이전에 '아동·청소년 문학'의 교육학적인 행위 시 스템을 이끌어왔던 기관들은, 활동 면에서 사실상 현저하게 '교 과용 도서'(주26)라는 행위 시스템으로 면모를 달리했다. 이렇게 정리된 아동·청소년 도서와 매체는 무엇보다도 학교라는 영역에 서 인지되었다. 따라서 엄밀하게 말해 여기에서 정의 내려진 개

념(주29)에 따라 교육학적 행위 시스템의 해체에 관해 언급해야 할 것이다. 만일 상당히 오랜 기간 동안 아동·청소년 문학의 복합 시스템을 규격화하고, 그렇게 함으로써 하위시스템이었던 평가 시스템이 논제가 된다는 것을 고려해본다면, 지나치게 광범위한 과정이라고 말할 수 있겠다.

독일 아동·청소년 문학의 복합 시스템에 관한 현재 상황을 살펴보면, 아주 놀라운 조사결과를 접하게 된다. 규격화 기능과 단일화 기능은 다른 평가 시스템으로 넘어가지 않았다. 예전에 교육학적인 행위 시스템 구실을 했던 지배적인 역할은 도서관의 평가 기능에 의해서도, 아동·청소년 문학의 공공성에 의해서도 받아들여지지 않았다. 이 두 가지는 시간이 지나면서 점차로 인정받는 것 같다. 공공성을 지닌 아동·청소년 문학 비평이 아동·청소년 문학영역에서 지휘권을 쥐게 될 거라는 사실은 이미 많은 사람들이 고대하고 희망했던 것이다. 이것은 성인 문학영역에서도 마찬가지였을 것이다. 즉 성인 문학영역에서는 18세기 말엽이후 하위시스템인 '문학의 공공성'이 최소한 동시대 문학의 발전을 고려해볼 때 규격화 기능을 수행하는 기관으로 생겨났다. (민족의 문학사와 고전주의 작가들에 의해 규범화된 것과 관련하여 볼 때, 물론 여기서도 교육학적인 행위 시스템이 권한을 갖고 있었다. 특히 고등학교 교사진과 대학의 독문학을 전공하는 사람들도 이러한 행위 시스템을 실행할 수 있었다). 조정이 이루어지지 못하고 일반적인 문학영역에 머문 원인은 여러 측면에서 찾아 볼 수 있을 것이다. 문학의 공공성 내부에 아동·청소년 문학비평이 받아들여지긴 했지만, 대개 종종 별도로 이용되거나 초보자들을 위한 시험분야로 전용(專用)되는 주변영역으로 다루어진다. 그 결과 다른 하위시스템의 전문가들의 경우에는 그 권위를 누릴 수 없는 다소 전문적인 기회비판과도 관계가 있다. 다른 하위시스템의 측면에서는 지금까지 아동·청소년 문학에 외부의 권위를 받아들일 준비가 미비했다. 일반문학의 경우 문학비평의 권위가 서점, 도서관, 그리고 학교에 관계된 영역에서 확고했던 반면, 이런 영역들의 아동·청소년 문학 전문 인력들은 전적으로 보다 더 전문적이라고 간주된다. 그렇다. 그들은 스스로 진정한 전문가로 여긴다.

여기에서 기술한 역사적인 변천은 아동·청소년 문학의 복합 시스템을 모든 면에서 인정받은 확고한 중심이 더 이상 존재하지 않는 하나의 단계로 이끌었다. 그런 이유로 복합 시스템의 응집력에 관한 물음이 그 만큼 더 절박했다. 간접적인 증거들은 독일 뿐 아니라 부분적으로는 스위스와 오스트리아에서도 **개별 시스템들을 복합 시스템으로 통합하는 새로운 방식의 메커니즘**에 대해서 언급하고 있음을 암시한다. 하위시스템을 주도체계와 중심으로 끌어올리는 대신에, 전문적이고 다중적인 공공성의 구조들이 생겨났는데, 제2장에서는 이것들을 **광범위하거나 일반적인 아동·청소년 도서의 전문 공공성**으로 특징짓는다. 한편으로는 전문 잡지들이 공공성을 수행하는 기관으로 그 기능을 발휘했는데, 전문 잡지들은 원칙적으로 모든 아동·청소년 문학의 개별 시스템의 기능을 수행하는 사람들에게 조언을 청한다. 또한 서점, 도서관, 사회교육기관 그리고 학교뿐만 아니라, 신문 문예물, 라디오와 텔레비전 같은 공공영역의 아동·청소년 문학의 전문가들도 목소리를 내는데, 다음과 같은 기관지들이 그 예라 할 수 있다. 『불레틴 유겐트 & 리터라투어*Bulletin Jugend & Literatur*』, 『에젤스오어*Eselsohr*』, 『푼데포겔*Fundevogel*』, 『유겐트리터라투어*Jugendliteratur*』(스위스), 『율리트*JuLit*』, 『타우젠트

운트 아인 부흐*Tausend und ein Buch*』(오스트리아). 다른 한 편으로는 이와 같은 전문적인 다중적인 공공성은 여러 개별 시스템의 아동·청소년 문학 전문가들을 연합시키는 것을 목표로 하는 협회와 이익 단체에서 지지를 얻고 있다(예컨대, '아동·청소년 문학 협회를 위한 독일 아카데미', '독일 청소년 매체사업', '독서재단', 혹은 '스위스 청소년 문학재단'). 이 분야에는 개별적인 하위시스템들에서 생겨난 전문협회들이 회원조직으로 속해 있는 상부조직이 있을 수 있다. 뮌헨에 있는 '청소년 문학 연구회'가 현재 개별 구성원들과 상부조직을 연결시켜 준다.

지배적인 전문 공공성은 이제 토론을 주도하는 기관으로 간주할 수 없다. 평가원칙과 행위원칙은 개별 행위 시스템의 이론가들에 의해서 계속 발전되었다. 그럼으로써 세기말에는 교육대학에 소속된 사람들이 이론 생산자로서 한층 더 큰 역할을 담당했다. 이런 교육기관에서 60년대 이후부터 아동·청소년 문학은 특히 교사양성의 대상으로 자리를 잡아갔다. 일반적인 전문 공공성은 토론의 측면에서 전적으로 **공개토론**으로만 기능을 하는데, 이런 공개토론에서는 이론들과 평가기준들이 토론거리로 제시되고, 또한 전문가들의 비판적이고 이성적인 판단의 대상이 된다. 다른 말로 표현하면 이런 일반적인 전문공공성은 제시된 평가원칙들과 행위원칙들 중 몇몇을 한데 묶어 기준으로 설정하도록 하는 영역을 의미한다. 지배적인 전문 공공성의 정착과 함께 아동·청소년 문학의 복합 시스템은 중심적인 단일화 기능을 더 이상 하위시스템 중 하나—다소 권위적으로 단일성을 규정할 수 있는 권한을 갖고 있는—에 위임하지 않는다. 단일성은 이제 토론의 방식으로, 즉 개방적인 토론과정을 통해 구성되어진다. 모든 하위시스템은 원칙적으로 이와 같은 방식으로 이 토론과정에 참여할 수 있다.

이런 토론적인 단일화를 의미하는 성과는 분명하다. 단점은 토론에서 얻은 합일성들이 다만 너무 자주 불명확하며, 불투명하고, 특히 지극히 깨져버리기 쉽다는 것이다. 분명한 것은 지배적인 전문 공공성보다 권한을 위임받은 개별 기관들이 아동·청소년 문학 복합 시스템의 내부적인 문제에 있어서 원심력을 유지하는데 보다 더 성공적이었다. 원심력은 아동·청소년 문학영역에서 특히 강한데, 개별적인 영역이 각기 비타협적으로 고유의 전문성을 유지하려 하기 때문이다. 아동·청소년 문학 영역에서는 언제나 공통된 입장을 관철시키는 것이 어렵다는 사실이 입증되었다. 이와 관련해서는 단지 이러한 기관을 유약하면서도 별 영향력이 없는 일반적인 전문 공공성이 마음대로 사용할 때 비로소 공통된 입장을 관철시키는 것이 제대로 될 것이다. **실용적인 영역**에서는 지배적인 전문 공공성과 그 기관을 위해 지극히 상이한 방식의 업무를 수행한다. 우선 **정보교환**의 업무를 수행하고, 그 다음으로 개별협회 내지는 개별 하위시스템들의 아동·청소년 문학과 관련된 **병행작업**, 그리고 마지막으로는 다른 분야에도 관여하는 **협력**을 야기하는 업무이다.

일반적인 아동·청소년 문학의 전문 공공성이 지닌 유약함은 특히 그 기관의 취약점에서 발생하기도 한다. 아동·청소년 문학의 신문 잡지 기관과 관련해서 말하자면 독일에서는 확연한 분열이 나타난다. 발행부수가 얼마 되지 않는 전문 잡지들은 서로 경쟁하면서 전문 공공성이라는 각자의 '입지'를 얻는다. 뿐만 아니라 전문 잡지들 역시 신문 문예란의 아동·청소년 문학 비평과 마찬가지로 필요한 권위에 대해 모든 개별영역에서 다른 것은 아니다. 일반 아동·청소년 문학의 전문 공공성을 나타내는 신문이나 잡지 같은 매체들은 그들의 의무적인 논쟁을 단일화하는 기능을

(이러한 기능은 조화와 혼돈되어서는 안 된다!) 불완전하게나마 인지할 수 있다. 일반 전문공공성을 행하는 (상부)조직에서는 종종 이중성이 분명하게 나타난다. 이미 언급한 '청소년 문학 연구회'는 또한 '독일 청소년 문학상' 시상을 위임받았다. '독일 청소년 문학상'의 경우에는 일반 아동·청소년 문학의 공공성과는 상관없이, 국가에서 수여하는 상이다. 이런 업무를 수행하는데 있어서 '청소년 문학 연구회'는 개별협회의 성격을 지닌다. 청소년 문학 연구회에서 발행한 잡지도 양면성을 띠고 있는데, 상부조직의 출판물과 개별조직의 출판물을 서로 교환한다. 다중적인 공공성의 제도적인 기관이 개별협회로 처신하면 할수록, 즉 회원 연합들이 다른 영역에까지 개입하는 협력에 점점 더 흥미를 잃어 가면 갈수록, 일반적인 아동·청소년문학의 전문 공공성은 점점 더 미약하게 나타나며, 아동·청소년 문학 영역의 결합력도 약해진다. 전체적으로 보면, 아동·청소년 문학은 행위 영역에서 오늘날 중심을 정하기가 상대적으로 약한 많은 부분으로 나뉜 영역임이 드러난다. 이러한 문학 분파의 전체적인 상(像)이 혼란스러워지는 결과를 낳았다. 이제 아주 다양하게 공인된 문학을 다룰 것이다. 이 때 개별적인 공인 중 그 어떤 것도 대상의 지배적인 특징으로까지 상승시킬 수 있을 정도로 뛰어나게 특출한 것은 없다.

9. 아동·청소년 문학의 복합 시스템 - 게르트 타우베

아동·청소년 연극 분야는 아동·청소년 문학의 분야와 마찬가지로 많은 행위 시스템들로 구성되어있다. 이것은 이미 아동·청소년 연극이라는 개념의 다의성에 반영되어 있다. 즉 이 개념은 아동과 청소년들을 위한 전문 예술가들에 의해 제공된 모든 연극들을 의미하는 한편(전문 아동·청소년 연극과 인형극은 이 장에서 다루어졌다. Israel 1996, Kirchner 1999, Taube 2000 참조), 아동과 청소년들 스스로가 연기자나 연출자가 되는 그런 다양한 분야를 의미하기도 한다(아마추어 극이나 학교연극, 아동뮤지컬은 10장에서 다룰 것이다). 전자의 경우에는 아동과 청소년들이 무엇보다도 수용자로 참여하고, 후자의 경우에는 제작자로서 공연과 연극에 참여하게 된다.

9.1 '전문적인 아동·청소년 극단'이라는 행위 시스템

　　전문적인 아동·청소년 극단은 아동·청소년 연극분야의 중심이 되는 부분이다. 전문적인 아동·청소년 극단의 배우들은 교육을 받은 직업적인 배우, 희곡전문가, 연출가들이다. '전문적'이란 말을 사용한다고 해서 아동·청소년들과 함께하는 연극과 거리를 두는 것은 아니다. 이 말을 사용하는 것은 동시에 전문적인 아동·청소년 극단을 어릿광대 놀음, 곡예, 애니메이션 같이 다른 방식으로 상연되는 공연 형식과 구분하기 위해 그 특성을 나타내주기 위한 것이다. 제공되는 아동·청소년 극단을 '전문적'이라고 특징지을 수 있는 근거로 한편으로는 이런 예술을 행하는 것을 생업으로 삼고 있기 때문이고, 다른 한편으로는 질적인 차원에서 수준 높은 예술성을 요구하기 때문이다. 흔히 극단을 평가하기 위한 교육학적인 시금석도 전문적인 것으로 관련을 맺게 된다(정의를 내리기 위한 자질로서의 교육학적인 요구). '전문적인 아동·청소년 극단'이라는 행위 시스템에는 제도적이고 조직적인 관점에서 큰 차이점을 보이는 극단 대다수가 모여 있다. 그 밖에 전문적인 극단 외에도 연극 기획사와 같은 아동과 청소년들을 위한 연극 공연의 주최들도 여기에 속할 수 있다.

　　'전문적인 아동·청소년 극단'이라는 행위 시스템에서 제작자의 역할은 '아동·청소년 도서' (주22)라는 행위 시스템에서와는 달리, 출판사가 아닌 극단이 맡는다. 극단은 아동·청소년 연극 수용(주15)의 기초를 마련해주는 연극을 상연하거나 연출한다. 아동·청소년 도서 시장과 비교할 수 있는 같은 유형의 시장이 아동과 청소년 극단 분야에는 존재하지 않는다. 극단은 보통 지역적으로 어느 정도 명확하게 정해진 시장을 위해 상연한다. **정해진 상연장소가 있는 극단**들은 무엇보다도 자신들의 극장에서 공연을 한다. 장소를 옮기며 하는 공연은 대개 몇 안 되는 출장 공연에 제한된다. 일반적으로 극단의 정해진 상연장소를 위해 기획된 연출은 기술적인 이유에서 전혀 옮겨 다니며 상연할 수 없다. **정해진 상연장소가 없는 극단**은 공연을 보고자 하는 관객들의 조직망에 의존한다. 이런 극단의 기관에 속해 있는 주최자의 입장에서 보면 공연을 한다는 것은 근본적으로 판매활동을 하는 것이다. **아동·청소년 극단의 주최**는 극단의 전문적인 주최일 수도 있고(예를 들면 극장, 시청, 문화 극장 등), 청소년들이 여가를 보내는 시설들이 중요한 역할을 하는 경우에는 유치원, 방과 후 공부방, 아동복지시설 같은 다른 사회 기관들이나 학교도 역시 아동·청소년 극단의 주최가 될 수 있다.

전문적인 아동·청소년 극단, 더 확대하자면 우리에게 익숙한 시립 극단, 국립 극단, 주립 극단들도 연극상연 외에 **연극을 관람하면서 얻을 수 있는 연극교육학적인 것도 병행**해서 제공한다. 이것은 연출에 입문하는 것부터 시작해서, 보았던 연출을 활용해보는 과정을 거쳐, 놀이처럼 즐기면서 적극적으로 역할을 해내는 아동과 청소년들을 작업에 참여시키는 연극교육학적인 실습과 공연 과정에 이르기까지 전 과정을 아우른다. 연극교육학의 목표는 연극이라는 예술형식을 생동감 넘치는 과정으로 이해하기 쉽게 하는 것이고, 아동과 청소년들이 지니고 있는 의사소통 능력, 창조적 능력, 미적 언어 능력을 장려하는 것이다. 아동과 청소년들이 함께 참여하는 작업뿐만 아니라 육체적 정신적으로 장애가 있는 사람들로 구성된 연극 단체나 노인들로 구성된 연극 클럽을 보호 육성하는 것도 연극교육학자들의 활동영역에 속한다. 분명히 모든 연극교육학적인 작업에는 관객을 확보해서 극장에 연결시킬 수 있는 극단의 가장 근본적인 관심사도 내포되어 있다.

'연극교육학 연방 연합 협회'(BUT)는 극장, 학교, 교육시설, 청소년-노인 복지회뿐만 아니라 연극 교육학적인 것을 교육 및 재교육시키며 추가 교육하는 기관에서 시행되는 연극 교육학적인 작업을 후원하고 있다. 특히 연극교육학 분야의 교육과정과 추가 교육 과정을 단일화시키고자 하는 노력과, 연극 교육학자라는 직업적인 명칭을 인지시키는 것이 바로 BUT가 장기적으로 내건 목표이다. 연방 연합에서 발행하는 연극 교육학 잡지 『코레스폰덴첸*Korrespondenzen*』에 실리는 아동과 청소년들이 함께하는 연극작업에 대한 논쟁은 방법이나 내용적인 면에서 최고의 수준에 이르고 있다. 이 잡지는 연극교육학뿐만 아니라, 아동과 청소년들을 위한 연극, 그리고 아동과 청소년들이 함께하는 연극 전 분야에서 전문적인 토론의 장으로 발전하였다.

'아동 · 청소년 도서'(주22)라는 행위 시스템에서의 출판사들과 마찬가지로 극장 역시 다양하게 '전문적인 아동 · 청소년 극단'이라는 행위 시스템에 포함된다. 공공성을 담당하는 단체 내의 **독립적인 아동 · 청소년 극장**은 아동과 청소년 관객만을 위해 연극을 상연한다. 구조상 이런 극장은 전통적인 주립-시립 극장과 비슷하다. 국립 극장, 시립 극장, 그리고 주립 극장에서는 전통적인 영역인 연극, 오페라, 발레와 함께 아동 · 청소년 연극이 소위 '제4영역'으로 자리를 잡았다. **한 파트로서의 아동 · 청소년 연극**은 이런 극장들에 포함된 모든 연령대에 맞추어 제공된 공연 계획이다. 그러나 대다수의 독일의 아동 · 청소년 극장은 **사설극 장**이다. 이러한 영역의 조직형식과 구성은 다양하기 때문에 일치 시키기 어렵다. 구서독에서는 아동 · 청소년 극장이 민영극장으로 서의 전통적인 측면에서 그 역사적인 자의식을 갖고 있다. 해방 을 추구하는 몸짓에 대해 방향을 제시해주는 아동 · 청소년 극장 은 60년대 말과 70년대 초의 학생운동과의 연관에서 생겨났다. 이에 반해 구동독에서는 90년대에 일련의 자유극장들이 발전했 음에도 불구하고 독자적인 아동 · 청소년 극장의 전통이 형성되었 다. 공공기관에 속한 아동 · 청소년 극장과 민영 아동 · 청소년극 장들뿐만 아니라 다른 극장에서 있는 아동과 청소년들을 위해 기 획해서 제공하는 공연도 '전문적인 아동 · 청소년 연극'이라는 행 위 시스템에 포함될 수 있을 것이다(**아동과 청소년들을 위한 기획 연극**). 이 경우에는 개별적인 연출이 중요할 수 있지만, 아동과 청소년들을 위한 특별 기획 분야–예컨대 고유한 예술적 연출 방 식을 갖고 있지 않은 한 영역의 하위분야–도 중요하다.

독일의 전문적인 아동 · 청소년 극단은 대부분 '독일 ASSI TEJ 협회'에서 조직되었다. 이 단체는 '국제 아동 · 청소년 연극 협회'인 ASSITEJ(Assiciation Internationale du Theatre pour l'Enfance et la Jeunesse)의 독일분과이다. 전문적인 아 동 · 청소년 극단뿐만 아니라 아동 · 청소년 연극 분야에 관련된 출판사, 단체, 기관들도 이 협회의 구성원이다. 연극인, 학자, 기 자, 아동 · 청소년 연극에 관심이 있는 사람들이 개인회원으로 국 제 아동 · 청소년 연극 협회ASSITEJ에 가입되어 있다. 이 협회 는 학술회, 세미나, 극단 회합, 심포지엄과 함께 2년마다 열리는 아동 · 청소년 연극의 날, 국제 워크숍 그리고 민영 극단의 비공식 회합인 '슈푸렌주헤Spurensuche'를 개최한다. 프랑크푸르트와 베를린에 위치한 '독일 아동 · 청소년 연극센터'가 1989년에 설립된 이래로 독일 ASSITEJ 협회는 아동 · 청소년 연극의 모든 영역을 후원하는 임무를 띠고 있는 이 조직의 법률상 능력과 권리를 부여받은 주체이다.

'아동 · 청소년 연극센터'의 가장 중요한 활동영역으로는 아동 · 청소년 연극을 위한 극작가들을 장려하는 일, 아동과 청소년들을 **위한** 연극에서 그리고 아동과 청소년들이 **함께 참여**하는 연극에서 연출 및 진행과정을 전문적으로 도와주는 일, 베를린 독일 아동 · 청소년 연극 비엔날레인 독일 아동 · 청소년 극단 회합을 주최하는 일, 전시회와 학술회, 그리고 세미나와 워크숍을 진행하는 일, 그리고 아동 · 청소년 연극의 실행과 이론과 역사에 관련된 문학 작품과 매체 그리고 문서들을 수집하는 일이 있다. 외부 이용객들도 이러한 자료들을 아동 · 청소년 연극 센터의 도서관, 시청각실, 문서실에서 이용할 수 있다.

독일에서도 80년대부터 전문 분야의 공공성이 형성되었다. 독일 ASSITEJ 협회는 비판적인 어린이-매체-잡지인 『푼데포겔Fundevogel』의 부록으로 『그림형제와 그립스Grimm & Grips』를 발행했다. 이 부록은 아동 · 청소년 연극에 대한 비판적인 포럼의 성격보다는 오히려 정보매체의 성격을 갖고 있다. 여하간 주요 부분의 문예학적인 목표로 인해 아동 · 청소년 문학의 전문적인 공공성 영역에서도 읽혀지는 이 잡지가 ASSITEJ 모든 회원들한테 제공된다.(주32) 매년 『그림형제와 그립스』라는 같은 이름의 아동 · 청소년 연극을 위한 연감이 발행된다. 이 연감에는 ASSI-TEJ 회원 극단들의 목록, 그때마다 진행된 연극 공연시간의 통계

자료와 연극작품 추천목록 외에도 아동과 청소년들을 위한 전문적인 연극 활동에 초점을 맞춘 편집자 난이 담겨있다. 일간지와 주간지에 실려 있는 전통적인 연극평론은 아동과 청소년 연극을 그저 부차적으로 관찰할 뿐이다. 독일 영화와 연극계의 3개 월간지에서는(『테아터 호이테*Theater heute*』, 『디 도이췌 뷔네*die Deutsche Bühne*』, 『테아터 데어 차이트*Theater der Zeit*』) 서로 다른 시각에서 아동·청소년 연극에 대해 이야기하고 고민한다. 그러나 아동·청소년 연극에 대한 관심은 이러한 매체들이 우위를 점하는 연극공연에 쏟는 관심에 비하면 아무것도 아니다.

전문적인 아동·청소년 극단은 소위 말하는 배우의 '활동분야'로서 다른 영역의 독일 극단들과 나란히 다소 독자적으로 존재한다. 아동·청소년 극단이 극장 구조 때문에 시립극단, 국립극단, 주립극단의 본질적인 요소가 되는 곳에서 조차 아동·청소년 극단의 배우들은 예를 들어 '독일 극단 연합'에 반영되어 있는 독일 연극이라는 큰 맥락의 일부를 이룬다기보다 오히려 아동·청소년 극단의 활동분야에 속해있는 것 같다. 아동·청소년 극단 내지는 아동·청소년 극단의 주최자들이 '민영 극단 연방 연합'과 '출장공연 극단 협회가 속해 있는 도시와 교구의 이익단체' INTHEGA의 구성원이 되며, 문제점이나 의문사항들은 일반적인 연합 회담에서 논의된다. 그러나 문화·정치적이고 예술적인 관점에서 볼 때, 아동·청소년 극단의 이익을 대표하는 것은 주로 독일 ASSITEJ 협회의 국제 아동·청소년 연극협회의 의무이다. 주(州) 차원에서는 아동·청소년 극단을 위해 지역적으로 이익을 대표하도록 위임받은 일련의 많은 연합단체나 활동그룹들이 있다. 이런 연합은 서로 상이한 종류와 방식으로 이루어졌기 때문에 구조적으로도, 목표설정에 있어서도 비교될 수 없다.

9.2 행위 시스템으로서의 '인형극'

독일의 아동 · 청소년 연극은 거의 순수 연극으로 볼 수 있다. 이런 견해는 순수 연극 이외에도 다른 예술적인 표현매체를 이용하는 많은 아동 · 청소년 연극이 있다는 사실을 간과한 것이다. 최근에 일련의 극단들이 순수 연극 저편의 이러한 극형식과 담판을 벌이고 있다 하더라도, 이것은 그 역할이 예나 지금이나 오히려 시대적이라기보다는 오히려 부차적인 아동과 청소년들을 위한 음악극이나 무용극에 대한 논의는 아니다. 여기서 **인형극**은 연극의 한 영역을 의미하는데, 이런 영역의 연극은 역사적으로(Schneider/Brunner 1994) 아동 · 청소년 연극에 대한 사회적 인식보다 훨씬 부족하다. 인형극에는 이중의 '결점'이 있었다. 즉 인형극은 사회적으로 아직 인식되지 않은 아이들을 위한 극작품으로 만들어졌을 뿐만 아니라 '유랑민'으로부터 유래되었다는 것이다. 이러한 사실이 아이들과 어른들을 위한 연극에 영향을 끼친 것처럼 인형극의 진면목에도 미친 영향이 없지 않으며, 또한 인형극을 아동 · 청소년 연극에서 분리시킨데 책임이 있는 것으로 입증되었다. 이것은 독일의 특징이라 할 수 있다. 이와 같은 분리는 단지 몇 안 되는 인형극단 만이 ASSITEJ의 구성원이라는 사실에서 확인할 수 있다. 이러한 사실들로 비춰볼 때 독일의 인형극 무대는 협회와 단체 등을 통해서 아주 풍부하게 지원받고 있다. 가장 큰 단체로는 UNIMA('국제 인형극 연합Union Internationale de la Marionnette')와 VDP('독일 인형극 협회Verband Deutsche Puppentheater')가 있다. 독일 UNIMA 센터 협회는 (ASSITEJ와 마찬가지로) 국제 연극기관의 독일 분과이고, 인형극의 몇몇 아마추어 배우들과 애호가들 그리고 몇 안 되는 극단들이 그 구성원을 이루고 있는 반면, VDP는 직업적인 인형극 배우를 대표한다. VDP의 회원은 모두 전문적인 인형극단들이다. VDP가 60년대 구서독에서 창설된 직업조합에서 출발했다고 보아서는 안 된다. 구동독의 극단은 극소수만이 그 구성원에 속한다. 지역을 초월한 두개의 대규모 연합 단체들 외에도 국지적으로 지방에서 활동하는 다수의 협회들이 있다. 이러한 협회들은 인형극을 추진시키는 일을 수행하며, 극단의 주최자로서 그리고 관객 조직으로 행동하고, 자치단체나 한 지역의 인형극 배우들의 이익을 대표하거나 개별 극단을 후원하기도 한다.

인형극이라는 행위체계에는 인형극 배우를 위한 교육제도들도 포함될 수 있다. 1971년부터 베를린에는 인형극 배우를 위한 국가 공인 교육기관이 생겨났다. 처음에는 베를린 국립 배우 학교라는 전문 기관으로 설립되었고, 80년대 초에 이 배우 학교가 연기를 위한 대학인 '에른스트 부쉬Ernst Busch'로 변경되어진 이후부터 학생들은 인형극 연기과에서 교육을 받게 되었고, 인형극 배우로 대학을 졸업했다. 슈트트가르트의 음악 연기 대학에 1983년부터 인형극 배우를 위한 학사과정이 생겼다. 이런 교육기관의 설립과 함께 인형극 분야에서 아동·청소년 연극영역에서는 여전히 실현되지 않은 요구사항이었던 특수교육이 실행된다. 인형극 분야가 이처럼 한 발 앞선 데는 인형극 배우를 위한 일반적인 배우 교육이 한정적이기는 하지만 중요하다는데 그 이유가 있다. '인형극'이라는 연기 방식의 핵심은 움직이는 주체인 인형극 배우와 생명력 없는 대상인 인형과의 관계에 있다. 이러한 관계를 잘 다루기 위해서는 특수교육이 필요하다. 현재 실행되고 있는 인형극 배우의 교육에서는 아동·청소년 극단으로서의 인형극단의 실제 활동을 위한 준비가 중요한 문제로 취급되지 않는다. 따라서 학생들의 졸업 작품 대부분은 성인관객에게 맞춰진다. 그럼에도 불구하고 객원강사에 의해서건, 아동·청소년 도서에서 선정된 특정한 소재로 이루어진 작업이건 간에 아동·청소년 연극의 콘텍스트가 나타나게 된다(이와는 반대로 일반적인 배우교육에서는 아동·청소년 연극의 고찰에 대한 요구가 아직까지 아무런 성과도 거두지 못했다).

인형극 영역에서 언급된 단체나 협회들은 특수한 전문공공성을 위해서도 배려한다. 따라서 VDP는 일년에 두번 인형극 전문 잡지인 『푸펜슈필 인포마치온*Puppenspiel Information*』을 출간하며, UNIMA 센터는 일 년에 네 번 인형극의 실제 현안을 다루는 잡지인 『다스 안더레 테아터*Das andere Theater*』를 출간한다. 이 외에도 예컨대 '청소년 문화교육을 위한 노르트라인-베스트팔렌주의 LAG 인형극' 의 전문 잡지인 『디 슈필라이스테*Die Spielleiste*』와 같은 협회에 관한 전통적인 소식지와 협회회보들이 있다. 이런 간행물의 대중 독자층은 아주 다양하다. 이 잡지들은 (직업) 배우로서 인형극에 종사하는 사람들을 대상으로 하고 있지만, 아마추어 배우들과 인형극 애호가들의 흥미도 고려한다. 하지만 이 잡지들 역시 새로운 소식들에 대한 정보를 얻기 위해서 전문 공공성을 이용한다.

'전문적인 아동·청소년 극단' (주33) 및 '인형극' 이라는 행위 시스템 사이에는, 이미 앞에서 다루었던 아동·청소년 문학의 (행위 시스템) 복합 시스템(주19)과는 관계가 있다 하더라도 단지 산발적인 관계만이 존재한다. '청소년 문학 연구회' 의 회원인 단체들 중에는(제2장 8절 참조) 예컨대 아동·청소년 연극 분야나 인형극 분야 출신의 단체는 존재하지 않는다. 아동·청소년 문학과 아동·청소년 연극 분야는 서로 상당히 거리가 먼 **행위 시스템**으로 간주되는 것이 틀림없다. 유감스럽게도 동일한 문학적 **상징 시스템**, 즉 아동·청소년 문학과 그 작가들만이 이 두 분야의 공통점이다. 전문적인 아동 · 청소년 연극공연뿐만 아니라 부분적으로는 인형극의 공연에서도 아동 · 청소년 소설문학을 극으로 만드는 것이 중요하다. 더욱이 아동 · 청소년 도서작가와 아동 · 청소년 극작가는 몇 안 된다. 여기서는 다만 미카엘 엔데Michael Ende, 프리드리히 카알 베흐터Friedrich Karl Wächter, 파울 마르Paul Maar와 루돌프 헤르푸르트너Rudolf Herfurtner만이 언급된다. 독일에서 인형극은 부분적으로만 문학연극이다. 그 때문에 인형극은 아동 · 청소년 문학의 **상징 시스템**보다 전문적인 아동 · 청소년 연극과 더 깊이 연관되어 있다. 비록 '전문적인 아동 · 청소년 연극'이라는 행위 시스템과 '인형극'이라는 행위 시스템 사이의 결합이 충분하지 않더라도, 이 두 영역을 **광범위한 아동 · 청소년 연극의 복합 시스템**의 부분들로 보는 것이 올바른 것으로 간주될 수 있다. 이러한 시스템의 내용은 일반적으로 아동과 청소년들을 위한 연극공연의 제작과 상연, 그리고 중개자와 목표그룹들에 의한 공연수용, 마지막으로 이 모든 것들과 관계된 연극교육학적인 활동으로 규정될 수 있을 것이다.

10. '아동과 청소년들이 참여한 연극'이라는 행위 시스템
- 게르트 타우베

'아동 · 청소년 연극' 개념의 이중성에 상응해서 이제는 아동과 청소년들 스스로가 연극과 공연에서 배우가 되는 모든 행위의 관련성이 고찰될 수 있다(Belgrad 1997, Hoffmann Israel 1999). 이것은 학교와 연관이 있는 곳에서 상연하는 공연과 연극, 그리고 학교와 연관이 없는 곳, 이를테면 여가 선용하는 곳에서의 연극공연을 구분 짓고 있다.

10.1 학교연극과 학교음악극

연극과 학교의 관계는 아동과 청소년들을 연극과 결합시킨, 역사적으로 입증할 수 있는 가장 오래된 관계이다. 그 역사는 15-16세기의 인본주의적인 학교드라마에서 시작하여 17세기 프로테스탄트 학교연극을 거쳐 오늘날 학교 안에서의 **연극**까지 이어진다. 학교 안에서의 연극은 모든 시대에 걸쳐 한편으로는 교육적인 목적, 그리고 다른 한편으로는 대중의 즐거움에 기여한다. 만일 이 두 가지 목적이 역사적으로 학교연극이 형성되었던 초기에는 수업시간에 극을 연습할 때 그리고 더 나아가 공연을 연습할 때 거의 서로 일치했었다면, 오늘날에는 오히려 각각 분리되어 나타난다. 오늘날 수업 시간의 연극은 무엇보다 이야기나 연극의 교수법적인 '재연극Darstellendes Spiel (DS)' 이다. 일련의 주 연방들은 이것에 대해 고유한 전문적인 수업방식을 갖고 있다. 1994년과 1998년 사이에 교사를 양성하려는 첫 시도가 있었다. 그라이프스발트 대학에서는 시범적으로 국가고시로 졸업하는 교직의 기초 이수과정에 '재연극'을 신설했다. '재연극'의 실행은 여러 주 연방들마다 차이가 있다. 그 차이의 폭은 문학연극으로서 학교연극공연의 형식적인 준비에서부터 시작해서 텍스트를 파악하는 것을 거쳐 시범적으로 '재연극'을 신설한 그라이프스발트 대학의 기본사상에까지 이른다. 이러한 시범적인 시도는 부모와 교사들 앞에서 학교 연극을 공연한다는 형식적인 의도에 원칙적으로 반대하면서, '재연극'의 주요 의도로 경험을 토대로 세상에 대해 알게 하며, 머리로 깨닫고 몸으로 느낀 것을 서로 관련짓도록 규정하고 있다. 아동과 청소년들이 참여하는 특별활동과 강습 시간에 행해지는 연극공연에 대한 학교 측의 육성은, 그때그때의 학교 연기 교사가 중요한 연출자와 연출자의 '철학'에

폭 넓게 의존한다. 하지만 전문 배우, 감독, 배우, 그리고 연극교육학자들이 동참하는 학교연극 프로젝트도 있다.

학교에서 이루어지는 연기교육학과 연극교육학에 대한 시대에 따른 요구는 '학교 내의 재연극을 위한 독일 연방 연합(BAG)'의 가장 중요한 목표이다. BAG는 '학교 내의 재연극을 위한 16개 주 연방 연구회'의 연합체이다. BAG는 몇몇 주에서 방침과 교과과정에 대해 집중적으로 토론에 참여하는데, 이 때 전공과목인 '재연극'의 위치와 학교에서의 공연과 연극이 차지하는 입지를 모두 강화시키려고 노력한다. 더욱이 BAG는 매년 '주 연방들의 학교연극의 만남'이라는 대회를 개최한다. 이 대회는 학교연극의 대중적인 고려까지도 보장하고, 다른 학교들뿐만 아니라 학교외부 기관들과의 교류를 제안하고 장려한다.

약 80년대 중반 이후로 독일의 공립 음악학원에서는 음악극에 대한 경향이 주목될 수 있다. 교육을 받은 음악도들의 음악극 활동은 음악의 초기교육의 범위 안에서 음악적인 연극 연기에서부터 오페라나 뮤지컬 공연에 이르기까지 다양하다. 이러한 것들은 순수 학교활동과 여가시간에 제공되는 공연 사이에 포함된다. 하지만 아동과 청소년들이 다니는 공립 음악 학원의 수업은 정규수업에 부가적으로 여가시간에 이루어진다. 연출 레퍼토리는 이런 목적을 위해서 특별하게 만들어진 음악작품에 주도되는데, 무엇보다도 뮤지컬과 앵글로 색슨 출신의 화려한 무대극식의 경가극이 이용된다. 아동과 청소년이 참여하는 연극공연 영역은 음악학교에 결속시킴으로써 이제까지 더욱 눈에 띄지 않았다. 이 분야에는 1987년 이후 '니트발덴 공립 음악 학교의 아동과 청소년들을 위한 음악극 연방연합협회'가 생겨났다. 여러 주에서 폭넓게 활동하는 '독일 음악학교 연합'은 이미 80년대부터 아동과 청소년들을 위한 음악극에 힘써왔다. 이 연합은 연수를 주최하며, 음악극연구를 위한 음악교육자들의 교육과 재교육에 필요한 교과과정 제정에 종사한다. 뮌스터 대학의 '연극교육학 연구 분과'는 다양한 해석을 덧붙인 작품목록들을 출간했다.

10.2 행위 시스템으로서의 '아마추어 극단'

독일의 **아마추어 극단**은 세속적일 뿐만 아니라 종교적으로도 관계가 있는 연극그룹과 협회들로 이루어진 폭넓은 기반을 갖추고 있다. 20세기 초 삶의 혁신을 추구하는 경향의 아마추어 연극운동에서 아동과 청소년들의 연극공연은 무엇보다도 육체와 정신의 조화로운 통일성에 방향을 맞추었다. 아마추어 연기운동은 모범적인 학교연극뿐만 아니라 협회 및 애호가들의 연극과의 격차에서 발전되었기 때문에, 극텍스트 부분에 있어서 자신들 고유의 전형적인 표준 텍스트를 만들어냈다. 이것은 특히 이 운동을 위해 생성된 작품들이 주를 이루지만, 모범적인 연극 레퍼토리에 해당하는 작품들도 포함하고 있다. 또한 연출자와 배우의 공동작업을 통해 고유한 작품을 발전시키는 방식이 널리 확산되었다. 오늘날 아동과 청소년들이 함께 하는 아마추어 연극은 가장 다양한 관계 속에서 마주치게 된다. 아동 · 청소년들과 함께 아마추어 연극을 공연하는 독립적인 협회나 성인—아마추어극단의 구성요소로서의 청소년 연극그룹이 있다. 그리고 전문적인 시립극단, 국립극단, 주립극단에 소속된 청소년 클럽 내지는 청소년 공연클럽이 있는데, 여기에서는 청소년들이 경험 많은 연극교육자들의 지도하에 그리고 극단 배우들과의 공동 작업을 통해 연출을 해낸다. 그 외에 일련의 연극 센터와 청소년들의 여가활용기관에는 재연극 내지는 연극연기를 할 수 있는 가능성이 존재한다. 또한 그 가능성의 폭은 단기 과정에서부터 연극그룹에 속해 있는 아동과 청소년들의 공동 작업까지 확장된다.

아마추어 연극운동의 범위와 서로 다른 역사적인 요인들로부터 오랫동안 영향을 받은 전통은 각기 다양한 협회 상황에 반영되어 나타난다. 가장 오래된 협회는 1892년에 '독일 민간연극 연합협회'라는 이름으로 설립된 '독일 아마추어연극 연합협회' BDAT 이다. 이 협회는 오늘날 독일에서 조직된 아마추어 극단을 위해 장려되는 공인된 공식 상부조직으로, 재연극의 모든 영역의 이익을 대표한다. 연극 극단은 1630개에 달하는 회원 무대에서 공연을 할 수 있다고 해도, BDAT는 연극 공연으로만 제한하지는 않는다. BDAT에는 '독일 청소년 극단DT-BDAT'이 있는데, 이 극단의 500여개의 회원무대는 독일의 아동 · 청소년들과 함께 하는 아마추어극단을 대표한다. '기독교 청소년 연극연구회'와 '연기와 연극을 위한 가톨릭 협회'뿐만 아니라 연극작업이 꼭 기독교적인 관계에서만 이루어지지는 않는 두개의 종교적인 협회가 있다. 몇몇 주(州)에는 주 차원에서 '재연극을 위한 연방연구회 ALS'과 관련되어 있는 '연기와 연극에 관한 연방연구회'도 있다. 이런 모임은 무엇보다 LAG의 전문적인 활동분야 및 정보의 교환에 기여한다. '연극과 극단을 위한 독일 연방연구회'에는 주 차원에서 아동과 청소년들이 함께하는 '연극과 극단' 분야에 종사하는 연극 센터, 교육기관, 협회들과 관계를 맺고 있다. 회원들 간의 전문적인 활동 분야의 교류와 체험 교류뿐만 아니라 및 아동과 청소년들에 의한 연극 공연을 위한 공식적인 광고는 이 연방 연합 협회의 가장 중요한 목표이다.

아동과 청소년들이 함께하는 연극 공연을 위한 특별한 전문 공공성은, 서로 다른 협회들이 그들의 다양한 목표를 가지고 정기간행물을 출간하는 한에서만 존재한다. 그러나 아동과 청소년들에 의한 연극공연의 전문적인 문제에 대한 토론은 점점 더 증가하는 전문적인 연극교육학적 관계 속에서 그리고 그에 상응하는 대중들 사이에서 이루어진다. BDAT는 전문 잡지인 『슈필 운트 뷔네*Spiel und Bühne*』를 출간하고, 'BAG 연극&극단'은 회원 전용 잡지인 『바가텔레*Bagatelle*』를 배포한다. 그 외에 거의 모든 협회들은 회원 회보를 발행한다. 뿐만 아니라 아동과 청소년들이 함께하는 연기와 연극에 관한 토론은 청소년 문화교육이라는 보다 규모가 큰 맥락으로 이끌어진다. 게다가 '청소년 문화교육의 독일연방협회BKJ'가 토대를 마련하는데, 이 협회의 다양한 간행물에서는 아동과 청소년들이 함께 하는 연극이 언제나 테마화되고 있다.

　여기에서 밝혀지고 이미 여러 번 세분화된 행위 시스템인 '아마추어 극단'은 '아동·청소년 문학'의 행위 **시스템**과 간헐적으로 관계를 맺고 있음이 입증된다. 행위 시스템으로서의 아마추어 극단은 아동·청소년 문학의 행위 시스템에 부분 시스템으로 속한 것이 아니라, 독립적인 행위 시스템으로서 존재한다. 아동·청소년 문학의 **상징 시스템**과의 연관성은 물론 소재, 즉 몇몇 아동·청소년 문학 작품들 역시 초안으로 사용되거나 극의 형식으로 상연될 수 있는 소재에 한해서 여기서도 마주치게 된다. 이 두 행위 시스템에서도 작가들이 중요한 역할을 할 수 있다. 이렇게 '아동·청소년 연극'의 개념은 두 가지의 특징을 지니게 되는데- 말하자면 여기에서 그리고 이미 앞에서 설명된 연극의 행위 시스템들-, 이와 같은 행위 영역과는 별 관계가 없다. 이미 언급했던 '독일 아동·청소년 연극 센터'의 과제는 아동과 청소년들을 **위한** 연극을 장려하는 것뿐만 아니라, 아동과 청소년들이 **함께** 참

여하는 연극을 장려하는 것이다. 따라서 여러 주에 광범위하게
활동하는 몇몇 기관, 즉 두개의 아동·청소년 연극의 큰 영역이
눈길을 끈다. 연극교육학의 활동의 다양성은 이론적이고 실제적
인 차원에서 두 가지 커다란 행위분야를 포함하기 때문에, 이 분
야에서 '연극교육학 독일연방협회BUT' 역시 언급되어져야 한
다. BUT는 이 두개의 영역에서 활동하며, 그렇게 함으로써 '아
동·청소년 연극 센터'와 함께 이 행위 영역사이의 보다 폭넓은
기관적인 단면을 보여주고 있다.

제 3 장

아동·청소년 문학의 전승방식들

제 3 장

아동·청소년 문학의 전승방식들

지금까지 논의된 '아동·청소년 문학' 연구대상의 관점들, 즉 수집된 자료 구성(1장)과 개별 운영체계(2장)는 동시에 행해지거나 행해질 수 있는 행위 또는 상호공존하거나 공존했던 행위구조와 관련된다. 바꾸어 말하면, 지금까지는 연구대상을 공시적으로만 고찰했지만 이제는 분명하게 규정된 행위방법들, 즉 통시적인 관계에 해당하는 **방식들**을 다루고자 한다. 말하자면 이전 시대로 거슬러 올라간 문학적 전달내용이 아동·청소년문학 영역에서는 어떻게 다루어지는가? 이전 시대의 아동·청소년 문헌텍스트들은 어떻게 이용되는가? 그리고 아동·청소년 문학의 전승이 어떻게 적용되며, 이것을 어떻게 사용하게 되는가를 다루고자 한다. 여기에서는 전승문학에 이용되는 행위유형을 **전승방식**이라고 한다. 이러한 전승방식 하나하나가 연관성 있는 용례(用例)에 결합되는 경우에 이것을 **전승유형**이라고 하며, 이제부터는 동의어로 '텍스트 전승방식' 또는 '텍스트 전승유형'이라는 용어를 사용하고자 한다. 아래에서 **아동·청소년 문학**의 전승방식 내지 텍스트 전승방식이 언급된다면, 이 표현들은 다만 아동·청소년 문학의 영역에 해당되는 행위유형을 가리킬 뿐, 아동·청소년을 대상으로 한 문학적 전승방식을 의미하는 것은 아니다.

이러한 문화적인 방식의 기본 속성은 두 가지 요인, 즉 전달 매체와 그때그때 전달 내용에 덧붙여진 의미, 말하자면 문화적 기능에 의존한다. 텍스트 전승방식은 우선 각각 **말로** 전달된, 즉 **입으로** 전승된 것인지 혹은 **글자**로 정착된 다음에 **인쇄된 문헌을 매체로 보존되어** 전승된 것인지에 따라 다르게 구별된다. 아울러 각각의 전승된 텍스트 형식이 규범적이거나 혹은 제식적인 의미를 지니면 지닐수록 더욱더 반론의 여지는 없게 된다. 이 경우에는 구전에도 적용된다. 다시 말하면, 구전은 변형되기 쉬운 전달 방법인 것 같지만 실제로 전달하는 방식은 변경되지 않는다. 직업적인 영웅서사시 작가나 음유시인들에 의해 입으로 또는 소위 기억문화에서 전승되는 대서사시가 여기에 해당된다고 할 수 있다(Assmann/Assmann, 1983, 270이하). 아동 · 청소년 문학과 관련해서 본다면, 두 번째 언급된 유형은 간과될 수 있다. 이것은 여기에서 제식적인 의미나 연대적인 동질성 확립의 기능을 지닌다. 이에 상응하는 '기념비'가 될 만한 전승내용 및 텍스트와 거의 관련이 없다. '성스러운 텍스트들' 혹은 민족 서사시 및 국민 서사시에서는 집단의 결속력이 그 특징인 것처럼, 아동 · 청소년 문학 텍스트들도 집단의 결속력이 특징이라는 것이 예외는 아니다. 기념비적인 것을 넘어선 전승내용이나 텍스트에 맞게 그때그때 텍스트 전승유형으로 파악될 수 있는 다양한 전승방식들이 구전과 기록이라는 조건하에 기억문화와 기록문화를 형성한다. 로만 야콥슨Roman Jakobson과 페터 보가트리예브Peter Bogatyrev 는 이러한 전승형식을 1929년에 처음으로 이론화하였다. 이들은 입으로 전승된 것을 원형으로 한 텍스트 전승유형을 '구비문학'으로, 기록한 것을 원형으로 한 텍스트 전승유형을 '문헌'으로 정의한다(Jakobson 1979, 140이하).

1. 전승유형으로서의 '구비문학'

민간전승에서 파악되는 텍스트 전승방식은 오늘날에도 여전히 아동·청소년 문학의 영역에 적용된다. 현재 고도로 발달된 사회문화적인 여건 하에서도 여전히 아동·청소년 문학은 주변영역에서 입으로 의사소통될 뿐만 아니라 전달되기도 한다. 아동·청소년 문학의 의사소통에 관한 장에서 설명한 현상은 여기에서 두 가지 경우로 구별된다. 첫 번째는 전달자의 입장, 즉 보고자, 낭독자 혹은 화자의 입장이 어른들인 경우로, 이때 아이들을 돌보는 사람이 전달자가 되는 경우이다. 가정이라는 울타리에서는 엄마 혹은 가정에서 함께 아이를 돌보는 다른 사람들이, 그리고 역사적으로 살펴보면 생활수준이 높은 부류에서 유모, 보모, 가정교사와 하인들이 전달자가 될 수 있다. 가정 외의 영역에서는 놀이방, 방과 후 교실과 어린이집 교사가 전달자가 된다. 이때 어른 전달자들은 동시, 동요, 격언, 속담, 우화, 단편, 해학, 전설과 동화 등 전달하려는 내용을 자신들의 기억에서 끄집어내는 것에 그 전제를 두었다. 그 기억은 대개 어린 시절에 구전으로 전해 들었던 전승이다. 두 번째는 전달자가 또래집단에게 말로 동시, 운문, 격언, 말놀이, 유머, 외설, 우화 등을 전달하는 어린이나 청소년인 경우다. 이 경우는 어른들이 참여하지 않으므로 어른 중개자가 없는 아동·청소년의 의사소통에 속한다.

아동·청소년 문학의 의사소통유형들은 야콥슨과 보가트리예브가 '구비문학'이라는 용어로 분류하여 아래와 같이 요약한 텍스트 실현방식과 텍스트 전승방식을 나타낸다.

- 전달자(=Sj)는 기억에 저장된 것을 전달할 때, 어떤 전달자의 관점에도 얽매이지 않는다. 전달자에게는 정해진 텍스트가 없다. 다시 말하면 전달자는 운문형식으로 리듬감있게 구성된 내용(형식사용, 운율 등)과 텍스트에서 단어를 바꾸고 연을 생략할 수 있다. 전달자는 산문형식으로 구성된 내용(유머, 일화, 역사 등)에서 더 자유롭게 그럴 수 있다. 왜냐하면 대개 하나의 핵심, 하나의 뼈대, 하나의 "정해진 규범과 자극으로 구성된 복합체"만 기억에 남는데(Jakobson 1979, 146참조), 이것은 전달자에게 단어와 연을 보충하고 변형할 수 있는 기회, 즉 이것을 여러 위치에 놓아보고 상술할 기회를 주기 때문이다. 기억에 담고 있는 운문 창작물에서 전달자에 의해 실현되는 모든 것은 **변이형**(=Vi,Vj …)으로 나타낼 수 있으며 정해진 텍스트형식이 없으므로 모든 변이형이 가능하다.
- 변이형들은 기록된 것이 아니라 입으로 표현된 것으로써, 일회성, 즉 수많은 특별했던 것들이 사라질 운명에 놓여 있는 피상적인 특성을 지닌다. 야콥슨과 보가트리예브는 일회적인 전승의 피상성에서 벗어난 것만이 '구비문학의 본질'이 될 수 있다(Jakobson, 144, 146이하)고 했다. 이것은 구전이라는 전제하에 수용집단(=K)에 의해서 받아들여지고 보존되며 계속해서 이어지는 연속성을 요구한다. 따라서 공동체는 **'구비문학의 본질'**을 달성할 수 있는 전달내용을 지속적으로 유지시키는 유일한 요소다. 이런 경우에 수용자가 실질적으로 구비전승의 본질을 "완성하는" 원동력이 된다.

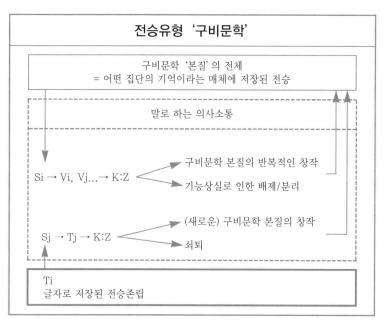

전승유형 '구비문학'

구비문학 '본질'의 전체
= 어떤 집단의 기억이라는 매체에 저장된 전승

말로 하는 의사소통

Si → Vi, Vj...→ K:Z
구비문학 본질의 반복적인 창작
기능상실로 인한 배제/분리

Sj → Tj → K:Z
(새로운) 구비문학 본질의 창작
쇠퇴

Ti
글자로 저장된 전승존립

〈도표6〉

- **검증**(=Z)은 전달내용이 공동체에 의해 수용되고 거부되는
  것과 관련이 있다. 야콥슨과 보가트리예브는 이를 '공동체의 사전검
  증'이라고 한다(Jakobson, 144, 155). 이 사전검증은 우선 공동체와 집단
  에서 기능상 중요하지 않은 것을 여과한 다음에 개별적으로 전승되는
  것을 모두 제거한다. 구전이라는 전제하에 소유 집단인 공동체에 의
  해 획득되고 '사회성을 띠는' 요소들만이 보존될 수 있다. 개별적인
  특성들이 공동체에 의해서 지지를 얻는다면, 이러한 요소를 개별 창
  작하는 것은 집단의 구전과정에서 제외된다.
- 하지만 이미 '구비문학의 본질'이 된 것이라 하더라도 공동체에 의해
  지속적으로 검증을 받는다. 즉 "(…) 해당 공동체에게 기능적으로 입
  증된 형식들만이 구비문학으로 보존된다. (…) 그러나 어떤 형식의 기

능이 없어진다면, 그것은 구비문학에서 점차 사라진다. (…)"(Jakobson

143이하)

 - 구비문학의 본질들이 우선 공동체에 의해 수용되고 검증되는 과정에
   서 만들어지거나 완성된다면('정착이라는 특별 형식으로써의 구비문
   학'과 다름없다), 그 출처에 관한 질문은 다소 의미가 없어진다. 집단
   에 의해 수용된 구전내용은 기록된 출처에 근거를 둘 수 있다. 이런
   경우에 전달자는 기억에서 끄집어내어 창작하는 것이 아니라, 기록된
   출처(=Ti)에서 입으로 전승된 전달내용(=Tj)을 인용하는 것과 관련
   이 있다. 이때 공동체는 이러한 전달내용을 채택하여 '구비문학의 본
   질'로 만들 수도 있고 완전히 잊혀지게 할 수도 있다.

위에서 두 번째로 언급한 구전된 아동·청소년 문학의 의사소
통과 전달의 경우에, 구전이 아동·청소년 또래집단 내에서 어떻
게 전승되는지 관심을 갖는다면, 바로 위의 내용에서 마지막에 언
급된 것이 증명된다. 근래에 출판된 모음집은-페터 륌코프Peter
Rühmkorf의 『국부에 관해. 문헌을 토대로 한 부록Über das
Volksvermögen. Exkurse in den literarischen Untergrund』
(Hamburg 1967)에서 헬무트 피셔Helmut Fischer의 『루어 공업 지
대의 동시Kinderreime im Ruhrgebiet』(Köln u. Bonn 1991)에 이
르기까지-텍스트의 출처를 명확하게 해준다. 이 텍스트들의 상당
부분이 광고, 정치영역, 영상매체(라디오, 텔레비전, 영화), 학교
영역과 거기에서 중개되는 교양문학에 기인한다. 이것은 광고 슬
로건과 선거유세문구의 왜곡과 패러디, 정치가나 영화 혹은 영화
배우들에 대한 에피소드나 유머, 고전의 개작이나 패러디와 관련
된다. 아동·청소년 전달공동체는 주변세계와 거리를 두며 정체
성을 분명하게 획득함으로써, 어른세계에 존재하는 모든 것과 강

요된 텍스트를 또래집단을 통해서 이해한다.

　다른 경우로는 그 집단 내에 비전문적으로 혹은 전문적으로 어린이를 돌보는 사람들이 기능적으로 또는 직업적으로 다양하게 구성된 어른집단으로 아동 전래문학을 구전하는 전달집단을 형성하는 경우다. 이것은 구전하는 어른과 아동간의 의사소통과 관련되고, 이러한 의사소통은 얼핏 보기에는 단순한 것처럼 보인다. 어른 전달자가 전달하고자 하는 것을 자신의 과거 어린 시절 문학 체험에서 끄집어낸다면, 그들 자체가 계속해서 다른 세대에 전달하는 문헌의 실제 수용자로 간주된다. 결국 어른 전달자는 과거 자신이 어린 시절에 수용한 것을 전달하기 때문에, 어린이로서 자신의 어린 시절로 되돌아가서 수용한 것을 전달할 수 있다. 이것은 전달내용이 순수하고 변함이 없다는 것과 관련이 있다. 즉 전달내용은 전혀 차이가 나지 않으며, 사전검증이 영향을 미친다. 입에서 입으로 계속해서 전달되는 이러한 단순한 형태는 특히 18세기부터 유모나 하녀들이 그 역할을 맡아왔다. 구비문학의 어른 전달자는 수용과 전달 사이의 차이를 토대로 그 사이를 조절하는 여과수단의 기능을 담당하였다. 그리고 전달하려는 시나 소설이 교육문학규범과 아동문학규범에 맞는지 아닌지 냉철하게 비교해 본다. 어른 전달자는 아동·청소년 문학의 중개자 역할을 하는 동시에 경우에 따라서는 일부 구비문학의 사전검증과 같은 일종의 검증을 실시한다. 아동을 전문적으로 돌보는 사람들의 집단을 살펴보면, 이 집단에 의해 전달된 구전이 극히 일부만 그들 자신의 어린 시절로부터 전달되고 대부분은 기록된 문헌, 즉 동요, 동시, 말놀이, 동화 등의 모음집에 근거를 두고 있음을 알 수 있다(이런 모음집은 일부 전문적으로 아이를 돌보는 사람을 위해 특별히 만들어지기도 한다). 기록에 의존함에도 불구하고 이것은 구비문학의 텍스트 전승방식과 연관이 있다. 다시 말하면 기록된 문헌의 원문텍스트와 저자가 잊혀진다는 가변성을 토대로 하여 전달자에 의해서 인용된 소재들이 구전방식으로 소개되는 경우다.

전승유형인 '구비문학'의 일반적인 특징으로 공동체 또는 전달집단의 사전검증은 결정적인 요소다. 사전검증은 한편으로는 개별표현이 구전력이 없다는 것을 조건으로 한다. 공공화되는 것, 즉 집단에 의해서 잘 받아들여지는 것만 전승될 수 있다. 다른 한편으로 사전검증은 그때그때 행해지는 기능성과 구전을 연관시킨다. 이것은 명백한 규범과 검증기준에 의해 행해지는 검증과는 관련되지 않기 때문에, 사전검증은 다소 실질적으로만 행해진다. '구비문학의 본질'은 기능상 반복될 때 소멸되지 않는다. 그때그때 필요한 상황에서 실제 중요한 것으로 입증된 것, 즉 일상 속에 명분화된 것 또는 '삶에 뿌리를 내리고 있는 것'만 지속적으로 전승된다. 텍스트가 사용된다는 사실에 따라 '텍스트의 보존여부'가 결정된다(A. Assmann 1983, 176). 그 밖의 것들은 남아 있더라도 소멸된다. 실제로 증명된 전승텍스트의 이용가치에서 구비문학의 사전검증은 현대 아동 · 청소년 문학 중개자의 의도적인 검증과 구별된다. 후자는 규범적인 전제조건에 따라 기능적이거나 유용한 것이 선택된다. 이것이 실제로 입증되는 지의 여부는 다른 장에서 설명이 된다.

2. 전승유형으로서의 '기록으로 전승되는 구비문학'

텍스트 전승유형인 '구비문학'은 역사적으로 살펴보면 구전문화에서 형성되었다. 구전이라는 조건하에 실행될 수 있는 기념비적이지 못한 텍스트의 유일무이한 전승방식을 나타낸다는 점에서 이 텍스트 전승유형은 기억문화에 대한 전형이다. 그럼에도 불구하고 구전되는 전승텍스트는 구전방식에 얽매이지 않는다. 이것은 기억문화라는 특별한 매체의 조건하에서 생성되었고, 이러한 생성조건뿐만 아니라 다른 매체로 구성된 매체문화에도 알맞은 문화적 요구를 충족시킨다. 구비문학 텍스트의 존재형식과 마찬가지로, 여기에서 "문헌 텍스트의 존재형식은 기록과 기억이라는 조건에서 설명될 수 있다"는 알라이다 아스만의 논제에 따라 다룬다. 매체의 생성조건들에 의해 기억되는 모든 것에 있어서, "구비문학"과 "문헌"은 "문화사적으로 정착된 텍스트 전승유형으로 이해될" 수 있다(A. Assmann 1983, 176). 다음으로 구비문학의 전달은 기록문화에도 해당된다. 야콥슨과 보가트리예브는 이미 기록이라는 조건하에서 구비문학의 텍스트 전승방식이 지속적으로 존재한다는 것을 제시했었다(Jakobson 1979, 155). 알라이다 아스만은 몇몇 구전된 텍스트 전승유형뿐만 아니라, 몇몇 **기록된** 텍스트 전승유형이 있다는 논제로 이것을 증명한다. 기록된 텍스트 전승유형 중의 한 유형은 기록문화라는 조건하에 구비문학이 계속해서 전달된다고 나타내었던 '기록으로 전승되는 구비문학'이라고 한다. 여기에서 "글자로 쓰인 것과 인쇄된 것을 접하는 것이 더 이상은 소수계층의 특권이 아님에 따라, 구비문학의 의사소통 법칙에 맞는 것"은 기록으로 남겨졌다는 것이다(Jakobson, 189). 기록으로 전승되는 구비문학의 시초는 "다양한 소재들이 다시 새롭게 엮어지고, 전해지고, 읽히고, 사용되었던 책들이 중요한 중세의 '편집문학'에서 비롯된다. 편집문학은 18세기까지 계속해서 널리 보급되었다"(같은 책, 177). 텍스트 전승유형으로 '(구비 그리고 기록)전승과 문헌의 병존'은 근본적인 의미에서 '문화사적인 사실'이라고 한다. '(…) 이것은 문화기능을 구심적으로 해서 나누어지는, 즉 중간손실로 인해 세분화된 특수기능들과 특별영역이 있을 수 있는' 문명과정의 발달규칙에 속한다. 그래서 (구비 그리고 기록)전승과 문헌은 '각각의 특수영역에서 제한을 받고 연관성은 한정적이다'(같은 책, 190).

저자는 이미 1990년에 인쇄된 아동·청소년 문학의 일부를 텍스트 전승방식에 따라 기록으로 전승된 구비문학으로 이해할 것을 제안한 바 있다. 그것은 여기서 제시된 성과를 보다 더 적합하게 평가할 수 있도록 함을 목적으로 한 것이었다(Ewers 1990, 85이하). 이러한 아동·청소년 문학영역에서는 우선 특정한 요구사항에 맞춰 초고를 계획하거나 (좁은 의미에서 실용문학) 가정 내지는 사회적인 영역에 정착되어 분류된 '자리가 잡힌' 수용상황으로 간주되는 그런 텍스트들이 다루어진다. 이 경우에 그때마다 대개 요구사항이나 상황에 적합한 것으로 간주되는 구전의 소재중개를 제한하는 그런 텍스트들이 다루어진다. 예를 들면 아동·청소년을 위한 지침서는 (특히 상담문학이 인생 전반이 아닌 행동의 개별 영역을 목표로 하는) 기록으로 전승된 구비문학의 전달 메커니즘에 따라 기능할 수 있다 (아주 다양한 실용문학을 여기에서 계속해서 소개할 필요는 없다). 동시는 현재까지 다양한 전승방식이 조화롭게 공존하는 영역이다. 동시와 동요의 영역에 있어서 구비문학의 한계에 대해서는 이미 위에서 언급했다. 『소년의 마술피리 Des Knaben Wunderhorn』(1806-08)가 출판된 후부터 특히 아동을 위해 제작되고, 달력, 가정도서, 화보, 정기간행물과 그림책들에 인쇄된 대부분의 시는 소위 말하는 '민중의 동요시' 방식의 서정시다. 각각의 동요시, 노래 또는 시는 어린이생활, 가족생활, 교회생활, 마을 공동체생활 내지 학교생활의 상황과 밀접하게 관련되어 있다. 이렇게 생활과 밀접하게 관련되어 있는 것은 내부적으로 다양한 장르에서 선호되는 원칙들 중 하나다. 장르는 가정교육시와 관련된 시(자장가, 훈육시, 놀이노래 등), 일상시와 사계절시, 교회 및 세계 축제일에 관련된 동시와 전통시 등으로 구별된다. 동화영역에서도 비슷하게 나타난다. 여기에서도 분명하게 규정된 일상적인 상황과 연관된 수많은 동화 유형들, 즉 잠자리에 들기 전에 읽는 이야기, 가볍게 들고 다니며 읽는 이야기, 방학 때 일어난 일을 다룬 이야기 등이 있다(Ewers 1991).

다음에서는 알라이다 아스만이 부연 설명한 것과 연관시켜 기록으로 전승되는 구비문학의 몇 가지 특성들을 동시영역에서 한 예를 들어 설명한다. 문학적으로 전혀 소질이 없는 선생님이 아이들을 위해 의도적으로 봄을 소재로 시를 한 편 쓸 경우다. 이 때 선생님은 이미 출판된 동시에서 선별한 여러 예문을 가지고 비교해 본다. 그는 다소 의식적으로 카테고리와 이론적인 지식에 관계없이 기록으로 전승된 구비문학의 의미에서 창작방법을 결정한다고 가정하자.

- 그는 이러한 예문들을 정해진 범위 안에서 임의적으로 이용할 수 있는 소재, 동기, 그림, 서정적인 상황들, 연, 운율결합과 운각들의 모음로 여길 것이다. 이러한 보기들 중 몇몇은 연속적으로 구성되어야 함에도 불구하고, 그는 이것을 무시할 것이다. 그리고 자신이 구할 수 있는 자료들중에서 자기가 좋아하는 요소를 선택해서 본질적인 특성들을 가려내고 봄을 소재로 하여 새로 쓰는 시에 연결시킨다(**편집의 원칙**). '편집자는 텍스트를 구성할 때 거의 제한을 받지 않고 자유롭게 편집한다. 그는 다양한 예를 선택하여 자신의 시에 맞게 정리하고, 여기에 새로운 자료를 첨가한다.' (A. Assmann 1983, 179)
- 개별적 또는 연속적으로 구성된 전체에 인용한 것을 연결하는 것, 즉 서정시 작품에 결합시키는 것은 기능상 필수적인 것은 아니다. 이것

은 오히려 역기능적이고 이것으로 인해 수용가능성이 한정될 수 있다. 특히 서정시 내용상 이미 널리 알려진 부분의 수용은-첫 연만 수용하는 것-배제될 수도 있다. 운문은 전체적인 구성에 따라 결말을 개방해 놓으면서 오히려 첨가되고 나열되는 특성을 지닌다(**연속의 원칙**, '개방단위로서의 작품', 같은 책).

- 이용된 문헌의 원문은 기록되었거나 인쇄되었음에도 불구하고 동시(童詩) 편집자에게는 성스러운 것이 아니다. 편집자는 원하는 대로 원문을 변경시킬 수 있다. '구비 전승될 때, 표준이 되는 원문의 결합은 없다. 따라서 내용의 핵심은 융해되고 새로운 형식으로 재구성된다.'(같은 책, 180) 이런 점에서 변형의 원칙에 따라 구성된 시는 최종적이며 더 이상 변경되지 않는, 봄을 소재로 한 동시형식으로 간주되지 않는다. 오히려 시 자체는 봄을 주제로 한 연시(聯詩)의 구성으로 인해 그 특수성이 사라지고 변형될 수 있다(**개별 텍스트의 변이성**).

- 다만 변형된 것처럼 보이는 봄을 소재로 한 동시는 인쇄되었음에도 불구하고 개인이 창작한 개별 텍스트로 오래 전해지는 것이 아니라 한순간 존재하고 사라지는 '원본'으로 남게 된다. 이런 개별성은 기록으로 전승되는 구비문학 텍스트에서는 일반적이고, 연시의 마디로써 어떤 텍스트는 상술된 텍스트를 교체할 뿐 아니라 소멸시킨다. (…) 구비문학의 관점으로 볼 때, 이런 텍스트는 잘 알려진 내용을 새롭게 할 수 있는 무한한 출처로 여겨진다. 전승유형 '기록으로 전승되는 구비문학'의 경우에 '오랫동안 지속되어야 하는 부담'은 텍스트에 맞게 "탈락되거나 보충되는 행"에 의해 지속된다.(같은 책, 181) 여기에서는 구비문학에서 일회적으로 실현되는 표현들이 어떻게 소멸되는가 하는 것이 '텍스트 형식의 개별성'에 해당한다. 또한 연속성이 유지되기 위해서는 절이 교체되어야 한다(**연속의 원칙. 텍스트 행**에서의 지속성).

- 구비문학 텍스트와 마찬가지로, 기록으로 전승되는 구비문학 텍스트들도 "일상 속에서 직접적으로 사용"되거나(같은 책) 수용자의 삶에 자리를 잡는다. '(구전 그리고 기록)전승의 표현들은 전통적인 형식이고 일상에서 고정된 표현으로 자리를 잡는다. 각 장르에는 원칙적으로 재구성된 용례가 있다.'(같은 책) 시에 표현된 체험이나 봄에 대한 체험이 계속 전승되도록 하는 것은 서정시 편집자에 의해 좌우되지 않는다. 편집자는 자신의 텍스트에 이용가치를 최대한 부여하고 동시에 텍스트가 정착되도록 최대한 접근할 수 있는 가능성을 부여하는데 최선을 다한다. 이때 기록으로 전승되는 구비문학의 편집자를 이끌어 주는 원칙이 논란이 된다. 기록으로 전승되는 구비문학에 행해지는 편집자들의 일련의 선택은 구전되는 문학에 대해 전달자인 공동체가 행하는 사전검증과 같은 역할을 한다. 제시된 것처럼 두 검증방법의 효과는 다음과 같이 비교할 수 있다. 즉 존속하는 구전은 이런 방법으로 그때그때 수용자들의 일상에 고정적으로 맞추어진다. 경우에 따라서는 이 두 방법 중에 기능이 없어지는 것은 사라진다(**실용성과 기능검증**).

기록으로 전승되는 구비문학의 전승방식이 우세했는지 그리고 여전히 우세한지에 대해서, 즉 기록으로 전승되는 구비문학의 전승방식이 아동·청소년 문학의 영역에서 어느 정도로 우세했는지 혹은 여전히 우세한지에 대해서 연구하는 것은 전반적인 아동·청소년 문학의 영역을 넘어서게 된다. 옛날부터 사용되던 형식을 고수하던 동시와 서사 아동문학을 예로 들 수 있다. 이 영역에서 제공할만한 것들을 선별할 때, 오늘날에도 여전히 알라이다 아스만이 '잘 알려진 것의 개정판'으로 정의 내린 것들로 산재해 있는 듯한 느낌이다. 구비문학의 원칙인 '반복', 즉 '여러 판형으로 출판되는 경향'(Assmann 1983, 181)은 여전히 분명하다. 물론 전승유형의 긍정적인 성과를 놓쳐서는 안 된다. 이를 위해 서사 아동문학의 영역에서 두 가지 예를 들 수 있다. 하나는 한나 하니쉬Hanna Hanisch와 하인리히 하노버Heinrich Hannover의 (로볼트 출판사가 붉은 여우를 아동용 문고판으로 출판) 초보자를 위한 서사 아동문학에서 친숙한 서사기법(Benjamin 1977)이 파괴되지 않고 계속 유지된다. 다른 하나는 이런 이야기들이 그 이야기를 수용하는 어린이들의 일상세계를 납득시키는 식으로 맞추어졌다. 이런 식으로 맞추어지는 것은 소위 '소도구의 변형', 즉 이야기 속으로 현재 일상적인 삶과 상황을 끌어들임으로써 이루어진다(Bausinger 1960). 이런 식으로 전승의 고착과 현실의 관계 사이에 균형이 이루어진다. 이러한 균형이 모든 (구전으로 그리고 기록으로 전승된) 구비문학의 특징이다.

이외에도 아동문학의 다른 영역이 고려되어야 한다. 사랑받는 아동문학 시리즈물은 기록으로 전승된 구비문학에 속하지 않는가? 여러 권으로 된 상당수의 학교에 관한 시리즈, 기숙학교에 관한 시리즈, 어린이 클럽 시리즈, 어린이 탐정 시리즈, 소아과 병동에 관한 시리즈, 그리고 컴퓨터에 빠진 어린이에 관한 새로운 시리즈에 대한 시선은 아주 잘 알려진 작품을 재판한 개정판이라는 인상을 심어준다. 그러면서도 동시에 끊임없이 소도구의 변형을 통해 그리고 빠른 주제변화를 통해 이러한 시리즈물이 어떻게 어린이 수용자들의 변화된 일상에 근접하는지를 체험한다. 이때 시리즈물은 어린이들의 공통된 방식인 체험영역에 있고, 모든 구비문학에서처럼 이것을 통해 집단적으로 개개인이 체험하는 것을 전달한다. 시리즈물이 '일상에 자리매김'을 가능하게 하는 것은 어린이 공동체의 체험공간에만 밀접하게 의존하는 것은 아니라고 말할 수 있다. 시리즈물은 형식적으로 어린이의 공통적인 체험영역에도 의존하지만 공동적인 체험세계에 이야기를 더 풍부하게 덧붙이고 더 화려하게 꾸미기도 한다. 어린이 독자가 '다른' 허구세계에 발을 들여놓는 느낌을 갖기보다는 오히려 이런 시리즈물에서 자신의 체험세계를 확장시킨다고 하더라도 모방의 의미에서 볼 때 상호작용은 당연하다.

3. 전승유형으로서의 '문헌문학'

야콥슨과 보가트리예브에 의해 제시된 텍스트 전승유형은 기록문화를 기원으로 하며 기록이라는 조건하에서만 기능할 수 있다. 기록이라는 매체는 이 유형으로 보존된 텍스트들의 개별 텍스트에 잠정적으로 지속성을 부여해 줄 수 있다. 즉 '**기념비 보존의 불변성**'을 보증할 수 있다(Assmann 1983, 176). 이미 앞 단원에서 살펴본 것처럼, 기록된 텍스트 또는 인쇄된 텍스트라고 해서 오래 보존되는 것은 아니다. 그 이유는 텍스트의 재판이 허용되지 않으므로 기억 속에서 잊혀지기 때문이다. 기록으로 정착시키기 위해서는 이에 상응하는 텍스트 용례, 즉 다년간 지속되는 텍스트 전승방식이 부가되어야 한다. 기록된다는 것만으로는 충분하지 않다. 이것은 '표준이 되는 기록'을 필요로 한다(같은 책, 182). 다시 말하면, 문헌의 전승방식에는 문자로 기록하여 보관하는 것이 보충되어야만 한다. 이러한 텍스트 양상은 결코 형식적인 혹은 규범적인 텍스트, 즉 이미 기억문화에서 오랫동안 지속될 수 있었던 사회적 혹은 민족의 정체성을 만들어내는 텍스트에 국한되지 않는다. 이러한 양상은 개별표현을 한 시기 혹은 한 시대를 넘어서서 지속적으로 보존할 수 있으며 문화사적으로 그 의미가 크다. 전승유형으로써의 '문헌문학'을 통해 비로소 표현의 개별성이 보존된다. 이제야 비로소 개별성도 전승될 수 있다. '형식적

인 혹은 규범적인' 텍스트들과 더불어 문헌 전승 텍스트들은 정
형화된 기록형식의 형식적이지만 연대책임에서 벗어난 특별한 경
우를 나타낸다.(같은 책)

　야콥슨/보가트리예브와 아스만에 관련된 이런 텍스트 전승유
형을 설명하기 위해 다시 동시를 예로 들면 주목을 받지 못할 수
있다. 이제는 크리스티나 부스타Christine Busta, 제임스 크뤼
스James Krüss, 요셉 구겐모스Josef guggenmos, 위르겐 스
폰Jürgen Spohn 또는 한스 만츠Hans Manz와 같은 동시 작가
의 방식과 요구에서 출발한다.

- 소재, 주제, 형식 그리고 강세를 이용해서 자극을 주는 동시작가는 이
  시들을 단순히 첨가하여 나열하는데 그치는 것이 아니라, 연관성 있는
  텍스트, 즉 하나의 완성된 전체로 엮으려는 시도를 할 것이다. 이때 표
  현은 완전히 이해되는 경우에만 수용될 수 있다(**작품성**. 편집에서 구
  성으로).
- 동시작가는 개인의 표현에 명확한 표현양식을 제시하고, 이것을 변경
  할 수 없는 것으로 설명한다. 이로써 작가의 표현은 전체구성에 있어
  서 그리고 개별표현에 있어서도 분명히 변형할 수 없는 기념비적인
  특성으로 공포된다. 이때 개개의 특성들을 지닌 텍스트는 '변형할 수
  없는 최종형식'(Assmann 1983, 181)이 된다(**원문의 불변성**).
- 동시작가는 자신의 작품을 재출판할 때 (작가)이름을 언급하기를 주장
  한다. 이것은 자신의 이름으로 텍스트에 대한 출판권을 가지려는 의
  도보다는 텍스트의 원저작자로서 자신을 알리려는 의도다. 텍스트는
  작가 개인의 창작물로 알려질 수 있다. "이름을 언급함으로써 (…) 작
  가의 서술적인 특성이 텍스트를 개별화시킬 수 있다"(같은 책, 180). 즉 텍
  스트와 작가는 분리할 수 없는 밀접한 관계에 있다(**표현의 개별성**).

- 개별화된 표현, 즉 작가이름과 연관되는 표현과 마찬가지같은 책, 182로, 텍스트는 형식과 내용이 변형되지 않고 전승된다. 개별 용례의 본질적인 의미로 볼 때, 텍스트는 전승과정에서 '원본의 상태'를 잃어버리는 것은 아니다. 텍스트는 '개인 혹은 여러 사람이 읽는 과정에서 낡아지지 않게 보존되며', '잘못 변형되지 않게' 보호된다. 더욱이 자신의 힘에서 나온 무언가가 아니라 수용자 편에서 특별히 배려된 덕분이다. '이러한 의미에서 보호는 텍스트 자체에 기준이 되는 형식을 잘 준수하는 대중에 의해 문헌으로 제도화된다'(**원본으로서의 텍스트 보존.** 같은 책, 182).
- 원본으로 전승된 문헌 텍스트의 경우 텍스트가 반복되고 반복에 의해서 변형되는 것은 금지된다. 텍스트는 어느 정도는 생성될 가능성이 있으며, 대안이 될 만한 역량을 찾기 위해 계속해서 텍스트를 생성하는 것이 필요하다(**표절로서 반복의 추방**).
- 변경할 수 없는 것으로 간주되는 문헌의 표현은 간섭을 받지 않고, 그 전승과정에서 변화된 일상세계에 더 이상 적합하지 않으면 점점 그 기능성을 상실할 수 있다. 텍스트 전승유형인 '문헌문학'은 일상에서 전승되는 과정과 관련된 기능상의 검증을 절대 받지 않는다. 오랫동안 전승되면 될수록 점점 더 잘 전승되는 문헌 텍스트들은 "일상과 밀접하게 관련되지 않는다. 그 문헌들은 일반적인 문화생활에서 세분화된 특수영역의 의미로 볼 때, 텍스트들은 삶 속에 자리를 잡기 보다는 문학으로 자리를 잡으려고 하기 때문이다. 좁은 의미에서 문헌은 관례상 일상에서 전승되는 과정에 포함될 수 없다(…)."(같은 책, 182) 이와 반대로 일상과의 관계에서 빠져 나와 일상생활과 대조를 이루는 문학세계로 들어서는 것이 수용자에 의해 요구된다. 이 문학세계에서는 텍스트가 수용자에게 다가가는 것이 아니라, 점점 더 어색해짐에도 불구하고 텍스트를 이해하려고 노력하면서 수용자가 텍스트에 다가가야 한다. 문

헌은 그 자체 고유한 방식대로 생성되고 "성서주해와 같은 고유의 사용형식을 만들어낸다"(같은 책. **작품의 자율성**).

전승유형 '기록으로 전승되는 구비문학'과 '문헌문학'은 여러 중간단계를 제시하는 한 영역에서 나온 두 극점으로 이해되어야 한다. '기록으로 전승되는 구비문학'의 개별적인 텍스트방식은 '문헌문학'의 텍스트 전승방식과 대비를 이룬다. 경우에 따라 두 모델은 텍스트의 생성과정, 전달과정과 수용과정에서 다양하게 연관되어 있다는 것을 전제조건으로 한다. 위에서 열거된 개별방식은 전체과정을 규정하는 것이 아니라, 오히려 각 과정을 개별적으로 규정한다. 각 과정들은 텍스트 생성자와 현존하는 텍스트의 관계(반복 vs 경쟁), 텍스트 생산방법(편집 vs 구성), 텍스트 상태(변형 vs 원본), 작가와 텍스트의 관계(지속적인 개별성의 평준화 vs 연속성에 연관된 텍스트의 개별화), 전승방법(변형된 순서 vs. 원본의 보존), 마지막으로 텍스트와 수용자의 생활관계(실용성과 기능적 검증, 즉 '삶의 자리'vs 점점 더 간격이 벌어지는 자율성, 즉 '문학의 자리')에 해당한다. 저작권법이 실행되면서 (Bosse 1981) 특정 **문헌의 사용**은 아동 · 청소년 문학의 분야에서도 마찬가지로 광범위하게 적용된다(일반적으로 원저자와 작품을 연결시키고, 제본 및 무단으로 복사 되지 않도록 작품을 보호하는 것 등). 이로 인해 기록으로 전승되는 구비문학은 결코 사라지지 않는다. 그 이유는 문헌문학은 새로운 조건에 맞추기 위해서 **문헌문학 전승방식의 위장술**이라고 나타내어 질 수도 있는 것으로 전환되기 때문이다. 예를 들면 오늘날에는 모든 이야기 모음집의 하나가 원작인양 출판되는데, 이것은 "잘 알려진 작품에서 나온 내용"을 구성한 것일 수 있다. 이런 모음집은 저작권보호를 받고 있는 다른 작품을 표절한 것이 아니기 때문에 분명히 법적으로 출판 될 수 있다는 것에 주목해야 된다. 덧붙이면 일반적으로 내용 변경, 형식 변경 및 경우에 따라 무대 공간의 변경 또는 등장인물 및 소도구의 변형으로 출판하기에 충분하다. 솔직히 말하면 이것은 아주 드문 경우로, 기록으로 전승되는 구비문학의 텍스트 전승방식은 아동 · 청소년 문학의 영역에서도 여전히 일반적이다.

두 전승유형은 기록된 혹은 출판된 아동 · 청소년 문학의 분야에서 어떤 영역을 수용할까? 이 질문에 대해서는 역사적인 관점으로만 대답이 가능하므로, 여기에서는 대략적으로만 언급된다. 아동 · 청소년 문학은 이미 존재하는 문헌문학이라는 전승방식이 특정 수용자에게 맞추어 사용될수록 아동 · 청소년 문학의 기록전승과 더 많이 관련된다(제1장 7). 아동 · 청소년을 대상으로 한 문헌이 차지하는 부분(각주8)이 광범위해 질수록, 그리고 이때 '정형화된 형식'(Assmann 1983, 183)이 잘 보존되어 작가에 의해 개별화된 문학표현과 더 많이 관련될수록, 특별한 텍스트 전승유형의 의미로 본다면 '문헌문학'과 더 많이 관련된다. 위에서 언급된 구서독과 오스트리아의 전후 동시작가의 시는 특히 아동을 위해 해당문헌의 관례에 따라 사용되고 전승되는 작가참여동시와 관련된다. 이것은 운문 하나하나가 구전되어 파고드는 그런 대중성을 요구한다는 것을 배제하지 않는다. 가령 어린이 집단에 의해서 구전될 때 노래의 가사와 멜로디가 바뀌는 것은 **'구전화'** 과정이다(Assmann 1983, 186이하). 호프만 폰 팔러스레벤Hoffmann von Fallersleben의 동시가 가장 오래된 것에 해당된다. 그에 반해 구전의 개별성 즉 원본의 특성이 충분히 나타나는 경우에 기록으로 전승된 동시 구비문학에서의 운문들은 불가침 영역에 해당 된다 (지금까지 감히 누구도 요셉 구겐모스의 유명한 동시『생쥐는

목요일에 무슨 생각을 할까?*Was denkt die Maus am Donnerstag?*』의 개정판을 출판하려고 하지 않았다). 반대의 경우를 생각해 볼 수도 있다. 이 경우에 동시작가는 구비전승을 통해서 기록으로 전승된 동시 텍스트로부터 변형된 텍스트를 생성할 수 있지만, 이것은 본래 구비문학 텍스트가 장차 문헌 텍스트로, 작가참여동시로 전승되는 방식으로 생성되고 개별화될 수 있다(**"문헌화"과정**. Assmann 1983, 183이하).

오늘날까지 아동·청소년문학의 영역을 텍스트 전승유형인 문헌문학과 관련시키는 것은 어렵다. 즉 원본 보존으로써의 문헌텍스트 보존은 한 시기와 시대를 넘어 변형된 각 형식을 배제하기 때문이다. 이러한 어려움은 동시 영역에서 가장 적게 나타난다. 후기 낭만주의 시대부터 확립되어 오늘날까지 아동도서로서 생생하게 남아있는 동시의 전승계통이 있다. 가령 동요『소년의 마술피리』의 부록에 실려 있는 것들과 빌헬름 하이Wilhelm Hey, 프리드리히 구엘Friedrich Guell 혹은 호프만 폰 팔러지벤의 수많은 동시들이 현재까지도 변형되지 않은 채 읽기책과 모음집에 실린다. 대개 세기 전환기의 동시처럼 리햐르트와 파울라 데멜Richard und Paula Dehmel의 『샛별*Morgenstern*』등 후기 낭만주의와 비더마이어의 동시는 전체적으로 볼 때 예외적이다. 이것들과 함께 19세기와 20세기 초에 상당수의 아동·청소년 단편, 아동·청소년 소설, 또 아동·청소년 시리즈물은 오늘날까지도 생생하게 남아있는 아동·청소년 도서에 속한다. 일부 '아동·청소년 고전'이라는 개념 하에 소개되는 전승의 관점에서 볼 때 '정형화된 형식'에 상응하는 '성역'(Assmann 1983, 183)은 거의 찾아볼 수 없다. 여기에서 여러 경우들이 구별되는데, 첫째로 잘 완성되어 개별화된 작가참여텍스트와 관계된다. 가령 이미 언급된 루이스 캐롤

Lewis Carroll의 아동 단편들, 밀네Milne의 『곰돌이 푸우*Pu der Bär*』, 그레이엄Graham의 『버드나무에 부는 바람*Wind in den Weiden*』, 그 내용 (또는 번역본)이 때때로 다소 현실적으로 표현되는 아스트리트 린트그렌Astrid Lindgren의 초기 단편들과 소설들이 있다. 둘째로 산문작품들, 특히 '문헌문학'과 '기록으로 전승되는 구비문학'에 자리잡은 시리즈물, 다시 말하면 저자는 드러나지만 전혀 개별화되지 않은 시리즈물을 다룬다. 예를 들면 『막내*Nesthäkchen*』시리즈 혹은 『푸키*Pucki*』시리즈로 칭해지는 이런 텍스트에서 소재들은 그대로 유지된다. 둥지새 시리즈의 제4권 『막내와 1차 세계대전*Nesthäkchen und der erste Weltkrieg*』에서 살펴보면, 이 텍스트들은 때때로 전체적인 맥락은 유지하면서 줄거리가 변경될 정도로 광범위하게 개작된다. 여기에 팽팽하게 맞서는 경우는 일반문헌에서 잘 알려진 부분을 인용하는 경우다. 가령 『로빈슨 크루소*Robinson Crusoe*』나 『걸리버 여행기*Gullivers Reisen*』는 아동 · 청소년 문학의 범위에서 우선 그 소재 때문에 가치를 인정받는다. 로빈슨 크루소와 걸리버 여행기를 소재로 아동 · 청소년용으로 개작된 수많은 작품들은 기록으로 전승되는 구비문학에 속한다. 또 만일에 대부분의 개작된 도서들이 디포Defoe나 스위프트Swift 이름을 그대로 소개한다면, 이것은 텍스트에 유명한 이름을 언급함으로써 텍스트의 출판권을 소유하려는 의도에서다. 개작도서들이 아동 · 청소년 도서로 포함되면(주1), 그것들은 아동 · 청소년 문학의 역사에 관한 텍스트에 있어서 오늘날에도 아직은 원본으로써 보존되는 것이 아니라 정형화된 형식, 즉 규칙으로 존중되는 것이다. 즉 **원본을 현실에 맞게 개작하고 변안**하는 것은 기록으로 전승되는 구비문학의 텍스트 전승방식과 관련된다.

현재 연구 상태에서는 전승유형 '기록으로 전승된 구비문학'

이 일반문학 영역에서보다 아동·청소년 문학의 영역에서 더 강하게 두드러지는지에 대해서, 즉 아동·청소년 문학의 텍스트 전승방식이 다른 문학영역의 텍스트 전승방식보다 덜 문헌화되었는지에 대해서 확실하게 대답할 수 없다. 한 가지 분명한 것은 기록으로 전승된 구비문학 텍스트는 다른 영역보다 아동·청소년 문학 영역에서 **논쟁의 여지**가 훨씬 적다. 이것은 바로 아동·청소년 문학의 본질이다. 모든 일상에서 전승되는 과정으로부터 멀어지는 것, '문학의 자리'에 자리 잡는 것, 과정의 어려움과 해석의 불가피성, 이 모든 것을 증명할 수 없는 것은 아동·청소년도서의 본질로 여길 수 있는 반면, 이 모든 것을 증명할 수 있는 것이 교과용 도서의 '본질'(주25)로 간주된다. 그래서 후자의 경우에 모든 것을 '문헌화'할 때 수용자의 일상에 어느 정도 접근할 필요가 있고 역사에 관한 텍스트의 경우에 적어도 기능검증이 필요하다.

제 4 장

아동 · 청소년 문학의 의사소통

아동·청소년 문학의 의사소통

아동·청소년 문학은 문학이라는 테두리안의 일부를 차지한다. 그에 따라 우리는 제1장에서 텍스트 혹은 매체의 수집된 전체 자료로서 아동·청소년 문학을 다루었다. 이 장에서 주목한 바는 아동·청소년 문학이 서로 겹쳐지는 여러 개의 자료들로 구성되어 있고 그 자료들은 문학과 관련된 일정한 행위들에 의해 만들어졌다는 점이다. 제2장에서는 이러한 전체자료들을 만들어내는 행위들이 매우 다양한 연결고리들을 이루고 있음을 확인하였다. 그 각각의 연결고리는 서로 맞물려 있어서 이를 두고 행위시스템이라고 일컬었으며, 이러한 시스템은 여러 분야에 정착되어 아동·청소년 문학이나 텍스트를 생산하고 유통시키고 평가하고 아울러서 아동과 청소년들에게 전달하는 데 도움을 주는 것을 살펴보았다. 제3장에서 우리는 다소간 모든 행위시스템에 적용시킬 수 있는 행위시스템 유형에 대해 집중적으로 다루어보았다. 아울러 시적인 표현과 문학적 텍스트를 다루어 봄으로써 여기에 통용되는 규칙을 찾아보았다.

그러니까 우리는 지금까지 오로지 **문화의 산물(産物)**이자 **문화의 재화(財貨)** 가운데 어떤 특수한 한 부류를 대상으로 하여 그것이 실제와 어떠한 관련을 맺고 있고 또 어떤 행위시스템에 따라 정의되는지, 그리고 어떻게 생산되고 유통되고 평가되고 소비되는지, 또한 어떠한 변경이 가능할 것인지에 대해서만 다루어보았다. 이제부터 우리는 문화의 산물 그 자체에 관해서, 즉 이것이 무엇인지에 대해서 의문을 가지고 고찰해보고자 한다. 문화의 산물은 기본적인 성격에 따라 비추어 볼 때 과연 무엇인가? 이에 대한 답은 결코 특별한 것이 아니다. 즉 문화의 산물로서 (아동·청소년) 문학적 텍스트 혹은 작품들은 순환능력을 지닌 **기호화된 의사소통의 형태**이며 문자로 고착된 언어적 전달 및 보고이다. (아동과 청소년들을 대상으로 하는) 매체들은 유통의 능력을 지닌 체 그와 같은 기호화된 의사소통의 형태를 전달해주는 물질적 매개체이다. 이러한 매체들을 좁은 의미에서 기술적인 유통경로라고 정의 내린다면 우리는 아동·청소년도서와 매체들도 다양하게 기호화된 보고, 예를 들어 언어, 삽화, 청각 또는 시청각을 통한 보고들의 **발송경로**라고 지칭할 수 있을 것이다. 이러한 문화의 산물에 대한 생산부터 소비까지의 전체과정을 **의사소통과정**이라고 한다. 이러한 의사소통과정은 일정한 방식으로 조직되고 여러 층의 단계별로 나뉘어져 있으며 무수히 많은 방향으로 가지를 뻗고 있다. 각각의 분명한 역할을 지닌 행위시스템들이 모여 이러한 의사소통과정의 전체적인 시스템을 형성한다. 이렇게 여러 가지 갈래로 이루어진 문학과 관련된 행위시스템은 (아동·청소년)문학적 의사소통을 사회적으로 형성하고 제도적으로 고착시킨다.

이 장에서는 앞장에서 다루었던 문학적 의사소통의 사회적 형성에 관한 것은 제외하고 **아동·청소년 문학적 의사소통 그 자체**에 관해서 다루고자 한다. 문학적 의사소통이 사회적으로 제도화되면서 생겨나는 여러 갈래와 세분화를 빼고 생각해보면 순수한 의사소통 기능만 남게 된다. 아동·청소년 문학과 관련된 행위 역할이 많음에 비해 순수한 의사소통의 기능은 상대적으로 단순하다. 행위시스템의 영역에서 순수한 **의사소통의 기능**은 중복되어 자리를 잡고 있다. 이는 달리 말하자면 순수한 의사소통적 관점에서 볼 때 여러 가지 상이한 하위 시스템과 관련된 행위의 역할들은 서로 동일하다는 의미이다. 아동·청소년 문학적 의사소통 그 자체를 돌이켜보는 것은 이러한 보다 추상적인 차원에서 그 특성들을 찾고자 하는 의도를 담고 있다.

1. 문학적 의사소통의 특수형태인 아동·청소년 문학의 의사소통

아동·청소년 문학의 의사소통은 소통과정에서 전달된 보고가 특수한 발송과정, 즉 **아동과 청소년들을 대상으로 한 발송과정**을 지닌다는 점에서 다른 문학적 의사소통과 구분된다. 어떠한 보고를 받는 사람을 바로 그 보고의 수신자라 말할 수는 없다. 그러니까 아동과 청소년들이 문학적 보고를 받는다고 할 때, 그 자체로만 보아서는 아직 아동·청소년 문학의 의사소통이 이루어지는 것은 아니다. 아동과 청소년들이 받은 보고들이 **그들에게 수용되어진 보고**일 경우에야 비로소 우리는 아동·청소년 문학의 의사소통이라 할 수 있다. 아동·청소년 문학적 의사소통을 진행시키는 것은 전적으로 **발신자**의 의사소통 기능을 인지할 수 있는 이들의 몫이다. 발신자라 함은 발송행위를―여기에서는 아동과 청소년들을 문학적 보고의 대상인 수신자들이라 할 경우―할 능력과 전권을 지니고 문학적 의사소통에 참여하는 모든 이를 의미할 수 있다. 아동·청소년 문학에 있어서 의사소통의 완성은, 다시 말해 성공이냐 실패냐 하는 것은 대상으로 삼은 목표그룹에 의해 실제로 보고가 받아들여지는 지의 여부로 결정된다(주38).

여기에서 발신자의 범주에 해당되는 이들은 제1장에서 지칭된

인물집단이다. 그들은 잠재적으로 아동·청소년 도서에 적합한 텍스트를 선별하고 그것으로 아동·청소년 문학의 전체 자료를 형성한다. 말하자면 이러한 아동·청소년 문학의 전체 자료를 형성하는 이들이 그들의 의사소통적 기능에 따라 발신인으로 지칭될 수 있다는 것을 의미한다. 여기에서 정의되어진 바와 같이 아동·청소년 문학적 의사소통이라 함은 권장 아동·청소년 문학의 전달만을 의미할 수 있다. 바로 그 때문에 용어상으로 **아동·청소년 문학적 의사소통**과 **아동과 청소년들의 문학적 의사소통**을 구분하는 것이 의미를 지닌다. 이 경우 후자인 아동과 청소년들의 문학적 의사소통이 훨씬 더 광범위하다. 아동과 더욱이 청소년들은 보통 아동·청소년 문학적 의사소통에서뿐만 아니라 그들이 수신자로 고려되지 않는 또 다른 문학적 의사소통에서도 대상이 될 수 있다. 이때, 아동과 청소년들이 참여하는 다른 문학적 의사소통의 범위는 그들을 대상으로 하지 않은 도서(주5)가 차지하는 범위와 일치한다.

우리가 일반적인 문학적 의사소통을 전제로 한다면, 문학적 보고의 원저자이자 발신자를 발송과정을 시작하는 전권을 지닌 담당자로 간주해야 할지도 모른다. 그러나 이러한 가정은 다른 상황에 처해있는 여러 가지 경우를 간과하는 것이기에 현실을 무시하는 것이라 할 수 있다. 따라서 우리는 **어떤 보고를 발송하는 의사소통적 기능**이 수신자를 제외하고 원칙적으로 **문학적 의사소통에 참여하는 모든 이들**에게 떠맡겨질 수 있고 또한 인지된다는 것을 전제로 해서 출발하고자 한다. 아동·청소년 문학의 의사소통은 항상 보고를 창작해내고 일차적으로 보내는 것으로 시작되지 않고 좀 더 뒤늦게야 비로소 시작될 수 있으며, 아동과 청소년들이 수용하기에 적합한 보고는 그 사이에서 일어날 수 있고, 중간에 행해지는 수많은 의사소통 단계들 가운데 하나에서 비롯될 수 있다. 이때 수신자

집단과 관련하여 보다 이전의 보고들은 완전히 무시될 수 있다.

이것은 구두로 된 의사소통에서는 상상할 수 없는 것이다. 즉 보고를 만들어내고 보내는 이는 그 보고가 엉뚱한 사람에게 전해지는 것을 막을 수 있다. 그러나 우리는 **문자로 된 의사소통**, 더욱이 **대중매체의 의사소통**을 다루고 있는 것이다. 이것을 '확장된 담화상황'이라 지칭할 수 있다. 그러한 담화상황을 이루고 있는 두 개의 '담화행위상황', 즉 화자가 보고를 만들어내는 것과 청자가 보고를 받아들이는 것은 서로 멀리 떨어져있다. 그것들은 공간적, 시간적으로 분리된 채, 더 이상 사람 대 사람이 아니라 단지 문자라는 매개체 속에 저장된 보고에 관해서만 서로 결부되어있는 '그 자체로는 불완전한 담화상황'으로 독립되어있다(Ehlich 1983, 38). 그에 따라 '전달자들과 그들의 전달행위와 관련하여 각각 독립적인 텍스트 전달'이 증가한다(같은 책, 39). 여기에서 언급된 의사소통 상황의 '확장'은 보고가 언어로 기호화되고 문자로 기록되어질 뿐만 아니라 발송경로 속으로 보내지는 대중매체의 의사소통 조건하에서 한층 강화되는데, 그와 같은 발송경로 속에서 보고는 대중매체의 생산물로서 거의 무제한적으로 유통될 수 있지만 수신자에게 도달하기 전에 수많은 중간단계를 거쳐야만 한다.

1.1 아동과 청소년들을 위한 순수한 도서추천과 대중매체추천

이 장에서 우리는 아동·청소년 문학적 의사소통의 네 가지 서로 다른 형태, 즉 **서로 다른 범위로 이루어진 네 가지 특징을 지닌 형태**들을 다루고자 한다. 먼저 가장 적은 범위를 지닌 것에서 시작하려 한다. 가장 적은 범위를 지닌 것이란 작가와 일차적인 발신자가 아동과 청소년들에게 발송한 것도 아니고, 또한 아동과 청소년을 대상으로 하는 발송경로로 보내지도 않은, 말하자면 아동·청소년 도서 및 또 다른 아동·청소년 매체로 발간되지 않은 보고들을 의미한다. 이에 해당하는 시장에 나온 '완성된' 매체생산물들은 얼마간 뒤늦게 유통과 소비 사이의 중간단계에서 아동과 청소년들에게 발송된다. 즉 이는 부모들이 성인들을 대상으로 한 간행물을 자신들의 아이에게 (나이에 상관없이) 적합한 도서라고 여기는 경우이다. 문학 교육을 담당하는 사람 역시 일반적인 출판물에서 자신이 아동과 청소년 도서에 적합한 것이라 여기는 제목을 골라내고 이것을 추천목록에 집어넣는다. 또한 도서관 사서는 일반문학의 영역에서 자신이 아동과 청소년 도서 파트에(도) 적합하다고 여기는 제목을 골라낸다. 결국 가장 작은 범위의 아동·청소년 문학적 의사소통은—어떤 행위시스템에서 나타났더라도—**아동과 청소년들을 위한 순수한 도서추천 및 대중매체 추천**에 의한 것이다. 거기에는 보고의 원저자도 그 보고를 처음으로 발송한 이와 그 뒤를 이어 발송한 이도 참여하지 않은 상태이며, 이미 진행된 보고의 발송과정은 무시되고 아동과 청소년들에게 뒤늦게 발송되는 과정을 통해 대체 및 보완된다. 그러한 추천은 유통의 최종단계에 있는 분배중개인들을 통해 진행되며, 그들은 **발신자**로서 전면에 나서서 **이미 시작된 문학적 의사소통의 방향을 또 다른 목표 집단으로 선회**시킨다. 동시에 이미 본래의 방향에서 시작된 문학적 의사소통은 계속해서 진행될 수 있다.

1.2 아동·청소년을 대상으로 하는 출간물

이 장에서 두 번째로 소개될 아동·청소년 문학적 의사소통의 형태는 보고들을 발송경로에 공급하는 역할을 담당하는 의사소통 장소와 관련된 것이다. 여기에서는 작가 측에서 아동과 청소년들에게 발송한 것도 아니고 지금까지 오로지 아동과 청소년들을 위해서만 출간한 것도 아닌 보고들을 그 출발로 삼고자 한다. 이에 해당하는 아동·청소년 문학적 의사소통 역시 그와 같은 보고 및 출간물이 아동과 청소년들에게 발송된 것이 아님에도 불구하고 그들에게(도) 도서로 공급하는 분배중개인들의 판단을 통해서야 비로소 진행된다. 그러나 이런 경우에 분배중개인들은 단순히 도서 및 대중매체의 추천으로 만족하지 않는다. 그들은 어떤 새로운 발송경로, 즉 그 자체가 이미 아동과 청소년이라는 목표 집단을 지향하는 경로에 보고를 공급한다. 그러니까 아동·청소년 문학적 의사소통의 두 번째 형태는 아동·청소년을 대상으로 하는 매체로 출간된 보고물, 요컨대 **아동·청소년을 대상으로 하는 출간물**이다. 우리는 여기에서도 이미 시작된 (그리고 본래의 방향에서 계속 진행되는) 문학적 의사소통의 선회와 관련을 맺게 된다. 그렇지만 여기에서의 선회는 새로운 발송, 즉 수신자들을 대상으로 하는 보고의 확대로 이어진다. 이러한 의사소통은 보고의 발송이 끝난 이후가 아니라 그 이전에 시작되어 새로운 독자적인 발송경로를 지니기 때문에 더 확장된다. 이러한 아동·청소년 문학적 의사소통의 형태에서 아동과 청소년들을 대상으로 한 매체생산물의 독자적인 생산, 분배, 소비조직이 나타난다.

1.3 아동·청소년 문학의 개작

여기에서 다룰 세 번째 아동·청소년 문학적 의사소통의 형태도 앞서와 마찬가지로 작가 측에서 아동과 청소년들에게 발송한 것도 아니고 또한 아동과 청소년들을 위해서만 출간된 것도 아닌 보고들과 관련된 것이다. 그러나 이러한 경우에 그 보고를 전달하는 분배중개인들은 그것을 본래의 텍스트에서 변경하지 않은 채 새로운 발송경로로 공급해야 한다고 여기지는 않는다. 그들은 오히려 그러한 보고를 아동과 청소년을 대상으로 하는 발송경로에 공급하기 전에 미리 변형한 다음 새로운 수신자들에게 전해야한다는 견해를 지닌다. 이러한 아동·청소년 문학적 의사소통의형태는 단순히 수신자를 대상으로 하는 발송이 아니라 그전에 있게 될 단계, 즉 수신자를 대상으로 하는 보고 자체의 변경으로 시작된다. 이러한 형태의 의사소통은 기존에 이미 출간되어있는 (경우에 따라서는 수차례 발송된) 보고를 뒤늦게 변형하는 경우에 해당하는 것이긴 하지만, 보고를 새로운 목표 집단으로 보내기 전에 선별하고 다듬는 작업이 의사소통의 초기단계에서 나타난다. 즉 이러한 세 번째 형태의 의사소통은 본래 아동과 청소년들을 목표로 한 문학적 보고가 아닌 것을 **아동·청소년 문학으로 개작**한것과 관련된다. 이에 해당하는 아동·청소년 문학적 의사소통에서는 개작을 담당하는 이가 최초로 의사소통의 작가기능을 맡은이로 등장하게 되고 그는 늘상 그 보고의 독창성에 있어서는 한계가 있을지라도 새로운 보고의 생산자가 된다.

이러한 세 번째 아동·청소년 문학적 의사소통의 전형적인예는 일반문학에서 차용된 소위 '아동·청소년 문학의 고전'이다. 예를 들어『돈키호테*Don Quijote*』,『모험가 짐플리찌스무스*Simplicius Simplicissimus*』,『로빈슨 크루소*Robinson Crusoe*』,『걸리버 여행기*Gullivers Reisen*』또는『뮌히하우젠남작의 여행과 모험*Münchhausens wundersame Reisen und Abenteuer*』과 같은 것들을 떠올릴 수 있을 것이다. 이러한작품들의 아동·청소년판은 본래의 텍스트를 요약하고 때로는 상당히 압축해서 개작을 한 것들이다. 그럼에도 불구하고 보통 본래의 원저자가 원저자로 일컬어지고, 때로는 본래의 제목도 그대로 넘겨받게 된다. 그러나 아동·청소년용으로 개작된 것은 대개의 경우 개작을 담당한 이의 이름도 함께 기재되어 있어서 (표지가 아니라 뒷면이긴 하지만) 금방 식별이 가능하다.

1.4 아동·청소년 문학적 보고들의 전달

여기에서 다루게 될 아동·청소년 문학적 의사소통의 네 번째 형태는 처음부터 아동과 청소년들에게 전달할 의도로 제작된 보고들과 관련된 것이다. 이 경우 시작단계에서부터 아동·청소년 문학적 의사소통과 관계를 맺고, 아울러 보고의 원저자로부터 발신자의 기능을 인지하게 된다. 즉 원저자 또는 매체생산자는 문학적 내지는 매스미디어의 의사소통에서 아동과 청소년을 대상으로 삼을 결심을 하고 시작부터 목표그룹에 맞추어 보고를 제작한다. 이때의 보고는 처음부터 텍스트 원전의 형태를 갖춘 다음 아동과 청소년들에게 발송되는 과정에서 목표로 삼은 수신자들에게 직접 전달되는 경로들로 보내진다. 우리는 이러한 아동·청소년 문학적 의사소통의 네 번째 형태를 일반적인 **아동·청소년 문학적 보고의 전달형태**라 일컬을 수 있다. 이에 해당하는 아동·청소년 문학적 의사소통은 더 이상 또 다른 일반 문학적 의사소통에서 유래하지 않는 **완전히 독자적인 문학적 의사소통**이다. 이러한 형태의 구성요소, 즉 아동·청소년 문학적 보고의 총체는 아동·청소년을 대상으로 하는 문학의 전체자료와 일치한다(주8).

의사소통기능	문학적 의사소통	아동·청소년 문학 의사소통 I	아동·청소년 문학 의사소통 II	아동·청소년 문학 의사소통 III	아동·청소년 문학 의사소통 IV
보고의 원저자로의 발신자 보고의 코드화: 의사소통의 준비	보고의 그것의 문학적 코드화의 원저자로서의 작가 문학작품				아동 그리고/혹은 청소년을 위한 문학작품 작성
코드의 변형자 (임의적) 보고의 코드변형: 변화된 의사소통의 준비	개작자(임의적) 본래 작품의 개작			아동 그리고/혹은 청소년을 위한 대중문학 작품의 개작	
발송경로 공급 의사소통과 보급하는 유통의 능력을 지닌 매개체 구축	출판사 책이나 잡지로의 출간과 보급		아동과 청소년 도서/잡지에서의 문학작품		
의사소통의 중개자 보고를 수용자에게 전달	문학중개자 책과 같은 것을 독자에게 중개	아동·청소년 문학 중개자를 통한 도서 선택과 읽을거리 추천			
운반매체의 수용과 수용자를 통한 보고의 해독	독자를 통한 도서 선택 문학 작품 읽기	아동과 청소년 독자를 통한 도서 선택 문학 작품 읽기			
		아동·청소년 권장 도서			
		단순한 읽을거리 추천	아동·청소년을 대상으로 한 대중문학 작품의 출판	대중문학 작품의 아동 그리고/혹은 청소년용으로 개작	아동·청소년을 대상으로 한 도서

〈도표7〉

2. 아동·청소년 문학의 이중성격: 공식적 수신자와 비공식적 수신자

문학적 의사소통에서 빈번하게 이용되는 모델은 발신자로서의 원저자, 문학적 보고 및 텍스트, 그리고 수신자로서의 독자만을 그 소통에 참여하는 것으로 간주한다. '작가인 나'는 '독자인 나'에게 '문학적 발화'를 보내고, 그 '문학적 발화'는 '독자인 나'에 의해 수신된다(Link 1976, 15). 아동·청소년 문학 작가가 문학적 발화를 통해 아동과 청소년 독자만을 직접적으로 지향하고 밀접한 의사소통을 나누는 이러한 모델은 아동·청소년 문예학의 영역에서도 나타난다. 그러나 하넬로레 링크Hannelore Link는 그러한 모델에 대해 '문학적 발화를 통한 의사소통의 규칙을 만드는 행위도식과 역할견본은 훨씬 더 다양하고 역사적으로 변하기 쉽다'고 강조한다(같은 책, 같은 쪽). 사실상 이와 같은 지극히 추상적인 의사소통모델의 발전은 필요하지만, 앞장에서 소개된 아동·청소년 문학의 행위시스템에서 발신자와 수신자사이에 포함된 가담자들에 의해 수행되는 의사소통 기능들이 이러한 모델에서 모두 드러나지는 않는다.

방금 언급한 문학적 의사소통의 추상적 모델은 학술사적 측면에서 구어적 의사소통의 모델들을 차용한 것이다. 그러니까 우리는 구어적 의사소통과정의 모델을 매체가 다른 문학적 의사소통으로 전이한 것을 다루게 된다. 이러한 문학적 의사소통의 끈질기고 지속적인 특성은 물론 우연이 아니다. 그것은 문학적 여론의 행위시스템이었으며, 이 시스템은 일찍이 문학적 의사소통을 선택적으로 인지하고 제도로 정착시켰다. 이러한 행위시스템에 대한 논의 과정에서는 작품을 오로지 **자신의** 발화, 즉 직접적으로 독자만을 향한 발화로 간주하는 작가만이 대두되었다. 작가, 작품, 대중 사이의 외형적인 직접성을 가시화시킬 수 있는 문학적 여론은 점점 영향력이 증가하기에 이르렀다. 이로써 문학적 분배시스템의 보이지 않는 중간담당자들이 사라진 건 아니지만, 단순히 작가의 도구나 대중의 도구로 전락하였고, 그에 따라 우리는 그것들을 어느 정도 무시할 수 있었다. 이를 통해 분명 작가의 입지가 강화되는데 영향이 있었으며, 드물긴 하지만 사실상 출판사는 작가의 생각을 실행하는 기관이었을 따름이다. 동시에 대중의 입지도 강화되었으며, 그것은 독립적으로 문학적 판단을 하는 담당자로 발전하고 어떤 방식으로든 그리고 어떤 측면에서든 사전조건을 거부할 정도가 되었다. 여기에서 우리는 전적으로 문학적 의사소통에 있어서 중간 담당자의 세력약화와 두 극점, 즉 작가와 대중의 세력획득에 관해 말할 수 있다. 작가와 대중은 문학적 여론의 매체 속에서 중간담당자들을 제외하고 어느 정도 중간담당자의 부담을 지니면서 독립적으로 자신의 판단을 내리는 것으로 직접 연결되어 있다. 그와 같은 **중개를 담당하는 이들의 세력약화**는 작가가 문학적 발화를 통해 직접적으로 대중 혹은 **자신의** 대중을 지향할 수 있기 위한 역사적 전제이다.

그러나 아동·청소년 문학적 의사소통의 경우 그와 같은 문학적 중간담당자들의 세력약화는 말이 되지 않는다. 제2장에서 설명한 바와 같이 역사적으로 보았을 때 아동·청소년 문학적 여론은, 오늘날까지도 아동·청소년 문학적 담론을 크게 부각시키지 못했던 것처럼, 아동·청소년 문학적 복합시스템 내에서 결코 지배적인 자리를 차지하지 않았다. 그러나 이러한 아동·청소년 문학적 복합시스템의 특성은 우리에게 문화사적으로 뿐만 아니라 인간의 발달정도에 따른 제한도 있는 것처럼 여겨진다. 즉 독자층에서 어린이가 차지하는 부분은 언제나 독립적인 대중의 역할을 할 수 없었거나 혹은 아주 초보적으로만 가능했을는지 모른다. 어린이들은 문학적 의사소통에 참여하는데 필수적이며, 수신자가 완전히 자기 스스로, 그리고 자신의 판단에 따라 행동해야하는 인식적, 사회적, 문화적 능력을 아직 가지고 있지 않거나 혹은 아주 초보적으로만 지니고 있다. 문학적 의사소통의 문제에 있어서 어린이들은 초보자로서 다른 이의 도움을 필요로 한다. 어린이들은 한동안 자신의 문학적 욕구를 주변인물에 의해 인지하고 적당한 도서선택을 하는데 조언을 얻게 된다. 그와 같은 도움 없이는 아동문학적 의사소통은 결코 이루어질 수 없을 것이다.

그렇다고 해서 어린이들이 일찍부터 자유로운 도서선택을 하고 싶어하는 열망을 지니고 있음은 부인하기 어렵다. 이것은 어느 시기에나 전적으로 인지되어왔지만 동시에 이러한 독립성의 요구, 즉 아동과 청소년 그리고 젊은 성인층의 독자들이 독립적인 대중으로 행동하고 싶어하는 바람은 현재까지 전혀 이루어지지 않았거나 혹은 저항 하에 이루어졌던 것이 관찰될 수 있다. 지금까지 아동과 청소년들 자신의 문학적 여론(주25)이 성숙하지 못한 것이 이에 대한 증거이다. 이들의 문학적 여론은 한편으로는 아동·청소년 문학 작가들이 또 다른 한편으로는 아동·청소년 독자들이 의사소통의 중간단계 없이 직접적으로 연결될 수 있는 유일한 장을 나타낸다. 아동·청소년 문학적 의사소통에서 성인 중간담당자들은 필요이상으로 과도하게 존재한다. 작가와 의도된 독자 사이에서 위치상으로 성인 중간담당자들은 이러한 **문학적 의사소통의 정체지역**과 같은 것을 형성한다. 직접적으로 연결된 의사소통상의 '작가-텍스트-독자' 관계로 아동·청소년 문학적 의사소통을 모델화하기 위해서는 역사적인 그러나 부분적으로는 인류학적인 전제조건들이 나타난다.

아동·청소년 문학적 의사소통의 중간단계와 함께 아동·청소년 문학의 생산, 분배, 평가시스템을 다루는 무수히 많은 행위 기능들이 부분적으로 앞장에서 언급되었던 바와 같이 다루어진다. 개별적인 시스템에서 나타나는 이러한 행위 기능들은 아주 다양할 수 있긴 하지만, 그것들의 의사소통 기능과 관련하여서는 동일한 역할을 떠맡을 수 있다. 그러한 행위기능들은 아동·청소년 문학적 의사소통 내에서 보고들을 어떠한 형태로든 계속해서 운송하는 역할만을 담당한다. 간단히 말해 **우리는 보고의 전달자**에 대해 다루고자 하며, 출판편집자 및 대표, 서적상인과 아동·청소년 도서의 성인구매자, 도서관 원고 심의자 및 아동·청소년 도서파트의 사서직원들, 평가를 담당하는 교육자들 및 독서후원자들이 이에 해당할 것이다.

　　보고를 운송하거나 전달하는 의사소통 기능은 여러 개의 개별적인 의사소통 단계로 이루어진다. 이때 전달자는 우선적으로 보고를 받는 사람이다. 즉 그의 일차적인 의사소통 행위는—얼마나 완전하고 철저하든 간에—보고의 존재를 아는 것에 있다. 그 다음 두 번째 단계는 보고를 평가하는 것이다. 전달자는 계속해서 그 보고를 이어갈만한 가능성들을 고려하여 보고를 평가하고 그에 적당한 판단을 내려야 한다. 끝으로 세 번째 단계에서는 선택된 보고가 운송과정으로 이어지며, 의사소통은 연이어서 계속 진행된다. 그러나 많은 경우에 보고의 전달자가 운송을 반대하는 판단을 내릴 가능성도 있다. 즉 달리 말하면 그가 가진 권한에는 의사소통을 중단하고 방해하고, 그 보고의 저자와 첫 번째 발신자의 의지에 반해 목표했던 수신자에게 보고를 전하지 않을 권한도 있다는 것이다. 그 보고들이 본래 운송되어야 하는 방향대로 변함없이 진행되는 경우에는 전달자가 양쪽 강가사이에 의사소통의 다리를 놓은 셈이 된다. 달리 말하면 그는 두 개의 어느 정도 분명한 양쪽 지점에 의사소통의 중개를 하게 되는 것이다. 대부분의 전달자들은 그러한 방식으로 의사소통에 있어서 두 지점 사이에 어느 정도 확고하게 자리를 잡고 있기 때문에 그들을 일컬어 여기에서는 **아동 · 청소년 문학의 중개자**라 지칭하고자 하는 것이다.

세 번째 단계인 운송과정에 있어서 **아동 · 청소년 문학 평론가**는 다른 모든 아동 · 청소년 문학 중개자들과 구별된다. 평론가는 원칙적으로 문학적 의사소통을 중단시키지 않는다. 그건 그가 문학적 보고를 부정적으로 평가했을 때에도 마찬가지이다. 그는 모든 경우에 긍정적 혹은 부정적 평가를 덧붙여 보고를 계속해서 운송하며, 문학적 의사소통을 받아들일지 거부할지에 대한 결정을 스스로 판단해야하는 독자층에 맡긴다—특히 평론가의 판단과 충돌이 있을 경우에도-. 그에 따라 또 다른 행위시스템들 속에 있는 아동 · 청소년 문학의 중개자들은 상황에 따라서 자발적으로 **의사소통의 수문장** 역할을 담당한다. 많은 경우에 있어서 그들은 사회적으로 강력하게 전권을 위임받고, 이로써 다른 종류의 권한을 갖게 된다. 평론가가 의사소통 자체를 막지 못하고 단지 자신의 평가만을 덧붙이는 반면에 나머지 아동 · 청소년 문학적 중개자들은 좁거나 넓게 짜여진 여과기와 같은 태도를 취한다. 그들은 어떤 보고들이 수신자인 아동과 청소년들에게 전해져야 할지를 직접 결정한다. 그들의 호감을 얻지 못하거나 그들의 판단에 아동 · 청소년에게 적합하지 않은 것으로 여겨지는 보고는 이들에 의해 간단히 과정에서 제거된다. 평론가는 어떤 보고의 저자이자 발신자의 의도를 장려하거나 방해할 수 있으며, 수문장 기능을 지닌 중개자는 그러한 의도들을 아예 차단할 수 있다.

사실상 검열관의 전권을 지닌 중개자들의 손에 공급을 맡기는 것, 이른바 의존성은 자유로운 문학비평의 원칙들이 더 강한 비중을 차지하는 다른 문학에서보다 아동 · 청소년 문학의 경우에 훨씬 더 크다. 이러한 의존성은 오늘날까지 아동·청소년 문학의 근본적인 성격을 이룬다. 즉 그것은 아동·청소년 문학에 이중적 양상, 말하자면 이중성을 부과시켰으며, 아동·청소년 문학을 이중의 의사소통, 그러니까 아동·청소년과의 의사소통 그리고 동시에 아동·청소년 문학의 중개자들과의 의사소통으로 되게끔 만들었다. 아동·청소년 문학은 항상 중개자문학이어야 한다는 점에서 (중개자를 위한 문학이라는 의미에서) **근본적인 이중성**을 지닌다. 문학적 의사소통의 흐름 속에서 아동·청소년문학은 분명히 **중개자문학**으로 입증된다. 저자이자 발신자는 자신의 보고를 우선 이러한 중간담당자들을 향해 보내야하는데, 그것은 그들의 동의가 있어야 본래의 수신자들에게 이르는 길이 열리기 때문이다. 이러한 중개자를 무시하거나 경솔하게 대할 경우 저자이자 발신자는 자신의 보고를 아동과 청소년 독자에게 전혀 전달하지 못할 위험에 처하게 된다. 즉 저자이자 발신자는 자신과 목표로 삼은 수신자들 사이에 중개자들이 극복하기 어려운 장벽을 설치하는 위험을 감수하곤 한다. 시간적인 관점에서 아동·청소년 문학의 첫 번째 수신자는 성인 중개자들이다. 그들의 동의는 아동·청소년 문학적 의사소통의 성공적인 완성을 위한 전제조건을 이룬다(주39).

아동·청소년 문학의 중개자들이 지니는 수문장 기능이라는 명제는 단순히 아동과 청소년 독자들이 중개자의 의지에 따라서만 공급을 받는다는 것을 의미하지는 않는다. 중개자의 역할은 선택된 도서를 본래의 수신자에게 성공적으로 전달하는 데에 있다. 중개의 실패는 고유의 역할에 의문을 제기하게 한다. 여기에서 아동과 청소년 독자에 대한 중개자들의 부분적인 의존성이 나타난다. 중개자들은 이로써 갈등에 빠지게 되며, 자신들이 보기에 옳다고 여겨지는 것과 아동·청소년 독자들이 뚜렷하게 선호하는 것 사이에서 중도를 찾아내야 한다. 중개자들은 시대에 따라, 또한 각각의 행위시스템에 따라 아동과 청소년의 평가를 참작하여 그것이 자신들의 원칙과 어긋날 때에도 상이한 정도의 융통성을 보여준다. 그와 같은 융통성을 통해 그들은 전체 아동··청소년 문학적 의사소통에 대화의 성격을 부여하는데 한 몫 한다. 발신자와 중개자 사이에 대화식의 의사소통이 있다는 것은 의심의 여지가 없다. 발신자는 자신의 보고를 만들 때 성공하길 바란다면 중개자들의 반응을 고려할 것이다. 그러나 아동·청소년 문학적 의사소통의 경우 발신자와 본래의 수신자 사이에 대화식의 관계는 중개자들이 양쪽 방향에서 의사소통의 중간지점으로 작용할 준비가 되어있을 때에만 생길 수 있다. 중개자들은 분명하게 아동과 청소년 독자의 대변인으로 이해되어야 하며 아동·청소년 문학적 보고의 발신자에게 적당한 반응을 전달해야 한다. 이로써 발신자와 목표로 삼은 독자 사이에 직접적인 접촉의 중요성이 부인되어서는 안 된다. 이러한 류의 접촉은 대개 학교, 도서관, 문학의 집에서 아동과 청소년 독자 앞에서 행해지는 작가 낭독회와 같은 형식으로 실제 나타나고 있다. 목표로 삼은 독자와의 이러한 직접적인 만남은 아동·청소년 문학의 생산자들을 위해서도 매우 중요할 수 있지만, 한 사회에서 나타나는 전체적인 아동·청소년 문학적 의사소통을 위해 중개자들이 자신의 역할을 다하는 것 역시 못지않게 중요하다. 이들이 양방향으로 반응할 준비가 되어있으면 있을수록 아동·청소년 문학적 의사소통은 보다 더 대화식으로 나타난다.

아동·청소년 문학이자 중개자 문학으로서 아동·청소년 문학적 의사소통의 근본적인 이중성은 아동·청소년 문학의 서로 상이한 발전 단계 속에서 다소간 공공연하게 드러나 있다. 18세기 말과 19세 초에 **(전문적인 그리고 비전문적인)중개자들과의 의사소통**은 아동·청소년 수신자들과의 의사소통과 똑같이 공공연하게 행해진다. 어린이와 청소년들과 아울러서 성인 중개자들-아버지들, 어머니들, 부모들, 교육자들, 가정교사들, 학교선생님들, 성직자들-역시 아동·청소년 문학의 **공식적인 수신자**들로 간주된다. 당시에는 성인중개자들이 직접 개입할 만한 아동·청소년 도서가 거의 없었다. 아동·청소년 문학적 의사소통이 항상 서로 밀접하게 연관된 두 개의 의사소통으로 이루어지는 것은 문화적으로 자명한 것으로 여겨지는데, 이는 특히 아동·청소년 도서들이 원칙적으로 성인들에 의해 전해지고, 교육되고, 도움을 받고 조정되며 감독되는 도서로 간주되었기 때문이다. 그에 반해 우리가 20세기로 시선을 옮겨보면, 대개 아동과 청소년들이 아동·청소년 문학의 공식적인 수신자들로 전면에 나타나는 것을 보게 된다. 이때 성인 중개자들도 결코 없어진 것은 아니다. 즉 그들은 오로지 무대의 눈에 보이는 영역에서부터 보이지 않는 배후영역으로 물러나 있는 것이다. 그와 같은 배후에서 성인 중개자들은 자신들의 수문장 기능을 계속해서 수행한다. 아동·청소년 문학적 보고의 저자이자 발신자는 지금까지도 일차적으로 성인 중개자들을 목표로 삼아야 하지만 그는 이를 드러나지 않는 은폐된 방식으로 행한다. 즉 저자이자 발신자는 계속해서 성인 중개자들을 자신들이 보내는 보고의 **비공식적인 수신자**로 다룬다. 발신자와 중개자 사이에 선행되는 의사소통으로부터 뒤이은 아동·청소년 수신자들과의 의사소통에는 어떠한 신호도 관련되어서는 안 되며, 이들은 오로지 개입되어있을 뿐이다(주40, 41).

3. 아동·청소년 문학적 의사소통의 파라텍스트적인 시그널 영역

목표 집단이 상이하지만 서로 밀접하게 연관된 두 개의 의사소통으로 이루어지는 문학적 의사소통의 기능을 우리는 구체적으로 어떻게 상상해야 할까? 문학적 보고들의 경우 항상 여러 가지 복합적인 발화들, 달리 말하자면 여러 가지 신호들, 심지어 따로 따로 분리된 다수의 신호영역들이 존재한다. 이로써 이중적인 문학적 의사소통에는 원칙적으로 세 개의 실현가능성이 나타난다.

> (1) 두 개의 부분의사소통은 오로지 각각을 위해 마련된 신호 영역들을 이용한다.
>
> (2) 두 개의 부분의사소통은 하나의 동일한 신호영역을 이용하고 이러한 공통적으로 이용된 신호영역 내에서 일부는 하나의 동일한 개별신호에 또 일부는 서로 다른 개별신호에 의지한다.
>
> (3) 두 개의 부분의사소통은 따로 분리된 신호영역(1)도 이용하고, 마찬가지로 개별적인 신호(2)들을 공통적으로 이용하기도 한다.

기본적으로 아동·청소년 문학이 지니고 있는 이중의 의사소통은 역사적으로 다양한 형태를 나타내며, 다음에서는 그 중 몇 가지를 다루고자 한다.

종종 문학적 보고를 문학 작품—시, 단편소설, 장편소설, 드라마 등등—과 동일하게 취급하는 것은 문학적 의사소통에서 문학텍스트와 함께 항상 적지 않은 수의 또 다른 시그널이 전해진다는 사실을 간과하는 것이다. 우리가 텍스트를 문학적 보고의 핵이라 지칭하면 아울러서 텍스트 외적인 시그널은 **부수적 시그널**이라 지칭하는 것이 마땅하다. 제라르 주네트Gerard Genette는 문학적 보고 및 문학적 텍스트에 수반되는 전체 시그널을 **'파라텍스**

트'라 지칭할 것을 제안하였다. 주네트는 파라텍스트를 다시 두 개의 범주로 분류한다. 즉 **'페리텍스트'**와 **'에피텍스트'**가 그것인데, '페리텍스트'는 '텍스트의 주변지역'에 있는 언어적이고 직접적으로 텍스트에 포함되어 있는 모든 시그널(제목, 서문, 각 장의 표제, 주해, 그 밖의 부수적 텍스트들)을 일컫는다. 또한 여기에는 텍스트를 운송하는 매체 생산물을 발신하는 비언어적인 시그널(서체, 조판, 판형, 삽화, 장정, 책 커버)도 포함된다. '에피텍스트'는 책 밖에 있으면서 부수적으로 대중에게 보내지는 모든 시그널을 포함한다(Genette 1989, 10, 12). 파라텍스트적인 시그널의 생산자와 관련하여 주네트는 저자(및 발행인이나 개작자)로 소급되는 '작가와 관련된 파라텍스트', '출판과 관련된 파라텍스트', 그리고 제 3자에서 유래되는 '대리인에 의한 파라텍스트'로 구분한다(같은 책, 16). 물론 생산자들이 누구인가에 대한 문제는 여기에서 '공간적인 입장'에 따라 시그널을 분류하는 것보다 중요하진 않다(같은 책, 12).

파라텍스트 영역의 특성은 그것이 뚜렷하게 분리된 다수의 시그널 영역으로 이루어져 있다는 것이다. 그러므로 우리는 여기에서 위에서 언급된 첫 번째 이중적 의사소통의 실현가능성, 즉 **자신만의 고유한 시그널 영역을 사용하는 것**과 특히 빈번하게 만나게 된다. 파라텍스트의 다양한 시그널 영역에서 오로지 중개자들과의 의사소통이 이루어지고, 또 다른 시그널 영역에서는 오로지 아동·청소년 수신자들과의 의사소통이 이루어진다. 이것은 대개 각각의 목표 집단에 직접적으로 말을 거는 것을 통해 뚜렷하게 드러난다. 더욱이 전달된 정보의 종류를 통해서도 어떤 수신자 집단을 지향하는 지가 뚜렷해진다. 개별적인 파라텍스트 영역에서 선택된 화법은 여기에서 누가 수신자인지를 분명하게 만들 수 있다. 따라서 외부적인 특징이 없다면 각각의 목표 집단은 무엇이 그들을 위한 것인지 내용에 의해 또는 문체에 의해 알게 된다. 이때 두 개의 부분 의사소통에 의해 공동으로 이용되는 파라텍스트의 시그널 영역이 존재한다는 사실은 배제되지 않는다.

페리텍스트의 시그널 영역으로는 다음과 같은 것들이 다루어진다. 즉 본문이 시작되기 전에 있는 모든 것, 이른바 **표제**들을 (이 경우 보통 출판과 관련된 병렬텍스트) 주네트는 **제목, 부제목, 장르표시**로 구분한다(같은 책, 60). 아동 · 청소년 문학영역에서 이러한 표제에 **대상지칭**과 **사용지침**을 덧붙이는 것은 중요해 보인다. 표제의 다양한 시그널 영역은 역사적으로 볼 때 두 개의 부분의사소통에 의해 이용되었다. 여기에서는 내용과 문체만이 두 개의 부분 의사소통 중에서 어떤 것을 해당 시그널 영역에 포함시킬 수 있는지를 결정한다.

『어린이들의 벗. 지역학교들의 사용을 위한 독서교재*Der Kinderfreund. Ein Lesebuch zum Gebrauch in Land-schulen*』. 이것은 1776년에 출간된 프리드리히 에버하르트 폰 로초브Friedrich Eberhard von Rochow의 유명한 잡지 제목으로, 여기에서 이 제목은 두 개의 부분 의사소통에서 중요한 역할을 담당했을 것이다. 반면에 장르표시와 사용지침은 발신자와 성인 중개자 사이의 의사소통만을 나타낸다. 『어린이들에게 유쾌하고 유용한 즐거움을 주기위한 이야기, 소년 로빈슨*Robinson der Jün-gere, zur angehnemen und nützlichen Unterhaltung für Kinder*』. 이것은 1779/80년 요아힘 하인리히 캄페Joachim Heinrich Campe가 로빈슨을 개작한 작품 제목이다. 이 경우의 표제(제목, 사용지침, 수신자 명명)는 부분 의사소통 양쪽에게 모두 중요했을 것으로 보인다. 이때 유용성에 대한 지침은 아마도 성인 중개자들을 위한 시그널이었을 것이다. 다음과 같은 1783년 캄페의 작품 표제에도 비슷한 것이 적용될 수 있을 것 같다. 『테오프론*Theophron*(=제목), 경험이 부족한 청소년을 위한 경험석 조언자*oder der erfahrne Rathgeber für die unerfahrne Jugend*(=부제). 그의 양자들과 이것을 사용하고자 하는 모든 젊은이들을 위한 유언*Ein Vermachtniß für seine gewesenen Pflegesöhne, und für alle erwachsnere junge Leute, welche Gebrauch davon machen wollen*(=장르표시, 수신자 명명, 사용지침)』. 크리스티안 고트힐프 잘츠만Christian Gotthilf Salzmann의 『도덕 입문서*Moralisches Elementarbuch*』(1782/83)에서처럼 제목이 오로지 장르표시로 이루어져 있는 경우는 (이 경우 종종 사용지침을 내포하고 있다) 제목이 오히려 발신자와 성인 중개자 사이의 의사소통만을 위해 쓰이는 것으로 보인다. 이러한 표제의 기능은 18세기와 19세기 초에 중요한 기능이었던 것으로 보이며, 이는 수많은 아동 · 청소년 도서들이 본래의 수신자들의 손에 전혀 도달하지 못하고 성인중개자들에 의해 낭독되거나 다소간 자유롭게 강연되어졌던 것과 특히 연관이 있다.

아동 · 청소년 문학에 있어서 표제의 역사는 아직까지 언급하지 않았지만, 20세기 후반을 돌이켜 보면 현저한 변화를 인식할 수 있다. 표제는 발신자와 아동 · 청소년 수신자 사이에서 의사소통의 신호 외에도 중요한 기능을 담당하게 된다. 『오이대왕*Wir pfeifen auf den Gurkenkönig.*(=제목) 독일어 교사 조직을 단념하지 않고 볼프강 호겔만이 진실을 이야기하다.*Wolfgang Hogelmann erzählt die Wahrheit, ohne auf die Deutschlehrergliederung zu verzichten.*(=부제) 아동소설 **Ein Kinderroman.**(=암시적으로 수신자를 지칭하는 장르표시)』

(Christine Nostlinger, 1972). 『그애는 히르벨이었다*Das war der Hirbel*.(=제목) 히르벨은 어떻게 고향으로 돌아왔을까, 그리고 그는 왜 다른 사람들과 다를까. 그를 도울 수 있을까*Wie Hirbel ins Heim kam, warum er anders ist als andere und ob ihm zu helfen ist.*(=부제)』(Peter Härtling, 1973). 최근에는 일반 문학 도서들과 얼마간 유사하게 나타난다. 예를 들어 키어스텐 보이에*Kirsten Boie* 같은 작가는 순수하게 제목만 나타내는 것을 선호한다(『행운아 파울레*Paule ist ein Glücksgriff*』, 1985; 『나는 아주 쿨해*Ich ganz cool*』, 1992). 장르표시를 나타낼 때에는 단순히 '단편소설'이나 '장편소설'이라는 것을 부가시키는 것으로 대신한다 (『씁쓸한 초콜릿. 소설*Bitterschokolade. Roman*』, Mirjam Pressler, 1980).

19세기까지만 해도 장정은 아직까지 출판인들의 일이 아니었다(Wittmann 1999, 262, 316). 이것이 출판인들의 일이 되면서 파라텍스트의 새로운 신호영역이 열렸으며, 이러한 신호영역은 아동·청소년 문학의 의사소통 내에서 큰 의미를 차지하게 되었다. 이를테면 **양장본**의 경우, 대개 작가에 의해서가 아니라 출판사에 의해서 만들어지는 것이기에 주네트는 이를 출판상의 페리텍스트로 분류한다(주네트는 프랑스 책 문화와 관련하여 장정이 아니라-단지 책의 등만 단단하게 만든-표지에 관하여 언급하고 있다. 같은 책, 29이하). 보다 구체적으로 말하자면 이러한 양장본의 앞면(표지제목; 주네트의 경우 표지면 1)과 뒷면(책의 등; 주네트의 경우 표지면 4)및 장정이나 책의 등을 의미한다. 또 다른 파라텍스트상의 시그널 영역으로 책 커버를 덧붙일 수 있는데, 이는 앞쪽 겉표지 1, 표지 안쪽 2와 3, 뒤쪽 겉표지 4, 그러니까 앞뒤 겉표지와 앞뒤 날개에 해당하는 것이다.

여기에서 언급된 파라텍스트상의 신호영역들은 아동·청소년 문학에서 일반적으로 두 개의 부분의사소통 양쪽에 의해 이용되었다. 이는 장정 및 보호덮개의 구성 면에서 책의 역사적 특수성을 보여준다. 즉 19세기 중반이래로 아동·청소년 책(주10)은 눈에 띄는 제본형태로 아동과 청소년 독자들의 주목을 끌려는 시도를 한다. 우선적으로 눈길을 끄는 표지 삽화와 겉표지 장정 혹은 보호덮개면 1의 그래픽상의 세심한 구성을 일컬을 수 있겠다. 책의 외장이 전달하는 첫인상은 성인독자들의 경우보다 아동과 청소년 독자들에게 더 큰 의미로 다가간다. 바로 그 때문에 이러한 파라텍스트적 의사소통의 신호영역이 아동과 청소년 수신자들과의 의사소통에서 일찍이 사용되어왔던 것이다. 오늘날의 전문적인 중개자들은 장정의 형태가 우선적으로 젊은 독자들에게 어필하고 책을 읽는 동기를 부여하리란 것을 알고 있기 때문에 그토록 많은 유혹거리를 묵인하는 것이다. 물론 오늘날에도 여전히 아동·청소년 책의 표지 겉면에는 성인 중개자들을 위한 정보도 담겨있다. 이른바 수상경력과 관계된 것들인데, 이것은 대개 아동과 청소년들에게는 관심거리가 되지 못한다. 표지 뒷면(및 보호덮개면 4)은 비어있지 않은 경우라면 오로지 성인중개자들과의 의사소통을 연장하는 면으로 보면 된다. 여기에는 주로 권위 있는 유명 인사들의 추천과 긍정적인 평가를 발췌한 것이 실리게 마련이다. 보호덮개 안쪽면의 경우에도 마찬가지로 오로지 성인중개자들만을 위한 문구가 게재되곤 한다. 이에 해당하는 문구들도 작가, 발행인, 개작자의 이력과 작품에 관한 정보들을 공식적으로 아동과 청소년들을 겨냥해서 전달할 수 있다. 책의 등에는 예전부터 연령표시가 게재되어있다 (때에 따라서는 숫자표시로:여섯 살 이상=1, 여덟 살 이상=2, 열 살 이상=3, 열두 살 이상=4).

지금까지는 표제에서 시작해서 (언어적이고 비언어적인) 출판과 관련된 파라텍스트인 책의 장정과 커버(보호덮개)에 관해 다루었고, 이제 파라텍스트로서 적지 않게 중요한 세 번째 형태, 즉 서문과 **후기**에 대해 살펴보고자 한다. 이 신호영역 역시 아동 · 청소년 문학에서 두 개의 부분의사소통 양쪽에 의해 이용되어왔다. 아동과 청소년들을 겨냥한 서문 및 후기는 서적 인쇄 초기부터 보편적인 것이었고, 대개는 비교적 높은 연령대의 아동과 청소년들이 그 수신자인 경우가 지배적이었던 것으로 보인다. 요한 프리드리히 외스트Johann Friedrich Öst는 성에 관한 입문서인 『어느 정도 사고능력을 갖춘 청소년들을 위한 지극히 중요한 교훈과 경고Höchstnötige Belehrung und Warnung für Jünglinge und Knaben』(1787)를 "우연히 이 책을 손에 넣은 청소년에게"라는 서문으로 시작하고 있다. 아동을 겨냥한 대다수의 서문과 후기들 가운데 여기에서는 두 개의 예만을 언급하고자 한다. 하인리히 샤렐만Heinrich Scharrelmann은 1903년에 출간한 자신의 이야기 모음집 『고향과 어린시절, 그리고 행복한 그때로부터Aus Heimat und Kindheit und glücklicher Zeit』에서 다음과 같이 어린이들을 위한 '후기'로 끝을 맺고 있다; "네가 지금 우리 집에 있다면 우리 둘은 함께 산책을 할 수 있을 텐데… 그럼 아마도 나는 내 이야기가 시작된 모든 곳을 네게 소개해 주었을 거란다." 안네마리 헤를레트Annemarie Herleth에 의해 1949년 출간된 시인들의 동화 모음집 『낯선 아이Das fremde Kind』는 어린이들을 향한 다음과 같은 '머리말'로 시작하고 있다; "사랑하는 아이들아, 저 위대한 독일의 시인들은 어른들뿐 아니라 때때로 너희들을 위한 작품을 남기기도 했단다. 이 얼마나 행복한 일이냐!" 경우에 따라서는 아동 · 청소년과 아울러서 성인 중개자들을 향한 서문도 나타난다. 이미 언급한 캄페의 1783년 작 『테오프론』은 청소년 수신자들의 아버지가 하는 듯 "내 사랑하는 자식들아!"라는 서문으로 시작을 하고 있다. 계속해서 이어지는 '권두사'는 성인 중개자들을 향하고 있다. "나를 알고 있는 사람들은 …을 알 것이다"(Ewers 1996, 121이하., 124이하). 그의 기행모음집 5부에서는 성인 중개자들을 향한 '서문' 다음에 "젊은 독자들에게"라는 서언이 이어진다. 그것은 "나의 어린 친구들"이라는 말로 시작된다(같은 책, 115이하).

그러나 역사적으로 보았을 때 서문과 후기는 발신자와 성인 중개자 사이의 의사소통을 위해 훨씬 더 큰 역할을 했던 것으로 보인다. 그것들의 기능은 해당 작품이 옛것이든, 새로운 것이든 아동·청소년 문학의 규범을 따르고 의사소통이 주저 없이 진전될 수 있도록 중개자들을 설득시키는 데에 있다. 18세기와 19세기 초에는 높은 수준의 아동·청소년 책은 거의 찾아보기 어렵다. 그것은 성인 책에 비해 부수적인 입장을 취함으로써 모습을 드러내지 않았고, 그것이 의도하는 바와 서술방식의 선택을 명확히 하지 않았다. 성인들에 대한 서문과 후기는 때에 따라 본격적인 논의로 확대되는 방법론적인 정보를 포함하기도 한다. 예를 들어 이미 언급한 잘츠만의 1783/85년 작 『도덕적 기본서Moralischen Elementarbuchs』의 경우 이미 제목에서 26페이지짜리 '유익한 사용을 위한 안내서'라는 정보를 담고 있다. 성인들을 향한 서문과 후기들은 특히-20세기까지 광범위하게-아동·청소년 문학 프로그램의 토론장이었다(Ewers 1990, 17; Rank 1997). 이에 대한 훌륭한 예로는 캄페의 베스트셀러인 『소년 로빈슨Robinson der Jüngere』에 실린 유명한 '권두사'와 그렇게 잘 알려져 있진 않지만 그래도 꽤 중요한 짐록쉬Simrocksch의 『독일 어린이 책Deut-

schen Kinderbuchs(19세기 위대한 동시모음집 가운데 하나) 두 번째 판에 실린 아우구스트 코로디August Corrodi의 '서문'을 들 수 있다. 그림형제Brüder Grimm의 『어린이와 가정을 위한 동화*Kinder- und Hausmärchen*』의 다양한 판본에 실린 서문들 가운데 두 편은 유명하다. 이것들은 시문학적으로 높은 수준의 논의거리를 제공한다. 코로디의 서문은 아동ㆍ청소년 문학영역에서 작가와 관련된 서문과 아울러서 제 삼자가 작성한 서문도 나타난다는 예를 보여준다. 제 삼자가 작성한 서문의 또 다른 예는 구스타프 쉬밥Gustav Schwab이 작성한 프리드리히 그륄Friedrich Grüll의 서정시 모음집 『어린이들의 고향*Kinder-heimath*』(1836)이다.

이제 에피텍스트의 몇 가지 형태들에 주목해 봐야겠다. 예를 들어 작가(및 제작자, 개작자, 번역가)가 대화나 인터뷰에서 말하거나, 혹은 기사와 편지 등에서 문서형태로 발표하거나 해서 해당 인쇄매체와 관련된 입장을 표명하는 것은 **작가와 관련된 에피텍스트**에 속한다. 아동ㆍ청소년 문학적 의사소통 내에서 작가와 관련된 에피텍스트는 성인중개자들과의 의사소통 및 아동ㆍ청소년 독자들과의 의사소통을 위해 쓰일 수 있다. 성인중개자들과의 의사소통과 관련하여서는 예를 들어 성인 매체 및 전문잡지와 신문 등에서 작가와의 대화나 인터뷰를 떠올릴 수 있을 것이며, 또한 작가의 연설이나 강연, 그리고 소위 서재탐방이나 자서전 등도 생각할 수 있을 것이다. 아동ㆍ청소년 독자들과의 작가와 관련된 에피텍스트상의 의사소통을 위해 효과적인 형식은 학교, 도서관, 문학의 집, 청소년 센터와 또 다른 기구들에서 열리는 작가 낭독회를 들 수 있다. 이러한 작가 낭독회는 라디오와 TV의 아동ㆍ청소년 방송 프로그램에서도 작가에게 기회를 줄 경우 열릴 수 있다. 도서출판매체와 관련된 정보와 광고들, 이를테면 서적상, 도서평론가 및 비평가들에게 전해지는 안내책자, 서평용 증정본 사이에 끼워 넣는 홍보 팜플렛, 작가나 책에 관한 특별 팜플렛, 포스터, 쇼윈도우 진열, 『뵈르젠블라트Börsenblatt』와 아동·청소년문학 전문잡지, 그리고 대중잡지 및 아동·청소년 잡지의 광고들, 라디오와 TV의 짤막한 광고, 경우에 따라서는 사은품에 실린 광고(판매촉진용) 등은 모조리 출판과 관련된 에피텍스트에 속한다. 이러한 **출판과 관련된 에피텍스트**에서는 대부분의 경우 어떤 시그널 영역이 성인 중개자들과의 의사소통만을 목표로 하고, 또 어떤 시그널 영역이 아동과 청소년 독자들을 목표로 하는지 분명히 드러난다.

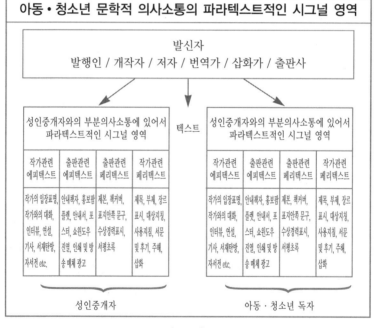

〈도표8〉

4. 아동·청소년 문학적 의사소통에서 텍스트상의 시그널영역

문학작품은 문학적 보고의 핵심영역을 이루는데, 이러한 문학작품은 수많은 파라 텍스트상의 시그널분야와 아울러서 또 다른-범위에 따라 보다 더 중요한-시그널영역으로 등장한다. 여기에서는 문학의 이중적 의사소통의 실현가능성들 가운데 두 번째 실현가능성만이 통용될 수 있다. 즉 여기에서 부분의사소통들은 하나의 동일한 시그널영역을 이용한다. 아동·청소년 **문학작품**을 보통 **문학의 이중적 의사소통의 발현**으로 간주하는 것은 그 속에서 한 사람 뿐만 아니라 두 명의 내재된 독자를 찾는 것을 의미한다. 이럴 경우 우리는 이러한 내재된 독자의 일반적인 정의들과는 다른 견해를 보이게 된다. 링크(Link)는 내재된 독자를 '텍스트의 전략과 특성, 아울러 원저자와 추상적 작가를 이해할 수 있는 독자의식을 가진 사람'이라고 지칭했다(Link 1976, 23). 카르만Kahrmann/라이쓰Reiß/슐루흐터Schluchter 역시 내재된 독자를 추상적인 작가의 '상대개념'과 '전체 텍스트가 목표로 하는 수용의 내재적 투영'으로 간주하였다(Kahrmann 1986, 52). 이러한 정의에 따르면 단지 하나의 내재된 독자만이 존재할 수 있기 때문에 이러한 정의는 아동·청소년 문학의 경우에서처럼 문학의 이중적 의사소통을 모델화시키기에는 적합하지 않은 것처럼 보인다.

이러한 정의로는 내재된 독자를 더 이상 '텍스트 내에서 수신자의 범위와 관련된 모든 시그널이 통합되는 지점'(같은 책)으로 이해할 수 없다는 점에서 우리는 일반적으로 통용되는 정의를 변형하고자 한다. 즉 **내재된 독자란 텍스트시그널의 특정한 부분만을 통합한 지점**, 말하자면 '텍스트의 전략과 특성들 중에 일부만을 이해할 수 있는 독자의식을 지닌 사람'으로 이해되어져야만 한다는 것이다(Link. 1976. 23). 이 경우에는 텍스트의 특정한 계층이나 특정한 차원에만 내재되는 독자에 관해서 언급될 수 있을 런지 모른다. 문학의 단일의사소통의 경우에 내재된 독자란 텍스트에 기입된 전체 보고의 수신자를 나타낸다. 반면에 문학의 이중적 의사소통의 경우에는 두 명의 내재된 독자들이 텍스트 속에 기입된 보고의 또 다른 차원의 수신자를 형성한다. 이로써 '추상적인 독자'(Link 1976, 23), '추상적인 수신자'(Kahrmann 외 1986, 52)와 '내재된 독자' 사이의 용어상의 차이가 타당한 것으로 보인다. 추상적인 독자는 추상적인 작가와 대립되는 것으로 간주되어야 할 것이다. 문학의 단일 의사소통에 있어서 내재된 독자는 보통 추상적인 독자와 일치할지도 모른다. 하지만 문학의 이중적 의사소통에 있어서는 추상적 독자 배후에 적어도 한명의 내재된 독자가 감춰져 있다.

이러한 논지에 따르면 아동·청소년 문학작품은 일반적으로 **두 명의 내재된 독자**, 즉 아동·청소년 수신자 및 성인 중개자를 지닌다는 것을 의미한다. 하지만 이들은 종종 둘 다 추상적 독자에는 미치지 못하게 된다. 그러니까 아동·청소년 문학의 경우에는 추상적인 작가에 필적할 만한, 작품 전체를 관통하는 역할을 맡은 독자상이 결핍되어 있다. 그와 같은 독자의 역할에 있어서는 이중적 의사소통에 함께 참여하는 이의 역할이 중요할 수도 있다. 그러나 이러한 역할은 아동·청소년독자뿐 아니라 종종 성인 중개자들에게도 감추어져 있어야 한다. 우리는 간혹 성인 중개자들에게 솔직하게 진실을 전달하는 저자들을 만나게 되기도 한다. 하지만 저자와 출판사가 이를 동시에 목표로 하지 않는 한 모든 진실이 드러나지 않는 경우들이 더 우세하다.

아동·청소년 **문학의 전문적인 중개자**는 예측 가능한 독자유형이다. 이러한 독자유형은 대개 전문적인 여론에 의해 심의되는 일정한 기대치를 지니고 있다. 이러한 기대치는 예를 들어 작품의 결말(부정적으로 끝나서는 안 되고 미결인 채로 끝나야 한다), 교육적인 취지여부 혹은 관심을 가지고 다뤄져야하거나 의도적으로 피해야하는 특정 테마와 관계될 수 있다. 아동·청소년 문학적 보고에 대한 이러한 독자유형의 평가는 보통 바로 그러한 기대치가 충족되는지의 여부에 달려있다. 이러한 점에서 그 보고가 기대에 어긋나는 것이 없다면 중개자는 그것을 다음 단계로 전달할 준비를 하게 된다. 그 중개자는 다른 시그널들을 단지 부수적으로만 인지하는 반면에 특정한 시그널에 자신의 이목을 집중시킬 수도 있다. 아동·청소년 문학적 보고의 원저자이자 발신자는 중개자들이 관심을 보일만한 그와 같은 시그널을 부각시키는 방식으로 개입을 하게 된다. 그들은 이런 경우 해당 보고에 의식적으로 중개자와 관련된 **유인(誘因)시그널**을 함께 삽입한다.

아동·청소년을 통한 텍스트 수용은 종종 적지 않게 선택적인 특징을 보인다. 이럴 때 수신자 집단은 미리 성인 중개자들에 의해 긍정적으로 평가된 시그널에 강하게 주목할 수 있다. 하지만 그들에게는 성인 중개자들이 고려하지 않는 작품의 관점들이 중요할 수도 있다. 아동·청소년 문학적 보고의 원저자이자 발신자는 이러한 관점을 찾아 아동·청소년을 목표로 하는 유인시그널을 공급하려고 한다. 종종 이러한 시그널이 중개자의 눈을 피해 가기를 바라면서 말이다. 아동·청소년 문학보고의 텍스트적인 시그널영역에서 우리는 다음과 같이 세 가지 시그널 범주를 다루려고 한다. 중개자를 위한 유인시그널, 아동·청소년을 위한 유인시그널, 그리고 양쪽 수신자 집단 모두에게 중요하게 간주되는 유인시그널. 우리는 이중에서 양쪽 집단에 다 중요하게 간주되는 시그널을 아동·청소년 **문학의 이중적 의사소통의 간섭 시그널**이라고 지칭할 것을 제안한다. 물론 텍스트 자체 내에서는 이러한 시그널 범주들 가운데 그 어떤 것도 두드러지게 나타나지 않는다. 각각의 시그널이 중개자를 위한 유인시그널인지 본래의 목표 집단을 위한 유인시그널인지를 판단하기 위해서는 작품해석용 도서가 필요하다. 이 경우 작품 내재적 해석은 별 성과가 없을 것이고 오히려 역사적인 의사소통 상황과의 연관성을 고려해야 한다. 즉 여러 부류의 중개자 집단 및 아동·청소년 독자 측의 동시대적 기대를 아는 것이 전제가 된다.

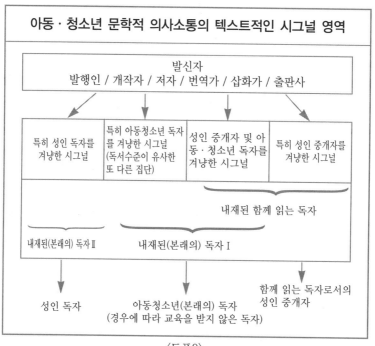

〈도표9〉

5. 아동·청소년 문학의 부분의사소통 간의 긴장관계와 전위관계

아동·청소년 문학적 의사소통이 두 개의 부분 의사소통으로 이루어져 있다는 사실은 의사소통 내에 긴장상태를 조성한다. 마치 두 명의 주인을 강제로 섬겨야 하는 하녀와도 같이 아동·청소년문학은 항상 두 개의 부분의사소통을 조절해야 하는 부담을 지고 있다. 중개자들의 기대가 일차적인 수신자들의 기대와 현격히 차이가 나는 경우, 양쪽 모두에게 효과적인 유인시그널을 제공하기란 쉬운 일이 아니다. 그럴 경우에는 **줄거리의 일관성, 인물묘사 내지는 행동평가에 대한 결렬**이 나타난다. 많은 청소년 소설이, 이를테면 마를리제 아롤트Marliese Arold의 『미치겠군. 베레나가 엑스터시에 빠졌어.*Voll der Wahn. Verena steht auf Ecstasy*』(1977), 또는 헤니 코흐Henny Koch의 『파파 보이 *Papas Jung*』에서처럼 결말부분에 뜬금없이 갑작스런 방향전환을 하기도 하는데, 이는 성인중개자들의 책에 대한 공개적인 도전을 차단하는 시그널을 늦게라도 그들에게 제시해야 하기 때문이다. 하지만 아동·청소년 문학의 부분 의사소통 간에 나타나는 긴장상태는 **텍스트와 파라텍스트 사이가 불일치**하는 경우에도, 아니 완전히 괴리된 상황에서도 해소될 수 있다. 성인 중개자와의 의사소통은 파라 텍스트적인 시그널 영역에서는 개방되어 있을 뿐만 아니라 부분적으로 아동·청소년 독자를 배제시키고도 가능하다. 수많은 중개자들이 파라 텍스트적 시그널, 말하자면 중개자를 위한 프로그램광고, 책 표지 날개의 짤막한 소개문, 표제, 장정, 표지 안쪽 문구, 그리고 특별히 중개자들을 목표로 한 서론과 경우에 따라서 작가관련 에피텍스트와 출판관련 에피텍스트의 기록과 자료와 같은 것들을 아마도 최초로 수용할 것이다. 이와 같이 파라 텍스트는 중개자가 어떠한 작품이 아동·청소년 문학으로 적합하다는 확신을 갖게 만드는 데에 특히 중요한 몫을 차지하게 된다. 이때 텍스트가 파라텍스트상의 기대와 어긋나는 경우도 빈번하게 나타난다.

이것은 어느 정도는 작가의 무능함에 기인한다. 작가가 표제, 표지 안쪽 문구 그리고 서론에서 언급한 의도들을 실제로 옮기는 능력이 부족한 때문인 것이다. 그러나 이런 경우 우리는 아동·청소년 문학의 전개 국면에서 본격적으로 전략적인 측면을 볼 수도 있다. 즉 성인 중개자들을 파라 텍스트상의 시그널로 안심시키고 더 자세한 텍스트 내용으로부터 가능한 차단시킴으로써 텍스트차원에서 아동·청소년독자와의 의사소통이 별다른 방해 없이 성공할 수 있는 경우도 있다는 것이다.

19세기의 극히 교훈적이고 유용한 목적으로 출간된 많은 아동도서들의 경우 더 자세히 살펴보면 자극적인 오락용 도서임이 드러나며, 이것들은 눈속임용 포장 없이는 거의 중개자의 동의를 얻지 못했을 것이다. 하지만 그 반대의 경우도 생각할 수 있다. 즉 아동 독자는 파라 텍스트상의 영역에 의해 보다 강하게 이끌리고 반면 성인 중개자가 오히려 텍스트상의 시그널 영역에 만족하는 경우도 이따금씩 있다.

18세기의 교훈적 우화만을 담고 있는 19세기의 많은 우화집들은 새롭게 등장한 삽화 덕분에 많은 아동 수신자들에게 매력적이었을지 모른다.

또한 청소년 독자의 입장에서 볼 때 지극히 현실적인 테마를 다룬 약물소설들은 그 타이틀에서부터 마치 청소년문화의 한 단면을 보여주는 것처럼 작용한다. 하지만 그런 소설들은 청소년문화를 비방하는 전통적인 경고소설인 것이다.

4-2장의 결론부분에서 성인중개자가 처음에는 아동·청소년문학의 공식적인 수신자(주40)지위를 갖고 있었지만 시간이 흐름에 따라 비공식적인 수신자(주41)가 되었다는 사실이 언급되었

다. 이제 우리는 **성인 중개자와의 부분의사소통에 있어서 이와 같은 입장의 변화를 시그널 영역의 변화**로 기술할 수 있다. 텍스트상의 시그널 영역에 있어서 성인 중개자와의 의사소통은 항상 겉으로 드러나지 않는 것이었다. 말하자면 몇 가지 예외를 제외하고 중개자는 아동·청소년문학의 의도되지 않은 내재적인 독자였던 것이다. 그러니까 변화는 다만 파라 텍스트상의 시그널 영역에서만 일어났을 수 있다. 아마도 여기에서 가장 눈에 띄는 변화는 성인 중개자를 대상으로 한 서문과 후기를 삭제한 것이다. 물론 여기에도 어느 정도 예외는 있다. 아동 문학 연보에 실린 한스 요하임 겔베르그Hans Joachim Gelberg의 아동문학의 발전을 반영하는 수많은 후기들을 떠올릴 수 있을 것이다. 그러나 여기에서 우리는 규칙은 언제나 예외가 있을 수 있다는 속담을 확인하게 된다. (그에 비해 아동·청소년 독자들을 향한 서문 및 후기는 계속되었다. 가령 페터 헤르틀링의 『그애는 히르벨이었다』에서 어린이를 위한 후기를 참고하라.) 게다가 오로지 성인 중개자에게 초점을 둔 겉표지 문구 또는 표지 안쪽 문구는 거의 찾기가 어렵고, 또한 제목과 제본 형식에서도 순수한 중개자 시그널은 사라져 버렸다.

여기에는 우리가 주네트의 말을 인용하여 **작가관련 페리텍스트와 출판관련 페리텍스트**라고 일컬었던 시그널 영역이 해당된다. 이 시그널 영역은 역사적으로 보았을 때 성인 중개자와의 뚜렷한 의사소통의 중심이 되는 분야를 나타낸다. 그런데 이제 이러한 영역에서도 뚜렷하게 아동·청소년만을 목표로 하고, 성인 중개자들의 경우에는 그저 간접적으로만 목표로 삼는 시그널이 지배적이다(이때 성인 중개자들은 이러한 영역에서 자신들이 시그널을 받게 되리라는 것을 기대하지 않는다). 이러한 신호영역은—

이미 언급했듯이-아동·청소년과의 부분의사소통에 공공연하게 드러나 있다. 명백한 성인 중개자와의 의사소통은 최근에는 다소간 아동·청소년 도서자체에서 물러나, 외적인 환경, 달리 말하자면 작가관련 그리고 출판관련 에피텍스트의 영역으로 옮겨갔다.

이와 함께 성인 중개자와의 의사소통에 있어서 공공성의 정도도 변화되었다. 성인 중개자와의 명백한 의사소통이 페리텍스트에도 쓰이자, 그것은 시장에서 모든 사람에게 가시적으로 드러났고, 보편적으로 개방되었다. 이때 아동·청소년 도서의 모든 구매자들은 그러한 의사소통을 동시에 공급받았고, 원할 경우 그 의사소통에 함께 참여할 수 있었다. 성인 중개자와의 의사소통이 에피텍스트상의 영역으로 옮겨감으로 해서 그것은 아동·청소년 도서 시장에서 보편적으로 열려 있는 공간, 달리 말하면 보편적인 아동·청소년문학의 여론집단을 떠나, 다소간 특수한 (서적판매, 도서관, 학교, 교육학 등의) 전문적인 여론집단으로 옮겨 갔다. 그 결과 이러한 전문적인 여론집단에 해당되지 않는 일부 성인 중개자들은 아동·청소년 문학의 의사소통 내에서 더 이상 겉으로 드러나지 않고 내재적으로만 시그널의 대상이 된다. 이들은 비전문적 중개자들로 무엇보다 부모들이 이에 해당된다. 부모들은 제목을 보고 그것이 아동·청소년 도서임을 판단하긴 하지만 아동·청소년 문학과 관련된 전문적인 판단력은 갖추고 있지 않다. 바로 그 때문에 아동·청소년 문학의 영역에서 에피텍스트상의 의사소통 구조들이 특히 전문적인 중개자, 예를 들어 서적상, 도서관 사서, 교육학자, 교사 등에 초점이 맞춰져 있는 것이다. 그리고 성인 중개자들이 아동·청소년 문학에 있어서 공식적인 수신자의 지위를 잃고 비공식적인 수신자(주 29, 30)로 된 것, 더 구체적으로 말하자면 그들이 아동·청소년 문학적 의사소통과 관련하여 보편적으로 열려 있는 분야에서 겉으로 드러나지 않고 내재적으로만 시그널 대상이 되는 것, 그리고 성인 중개자들과의 명백한 의사소통이 상당 부분 배후에서 전문적인 여론집단의 도움을 받아 결국 전문적인 중개자에만 제한되어 나타나는 것도 모두 그 때문이다. 이를 통해 우리는 아동·청소년 문학에 있어서 성인 중개자와의 부분의사소통은 모습을 감추었을 뿐 결코 사라진 것은 아니라고 말할 수 있다.

6. 성인용 도서로서의 아동·청소년 문학

지금까지 상술한 것에 따르면 근본적으로 성인 또한 아동·청소년 문학의 독자로 간주할 수 있다. 그러나 그렇다고 해도 아동·청소년문학을 성인문학이라 지칭해서는 안 된다. 이제까지의 설명에 의하면 성인은 아동·청소년문학의 의사소통에서 본래의 수신자와 독자로 포함된 것이 아니라 중개자 내지는 전달하는 사람, 여과하는 사람일뿐이었다. 그리고 성인은 그에 알맞은 역할을 하게 되는 것이다. 성인들에게 아동·청소년 문학의 보고란 성인에게 적합한 도서로 제공된 것이 아니라 오로지 아동·청소년이라는 목표 집단에 적합한 도서인 것이다. 성인 중개자는 스스로 본래의 수신자 집단에 속하지 않는 것을 알면서 그 보고를 읽는다. 따라서 성인 중개자들도 이러한 보고가 성인용 도서로 적합한지를 평가하지 않을 것이다.

아동·청소년 문학텍스트는 일차적으로 성인 중개자들이 읽고 싶어 하도록 만들어질 필요는 없다. 중개자들은 이를 기대하지 않기 때문이다. 성인 중개자들은 일단 출판된 텍스트가 아동·청소년 도서로 적합한지에 대한 그들의 기본적인 생각과 일치하느냐에만 관심이 있다. 그리하여 그들의 생각에 일치한다면 비록 그 텍스트가 중개자 자신들에게는 별 재미가 없을 지라도 곧바로 그것을 추천 내지는 직접 아동과 청소년에게 보내게 된다. 따라서 성인들이 (본래의) 독자인지 혹은 중개자인지의 여부는 문학적 보고의 원저자이자 발신자에게 중요한 문제이다. 우리는 중개자들이 아동 · 청소년 문학적 보고들을 받게 되는 이런 특수한 방식을 일컬어 **함께 읽는 것**이라 지칭하고 일반적으로 그 중개자들을 아동 · 청소년 문학을 함께 읽는 성인 독자로 규정할 것을 제안하고자 한다. 또한 아동 · 청소년 문학작품에 있어서 2차적으로 내재된 성인 독자는 텍스트 내적으로 발현된 중개자이며, 특히 그를 겨냥한 시그널의 총체, 개념적으로 더 자세히 보자면 **내재적으로 함께 읽는 독자**로 파악될 수 있을 것이다(주42).

이와는 별도로 우리는 아동 · 청소년 문학의 의사소통에 중개자로서가 아닌 본래의 수신자와 독자로 포함된 성인과 만나게 된다. 또한 아동 · 청소년 문학은 제한된 범위 내에서 끊임없이 **성인용 도서**로 나타난다. 따라서 아동 · 청소년 문학의 의사소통에서 이제껏 전개된 틀의 확장이 불가피하다. 왜냐하면 성인용 도서로도 기능하는 아동 · 청소년 문학은 중개자 바로 자신과 아동 · 청소년 수신자, 이 두 가지 의사소통의 교차로 이루어지기 때문이다. 바로 이 때 **성인독자가 함께 한 세 번째 의사소통**이 추가로 등장하게 되는 것이다. 도표10에서 우리는 이러한 의사소통의 확대에 대한 텍스트 시그널 영역과 관련, 이 부분에 대하여 미리 언급한 바 있다. 그와 관련하여 아동 · 청소년 문학의 잠재된 성인 독자에게 그 어떤 파라 텍스트적 시그널도 발송되지 않을 것이라 말해선 안 된다. 그와 정반대로 부차적인 성인 목표 집단은 종종 표제에서부터 부각되기도 한다. 그에 따라 파라 텍스트상의 영역에 해당되는 도표9는 두 개의 큰 단위 영역 외에 추가로 세 번째 단위까지 확장될 수 있을지 모른다. 물론 세 번째 단위는 성인중개자들을 대상으로 한 첫 번째 단위와 크게 달라 보이지 않을 것이다. 성인들이 부차적으로 본래 수신자의 역할을 다하고 함께 읽는 독자로 뿐만 아니라 본래의 독자로 등장하게 될 때에야 비로소 아동·청소년 문학은 **다중적으로 발송된 문학**, 즉 여러 독자집단에 방향을 맞춘 문학으로 간주되어도 좋을 것이다.

거의 모든 시대에 아동·청소년을 위한 실용문학 내지는 실용도서는 특정한 성인 목표 집단에도 제공된다. 다중적 발송과정은 18세기 후반에 출간된 다음의 예에서 볼 수 있듯이 거의 대부분 이미 표제에서부터 드러나게 된다. '청소년'이라는 용어는 시골의 독자층과 더불어 도시의 독자층 모두를 동시에 지칭한다. 슈타인벡C. G. Steinbeck은 1792년 출간한 『정직한 농부Der aufrichtige Bauersmann』라는 책에서 "청소년 그리고 일반시민과 농부를 위하여"라는 표현을 사용했다. 또한 청소년이라는 용어는 전반적으로 교육을 받지 못한 사람의 의미와 더불어서 사용되기도 하였다. 펠릭스 바저Felix Waser의 1782년 출간된 『참된 신앙의 중대한 진실에 관한 담화Unterredungen über einige wichtige Wahrheiten der natürlich Religion』에 나타난 아버지와 아들의 대화에서도 "교육을 받지 못한 사람들과 젊은이들을 위한 수업"이라는 말을 사용한 것이 그 예이다. 사춘기 청소년을 위한 수많은 실용도서들 역시 동시에 성인을 겨냥했던 것을 볼 수 있다. 트리몰트J. G. Trimolt의 『사춘기 청소년과 동물 애호가들을 위해 동물들이 지닌 영혼의 힘을 알려주는 기묘한 예들의 모음집Merkwurdige Beispiele zur Kenntniss der Seelenkräfte der Thiere für die erwachsenere Jugend und wissbegierige Liebhaber der Thiere gesammelt』이 그에 대한 예라 할 수 있다. 아동과 여성을 위한 모음집들도 빈번하게 나타난다. 베버J. A. Weber는 1779년 『여성과 아동을 위한 물리학의 단편*Fragmente von der Physik für Frauenzimmer und Kinder*』이라는 제목으로 책을 출간했고, 그 후 1782년에는 『여성, 화가, 아동을 위한 이교도적 신화학에 대한 단편*Fragmente von der Heydnischen Götterlehre für Frauenzimmer, Maler und Kinder*』을 출간했다.

소녀들을 위한 실용도서 역시 종종 다중적으로 발송된다. 요한 루드비히 에발트Johann Ludwig Ewald는 1798년 『착한 소녀, 좋은 아내, 어머니 그리고 주부가 되기 위한 방법. 사춘기 딸들과 아내 그리고 어머니들을 위한 소책자*Die Kunst ein gutes Mädchen, eine gute Gattin, Mutter und Hausfrau zu werden. Ein Handbuch für erwachsene Töchter, Gattinnen und Mütter*』라는 책을 출간했다. 이와 유사한 것으로 헤쎄Cath. von Hesse의 1794년 작 『나의 독일(!) 자매들을 위한 것 […] 소녀, 아내 그리고 어머니들을 위한 교훈*Etwas für meine Deutsche(!) Schwestern, […] zur Belehrung für Mädchen, Gattinen und Mütter*』이라는 책이 있다. 순수문학의 영역에 있어서도 다중적 발송과정과 유사한 것들이 나타난다. 1772년 많은 책들 중 『사랑하는 청소년과 여성들의 여가시간을 위한 운율집*Der lieben Jugend, und dem ehrsamen Frauenzimmer zu beliebliger Kurzweil, in Reime verfasset*』이 그에 속한다. 수많은 여성소설들은 동시에 사춘기 소녀들을 겨냥한 것이다. 그것이 분명하지 않은 경우에는 제목보다는 서문에서 책의 성격이 드러난다.

『새로운 클라리사, 실제 이야기*Die neue Clarissa, eine wahrhafte Geschishte*』(Jeanne-Marie LePrince de Beaumont,

1778), 『젊은 아가씨 에벨리나 세상 밖으로 나가다Evelina oder eines jungen Frauenzimmers Eintritt in die Welt』(Francis Burney, 1779) 내지는 『율헨 그륀탈. 기숙학교 이야기Julchen Grünthal. Eine Pensionsgeschichte』(Friederike Helene Unger, 1784)등을 그에 대한 예로 들 수 있다. 소녀들에 대한 발송과정에 이어 성인 여성들에 대한 발송과정이 추가적으로 일어날 경우, 말하자면 성인 여성들이 두 번째 대상으로 인식될 수 있는 경우, 우리는 다중적으로 발송된 (즉 소녀들도 대상으로 삼는) 여성 문학이라 지칭하면 어떨까한다.

달리 말하자면 일차적으로 아동·청소년에게 발송되고 그에 덧붙여 성인들로 이루어진 일정한 목표 집단에 추가적으로 발송될 경우 이는 **다중적으로 발송된 아동·청소년 문학**이라 할 수 있을 것이다.

19세기 중반부터 『청소년과 일반 시민을 위해Für Jugend und Volk』라는 부제가 사용된 수많은 소설들은 대개 다중적으로 발송된 아동·청소년 문학이라 여겨진다. 우리는 그 당시 새로운 '민중문학'의 경우 낭만주의와 비더마이어식을 근대적 아동·청소년 문학으로 재활용한 것이라 생각한다(주43).

7. 다중적 발송과정, 단의성과 중의성

다중적으로 발송된 (아동·청소년)문학은 여러 가지 서로 다른 형태일 수 있다. 끝으로 우리는 아동·청소년 문학의 역사 속에서 매우 중요한 역할을 담당했던 세 가지 유형에 대해 다루고자 한다. 그 첫 번째는 서로 다른 목표 집단, 즉 아동·청소년과 성인을 위해 다중적으로 발송되는 아동·청소년 문학 작품이 하나의 동일한 보고를 지니고 있는 경우이다. 이러한 경우 서로 다른 수신자들은 그 보고를 하나의 동일한 의미로 파악하게 된다. 수신자들의 연령이나 성별, 혹은 경우에 따라 사회적 입장 역시 서로 다를 수 있지만 그들은 모두 이러한 보고의 수신자라는 측면에서는 동일한 것이다. 즉 생활 속에서 수신자들의 입장은 서로 다르더라도 한 작품의 독자라는 입장에서는 차이가 없다는 말이다. 앞서 언급되었던 예를 들어 말하자면 '아동', '화가', 그리고 '여성'은 그들의 신화학적인 지식이라는 측면에서 보았을 때, 아무런 차이가 없다. 왜냐하면 이러한 영역에서 이들은 모두 문외한으로 간주되기 때문이다. '청소년'과 '일반 시민'은 여러 가지 측면에서 서로 다를 수 있지만 그들의 시적, 문학적인 전문지식이나 취향과 관련하여서는 동등한 위치에 있다.

이러한 경우, 문학 외적인 관점에서만 서로 다를 뿐인 수신자 집단들은 한 작품의 독자로서는 서로 다르지 않기 때문에 작품 내에서 그 어떤 개별 집단들을 특별하게 대상으로 하는 시그널 역시 필요하지 않게 된다. 이러한 유형의 다중적으로 발송된 텍스트들은-내재적으로 함께 읽는 독자와 아울러-결과적으로 단 한명의 내재된(본래의) 독자를 제시한다. 이 내재된 독자는 물론 매우 보편적이고 개방적이어서 수신자 집단들 가운데 어느 하나 제외되었다는 느낌을 받지 않는다. 따라서 텍스트에 편입되어있는 (내재된) 독자의 역할은 아동 · 청소년 독자의 역할이어서는 안 되고, 만일 그럴 경우 이는 성인 수신자들을 몰아내는 셈이 될 수도 있다. 이와 같은 다중발송의 형태는 특히 실용문학의 영역에 관계될 수 있다. 실용문학의 독자집단은 오로지 지식상태와 교육수준만으로 규정되기 때문이다. 청소년문학과 일반대중문학으로 고안된 통속문학 또한 이에 편입시킬 수 있을 것이다. 우리는 여기에서 아동 · 청소년의 입장을 우선으로 삼아 **다중적으로 발송되고**

단의적인 아동 · 청소년 문학에 관해 언급하고자 한다(주44).

독일어권에서 아동 · 청소년 문학의 다중적 발송과정으로 가장 유명한 경우는 조금 사정이 다르다. 그림형제의 『어린이와 가정을 위한 동화』에서는 이미 표제에서부터 다중적 발송과정이 잘 드러나 있다. 이것은 아이들과 마찬가지로 (전)가족구성원에 해당하는 (성인과 노인) 모두를 대상으로 하고 있다. 1812년 처음으로 그림동화집이 출간된 이래 아이들이 이 책에 실린 동화들을 실제로 이해할 수 있을지가 문제시되었다. 야콥 그림은 아르님에게 보낸 편지에서 다음과 같이 이의제기에 대한 반론을 펴고 있다. "우리는 전통적으로 계시된 교훈과 규칙을 어른이고 아이고 모두가 참고 견딥니다. 그리고 이해하지 못하는 것도 그것을 배울 때까지 그냥 그런대로 넘어갑니다 […]." "그 때문에 우리는 아이들이 스스로 이해할 수 있기까지 오래 동안 선과 악에 대해 이야기해줘야 합니다." (『낭만주의 아동 · 청소년 문학*Kinder- und Jugendliteratur der Romantik*』인용, 슈투트가르트 1982, 565). 그림형제는 단순히 본래의 수신자들로서 '어른'과 '청소년' 이 두 개의 수신자 집단에 관해서만 언급하는 것은 아니다. 이들은 두 수신자 집단이 텍스트를 서로 다르게 받아들이는 것으로 간주한다. 두 수신자 집단은 연령에 따라 구별될 뿐만 아니라 텍스트의 독자로도 구별된다는 것이다. 이러한 보고가 '어른'에게는 전체적으로 의미파악이 되는 반면 아동 독자에게는 파악되지 않은 상태로 남게 되기도 한다. 동화는 아동 수신자들의 경우 이해하지 못한 채 지나칠 수 있도록 만들어졌다는 것이다. 따라서 아동 수신자에게 적합하지 않은 시그널도 있을 수 있고 아동 수신자들은 독서체험에 있어서 전혀 아무런 방해도 받지 않은 채 이러한 시그널을 눈치 채지 못하고 넘어가 버릴 수도 있다.

아동이 이해하기에 버거운 아동·청소년 문학작품도 있을 수 있다. 그러나 그 작품은 아동 독자를 대상으로 하는 것이기에 아동을 그 독자로 간주한다면 그것은 아동 도서에 어울리는 말로 쓰여야 한다. 따라서 그러한 작품은 두 명의 내재된 (본래의) 독자를 제시하게 된다. 즉 내재적인 성인 독자가 추상적 독자와 일치할 수 있는 반면에 내재적인 아동 독자는 추상적 독자에 미치지 못하게 된다. 따라서 이러한 경우, 두 개의 서로 다른 내재된 (본래의) 독자를 통해 텍스트 내적인 차원에서 마련된 서로 다른 독자역할도 문학 외적으로 서로 다른 수신자 집단에 상응한다. 이러한 유형의 다중적으로 발송된 아동·청소년 문학은 명확하거나 단일한 의미를 지니게 되는 것이 아니라 뜻이 모호하면서도 이중적 의미를 내포하는 보고를 전하게 된다. 물론 그와 같은 보고는 성인 수신자들에게 있어서는 이해될 수 있는 것이다. 우리는 여기서 **다중적으로 발송되고 중의적인 아동·청소년 문학**에 관해 논하고자 한다(주45).

18세기와 19세기 초의 문학적 동화는 이러한 유형의 아동·청소년 문학을 가장 잘 구현한 것으로 여겨진다(Ewers. 1986, 1990, 20 이하). 빌란트나 무조이스, 틱, 브렌타노, 콘테싸, 푸케, 호프만, 뫼리케 그리고 안데르센의 동화들은 대부분-파라 텍스트적 시그널이 증명하는 바와 같이-아동과 성인을 동시에 대상으로 삼았던 것들이다. 하지만 이것들은 두 독자집단에게 각각 다른 읽을거리를 제공했다. 아동이나 일부 청소년 독자들은 불가사의한 사건이나 주인공의 놀라운 운명 등이 그 중심을 이루는 기묘하고도 모험적인 줄거리를 가진 도서를 선택하고 그에 반해 성인 독자들은 유머러스하면서도 화자의 자기 성찰적인 생각을 드러낸 도서를 선택하려 한다. 이런 경우 동화적인 서사문학에 있어서 단순하다는 느낌을 불러일으키는 화술의 이면에 보다 깊고 **숨겨진** 의미를 지닌 두 번째 차원이 나타나게 된다. 바로 이러한 두 번째 의미 차원에 대해 아동 독자들은 전혀 눈치를 채지 못한다. 왜냐하면 그들은 일어난 사건 자체와 동화의 **겉으로 드러나는** 측면에만 주목을 하기 때문이다. 다중적으로 발송된 이러한 형태의 아동·청소년 문학에 필수적인 전제조건은 의미적인 측면에서 적당한 균형을 맞추는 것이다. 그러한 난해한 장치는 그리 광범위하지 않고 그저 동화의 군데군데 부분적으로 있을 뿐이다. 동화는 대부분 아동에게 겉으로 드러나는 도서들이며 부분적으로는 유머러스하거나 풍자적이고 또 부분적으로 심오한 뜻을 그때그때 나타낼 수 있다.

한 작품의 다중발송은 일반적으로 파라 텍스트상의 명백한 시그널로 표현될 수 있다 (표제, 부제, 서문, 표지 앞쪽 짧막한 문구 등등). 또한 그때그때 텍스트 내에서 그에 따른 지시들이 나타난다. 예를 들어 화자는 이중의 독자, 즉 아동과 성인 독자를 지향할 수 있다. 어떤 문학텍스트가 단의적 보고인지 중의적 보고인지의 여부는 바로 독자를 통한 텍스트 해석에 달려있는 것이다. 여기에서 특정한 텍스트 시그널은 어느 정도 해결의 실마리 역할을 한다-여기에서는 반어적 시그널로 언급될 수도 있다-. 하지만 이러한 텍스트 시그널은 파라 텍스트 내에서 (때에 따라 텍스트 내에서) 다중발송을 나타내는 시그널보다 그리 분명하지 않다. 문학적 보고에 있어서 텍스트 부분의 다중발송과 중의성은 서로 다른 두 개의 사태이므로 결코 서로 연결되어 있는 것이 아니다. **단의적**인 문학적 보고들도 **다중적**으로 발송될 수 있다는 것을 우리는 이미 확인하였다. 역으로 중의적인 문학적 보고들이 단일한 발송과정을 갖출 수 있을지에 대한 의문이 생길 수 있다. 이런 경우 우리는 다중적으로 발송된 아동·청소년 문학의 영역을 떠나긴 하지만 성인도서의 역할도 하는 아동·청소년문학의 영역을 벗어나긴 않을 것이다.

중의적인 아동·청소년 문학보고의 원저자이자 발신자가 중의적 보고에 적합한 이중발송과정을 취하지 않는 이유는 무엇인가? 이는 문학에 있어서 숨겨진 의미들은 매우 빈번하게 찾아 볼 수 있는 현상이기 때문에 중의적 의미를 한 작품에서 그대로 내포한 채 두는 것일 수도 있고, 또한 암암리에 행해지는 이념적인 전략일 수도 있다. 예를 들어 은밀하고 정책적인 보고들로 이루어진 아동도서들은 그것들이 겉보기에는 아동 외에 또 다른 수신자들에 관해서는 관심이 없는 것처럼 보임으로써 예기치 않은 검열을 피하려고 애쓴다. 그밖에 이는 겉으로 수신자에 대한 언급을 하지 않음으로 해서 아동독자들이 자신들을 대상으로 한 문학매체 속에 또 다른 이들을 대상으로 한 보고들이 전달된다는 사실을 모르도록 배려하는 것일 수도 있다. 아동·청소년 문학 보고의 원저자이자 발신자는 그들의 이러한 아동독자들에 대한 배려로 인해 숨겨진 의미를 담은 보고가 성인들에게 전달되지 못하리라는 위험을 감수한다. 사실상 무수히 많은 아동·청소년 문학 작품들이 성인들을 위한 보고를 담고 있고 이로써 성인용도서로도 이용될 수 있다. 그러나 많은 사람들이 이러한 사실을 눈치 채지 못하거나 이해하지 못할 수도 있다. 따라서 아동·청소년 문학작품의 중의성은 종종 전문가들이나 애호가들처럼 한정된 범주에서만 알려져 있다.

그러나 일련의 고전적인 아동·청소년 문학작품들의 경우에는 그 보고의 중의성이 확연하다. 우리는 호프만의 아동메르헨 『호두까기 인형과 쥐들의 왕 *Nuß knacker und Mausekönig*』과 『낯선 아이 *Das fremde Kind*』를 그 예로 들고자 한다. 이 두 작품은

1816년과 1817년에 삽화를 포함한 두 권의 『아동-메르헨*Kinder -Märchen*』모음집에 콘테싸와 푸케의 작품 두 편씩과 함께 발표되었다. 이 모음집은 단일하게 발송되어 파라 텍스트 상에서 볼 때 성인 독자들과 아동 독자들에게 동일한 보고로 제공된다. 익명으로 출간된 아동메르헨모음집에 결부되어 있는 여러 가지 숨바꼭질 장치들 중 몇 가지를 호프만은 일찍이 포기하였다. 1819년 초『제라피온의 형제들*Serapionsbrüder*』가운데 처음 두 권은 『서사문학과 메르헨 모음집』이라는 부제를 달고 출간되었던 것이다. 이 작품들은 성인들 앞에서도 낭독되고 성인용도서로도 지칭된다. 제라피온의 형제 모임에서는 아동에게 적합하거나 적합하지 않은 작품으로서, 그리고 성인들을 위해서도 나름대로 고유한 의미를 지니고 있는 반어적이고 의미심장한 문학작품으로서 이 작품을 낭독하고 토론한다. 물론 그와 같은 것들은 중의적이지만 이중으로 발송되지 않은 모든 아동 · 청소년문학 작품에 해당되었던 것은 아니다. 그 때문에 이런 경우에 고유의 범주를 마련하는 것이 타당하다고 여겨진다. 이에 우리는 외형적으로는 아동과 청소년들을 대상으로 하지만 아동 · 청소년과 성인 모두에게 제공되는 것을 간단히 **중의적 아동 · 청소년문학**이라 할 것을 제안한다(주46).

호프만의 아동메르헨에서 나타난 것은 일련의 아동문학작품들에서도 반복되었고, 이러한 작품들의 중의성은 보다 큰 범주의 여론에 의해 발견되어졌다. 루이스 캐롤Lewis Carrol의 『이상한 나라의 앨리스*Alice's Adventures in Wonderland*』(1865) 그리고 『거울나라의 앨리스*Through the Looking-Glass And What Alice Found There*』(1872) 가 이에 해당하는 것으로 언급될 수 있을 것이다. 보통 이러한 경우에는 아동 · 청소년 판과 성인 판이 동시에 시장에 출간되는 이중 간행형태가 나타난다. 그럴 경우 이 작품들에는 두 개의 서로 다른 문학적 행위 시스템 속에서 하나의 역할을 할 수 있기 위한 외적인 전제조건들이 주어지게 된다. 아울러 그 작품들의 지위는 더 이상 분명하지 않고 두 개의 가치를 동시에 지니게 되는 것이다(Shavit 1986). 그와 같이 두 개의 가치를 동시에 지니는 작품들은 아동·청소년 문학과 일반문학, 이 두 개의 영역에서 완전히 독자적인 영향사와 해석사를 지니게 된다. 그림형제의 『어린이와 가정을 위한 동화』는 빌란트부터 안데르센과 테오도르 슈토름에 이르기까지 대부분 이중으로 발송된 메르헨문학과 아울러서 좋은 본보기가 될 수 있을 것이다. 이러한 작품들을 일반 문학적으로 전달하고 가공한 작품들은 아동·청소년 문학적 측면에 관해 대개 어떠한 주의도 기울이지 않는다.

제 5 장

아동·청소년 문학의 작가유형:
교육작가에서 유년동화작가로

아동·청소년 문학의 작가 유형:
교육작가에서 유년동화작가로

이 장에서는 아동·청소년 문학 영역에서 등장하는 몇 가지 작가 유형을 소개하겠다. 이제까지의 모든 장에서 이미 작가에 관한 언급이 있었다. 제1장에서 작가는 아동과 청소년 문학의 수집된 텍스트 자료의 생산자로 소개되었다. 작가 스스로 아동과 청소년용이라고 결정한 텍스트를 만든다는 점에 있어서, 작가는 아동과 청소년을 대상으로 한 수집된 텍스트 자료를 만들어낸다(주8). 제2장에서는 아동·청소년 도서의 유통과 평가 시스템을 중점적으로 다루었기 때문에, 작가는 간단히 언급만 되었고 작가의 역할이 뿌리내리고 있는 생산적인 행위체계, 다시 말해 '아동·청소년 문학 텍스트의 생산, 편집, 개작'이라는 행위체계가 최소한으로 언급되었다(도표6 참조). 제3장에서는 작가와 그의 생산물과의 관계가 다루어졌다. 텍스트의 전승형태인 '구비전승'과 '기록전승'에서 텍스트의 권한은 공동체나 편집자에게 넘어가는 반면, '문헌'이라는 적용범례에 따라 작가의 사후에 출판된 작품은 작가에게 그 권한이 있다. 끝으로 제4장에서 작가는 의사소통의 기능에서, 말하자면 아동·청소년 문학 보고의 원저자로 간주되었다.

이 장에서는 다시 한 번 방식을 달리하겠다. 더 이상 처음 제 3장처럼 행위(체계) 이론으로 다루지 않을 것이며 제4장에서처럼 의사소통 이론으로 다루지도 않을 것이다. 여기에서는 아동 · 청소년 작가의 특정한 행위기능, 특정한 역할이 어떤 상이한 특색을 가지고 있느냐에 따라 관찰하고자 한다. 아울러 아동 · 청소년 작가의 역할을 구별하여 소개하고자 한다. 그러한 구별은 작가의 활동기능에서 생기는 것도, 의사소통 기능에서 생기는 것도 아니다. 그것은 오히려 아동 · 청소년 문학을 창작하는 특별한 출발상황에서 생기는가 하면, 아동 · 청소년 문학작품이 갖는 그때마다의 성격과 작품을 쓴 의도에서 생기기도 한다. 이번에 다루고자하는 방식은 유형학적 방식이다. 아동 · 청소년 작가를 한 번은 작가의 '탄생장면'에 따라, 또 한 번은 작가의 성격과 작가의 근본적 의도에 따라 구분하여 이차원적 작가 유형학을 전개해나가고자 한다.

1. 사교적인 문학 전달자에서 은둔작가로

18세기에 작가의 지위가 일반적으로 크게 개선된 점에 대해 이미 수차례 언급했다. 그러나 이 시대에 일반문학의 대중화가 확립되면서 탁월한 재능을 지닌 작가는 그저 문학의 생산자로, 작가의 문학창작물은 **작가의** 견해를 드러낸 글, 작가의 작품으로 간주되었다. 작가는 클롭슈톡Klopstock을 통해 성직자뿐만 아니라 '예언자'의 서열로 승격되었고, 얼마 지나지 않아 일어난 질풍노도시대를 통해 "작가를 천재시인이라 현혹"(Bogdal 1995, 278)함으로써 첫 번째 전성기를 맞이했다. 괴테의 『문학과 진실』에는 이런 말이 나온다. "그러나 이제 천재시인이 자신에 대해 자각하고 시인 고유의 환경을 스스로 만들어내고 절대적 위엄에 대한 토대를 마련할 줄 아는 시대가 되었다"(Goethe 1981, 9권, 398). 재차 언급되는 교육자들의 불안 속에서 이 시대 청소년에게 천재운동이 어떤 매력을 지녔는지가 드러난다. 전능한 천재의 모습에서 청소년들은 점차 전능에 대한 환상을 키워나갔고, 이러한 환상은 안정적이지만 천편일률적인 시민 직업 대신 모험적인 작가의 세계로 발을 들여놓을 생각을 하게 하였다. ─일반문학 영역에서의 작가의 권력과 힘, 영향력이 더욱 커져가면서, 아동·청소년 문학 영역에서의 작가 또한 더 이상 하찮게 여겨지지 않았다. 그 때문에 아동·청소년 작가를 천재시인과 아무런 연관 없는 독특한 작가로 설명하는 게 필요하다고 보았다. 아동과 청소년을 위해 글을 쓰는 사람들을 하나의 작가군으로 구분한 역사는 독일에서 1770년대 말에 시작된다. 이 시대 두 명의 위대한 아동·청소년 작가, 크리스티안 펠릭스 바이쎄Christian Felix Weiβe와 요아힘 하인리히 캄페Joachim Heinrich Campe의 경우에서 볼 때, 이러한 역사는 적어도 천재운동의 영향으로 해석될 수 있다.

1.1 교육작가의 작가유형

천재운동에 반대하는 논쟁에서 계몽주의 교육자들은 소위 문하생들의 안녕에만 주목한 것은 아니다. 그들은 지나친 권력을 가진 천재를 깎아내리면서, 자신들의 정체성과 프로필을 책임의식이 있는 "교육작가"(Baur 1790), "아동작가" 또는 "청소년작가"(1786, 15, 5)─이렇게 동시대적 칭호를 몇 가지 사용하여─로 밝힌다. 1790년 사전의 발행인은 최초의 사전을 만들어 그들에게 헌정하면서, 자신이 비록 "사회생활과 가정생활에서의 특징을 묘사하는데 그리 관여하지 않았지만"(Baur 1790, XI), 이는 "괜한 아첨(같은 책, V)"할 생각은 없다는 것과 관련 있다고 강조했다. 교육작가는 어떠한 대표성도 필요로 하지 않는다. 그러니까 교육작가의 '본성'은 소위 천재처럼 인간에 대해 말하기 위해 자기 자신에 대해서만 이야기하고 오로지 자신의 주관적 실존만을 표현할 필요가 있는 '모범정신'으로 규정되어 있지 않다. 즉, 이 말은 천재는 개인적으로 존재하면서 가장 절대적으로 가장 독창적이며 가장 창조적인 특징을 지닌 인류를 대표한다는 것이다. 그 때문에 천재적인 작가의 '탄생시점', '탄생장면' 역시 지극히 개인적이고 아주 은밀한 것이다. 그것은 대부분 청소년기에 권위 혹은 사회와의 갈등에서, 자연이나 첫사랑의 경험에서 자기 확신과 정체성을 경험하는 첫 번째 순간들이며, 이러한 순간들은 나중에 은밀하게 종이에 기록되는 것이다.

교육작가의 경우는 이와는 완전히 다르다. 교육작가는 자아도취나 에고티즘으로부터 자유롭지만은 않다. 그의 '탄생시점'은 성격이 아주 다르다. 그의 **'탄생장면'**은 개인적이지 않고 **사회적인 성격**을 띤다. 크리스티안 펠릭스 바이쎄를 예로 들어보자. 그는 1765년 39살에 처음으로 아버지가 되었다. "아버지가 된 것에 대한 그의 내면의 기쁨과 어린아이에 대한 애착 때문에, 그는 종종 아이 곁에 있었고 유모가 부르는 밋밋한 노래를 듣게 되었다. 이 일을 계기로 그는 아이들을 위해 도덕적 내용을 담은 짤막한 노래를 만들기로 결심하였다"(Weiße 1806, 129 '어린이를 위한 노래'는 1767년에 발표되었다). 몇 년 후 그 과정이 반복된다. "바이쎄와 그의 부인이 딸과 아들에게 읽기를 가르치려고 했을 때 그들은 처음으로 좀더 나은 초보자용 도서가 필요하며 처음에 읽을 만한 소책자가 부족하다는 것을 깨달았고, 그로 인해 어린아이들을 위해 적절한 알파벳 책과 읽기 책을 만들 생각을 하였다"(같은 책, 170). 바로 이점에서 **시민 가정생활의 결정적 장면**에서 아동 서정 시인과 초보자용 도서 작가가 **탄생**한 것을 볼 수 있다.

그러나 바이쎄의 경우, 작가의 개인적인 동기로 단순하게 글을 쓰게 되었다는 점이 밝혀졌다. 동시모음집은 주문을 받아서 한 일이었다. 한 덴마크의 작곡가가 바이쎄에게 "어린이들이 부를, 도덕적 내용을 담은 짤막한 노래 수십 편을 만들어 달라"고 부탁했다(Pape 1981, 159). 초보자용 도서의 경우는 오히려 바이쎄에게 읽기 책 프로젝트를 함께 하자고 요청했던 바제도Basedow와의 친분이 결정적 역할을 했다. 바이쎄 자신의 작품은 바제도를 위한 작업에서 부차적 생산물로 나온 것으로 보인다(같은 책, 160). 1775 년 이후 발표된 그의 걸작 『어린이들의 벗』의 경우, 바이쎄는 나중에 전기적 동기가 '속임수'였음을 솔직하게 고백한다. 바이쎄는 틀 이야기로 기능하는 가족 이야기를 영국의 도덕 주간지 『The Spectator』에서 보고 알았지만, 그 일에 대해 독자가 아무 것도 눈치 채지 못하게 했다. 그는 "독자들이 이 가족을 좋아하게 하는데 성공했다. 독자들은 바이쎄보다도 그 가족을 더 많이 사랑한다. 그리고 묘사된 것이 그의 가족이며, 그의 가족의 삶과 행동이고, 그의 가족이 가르치고 배우는 것이며, 그의 가족의 일이며 즐거움이라고 속이는데 성공했다"(Weiße 1806, 185). 예를 들어 캄페의 『소년 로빈슨』을 살펴보면, 이런 속임수를 사용하는 일이 결코 바이쎄 혼자만은 아니라는 것을 알 수 있다. 자칭 "실제 가족의 진솔한 모습"이라고 하는 『소년 로빈슨』의 가족의 틀 이야기 역시 "실제 […] 인물"과 "대개 실제로 벌어지는 대화"를 근거로 한다고 내세우고 있다(Campe 1981, 14).

이렇게 글 속에 자기 자신을 드러내는 것, 즉 작가 자신의 연출은 어떤 의미가 있을까? 현대 사회에서 개인은 점차 생각지도 않게 직업을 선택한다. 재능이 있을 경우 그 재능이 정식 직업에 수용될 수 있는지 여부는 다소 우연한 만남과 관계의 일이다. 현대에 작가 자신의 연출은 보다시피 자신의 전기를 심각하게 변형하는 우연성에 대한 반응이다. 모스크바에서 벤노 플루드라 Benno Pludra가 아동작가가 된 계기를 이야기하자, 한 '숙녀'는 불만을 품었다. "공모전을 통해 내가 이 길에 들어섰던 것이 그녀의 마음에 들지 않았다. 그녀는 내면의 격정이 없음을 안타까워했다"(Pludra 1993, 9). 이 영역에서 사실에 대한 무자비한 진실은 대부분 우연성만을 드러내고 누군가를 불만족스럽게 하는 보잘 것 없는 직업의 역사로 이야기를 끌고 간다. 글쓰기의 '진실한' 혹은 '내면의' 전기적 동기를 나중에 밝히는 일은, 그것을 통해 그 동기들이 날조된 것으로 빈번히 밝혀지더라도, 어쨌든 우리가 작가의 자서전에서 기대하는 것을 제공해준다. 즉 전기적 동기를 밝히는 일은 글 쓰는 사람과 그의 작품을 독자뿐 아니라 작가 자신에게서 정당화시키는 일임에 분명하다. 이런 종류의 전기적인 구성에서 작가는 어느 정도 자신의 '내면의 격정'을 발견하고, 그에 대한 충동이 일어나는 한 작가로서의 자아상을 마련하고, 자신을 어느 한 작가 유형에 집어넣는다.

앞서 제시된 바와 같이 교육작가의 권리를 부여하는 '탄생장면'은, 이것 역시 허구일지도 모르지만, 텍스트 혹은 글쓰기 이전에 **교육적 의도로 行하는 아이들과의 의사소통**이다. 교육작가는 아이들과의 의사소통 상황을 통해 아이들과 어떤 억양으로 이야기해야 하고, 어떤 표현방법, 어떤 비교들을 써야 하고, 어떤 텍스트 종류, 어떤 장르의 견본이 적당한지, 어느 정도로 유머나 긴장감을 삽입해야 하는지 등을 분명히 파악하고 있다. 간단히 말하자면, 어린이와의 문학적 의사소통의 '방법'을 교육작가는 그 누구보다도 자유로이 구사할 수 있다.

‘무엇을’에 대한 질문, 말하자면 의사소통의 내용, 언제 어떤 순서로 지식과 도덕규범을 전달할 것인가에 대한 질문의 대답을 교육작가는 거의 다른 사람들에게—시대에 따라 종교 지도자, 학자와 철학자, 과학자 혹은 어떤 색깔을 띠는 사회적 혹은 정치적 이념가에게—위임할 수 있고 위임해도 된다. 교육작가의 **임무**는 **전달 그 자체**일 뿐, 무조건 전달해야 할 보고를 퇴고하고 그것에 권리를 부여하는 것은 아니다. 따라서 결국엔 전달된 것이 **그가** 창작한 것인지 혹은 **그가** 꾸며낸 것인지 아닌지 역시 중요하지 않다. 다른 작품들, 즉 일반적으로 다른 사람의 작품들을 인용해도 아무 상관없다. 교육작가가 원작자이기를 기대하는 사람은 아무도 없다. 중요한 것은 오로지 전달의 성공이다. 캄페의 청소년을 위한 수많은 기행문은 두 편을 제외하면 모두 다른 작가들의 작품을 개작한 것이다. 그러나 이것은 캄페의 기행문이 이루어낸 믿을 수 없는 성공에 어떠한 문제도 되지 않았다. 캄페가 원전에 대담하게 사용했던, 청소년에게 적합하게 바꾼 글쓰기 방식은 그의 작품에 있어서 대표적인 특징이 되었다.

   바제도, 캄페 또는 잘츠만Salzmann 같은 유형의 작가들은 그저 좁은 의미에서의 단순한 문학 전달자는 결코 아니었다. 그들은 신학자, 윤리학자, 교육이론가 등 여러 역할을 수행했고, 캄페의 경우는 정치적 지식인과 시대의 감시인 역할을 수행했다. 이 점에 있어서 그들은 단순히 아이들과의 문학적 의사소통의 ‘방법’뿐만 아니라 여러 방면에서 전권을 지니고 있었다. 그들은 아동문학에 새로운 내용과 주제, 더욱이 완전히 새로운 커리큘럼을 제공했다. 그들은 사회, 교육, 아동문학의 개혁자인 동시에, 그 자신 계몽된 일반 대중들에 의해 인정받은 대가들이었다. 19세기의 교육작가 내지 아동작가 중에서 그들처럼 대단한 지위를 획득한 사람은 없었다. 학자, 비판적 지식인, 아동·청소년 작가의 통일이 붕괴되자-소위-"청소년을 대상으로 한 글쓰기"(Merget 1882, 93)는 지극히 제한되고 비교적 하찮은 일이 되었다. 아이들과 관계된 일을 하는 상당수의 사람들만이 확실히 그 일을 천직이라 느낄 수 있었다. 저작권의 실시는 '청소년 작가'가 다른 사람의 작품에서 소재와 이야기를 거리낌 없이 인용하는 일을 점차 방해하였다. 그 때문에 그들은 결국 법률적 의미에서 원작가가 되었다

1.2 아동·청소년 문학 이야기꾼의 작가유형

교육작가와 더불어 또 다른 작가상이 제시될 수 있다. 물론 이 작가상은 교육작가와 아주 밀접하게 연관되어 있어서, 둘 사이의 경계는 뚜렷하지 않다. 아동·청소년 문학이 명백한 교육 기능을 상실하면 할수록, 교육작가는 아동·청소년 문학의 이야기꾼이 된다. 아동·청소년 문학의 본질적 의도는 더 이상 가르침과 훈계가 아니라, 기쁨을 주고 시간을 즐겁게 보내도록 해주는 것이다. 다음의 예로 제시되는 아동문학 이야기꾼의 탄생환경이 보여주는 것처럼, 두 작가 유형의 탄생시점 혹은 탄생장면은 서로 비슷하다. "1941년 당시 7살이던 내 딸 카린은 폐렴으로 누워있었다. 매일 저녁 내가 침대 머리맡에 앉을 때마다, 카린은 여느 아이들처럼 떼를 썼다. '옛날이야기해 주세요!' 그러던 어느 날 저녁 나는 완전히 기진맥진하여 카린에게 물었다. '대체 무슨 얘기를 해줄까?' 그러자 카린이 대답했다. '말괄량이 삐삐 이야기해 주세요!' […] 나는 말괄량이 삐삐가 누구인지 묻지도 않고 그냥 이야기를 시작했다[…]"(Lindgren 1977, 41 이하)-"언젠가 […] 나는 물의 요정에 대해 내 아이들에게 이야기해 주었다. 아이들은 이 이야기를 […] 좋아했고 이야기에 푹 빠져들었다. 다음 날

아침 […] 당시 4살이던 내 큰 딸 레나테가 와서 물었다. '오늘 저녁에도 저희들에게 물의 요정 얘기 또 해주실 거죠, 그렇죠? […]' 그렇게 시작되었다. 나는 늘 새로운 이야기를 해주어야 했고 […], 어느 날 그 이야기들을 글로 쓸 수도 있겠다고 생각하기에 이르렀다"(Preußler 1957, 262 이하). 물론 프로이슬러의 경우에는 사전에 그에게 이야기꾼이라는 이름이 붙게 만든 계기가 있다. 즉 도라 할머니 댁에서 "옛날 이야기하기"로 채워졌던 "신비로운 시간들"이 있었던 것이다(Preußler 1976, 11). 전해져오는 이야기에 따르면 프로이슬러는 소년이었을 때 할머니의 이야기를 경청했고, 그 덕분에 "이야기를 하는 재능이 그에게 저절로 생겨났다"(Benjamin 1977, 447). "이야기하는 재능이 엮어진 그물[…]"(같은 책)은 뇌스틀링어의 경우에도 견고하게 짜여진 듯 보인다. "나는 물론 유능한 이야기꾼, 즉 입으로 이야기를 전하는 이야기꾼 집안출신이다. 내 할아버지와 할머니, 아버지와 어머니, 그들 모두 나에게 내 어린 시절 내내 옛날이야기를 들려주셨다"(Nöstlinger 1996, 104).

교육작가가 문학의 전달자로서만 전권을 지니듯이, 아동·청소년 문학의 이야기꾼 역시 아동과 청소년 청자 혹은 독자에게 알맞게 이야기하는 재능만 갖고 있다. 그러나 꾸며내는 재능은 반드시 가지고 있는 것은 아니다. 종종 아동·청소년 문학의 이야기꾼은 자신의 임무를 옛날부터 전해오는 민담, 전설, 해학을 어린이와 청소년에게 새로운 방식으로-때로는 글자 그대로-전해주는데 있다고 본다. "(나는) 별 생각 없이 물의 요정을 아이들 주변에, 우리가 가끔 수영하는 제방 뒤의 물방앗간 연못 같은 곳으로 옮겨놓았다"고 프로이슬러는 말한다(Preußler 1957, 262). 그러나 유명한 역사적 사건들, 탐험여행, 식민지 개척 모험, 원정대, 탐정 사건 등을 다룰 때도 있다. 그런 것들은 아동·청소년 문학의 이야기꾼이 장악하기도 전에, 이미 일반적으로 기록되었고 문학적으로 수없이 활용되었다. 꾸밈없이 솔직한 교육작가에게 "어린이와 청소년을 가르치기 위해 개작한다"는 꼬리표가 붙는다면, 별다른 야심 없는 아동·청소년 문학의 이야기꾼에게는 "어린이와 청소년들을 위해 새롭게 이야기한다"는 꼬리표가 붙을 것이다. 이 말이 아동·청소년 문학의 이야기꾼 중에 독창적인 생각을 가진 사람들, 말하자면 위대한 작가들이 과거에도 없었고 현재에도 없다는 것을 의미해서는 안 된다. 그러나 넓게 보자면 아동·청소년 문학의 이야기꾼의 역할은 —교육작가의 경우와 비슷하게- 보잘것없었다.

문학적인 교육자와 아동·청소년 문학의 이야기꾼에 대해 설명한 모습들은 궁극적으로 몇 가지 포괄적인 관점에서 보충되어야 한다. 이 두 가지 작가 유형은 모두 **작가가 된 중개자**이다. 두 가지 경우에서 **'탄생장면'**은 말하자면 **중개상황**을 의미한다. 중개기능이 우선적으로 두드러진 반면, 작가의 기능은 중개기능에서, 즉 중개상황의 결핍을 극복하는 것으로서 생겨난다. 중개자에게는 그때그때 문제로 삼을 만한 이야깃거리나 읽을거리를 적당하게 다듬는 능력이 부족할 수 있다. 이는 중개자가 작가로 활동하기 위해 필수적인 것이다. 이 두 가지 작가 유형에 공통적인 것은 **전달하는 작가들**, 말하자면 원칙적으로 제시하는 방식에만 책임감을 느껴야 하고 중개할 소재에까지 반드시 책임감을 느낄 필요는 없는 작가들이라는 점이다. 앞서 제시된 '탄생장면'의 경우 전적으로 **가족의 중개상황**과 관련된다. 여기에는 비전문적인 개인 중개자, 좀더 구체적으로 아버지, 어머니들이 연관되어 있다. (시민)가정의 품안에서 아동·청소년문학 작가가 탄생한 것,

말하자면 어느 정도 **아버지 혹은 어머니의 역할**이 '자연스럽게' **연장**되어 **아동·청소년 문학의 작가 유형**이 탄생한 것은 바람직한 것으로 여겨지고 더 나아가 그 본래의 근원장면을 추후에 꾸며내는 것에도 전혀 거리낌이 없을 정도로 그렇게 완전히 이상적인 것처럼 보인다.

이때 현실은 종종 아주 다르게만 보인다. 흔히 가족의 중개 상황보다 **전문적인 중개 상황**이 아동·청소년 문학 작가 본래의 동기를 표현할 수도 있다. 어린이와 청소년을 위해 글을 쓰는 사람들은 '순수한' 아버지와 어머니보다는 오히려 교육자, 가정교사, 정보제공자, 입주 가정 여교사, 유치원 보모, 목사, 학교의 (종교를 담당하거나 종교 이외의 과목을 담당하는) 교사, 교사 양성자, 교육학 교수, 아동·청소년 도서 판매원과 사서로 보충되었다. 그들 모두 직업을 떠나서 볼 때 아버지와 어머니일 수도 있다. 상이한 행위범주에서 비롯된 다양한 중개자 그룹과 아동·청소년 문학 작가들 사이의 합동극이 전체적으로 보았을 때 이렇다 할 마찰 없이 진행되는 데 대한 결정적 원인을 바로 이점에서 찾는다면 틀리지 않을 것이다. 아동·청소년 작가의 대부분은 과거에 활동했거나 현재에도 활동하는 중개자 자신이다. ―바로 이 점이 아동·청소년 문학이 중개자 문학이라는 또 하나의 증거이다. 이 경우 중개자에 의해 조정될 뿐만 아니라 광범위하게 창작되기도 하는 문학, 말하자면 저자가 대부분 중개자로 이루어지는 문학을 의미한다.

1.3 은둔 작가로서의 아동·청소년 문학 작가

은둔하여 글을 쓰는 것은 이미 18세기 후반의 천재작가에 의해서 잘 알려졌다. 이때의 집필은 독자와의 의사소통보다는 자신과의 대화로, 부득이한 경우에는 (부재중인)애인이나 마음이 통하는 친구와의 친밀한 대화로 간주되었다. 시작(詩作)은 자신과 관련되며 자족적인 마음의 표현이라 말한다. 20세기에 발터 벤야민은 은거하면서 글을 쓰는 것을 소설가의 탄생장면으로 규정했다. "소설가는 은거생활을 했다. 소설이 탄생하는 곳은 고독에 빠진 작가 개인의 마음속이며, 그 개인은 자신의 가장 큰 관심사에 대해 더 이상 예를 들어가며 표현할 수 없고, 직접 충고를 받거나 충고할 수도 없다"(Benjamin 1977, 443). 고독과 은거 또한 창작의 토대가 되고 그 속에서 나온 시나 문학의 성격과 관련이 있다하더라도, 그것은 순전히 겉으로 보기에 기록문학과 도서매체의 의사소통에 기본이 되는, 지나치게 길어진 담화상황의 본질적인 특징에 속한다. 작가는 수신자의 부재 속에서 자신의 보고를 명확히 표현한다. 즉 처음부터 수신자 없이 고립된 채 있다.

엄밀한 의미에서 그러한 집필상황은 이미 앞서 기술한 두 가지 작가 유형에서도 있었다. 그러나 여기에서 그러한 집필상황은 앞서 언급한 (실제의 혹은 허구의)사교적인 문학적 의사소통의 재생산물로서 간주된다. 사교적인 문학적 의사소통이란 본래 의사소통의 두드러진 기능으로 간주되었다. 여기에서 책의 의사소통은 단순한 기록으로써, 말하자면 사교모임에서 입에서 입으로 전해지던 것을 추후에 문서화한 것으로 보인다. 이점에 있어서 우리는 전적으로 위장, 즉 문학적 의사소통 조건들의 의식적인 은폐라 해도 될 것이다. 아동·청소년 문학 영역에서도 텍스트 생산자는 이러한 위장 임무를 띠고 **은둔작가**로 인정된다. 그는 자격을 인정받기 위해 더 이상 사전의 (실제든 혹은 거짓으로 꾸며진 것이든)문학적 교육상황 혹은 이야기 상황을 필요로 하지 않다. 이로써 문학생산자와 문학중개자의 역할을 작업 영역에 따라 세분화하기 위한 외부조건들이 주어진다. 달리 표현하자면, **아동 · 청소년 문학 작가군의 전문화**를 위한 전제조건들이 주어진다. 이들은 더 이상 다른 역할들-교사나 교육자, 유치원 선생, 노련하게 이야기를 하는 아버지/어머니 등의 역할-에서 자신의 권위를 빌려와서는 안 되고 전기적으로도 이러한 영역에서 선행되는 검증과정을 더 이상 필요로 하지 않는다.

2. 상이한 유년동화작가 유형으로서의 아동 문학 작가들

이번에는 다양한 작가 유형에 있어서 작가의 역할을 다른 성질로 구별하려고 한다. 이제까지 전개된 작가 유형은 '탄생장면'이라 이름 붙여진 상이한 사건의 배경에서 생겨났다. 그러나 작가가 만들어낸 **작품**과 그와 관련된 근본적인 **의도**들도 작가 유형학에 대한 연관점으로 이용될 수 있다. 그러므로 아동 · 청소년작가를 그들이 선호하거나 전적으로 사용하는 장르에 따라서 분류할 수도 있고, 아동 서정시인, 아동 · 청소년 극작가 혹은 아동청소년 소설가로 구분할 수도 있으며, 그 외에 "동요작가"(Köster), "동화작가", "아동소설가"(Merget), 소녀문학 작가 혹은 "청소년문학 여류작가"(Merget), 청소년소설가, 그림책작가, 초보자를 위한 도서작가 혹은 아동 · 청소년 실용서 작가 등으로 더 자세하게 언급할 수도 있다. 근본적인 의도에 따라서는 가령 "청소년을 위한 교훈 작가"(Merget), 참여 작가와 아동 · 청소년 통속작가로 구분할 수도 있을 것이다. 다음에서는 작품과 의도라는 두 가지 연관점이 서로 결합되어 있는 작가 유형을 한 가지 더 설명하려고 한다. 작품과의 연관성에서는 주제상의 제한을 출발점으로 삼으려 한다. 즉, 작품 속에서 유년을 주제로 삼고 그로 인해 **유년동화작가**로 명명될 수 있는 아동 · 청소년 작가에 주목해보고자 한다. 아동·청소년 작가 중에서 유년동화작가로 제한된 작가 유형은 전체 영역을 아우르지는 않으며, 특히 청소년이나 어른에 관한 작품 활동을 우선으로 하는 작가들은 배제한다. 그러나 이것은 18세기 이후 근대 아동문학의 중심테마로 떠오르고 다른 영역들에 대해서도 모델 성격을 갖는 유형학적인 차이를 보인다. 따라서 다음에서는 아동·청소년 문학 영역에 등장하는 어린이의 존재를 문학적으로 구성하는 사람으로서 **상이한 유년동화작가 유형**의 차이에 대해 다루고자 한다. 동시에 그러한 차이는 유년의 서술과 관련된 서로 다른 **의도**들에서 생겨난다.

2.1 교육적인 유년동화작가

여기에서는 어린이 독자를 **교육하려는 의도**를 가지고 **유년을 서술**하는 작가 유형을 다루고자 한다. 교육적인 유년동화작가는 기본적으로 두 가지 선택을 할 수 있다. 그는 자신이 관찰한 **어린이 수신자의 실제의 삶**을 묘사하거나 혹은 **이상적인 유년**을 그릴 수 있다. 어린이 실제의 삶을 묘사할 경우 작가는 교육과정에서 유년시절을 생생하게 그려내고, 교육 담당자의 지시를 잘 따라 행복하게 사는 어린이 등장인물이나 지시를 어겨 손해를 보는 어린이 등장인물을 제시한다. 따라서 작가는 **어린이가 등장인물인** (긍정적 혹은 부정적으로 진행되는) **교육 이야기**의 형태로 유년동화를 제공하고, 어린이 독자들이 이 이야기를 하나의 본보기로 삼길 기대한다. 교육과정을 비평하여 전달하는 것이 작가의 일차적인 목표는 아니다. 작가의 교육적 이야기는 물론 교육적인 의도에서 비롯된다. 그 이야기들은 목표 대상인 어린이 독자들에게 교육의 필요성에 대한 인식을 전하고, 교육을 받고 이러저러한 규정을 따를 준비를 하도록 장려해야 한다. ─두 번째로 이상적인 유년에 대해 그릴 경우 문학적 아동교육자는 이미 교육받은, **이상적인 어린이**의 상, 말하자면 완벽하게 교육받은 어린이를 제시한다. 이것 역시 교육적인 의도에서 비롯된다. 규범대로 행동하는 어린이 등장인물은 목표 대상인 어린이 독자들에게 본받을 가치가 있는 **전형**이어야 한다. 대부분의 경우에 두 가지 가능성이 서로 결합되어있다. 즉, 교육에 따르거나 반항하는 (다소 현실적으로 그려진) 어린이 등장인물은 전형으로서 작용해야 하는 어린이 등장인물과 나란히 등장한다.

교육적인 유년동화작가는 유년동화작가이지만 일차적으로는 문학적 교육자이다. 다시 말해서 현실적인 어린이든 이상적인 어린이든 간에 문학적으로 재현하는 것은 그 자신을 위해서가 아니라, 목표 대상인 어린이 독자들에게 영향을 끼치려는 의도에서 비롯되는 것이다. 따라서 그것은 목적을 위한 수단이다. 때문에 문학적 아동교육자들은 반드시 어린이다운 생각, 느낌, 체험, 행동을 섬세하게 탐색해내는 데에 욕심을 내지 않는다. 유년은 그들에 의해 단지 목표달성에 도움이 되는 정도로, 즉 텍스트의 교육적인 효과에 필요한 정도로만 재현되어야 한다. 따라서 유년의 묘사는 독창성이나 신빙성을 가질 필요는 없다. 문학적 아동교육자는 전적으로 그 시대의 모범상을 이용할 수 있다. 그렇다고 해서 독창성이나 신빙성을 가진 유년 묘사가 배제되어서는 안 된다. 교육적인 유년동화작가 유형의 아동작가는 독창적이고 신빙성 있는 유년 또한 묘사할 수 있다. 크리스티안 펠릭스 바이쎄와 같은 사람이 이에 해당한다고 할 수 있다. 그러나 교육적인 유년동화작가는 독창적이고 믿을 만한 유년 묘사를 우선시하지 않는다. 바로 이점에서 이들은 자기 자신의 유년을 문학적으로 재현하는 것을 최고 목표로 삼는 다른 유형의 유년동화작가와 구분된다.

2.2 순수한 유년동화작가

18세기 후반의 천재 문학이 (청소년의 생활감정을 형상화한다는 의미에서) 대부분 청소년 문학으로 지칭될 수 있는 것은 의문의 여지가 없다. 그러나 천재 문학이 어느 정도는 유년동화였다는 사실은 그리 알려져 있지 않다. 작품의 중심에 있는 천재적인 젊은이는, 자신의 유년시절과 자신의 주위에 있던 어린이와 밀접한 관계를 지니고 있다. 천재적이고 시적인 인간의 이러한 측면은 베르테르의 특징인 유년시절에 대한 동경과 아이에 대한 사랑 속에서 가장 탁월하게 문학적으로 형상화되었을 것이다. 후기 낭만주의자들은 인간의 이러한 측면에 중점을 두고 청소년이나 성인이 되어서도 여전히 어린아이로 머물러 있으면서 어린아이의 천진난만함과 솔직함, 순수함을 간직했던 사람만이 진정한 인간이자 작가일 수 있다고 여겼다.

이 경우 어린이의 생활방식을 따르고, 어린이처럼 되고자 하고 결정적으로 어린이처럼 글을 쓰려고, 말하자면 완전히 **어린이처럼 순수하게 글을 쓰려고** 시도하면 할수록 위대한 작가가 되는 것이다. 그러한 작가는 유년을 직접적이고 확실하고 시적으로 표현할 수 있다. 그러한 어린이의 사고방식에서 만들어지고 동시에 어린이에게 이상적인 읽을거리를 제공하는 작가의 작품들은 일찍이 아동문학 중개자들에 의해 알려졌다. 아동작가들 사이에도 이러한 생각을 추종하는 이들이 생겨났다. 19세기의 역사서는 그들 개개인을 그러한 유형의 작가로, 즉 순수한 "동시작가"(Merget 1882, 183)로 간주할 수 있다고 믿었다. 이에 해당하는 것은 특히 아동 서정 시인이다. 그러나 메르게트는 아동 서정 시인들이 쓴 분량이 적은 작품이 최근의 청소년 문학에서 가장 생기를 북돋우는 부분을 형성한다고 생각한다. "이들의 작품에는 독창성, 감정,

정신이 살아있다"(같은 책, 96). "호프만 폰 팔러스레벤, 하이, 라이니크, 쾰은 정말로 어린이다운 감각으로 어린이를 기쁘게 해주기 위해 글을 썼다"(같은 책, 184).

요컨대 천재작가와 마찬가지로, 어린이처럼 순수한 작가에게 있어서도 그의 문학 생산물이 **누구에게** 적합한 것인가 하는 것은 완전히 이차적인 문제이다. 천재작가와 어린이처럼 순수한 작가는 문학을 자아의 표현으로 간주한다. "진정한 문학"은 단지 "영혼의 과정, 스스로 경험한 것 그리고 스스로 느낀 것에 대한 문학적 잔재"일 수 있다. 다시 말해 진정한 문학은 "가장 내면적인 감정에서 꽃핀 것"이어야 한다(Göhring 1904, 109). 따라서 어린이처럼 순수한 작가는 다른 **누군가에게** 말을 하거나 다른 **누군가에 대해** 말하지 않는다. 그는 본래 자기 **자신에게** 그리고 **자신 자신에 대해** 이야기한다. 그러나 바로 이렇게 자기 자신에게 말하고 자기 자신에 대해 이야기하면서 작가는 아이들에게 이해되고 동시에 아이들과 가까워진다. 그렇게 해서 작가와 아이들은 감정과 기질면에서 서로 친밀해진다. 더 나아가서 자신에 대해 이야기하기란 자신의 속마음을 의식적으로 명확하게 표현하는 것이 아니라, 자신도 모르는 사이에 자연스럽게 털어놓는 것이다. 어린이처럼 순수한 작가는 대부분 외부의 사물, 즉 자연, 일상의 하루와 계절, 동물 등에 대해 이야기한다. 그러나 그는 이러한 대상들 속에서 자신의 내면을 인식하지도 못한 채 만나고, 그것을 그 대상 속에 투영했다. 바로 이점에서 요세프 폰 아이헨도르프Joseph von Eichendorff와 같은 작가를 떠올리는 이도 있겠지만 아동문학사가인 루드비히 괴링Ludwig Göhring은 이미 1904년에 이 작가에게서―아주 적절하게―"현대적으로 감성적 혹은 반영적인 특징"을 찾아냈다. 그 특징 때문에 아이헨도르프는 순수작가의 영역에 포함될 수 없다는 것이다(같은 책, 111). 그가 아니라 다른 작가, 즉 괴링에 따르자면 "자기도 모르는 사이에 대성공을 거두고 나중에서야 그 사실을 알고 스스로 놀라는(같은 책, 105) 진정한 시인들" 중의 한사람이자 "지극히 순수한 감각을 지닌 동시작가 (같은 책, 108)", 말하자면 앞서 언급한 호프만 폰 팔러스레벤 Hoffmann von Fallersleben이 최고로 어린이처럼 순수한 작가로 간주된다는 것이다.

이제까지의 언급에 따르면 순수작가들은 태어나는 것이 아니라, 오히려 일깨워질 필요가 있다. 그리고 이것은 그들과 같은 부류의 사람들을 통해 일어날 수 있다. 천재작가는 그와 같은 부류의 사람을 자극할 수 있다. 호프만 폰 팔러스레벤의 경우는 소위 "소년의 마술피리"와의 만남 속에서 일깨워졌고, 프리드리히 귈 Friedrich Güll의 경우는 특별히 후기 낭만주의의 민요 모음집에 부록으로 실린 동요와의 만남에서 일깨워졌다. 그러나 아이들과의 교류 역시 시적 천재를 일깨울 수 있다. 빌헬름 하이Wilhelm Hey는 다음과 같이 말한다. "나는 고타에서 머무는 동안 페르테 가족을 자주 방문하면서 아이들에게 설탕을 친 과자나 구운 과자를 가져가는 것처럼 시를 가져갔다. 별생각 없이 가져다 준 시를 선물 받은 아이들은 곧바로 암송했다[…]"(Göhring 1904, 96). 귈은 선생으로서 아이들과 교류했다. 그래서 그의 작품 속에 "그가 날마다 어린이의 특징에 대해 경험한 것"도 점점 더 많이 언급되었다(같은 책, 129). 그와 반대로 호프만 폰 팔러스레벤은 아이들과 전혀 교류하지 않았고 오로지 "자신의 유년의 기억에서" 작품을 썼다.[…](같은 책).

어린이처럼 순수한 작가는 아이들도 자신의 작품의 애독자가 된다는 점 때문에 갈팡질팡하지는 않는다. 따라서 **이러한 작가**

유형의 아동문학적 특징을 밝혀내는 일은 불가능한 일이 아니다. 오히려 그것은 아주 뚜렷하게 드러난다. 하지만 차츰 교육적인 유년동화작가로 되어간 프리드리히 퀼의 발전과정에서 볼 수 있듯이, 바로 이점에서 자신의 신념을 버리게 될 위험이 특히 크다. 게다가 순수시인은 결국엔 즉흥시인으로서만 충실하게 남을 수 있다. 언급된 사람들 중에서 단지 빌헬름 하이만이 이 일에 성공했으며, 사람들은 그가 "끝없이 중도를 지켰다"(같은 책, 95)고 말했다. 현재 이러한 작가 유형은 아동서정시인 요제프 구겐모스 Josef Guggenmos에 의해 가장 일찍 구현된 것처럼 보인다. 물론 구겐모스의 경우에도 감성적 혹은 반영적인 특징들이 발견되지만, 그것은 어린이 독자의 눈에는 띄지 않는다.

아동서정시인뿐 아니라 아동소설가들 사이에서도 이러한 작가 유형이 나타난다. 제일 먼저 20세기의 가장 위대한 여류 아동작가 중 한 사람을 떠올릴 수 있을 것이다. 아스트리드 린드그렌 Astrid Lindgren은 늘 현실을 벗어나 일시적으로 순수 동화작가로 변할 수 있었던 것처럼 보인다. 그녀가 자신의 유년시절을 회상하며 글을 썼고 그 유년시절을 천국으로 여겼다는 것은 널리 알려진 사실이다. 그러나 그녀가 아동도서를 집필할 때 이러한 천국으로 다시 되돌아갈 능력을 유지했다는 것은 별로 알려져 있지 않다. "[…] '라스무스와 방랑자'를 썼을 때, 나는 마치 내가 다시 잃어버린 천국으로 돌아간 것 같았다"(Lindgren 1963, 118). 이 문장은 "마치"라는 단어 때문에 굉장히 슬프고 불행하다고 생각하는 것처럼 들린다. 그러나 이미 다음 문장에서 더 이상 그런 흔적은 찾아볼 수 없다. "[…] 내가 이 책을 썼을 때 그곳으로 되돌아간 일은 멋진 일(이었다)[…], 이 천국에서 다시 아이로 있어도 된다는 것은 놀라운 일(이었다)[…]. 만약 그럴 수만 **있다면, 사람들**

은 아이들을 위해 글을 쓰려고 할 것이다. 사람들은 스스로 다시
아이가 되어야 한다.[…] 사람들은 자기 자신의 유년시절의 기억
에 잠겨서, 아이였을 때 당시 세상은 어떤 모습이었는지, 어떤 냄
새가 났는지 그리고 어떤 느낌이었으며 사람들은 무슨 일로 웃고
울었는지를 회상해야 한다."(같은 책) 이 문장들을 우리는 이러한 유
형의 20세기 아동문학 작가의 신조로 간주해도 될 것이다.

2.3 감성적인 유년동화작가

이 점에 있어서 린드그렌은 클레멘스 브렌타노Clemens
Brentano와 어느 정도 비슷한 점을 보여준다. 브렌타노는 동시
를 짓거나 동화를 쓸 때 다시 철저히 아이가 될 수 있었다. 그러
나 그에게는 일시적으로 아이가 되는 것이 린드그렌처럼 행복한
것이 아니라 자신을 구속하는 일이었다. 아이가 되는 것이 그에
게는 필요한 일이었지만 그의 불행한 감정을 치유하기에는 적합
하지 않았다. 브렌타노는 자신의 동화 작품에 대해 이렇게 밝히
고 있다. "[…] 나는 대부분 극심한 고통에 시달리며 글을 썼고 그
고통을 한 번도 눈치 채게 해서는 안 되었다. 그래서 나는 불행한
마음을 속이기 위해 아이처럼 행동했다"(Wild 1990, 111에서 인용). 린
드그렌은 별 어려움 없이 이 두 세계를 왕래한 듯 보이지만, 브렌
타노는 이것을 자신의 불행한 상황의 악화로만 느꼈을 수 있다.

19세기 초 다른 작가들은 처음에는 전혀 "아이처럼 행동"하
는데 관여하지 않았다. 말하자면 글을 쓰면서 온전히 유년시절로
빠져들지 않았다. 그들은 그와 같은 퇴보에 따르는 위험을 꺼려
하여 유년시절의 기억이란 형태를 취한다. 회상하는 어른으로서
의 작가는 유년시절의 회상 속에 빠지지 않고 확고부동하게 현재
에 머무른다. **유년시절**은 **잃어버린 천국**으로 기억되며 그곳으로

돌아갈 생각은 애초부터 없다. 쉴러의 『순수하고 감성적인 문학 연구에 관하여 *Über naive und sentimentalische Dichtung*』라는 유명한 논문을 살펴보면 다음과 같은 구절이 있다. **작가는 직접 어린아이가 되거나 아니면 유년의 기억을 끄집어 낼 것이다. 전자는 순수한 유년동화작가를 만들고, 후자는 감성적인 유년동화작가를 만든다**(비교, Schiller 1966, 제5장 716). 감성적인 유년동화작가들이 쓴 작품들의 경우, 어른의 관점에서-종종 동화나 우화의 옷을 입은 채-문학적으로 유년을 묘사한다. 성인들은 텍스트 속에 머무르면서 다양한 기분-비애, 우울, 세상의 고통, 단순한 감상 내지는 향수 또는 유머러스한 아늑함-을 드러낼 수 있다.

어른의 관점이 눈에 띄게 드러나는 것이 아니라, 은근하게 숨어 있을 때, 감성적인 유년동화는 동시에 어린이의 읽을거리로도 성공할 수 있다. 티크Tieck, 호프만E.T.A. Hoffmann, 뫼리케 Mörike, 안데르센Andersen 혹은 슈토름Storm의 작품들이 바로 이런 경우이다. 전체적으로 보아 19세기에는 일부는 다중적이고, 일부는 단일하게 발송된, 하지만 어떤 경우에든 중의적인 이러한 유년동화(주43, 44, 45)는 아동문학으로써 충분히 자리 잡을 수 없었다. 메르게트가 "정신적으로 다시 아이가 되고픈 어른들에 의해 흥미롭게 읽혀진" 안데르센의 이야기들을 "사교동화"라 낙인찍는다면(Merget 1882, 85), 사람들은 상을 찌푸릴지도 모른다. 독일에서는 20세기까지 감성적인 유년동화작가를, 더욱이 현실을 중시하는 "잃어버린 천국의 작가"(Pape 1981, 97 이하)를 적합한 아동문학 작가 유형으로 인정하지 않았다. 잘 알려진 바대로, 이러한 유형의 작가들은 영국에서 아동문학적으로 훨씬 더 대단한 명성을 떨쳤다. 그 예로 제임스 매튜 배리J. M. Barrie(『피터팬』), 케니스 그레이엄Kenneth Graham(『버드나무에 부는 바람』) 혹은 앨렌 알렉산더 밀른A. A. Milne(『곰돌이 푸우』)를 들 수 있다.

2.4 어린이의 문학적 대변인으로서 비판적인 유년동화작가

현대의 작가 유형과 관련하여서는 지금부터 다루려고 하는 비판적인 유년동화작가 역시 언급해야 할 것이다. 여기에서는 아동문학적 작가 유형이 이미 오래 전부터 유명했음에도 불구하고, (아동)문학사적으로 아직까지 소개되지 않은 개념을 다룰 것이다. 몇몇 작가들의 이름을 언급하는 것으로 어떠한 작가들이 이러한 작가 유형으로 분류되는지 충분히 파악할 수 있을 것이다. 페터 헤르틀링Peter Härtling, 크리스티네 뇌스틀링어Christine Nöstlinger, 레나테 벨쉬Renate Welsh, 다그마르 치돌루에 Dagmar Chidolue, 루돌프 헤어푸르트너Rudolf Herfurtner, 키어스텐 보이에Kirsten Boie. 이러한 유형의 아동 작가들은 이미 일찍부터, 즉 19세기에서 20세기로의 전환기부터 눈에 띄게 등장했지만 1970년대 들어서 아동문학의 개혁과 더불어 비로소 중요한 지위를 획득하게 되었다. 아울러 당시의 그와 같은 작가 유형은 '새로운' 아동작가라는 총괄 개념이 되었다. 여기에서 언급할 작가 유형 역시 우선은 분명 **유년동화작가**이다. 이 작가 유형에게도 일차적인 문제는 **어린이의 존재를 해명하는 것**, 즉 **어린이들의 생활 방식을 알아내는 것**이다. 이 작가 유형 역시−린드그렌을 예로 들자면−"어른들부터 아주 멀리 떨어져 있는 세상에 어린 아이들의 영혼이 존재한다"[…]는 것이 무슨 뜻인지를 제시하려고 노력한다(Lindgren 1977, 53). "아이들은 [작가의] 책 속에서 재인식되어야 한다[…]."(같은 책)는 린드그렌의 요구는 이러한 작가 유형에도 적용된다. 그러나 비판적인 유년동화작가의 경우 아이들의 현실세계를 문학적으로 재현해내는 일은 개인적인 이유에서 그리고 개인적인 목적을 위해 일어나지 않는다. 비판적인 유년동화작가는 자신의 실존 문제를 극복하기 위해, 감성적인 유년동화작가의 경우에 흔히 일어나는 일처럼, 다시 소생된 아이들의 세상을 이용하지 않는다. 이들은 다시 소생시킨 아이들 세상을 어른들을 위한 도피처로 삼지 않고, 그 세상 속에서 위로, 행복, 만족, 확실한 믿음 등을 찾지 않는다. 비판적인 유년동화작가는 오히려 **아이들 세상**을 다른 생활 영역 못지않게 문학적 표현이 필요한 **사회 현실의 일부분**으로 간주한다. 이들은 아이들 속에서 인간의 본질을 이해하며, 아이들의 불안과 어려움, 고통, 행복, 우정, 사랑의 경험들은 어른들의 경우와 마찬가지로 진지하게 받아들여질 가치가 있는 것으로 여긴다. 비판적인 유년동화작가는 아이들을 특히 한 개인으로 보고, 그들의 **인격권**이 자주 무시당한다고 여긴다. 이러한 생각은 비판적인 유년동화작가를 **아이들의 대변인**이 되도록 자극한다.

비판적인 유년동화작가 속에서 유럽의 계몽주의에서 태어난 '교육작가'라는 작가 유형이 일부 다시 부흥한 것을 쉽게 알 수 있다. 교육작가라는 작가 유형은 천재작가와는 달리 자기 자신과 자신의 개인적 체험, 실존 위기를 작품의 주요 내용으로 삼지 않는다. 그들은 오히려 대중과 사회에 책임감을 느끼고 **도덕 기관**으로서의 역할을 떠맡을 준비를 하고 있다. 문학적 아동교육자와 함께 비판적인 유년동화작가가 그때그때 **현실의 아이들 세상**을 문학적으로 재현하는 것을 좋아하는 반면, 감성적인 유년동화작가는 과거와 미래의 유년시절로 돌아가는 것을 좋아한다. 감성적인 유년동화작가에게는 회상 능력이 중요한 데 반해, 비판적인 유년동화작가와 문학적 아동교육자(어쨌든 문학적 아동교육자가 유토피아 속으로 길을 잃고 사라지지 않는다면)에게는 **관찰 능력**

이 더욱 중요하다. 그러나 문학적 아동교육자의 경우 아이들 세상을 묘사하는 것은 항상 목적을 위한 수단이었다. 그것은 우선적으로 전달해야 할 규범과 행동 규정을 구체적으로 설명하는데 이용되었다. 그와 달리 비판적인 유년동화작가에게는 어린이의 존재를 묘사하는 것이 목적 그 자체이다. 어린이 독자들은 비판적인 유년동화작가의 작품을 통해 교육되어지지 않고, 작품 속에서 자신의 이야기가 나오고 이해받는 느낌을 받아야 한다. 페터 헤르틀링은 "아이들이 자신의 세상을 이해하고, 통찰하고, 의심하고 질문하도록 아이들을 도와라"라고 분명하게 의사를 표명한 바 있다(Härtling 1990, 263). 비판적인 유년동화작가가 교육적 요구를 품고 있는 경우, 이는 성인 독자를 향한 것으로, 작가는 성인 독자에게 아이의 인격권을 존중한다는 것이 어떤 것인지를 알려주고자 하는 것이다.

3. 가능한 결합들

아동청소년 문학 작가의 역할에 대해 여기에서 행한 유형학적 구별은, 작가의 역할이 두 가지 영역에 자리 잡고 있다는 점에서 서로 얽혀있다. 그러니까 우리는 작가의 유형을 크게 두 가지로 나누어보았다. 그러나 그러한 이차원적인 유형학을 어떻게 실용적으로 다루어야 할 것인가? 우선 작가는 일반적으로 여러 작가 유형을 구체화할 수 있다는 점을 상기하는 것이 중요하다. 따라서 작가를—특히 대단한 경지에 오른 작가를—반드시 **한 가지** 유형에 고정시키려고 하는 것은 잘못일지도 모른다(물론 그렇게 하는 것을 배제해서는 안 된다). 여기에서 전개된 이차원적인 작가 유형학을 실제로 적용하는 것은, 그때그때 첫 번째 영역에 있는 작가 유형을 두 번째 영역에 있는 작가 유형과 결합시키는 방식으로 이루어져야 한다. 작가 개개인(또는 그들에 의해 구현된 역할)을 조망하면서, 그들이 과연 어떤 작가 유형에 가까우며 어떤 유형의 결합에 가까운지 생각해야 한다. 그러나 궁극적으로는 이 두 영역의 작가 유형들이 아무런 제한 없이 서로 결합할 수 있는지를 생각해야 할 것이다.

교육작가(2절 1단락)는 수많은 모습을 취할 수 있다. 교과서, 실용서, 조언서 작가로서의 교육작가의 주요한 특징은 여기에서는 부차적이다. 순수문학 작품과 관련해서 볼 때, 그는 전설과 우화의 작가로서, 견본집과 도덕적인 내용의 (사례를 든) 단편집 작가로 등장할 수 있다. 유년동화작가로서 교육작가의 유일한 특징은 교육적인 유년동화작가(3절 1단락)의 특징과 같다. 이와 더불어 문제가 되는 것은 편집자, 즉 기존의 것을 배포하는 자("기록전승"의 의미에서; 제4장 2절)일 수도 있고, 수많은 중간단계를 생각할 때, 독창성에 중점을 두는 "문학" 작가(제4장 3절)일 수도 있다. **교육작가**와 **아동문학 이야기꾼**(2절 2단락)은 단지 그들의 그때마다의 **지배적인** 의도에 따라 구분된다. 전자는 교육적인 의도를, 후자는 오락적인 의도를 갖고 있다. 그 때문에 **아동 문학 이야기꾼**의 작가로서의 역할과 교육적인 유년동화작가(3절 1단락)의 작가로서의 역할은 근본적으로 서로 결합될 수 없다. 그 대신 순수한 유년동화작가(3절 2단락), 감성적인 유년동화작가(3절 3단락)뿐만 아니라 비판적인 유년동화작가(3절 4단락)는 **아동문학의 이야기꾼**의 역할을 할 수도 있을 것이다. 반면에 그들은 지배적인 교육적 의도가 결여된 점에서 **교육작가**의 소질은 없을 지도 모른다. 그러나 **순수한 유년동화작가, 감성적인 유년동화작가, 비판적인 유년동화작가**라는 작가 유형은 **아동문학의 이야기꾼**의 역할 속에서만은 결코 등장하지 않는다. 이러한 작가 유형에는 사회적 은거가 주요 특징인 **은둔작가**도 있다. 순수한 유년동화작가, 감성적인 유년동화작가, 비판적인 유년동화작가는 공동체 속에서-**아동문학 이야기꾼**으로, 사회와 떨어져 있을 때는-**은둔작가**로서 소개될 수 있다.

제 6 장

**아동·청소년 문학의 규범과 개념 및
아동·청소년 문학담론**

아동·청소년 문학의 규범과 개념 및
아동·청소년 문학담론

이 입문서에서는 바로 뒷장이 아니면 맨 마지막에서라도 비교할 수 있는 주제들을 다루었다. 먼저 제1장에서 제3장까지는 아동·청소년 문학적 의사소통의 사회적 제도화, 즉 행위역할과 행동방식의 복잡한 시스템 구성이 다루어졌다. 두 번째 단계인 제4장에서는 사회적으로 무엇이 형성되고 발전되는지에 주목했다. 즉 아동·청소년 문학적 의사소통을 다루었다. 아울러 시그널과 시그널의 특성이라는 부문도 이미 언급했다. 그리고 전달내용을 만들 때 아동·청소년 문학의 기본적인 의사소통의 이중성(주39)이나-공개적 혹은 암묵적인-수용대상의 다층성이 어떻게 반영되는지도 살펴보았다. 제5장에서 전개된 이중적 작가유형론은 한편으로는 행위 이론적으로 정의된 원래분야와 다른 한편 전달내용의 특정한 특성과 관련된다는 점에서 한계가 있었다. 이제는 아동·청소년문학과 관련된 행위유형이라든지 아동·청소년 문학적 의사소통의 기능에 관한 연구에서 어느 정도 벗어났다. 제6장에서부터는 이 입문서에서 두 번째로 큰 연구 대상에 전적으로 전념할 것이다. 따라서 지금부터는 이 책의 부제와 관련해서 오직 아동·청소년 문학에 나타난 상징체계의 기본관점만을 다루고자 한다.

'아동·청소년 문학'이라는 상징체계의 기본관점 연구를 전반부가 아닌 후반부에서 다루는 것은 그 대상에 더 비중을 두어 평가했기 때문이다. 우리가 다룰 기본논제는 근본적으로 아동·청소년 문학에서 다뤄지는 것이 문학작품 본래의 것이 아니라 문학작품을 특수하게 이용한 것, 즉 원래 아동·청소년을 주요대상으로 한 것이 아니고 오직 아동·청소년만을 위해 쓰인 것도 아닌 어떤 특정한 문학을 바로 이런 목표 집단을 위해 부차적으로 이용한 것을 중점으로 한다는 것이다. 역사적으로 보면 아동·청소년 문학은-출간된 모든 도서들 가운데서 특정한 기준에 맞춰 선별한 것으로서-특히 문학의 유통영역에서 생긴 것이다. 역사적으로는 한참 후에야 고유하게 아동·청소년만을 대상으로 쓴 아동·청소년 문학이 창작됐다(주8). 이와 같이 아동·청소년을 대상으로 창작된 아동·청소년 문학은 그 규모와 의미가 커졌다고 할지라도 오늘날도 여전히 아동·청소년 문학이라고 시장에 나온 도서들의 일부에 지나지 않는다. 뿐만 아니라 역사적으로 이미 확고해진 아동·청소년 문학의 평가구조와 중개구조 그리고 그와 결부된 권력관계를 근본적으로 변화시킬 수 없었다. 지속적이고 구조적인 우위란 알고 보면 그런 역사적 우선권에서 생겨났다. 아동·청소년 문학적 의사소통의 특수성과 마찬가지로 아동·청소년 문학의 복잡한 행위시스템에 대해 앞서 다루지 않을 수 없었다. 그 이유는 생각해보면 오늘날에도 아동·청소년 문학은 여전히 작가와 독자가 아닌 중개자가 장악하고 있는 문학이라고 밖에 입증할 수 없었기 때문이다.

1. 문학의 상징체계, 상징체계의 저장매체와 표현매체
그리고 아동·청소년 문학의 상징체계

　　문학적 의사소통은 여러 측면에서 수없이 많은 제한 가능성을 갖고 있다. 한편으로는 주로 기록하는 기술과 보고하는 기술 그리고 의사소통기술의 발달과 같은 물리적 여건에 의존한다. 이런 관점에 대해서는 아동·청소년 매체를 다룬 제1장에서 그리고 제3장의 구전성과 문헌성의 형태 등에서 기회가 있을 때마다 다루었다. 문학적 의사소통은 무의 상태에서는 행해질 수 없기 때문에 사회가 마련해 둔 행위유형에 짜 맞춰야 한다. 물리적-기술적 정의 이외에도 두 번째로 실용적-제도적 규정이 나온다. 후자에 대해서는 충분히 언급되었다. 세 번째 한계는 문학적 의사소통이 하나 혹은 여러 개의 코드에 의존하는 데서 생긴 결과이다. 여기서 코드라 하면 특정한 기호나 상징의 종류 및 장르를 말한다. 다른 사람에게 알릴 전달내용들은 각각 특정한 코드의 기호 및 상징의 연관관계 내에서 해석되어야 한다. 그럴 경우 선택된 코드의 기본적인 성격과 표현가능성을 따라야 한다. 코드화될 수 있는 것만이 전달될 수 있다. 그러나 코드는 저마다 그 코드의 묘사가능성 안에 제한된다.

　　문학은 그런 기호장르 내지는 상징장르라고 봐도 될 것이다. 문학의 재료는 언어다. 언어는 문학에서 사용될 때 부차적으로 기호화과정을 거쳐 기호로 사용된다. 전달내용을 문학적으로 코드화하고자 하는 사람은 문학적으로 코드화된 전달내용을 해독하고자 하는 사람과 마찬가지로 문학코드의 특성에 대해 잘 알고 있어야 하며 이 코드의 알파벳 이를테면 그 코드 개개의 기호 및 상징을 어느 정도 습득해야 한다. 다시 말해서 코드에 속하는 각각의 기호 및 상징 그리고 통사론적인 가치와 의미를 아는 것은 물론 적용 규칙도 꿰고 있어야한다. 이와 같은 사전지식을 갖추는데 있어 이제 상징이나 결합규칙 그리고 사용규칙이 체계 없이 축적되는 점은 문제가 안 된다. 사전지식을 구성하고 있는 요소들은 오히려 그 지식 속에 체계적 특성이 있다고 여겨질 만큼 서로 연관되어 있기 때문이다. 기호체계와 규칙체계는 또한 본질적으로 각각의 코드, 즉 각각의 기호유형에 속한다. '문학'이라는 상징유형의 경우 이 기호체계와 규칙체계를 문학의 상징체계라고 한다. 동시에 이는 정신적으로 내지는 지식에 맞게 저장된 문학의 기호 및 상징의 목록 (예컨대 인물, 성격, 줄거리, 갈등, 사회적 관계, 상황, 세계정황, 정신상태, 자연배경, 그 밖의 모티브)을 의미하고 그런 식으로 저장된 문학의 규칙과 법칙의 목록을 의미한다. 전달내용을 코드화하거나 문학적으로 코드화된 전달내용을 해독하고자 하는 자는 누구나 그러한 법칙성 (몇 가지만 언급하자면, 성격묘사, 줄거리 이끌어가기, 긴장구성, 서사적 관점, 단순한 혹은 복잡한 플롯구성 리듬화, 운문화 그리고 운율화, 막과 장의 분할, 독백과 대화의 구성)에 의존해야 한다.

기호유형이 문화를 이해하는 일상적인 수단에서 멀어질수록 다시 말해서 전문가 즉 연구인들의 전유물이 될수록, 상징체계와 규칙체계에 대한 지식은 널리 보급되지 못한다. 코드의 사용빈도가 적으면 적을수록, 즉 그 코드가 특수한 상황에서만 사용될수록, 코드의 기호목록은 정신적으로 저장되기 어렵다. 일반적으로 코드의 기호는 그에 속하는 결합규칙과 더불어 정신외적으로도 저장된다. 이때 기호는 성문화되어, 즉 문자로 고착되어 어느 정도 일반적으로 사용할 수 있는 형태의 문서로 보존된다. 여기서 문제시되는 저장매체란 필요할 때마다 참고하는 사전류, 백과사

238 아동·청소년 문학의 書

전이나 수업용 교재들을 말한다. '문학'이라는 기호유형의 보급이나 사용빈도와 관련해서 지금으로선 통일되게 말할 수가 없다. 여기에서 다루어야할 것은 다층적인 상징유형과 겉보기에는 단일화되지 않은 듯 보이는 상징유형이다. 예를 들자면 대중문학은 물론이고 전혀 인기 없는 문학부문까지도 다뤄진다. 수수께끼나 위트, 일화, 전설 혹은 동화와 같은 짧은 형태의 특정한 문학과 관련해서 포괄적인 상징과 규칙은 넓은 범위를 훨씬 넘어서서 정신적으로 저장되어야 할 것이다. 앙드레 욜레스Andr Jolles는 이런 장르를 타고난 정신적 전형에 의존하는 "단순형식"으로 본다(Jolles 1982).

그와는 달리 복잡하기도 하거니와 그다지 널리 보급되지 않은 문학 형태를 구성하는 규칙은 철저하게 성문화(成文化)되어야 할 것이다. 즉 체계적으로 파악해 법칙 내지는 규칙으로 포괄적인 개론서에 명확히 표현해줘야 할 것이다. 이는 소위 규범시학을 당연시 했던 초기문학사에만 해당되는 것이 결코 아니다. 발달단계의 후기에도 문학 상징체계의 대부분을 정신외적인 것에다 붙들어 두고자 했다. 물론 여기서 말하는 것이 반드시 성문화만은 아닐 것이다. 초기시학에서는 문학적 의사소통에 참여하고자 하는 사람이라면 누구나 따라야하는 법칙이 만들어졌다. 다음으로는 오히려 응용된 규칙현상을 조사하여 개념으로 확정하는데, 이때 그것을 엄격하게 적용시키지는 않는다. 오늘날 통용되고 있는 문학상징체계의 저장매체로는 운율학, 압운사전, 연의 형식교과서, 문체학, 서술기법서 장르학, 소재와 모티브 그리고 상징백과사전 등이 있다. 이와 같은 문학상징체계의 모든 저장매체는 규범을 만들기 보다는 지배적인 관례를 따른다. 하지만 문학적 의사소통을 실제로 행할 경우에 그 차이는 아주 미미하다. 어쨌든 의사소통을 행할 때 그에 필요한 규칙에 대한 지식은 이 저장매체에서 얻을 수 있다. 그런 이유로 이때 규범을 따를지 아니면 관습만을 따를지는 실천의 성공 여부에 그다지 중요한 영향을 미치지 않는다.

지금까지 언급한 문학상징체계의 정신외적인 저장체계는 주로 문학적인 의사소통을 전문적으로 행하는 이들에게 필요할 것이다. 그러나 문학적 의사소통에 참여하고 있는 대다수는 이 매체를 그다지 규칙적으로 사용하지 않음에도 불구하고 규칙을 사용하는 능력은 충분히 갖춘 것으로 입증된다. 따라서 문학의 상징과 규칙에 대해 아직까지 한 번도 언급된 적은 없지만 지식을 습득하고 보충하는 방법이 있음에 틀림없다. 이 방법은 각 문학작품의 (재)수용을 통해 진행된다. 문학 작품-바꿔 말해서 문학적으로 성문화된 전달내용-은 기호체계를 응용해서 만들어진 것이긴 하지만 그 자체가 문학 상징체계의 일부인 것은 아니다. 개별상징 및 결합규칙을 선별하고 선별된 상징과 규칙을 활용하고 응용한 것이 문학작품이다. 개개의 문학작품은 문학적 상징체계에 비해 그 의미가 '더 클' 수도 있고 '더 작을' 수도 있다. 개개의 작품에서는 이미 선정된 상징들만이 다루어지긴 했지만, 이 경우 그러한 상징들은 구체적인 형태를 갖추고 있었다. 즉 표상이 현실화된 것이다. 비록 모든 문학작품은 한정된 수의 규칙을 적용해서 생긴 것이긴 하지만, 그러기위해서 이런 규칙들은 문학작품 안에서 완성되고 변화되며 구체적인 문학의 표현구조로서 파악될 수 있어야 한다. 따라서 모든 문학작품에서는 문학상징체계의 단면들이 다소 '순수한' 형식으로 파악되고, 이해되고, 관찰될 수 있다. 문학적 의사소통에 참여하는 사람들이 그 점을 전혀 의식하지 못하고 있을 뿐이다. 그들은 각각의 문학작품들-될 수 있는 한 '순수한' 성격의 작품들—을 본보기로 삼고, 심지어는 이를 특별히 강조하고 있다. 본보기에 적합한 작품은 상징체계에 속하지 않는다. 그렇다고 상징체계를 저장하는 매체중 하나를 의미하는 것도 아니다. 그러한 작품은 알아보기 쉽게 표시해 둔 문학적인 상징체계의 서술매체 및 표현매체라고 칭할 것이다. 이럴 경우 그런 작품은 언제나 본보기가 되는 작품 속에서 관찰되는 문학 상징체계의 한 단면이 될 뿐이다. 본보기를 만드는 가장 일반적인 형식은 그 작품이 속해 있는 장르의 본보기라고 그 작품에다 꼬리표를 달아주는 것일 것이다. 그 밖에도 유일한 혹은 소수의 모범작에서나 관찰되거나 표현되어 있는 문체성향 혹은 문학사조도 본보기를 만드는 형식 중 하나이다.

규범시학 시대에 각 문학작품을 문학적인 범례라고 표시해주는 것은 문화적인 당위성을 의미했다. 이때 시학서적과 더불어 본보기에 적합한 문학작품의 표본수집과 편찬이 등장했다. 송시, 소네트, 마드리갈, 칸소네 등이 중시한 것이 문화적으로 모범작이라 인정받은 문학작품에서는 곧 등한시되었다. 각각의 작품을 수용함으로써 진행되어지는 문학 상징체계의 습득은 규범시학이 퇴조해가도 전혀 그 의미를 잃지 않았다. —장르의 경우든, 문학사조의 경우든—마치 한 작품의 대표성이 나중에야 생겨나서 전혀 논의 없이 관철되어버리는 것과 같이 여기서 문제시되는 문학작품의 범주는 그저 모호하다. 일반적으로 규칙을 얻는 면에서 보면 대표작품들은 과거 모범 텍스트보다 주목을 받지 못한다. 이는 아직 대표작품으로 주목받지 못하는 임시과정 때문이다. 문학의 상징체계가 상징체계임을 분명히 하지 않고 얻어진다는 점은 두 경우 다 마찬가지다. 상징과 규칙은 직접 도식으로 저장된다. 그에 따라 도식을 자동화하는 지식이 만들어진다. 이때 그 지식은 매번 새롭게 갱신될 수 있지만 그럴 경우 부분적으로만 해석되거나 아니면 전혀 해석을 할 줄 모르게 된다. 예를 들어 장르는 장르의 특성이 전혀 언급되지 않고 저절로 장르와 동일시되어 버린다.

지금까지는 문학적인 상징체계를 전적으로 단수형으로만 언급을 했다. 문학 전체의 의사소통이 특수형태로 세분화되는 바와 같이(제4장 1 참조), 문학상징체계의 영역에서도 어느 정도 다원화현상이 나타난다. 그것이 어떤 성격을 지녔든 간에 아동 · 청소년문학의 의사소통(주38)내에서 전달내용을 코드화하고 코드를 해독하는데 필요한 문학적 기호체계를 일반적으로 아동 · 청소년 문학의 상징체계라고 하고자 한다. 앞서 제시된 정의는 그 정의를 통해 문학이 가진 상징체계의 특수한 성격에 대해 그리고 또 다른 문학의 상징체계-두 개만 예로 들자면, 성인을 위한 고급문학의 상징체계 혹은 여성문학의 상징체계-와의 차이를 전혀 알 수 없다는 점에 오류가 있는 것이 아니라, 오직 의사소통적인 사용만이 언급되고 있다는 점에서 오류가 있을 수 있다. 그러나 이 장에서도 이미 앞부분에서 어느 정도 그 가능성을 배제하지 않고 정의하려고 노력하였다. 만약 아동 · 청소년문학의 상징체계와 예컨대 고급문학의 상징체계를 처음부터 질적으로 다른 두 개의 문학 기호체계 및 규칙체계라고 말한다면, 이는 이미 성인들 간의 고급문학적인 의사소통과 아동 · 청소년문학적인 의사소통에서 동일한 문학의 상징체계를 사용할 수 있는 가능성을 제거해버리는 것이다. 두 문학 간의 의사소통의 차이는 결코 이런 가능성을 제외하지 않는다. 그런 문학 상징체계가 실행되는 데는 어느 정도 융통성이 허용된다. 이 융통성내에서 고급문학과 아동문학의 의사소통은-소위 동일한 문학 기호체계를 서로 다르게 사용한 것으로서-서로 완전히 구별될 수도 있을 것이다. 두 문학의 의사소통에서 이행되는 코드화와 코드해독의 차이는 물론 매우 뿌리가 깊을 수 있기 때문에 두 의사소통은 서로 다른 문학의 상징체계를 사용할 수 있는 가능성까지도 용인하도록 강요되는 것 같다.

아동 · 청소년 문학사에는 두 가지 경우가 나타나는데 여기서 제안한 정의에 따르면 아동 · 청소년 문학의 상징체계는 다음 두 가지 경우에 모두 사용된다. 첫째로 아동 · 청소년문학의 상징체계는 고급문학적 기호체계, 즉 성인들끼리 고급문학의 의사소통에서 사용한 문학의 기호체계와 근본적으로 다르지 않다. 아동 · 청소년 문학적 기호체계는 이 경우 아동 · 청소년 문학적 의사소통과는 전적으로 다르게 실현되어지는 고급문학적 상징체계와 원칙적으로 동일하다. 둘째로 아동 · 청소년 문학의 상징체계는 고급문학의 기호체계와 질적으로 다른 하나의 고유한 문학의 기호체계이다. 이 경우 아동 · 청소년문학은 독특한 문학으로 여겨진다. 그러나 여기에서 오직 아동 · 청소년 문학적 상징체계의 존재 여부에 대해서만 말하는 것이 (가능한 규범적이기도 하나) 섣부른 결정으로 보일지 모른다. 아동 · 청소년 문학에 종사하는 사람이 아동 · 청소년문학을 처음부터 전적으로 '다른' 문학이라고 여겨선 안 된다(내지는 아동 · 청소년문학이 그래야 한다고 요구해서도 안 된다). 그에 걸맞은 성격을 나타내는 아동 · 청소년 문학에 대한 표현은 틀림없이 있을 것이다. 물론 그 외에도 아동 · 청소년 문학을 하나의 변이형, 즉 일반문학 내지는 고급문학의 일부라는 것을 정당화하는 예들이 충분히 있다. 이 두 표현은 용납해도 될 것 같다.

역사적으로 아동 · 청소년 문학의 형성에 유통영역이 결정적인 역할을 했다는 점은 이 장의 도입부에서 이미 언급 하였다. 오랜 세월동안 아동 · 청소년 문학은 문학의 원형이었다기보다는 시중에 나와 있는 전체 문학작품들 중에서 중개자가 추후로 선별한 것이다. 따라서 상이한 행위체계인 아동·청소년 문학의 중개자가 아동·청소년 문학을 발전시키고 이끌었다는 것은 결코 우연이 아니다. 아동·청소년 문학의 상징체계는 결코 전달내용을 코드화하기 위한, 즉 문학작품을 창작하기 위한 규칙총서가 아니라, 오히려 문학적으로 코드화된 전달내용을 나중에 해독해서 가치를 산정하는 규칙총서로 등장했다. 그것은 나중에 주로 몇몇 중개자집단이 사용하려고 모은 평가원칙과 결정기준의 형태로 기록되어 문서로 보존되었다. 역사적인 생성상황은 다음과 같은 경우에서도 오늘날까지 영향을 미친다. 아동·청소년 문학이론의 영역에서 생산 미학적 측면은 언급할만한 정도는 아니다. 오늘날에도 포괄적인 이론적 성찰은 여전히 문학중개를 실천하기 위한 평가원칙과 결정기준을 벗어나지 못하고 있다.

2. 아동·청소년 문학의 기본규범

지금까지 서술한 바에 따르면 아동·청소년 문학의 상징체계는 단지 전달내용을 코드화를 위해 정해져 있는 상징과 결합규칙의 목록으로 이루어져 있다. 물론 이것으로 상징체계를 다 설명한 것은 아니다. 그 밖에도 기호장르 그 자체와 관련해서 확정하고 규정하는 일도 남아있다. 코드를 능숙하게 다루기 위해서는 그 코드의 알파벳, 문법, 의미론에 대한 지식 뿐 아니라, 기본적인 코드제작, 묘사가능성, 문화적으로 맞물린 코드의 사용 장소와 상황, 코드사용과 연관된 일반적인 목표설정 그리고 코드의 문화적인 입지 등등에 관한 지식을 갖추는 것이 필수적이다. 여기서는 기호의 기호 즉 변이상징이라 말해도 될지 모르겠다. 여기서 문제는 더 이상 코드화시키는 규칙이 아니라, 코드 그 자체에 해당하는 규칙이다. 아동 · 청소년 문학의 코드화 규칙을 다루는 일은 아동 · 청소년 문학의 문체학, 시학 그리고 장르론의 담당분야이다. 이 분야는 이 입문서에서 제외했다. 다음에서는 전적으로 그러한 코드와 관계된 규칙 즉 아동 · 청소년 문학'이라는 상징장르의 기본특성을 확정하는 문제를 다루고자 한다.

아마도 일반인들은 아동 · 청소년 문학의 기본특성과 관련해서 특정한 개념들을 사용할 것이다. 그 때 문제는 일반적으로 그 개념의 도식이 다소 모호하다는 점이다. 그에 비해 아동 · 청소년 문학 전문가들은 이 상징장르의 기본적인 특성을 개념적으로 확립하려고 애를 쓰고 있다. 이는 두 가지 방법으로 행해질 수 있다. 즉 코드의 기본특성을 경험에 근거해서 조사할 수도 있고, 실제로 사용하면서 코드가 파생되거나 추상화될 수도 있다. 그렇게 해서 발견된 특성이 실제 지배적인 관례이다. 그것은 물론 '아동 · 청소년 문학'이라는 상징장르의 기본특성과 관련된 기대와 요구를 명료하게 표현할 수 있는 가능성이기도 하다. 달리 말해서 이런 기대와 요구를 기술된 대로 조사하는 것이 아니라, 관례대로 확정해서 그것을 준수하도록 요구할 가능성이다. 이 경우가 상징장르의 특성을 규범적으로 확정하는 경우가 된다. 두 번째 방법은 역사적으로 전문가들 사이에 지배적인 토론대상이다. '아동 · 청소년 문학'이라는 상징장르의 근본적인 특성은 아주 현저하게 연역적으로 조사된다. 즉 일반적인(종교적인 혹은 세속적인) 기본신념, 특히나 교육에 대한 견해, 아동 · 청소년에 관한 상, 그 때그때의 발달심리학적인 지식, 그리고 일반 (문학)미학적인 원칙 등에서 파생된다. 그런 연역의 결과가 '아동 · 청소년 문학' 상징장르의 각 기본성향과 관계되는 한에서 이것을 아동 · 청소년 문학의 기본규범이라 할 것이다. 이는 다음에서 좀 더 자세히 다루고자 한다.

18세기부터 (부분적으로는 이미 그 전에도) 여러 책의 머리말이나 전반적인 논의에서 실로 수없이 다양한 (다소 기본적인) 아동 · 청소년 문학규범으로 가득 찬 공식적인 발언과 아동 · 청소년 문학, 그러니까 아동 · 청소년 도서들이 각각 이런 저런 특성을 보여야 한다고 지적하는 요구를 접해왔다. 역사적으로 접할 수 있는 아동 · 청소년 문학규범들 중 몇 가지를 보면, 거기서 다루어지는 사안은 규범에 대한 연역적 논증이 확실한지를 검토하거나 (주로 무제한적으로 또는 보편적으로) 유효하다는 근거를 비판적으로 묻는 것이다. 이러한 공식적인 발언은 엄밀히 말해서 규범이 아닌 역사적으로 접할 수 있는 특이나 영향력이 있는 대상규정으로서, 즉-어떤 시대에서든 항상-아동 · 청소년문학 상징체계의 뺄 수 없는 부분인 '아동 · 청소년 문학'이라는 상징장르의 기본특성을 역사적으로 확립했다는 점에서 관심을 불러일으킨다. 상징장르의 규범적인 요구를 목표로 하는 연구는 아동 · 청소년 문학규범을 발달시키고 기초를 세우는 일과 연관이 있을 때만 의미가 있을지 모른다. 그러나 이 장에서는 독자적이고 규범적인 아동 · 청소년 문학이론을 개발하고자 하는 것이 아니다. 그 이유는 특히나 초시대적이고 보편적으로 통용되는 아동 · 청소년 문학의 규범이란 없다고 생각하기 때문이다. 이 장에서 의도하는 바는 원래 역사적으로 주어져 있는, 즉 실제로 접할 수 있는 규범화를 설명하고 분류하기위한 카테고리의 도식을 만드는데 있다.

아동 · 청소년 문학의 각각의 규범은 어떤 관점을 기준으로 선정되었는가? 주된 관점은 아동 · 청소년 문학의 역사적인 현존기간이었다. 오랜 시간을 초월하여, 다시 말해서 여러 세기를 거쳐서 유지되어 왔고 장기적으로 보았을 때 예나 지금이나 아동 ·

청소년 문학의 상징체계의 일부를 담당하고 있는 그런 규범을 찾고 있었다. 이 경우는 18세기에서부터 현재까지 해당된다. 이 기간이라면 각각의 규범들이 이미 훨씬 전에 출현했다는 사실을 배제하지 않을 것이다. 이어서 18세기부터 아니면 적어도 19세기 초부터 지속적으로 나타났던 규범들이 얼마나 광범위하게 영향을 미칠 수 있었는지가 다루어져야 할 것이다. 여기서는 유효기간이 긴 이런 규범들이 각 시대마다 다르게 표현되고 전문용어로도 다르게 고착되었다는 점도 고려해야 할 것이다. 오랜 기간 동안 인정을 받은 아동·청소년 문학규범을 선택함으로써–연역적인 방법이 아니라면, 적어도 귀납적인 방식으로라도 '아동·청소년 문학'이라는 상징장르의 시대를 초월한 '본질적 특성'을 찾아내려는 의도는 결코 없다. 그렇다고 이미 소개된 규범을 확대시키고 싶은 생각은 없다. 단지 그것을 있는 그대로, 즉 오랜 시간에 의해 만들어진 역사적으로 접할 수 있는 규정으로, 오랜 시간에 걸쳐 지켜진 규칙으로 이해하고 싶을 뿐이다.

2.1 교훈문학인 아동·청소년 문학

이 규범은 아동·청소년 문학의 중심과제 중 하나가 아동·청소년 독자들에게 지식과 가치를 전달하는 것임을 의미한다. 이때 교육과 관련된 지식과 가치, 즉 각각의 시대관에 따라 동화되기 쉬운 성장기 아이들에게 전달돼야하는 지식과 가치가 우선시될 것이다. 이 규범의 명칭은 괴테 클링베르크Gote Klingberg한테서 따왔다. 괴테 클링베르크는 "교훈적인 의도"를 "지식을 전달하고 도덕적인 행동을 배우게 하려는 것"으로 이해한다 (Klingberg, 1973, 79). 이 규정은 내용부문과 연관되며 두 개의 구성요소로 이루어져 있다. 첫째로 아동·청소년 문학은 아동·청소년의 지성교육, 즉 그들이 완수해야하는 지식습득에 이바지해야 한다고 한다. 각 시대의 교과과정에 따라 신학 혹은 자연과학, 지리학. 기술, 신화, 인류학, 역사 그리고 사회학적인 당대의 이용 가능한 지식들이 여기에 해당될 수 있다.

아동 · 청소년 문학이 교과서와 실용서 형태로 등장하는 곳이면 어디나 이 규범을 준수한다. 학교에서 교육을 담당하게 되고 그와 결부된 교과용 도서(주19)와 (여가용) 아동 · 청소년 도서(주1)가 분리됨으로써 아동 · 청소년 문학은 지식전달과 관련된 부담을 어느 정도 덜게 된다. 아동 · 청소년 문학은 점차 학교의 중심업무를 매개해 줄 수 있는 지성교육을 지원하는 부차적인 성격을 지닌다. 지식전달의 의무는 아동 · 청소년 문학의 오락물까지도 파고든다. 여기서 지식전달은 주로 부차적인 의도, 즉 이차적인 목적을 지닌다. 우리는 캄페Campe의 『소년 로빈슨』에 관한 다음의 "예고서"에서 아동 · 청소년을 위한 "오락적인" 문학, 즉 "순수" 문학이 어떤 방식으로 이런 목적을 추종하려 하는지 추론해 볼 수 있다. "두 번째로 작정한 것은 첫 번째 목적 [즉 "편안하게" "얘기를 나누려는" 목적, 한스 하이노 에버스Hans Heino Ewers]을 그대로 두고, 이 책의 바탕에 깔린 이야기의 실타래에 될 수 있는 한 많은 기초지식을 얽어 주려고 했다. 내 경우 기초지식이라 하면[…] 가정생활에서, 자연에서 그리고 보통 사람들의 광범위한 활동범위에서 얻은 것에 대한 기본개념이다 […]"(Campe 1981, 5).

둘째로 아동 · 청소년 문학은 가치를 전달해야함은 물론 종교교육과 도덕교육에 (만약 두 경우 다가 아니라면, 후자의 경우라도) 이바지해야 한다고 한다. 여기서 중요한 것으로 (종교적이고 도덕적인) 기본가치는 물론 구체적인 규범이나 각 행동영역을 위한 전제가 될 수 있을 것이다. 가치와 규범에는 각각 신과 개인,

이웃과 개인 그리고 자기 자신과 개인의 관계가 해당될 수 있다 (종교적, 사회적 그리고 개인적 가치와 규범). 여기에 예절교육이 라는 과제영역이 추가될 수 있겠다. 아동 · 청소년 문학은 지성교육 분야와는 달리 가치전달과 행동학의 영역에서는 학교 설립을 통하여 그다지 언급할 만한 정도로 부담을 덜진 못했다. 예절교육과 도덕교육은-여가용 도서인 아동 · 청소년 문학과 더불어-상당부분 가정에서 맡아야할 과제로 남아있다. 문학적 가치전달의 방법론은 근본적인 전환을 맞았다. 처음에는 해도 되는 것과 안 되는 것, 행동규칙과 그 밖의 규정, 해당 교과서와 실용서(교리문답서, 미담집, 행동규범서, 부모의 유언 등)에서 따온 것을 암기하는 것이다. 이 방법은 맨 마지막에 거의(광의의 의미에서 도덕적인 예시문학인) "순수문학"만을 이용하는 도덕교육과 품행교육으로 전환된다.

여기서는 기타 교육적인 아동 · 청소년 문학규범을 보충해서 언급할 필요가 있다. 이때 맨 먼저 아동 · 청소년 문학이 국한된 교육목적에만 매달렸으면 하는 규범들을 언급할 것이다. 아동 · 청소년 문학은 학교희곡에 중요한 역할을 부여한 수사학 교육의 수단으로 여겨졌다. 역사적으로 보면 이 아동 · 청소년 문학규범은 초창기에서부터 18세기 말경까지 적용됐다. 그 밖에도 아동 · 청소년 문학은 초급독서수업의 연장선에서 필요로 했고 독서능력을 훈련시키고 더욱 다져줄 목적으로 도입되었다고 말할 수 있을 것이다. 이와 같은 기능화는 도서장르 중에서도 초보자용교재와 읽기책에서 가장 뚜렷하게 나타난다. 그러나 이 장르는 19세기부터 (예외적인 경우를 제외하고) 점차 아동 · 청소년 문학에 속하는 여가용 도서에 포함되지 않게 됐다. 거의 모든 아동 · 청소년 문학 장르를 독서 장려라는 목적으로 광범위하게 필요로 하게 된 것은 20세기 후반의 매체사회에 이르러서야 나타난 것 같다.

아동·청소년 문학은 실상 이미 어느 정도 일련의 동화작용을 거쳤다. 이것은 물론 최근에 와서야 의식하게 되었고 규범으로 자리 잡았다. 아동·청소년 문학은 "현실을 이해하기 위한 보편적인 틀을 전달하는 일"을 해내고 있고 그럼으로써 "독자의 세계 인식", 즉 독자의 현실감각을 키워준다고 한다. 아동·청소년 문학은 그 자체에 내재된 "감정적 참여를 제공"함으로써 수용자에게 환상적인 삶과 내면의 삶은 물론 "자기인식" 또한 발달시키도록 도움을 줄 것이다(Hurrelmann 1998, 49). 마지막으로 아동·청소년 문학은 문학습득 및 문학교육을 위해 이용되어 왔다(Lypp 1988, Ewers 1997). 아동·청소년 문학은 "늘 암시되는 바와 같이 문학적인 능력과 독서능력을 습득하기위한 일종의 교과과정을 마련해 준다고 한다. 말하자면 도서는 난이도에 따라 단계를 나누어 공급된다. 예를 들자면 주로 문맥상의 연관관계를 풀어주는 언어와 문학적 허구에 대한 이해, 즉 시학적 관례 그리고 장르 특유의 서술방식, 간접적인 언어사용의 형태 등에 대한 이해와 연관해서 단계를 나눈 것이다."(Hurrelmann 1998, 49) (문학작품을 통한 문학 상징체계의 경향에 관한 위의 설명 참조. 이 관점은 제8장에서 더 자세히 다룰 것이다).

결국 아동·청소년 문학은 각자의 능력과 소질을 향상시키려는 목적이 아니라 개인의 모든 면에 영향을 주려하는 교육적인 프로젝트 때문에 이의가 제기되었다. 여기에서는 개인의 모든 면을 고르게 발달하도록 장려하고, 개인의 능력이 서로 조화를 이루도록하며, 내적본질을 치우침 없이 고르게 하는 것들이 문제시 될 수 있다. 따라서 19세기 초반에는 정서교육이 논의 대상이 된다. 이는 본질적으로 순수 예술과 문학을 즐김으로써 장려되고, 만약

그렇지 않다하더라도 우선 이를 통해 가능해진다고 한다. 나중에
는 "자아발견"이니 자아형성이니 하는 것들이 언급된다. 즉 전체
적으로 봤을 때 아동·청소년 문학을 통해 이미 진행이 되고 있을
수도 있었던 정체성의 발견 혹은 정체성의 구성이 이야기 된다.

협의의 교육 혹은 광의의 교육을 하기 위해 아동·청소년 문
학에 대해 여느 때와 같은 비슷한 쓰임새가 있기를 요구하는 모든
규범들을 '교육문학인 아동·청소년 문학'이라는 포괄적인 규범
으로 통합하고자 한다(Ewers 2000, 104). 괴테 클링베르크가 이야기
하는 것은 "교육학적 의도"를 가진 아동·청소년 문학 내지는
"이상적인 교육기능"으로서의 아동·청소년 문학이다(Klingberg
1973, 79). 여기에서 확인될 수 있는 것은 그 개념에 포함되는 모든
규범들이 전부 '장기적인' 효력을 지녔던 건 아니라는 사실일 것
이다. 그와는 반대로 '교훈문학, 즉 지식습득과 가치전달의 매체
로서의 아동·청소년 문학'이라는 규범 안에서는 장기간 통용됐
을 뿐 아니라 가장 오래되기도 한 하나의 특성이 확립되어 있다.

2.2 아동·청소년에게 적합한 문학인 아동·청소년 문학

이 규범에 따르면 아동·청소년 문학이 전달하는 내용은 아
동·청소년 수용자에게 적합해야 한다. 이는 "화법의 외면적 타
당성"을 요구하는 전통 수사학에도 어느 정도 일치한다. 전달 내
용을 만들 때 아동·청소년 수용자 각각의 언어구사능력, 지적능
력, 이해력, 일반 상식의 수준, 풍부한 경험 그리고 마지막으로
그들의 문학 해석 능력이 고려될 수 있다. 특히 아동·청소년의
특별한 관심거리와 마찬가지로 그들이 선호하는 것들도 고려될
수 있다. 앞에 언급한 관점 모두가 반드시 아동·청소년들에 대
한 배려에 포함되어야 하는 건 아니다. 아동·청소년 문학은 그

들이 선호하는 것과 관심거리를 동시에 따르지 않더라도 오직 수용자의 현재 문학적이고 언어적인 인식능력에 일치하는 것이면 그것으로 충분하다고 할 수 있다.

수용자와 수용자 각자의 능력에 대한 고려는 전달내용의 형태, 즉 전달 내용을 담은 텍스트의 각 특징 속에 반영되어야 한다. 만약 한 텍스트가 아동·청소년에게 맞는 경향을 충분히 나타내고 있다면, 이는 아동과 청소년에게 적합하다고 말해도 될 것이다. 아동·청소년에게 맞는 경향이라 하면 그 텍스트와 아동·청소년에게 맞춰진 파라텍스트의 모든 영역에서 생각해 볼 수 있다. 그에 대한 가능성을 몇 가지만 언급하자면, 장정, 삽화, 언어, 문체, 서술방식, 성격, 모티브, 문학적인 전달내용의 주제 등 아동·청소년에 대한 적절성을 들 수 있다. ―여기서 50년대에 나온 아동·청소년 문학 규범에 대한 표현을 들어보자. "청소년 도서라면 그 내용이 아이의 정신적인 이해력에 맞아야 할 뿐만 아니라, 무엇보다 청소년들의 언어세계―아이들의 말투―에서 나온 언어가 사용되어야 한다는 결론이 나온다. 이는 청소년 도서의 언어가 아이들다워야 하고 청소년에게 맞아야 한다고 하는 그런 요구를 의미한다"(Pfeffer 1956, 117).

앞 단원에서 전개한 규범은 의심의 여지없이 구식이다. 거의 모든 문화에서 아동·청소년문학은 오랫동안 아무런 문제없이, 일단 (오직 한 개의 규범만을 널리 당연하게 받아들이는) 단순한 교훈문학으로 나타난다(Shavit 1986, 133). 아동·청소년에 대한 적합성이란 규범의 등장과 더불어 한편으로는 지식과 가치전달의 필요성, 다른 한편 아동·청소년들의 능력과 욕구사이에서 특수한 중개역할을 맡은 아동·청소년 문학의 독립화 과정이 시작된다. 동시에 아동·청소년 문학은 이제 더 이상 어느 정도 자생적인, 즉 자명한 문화적 실천이기 보다는, 오히려 결코 쉽게 극복될 수 없는 도전이라고 하는 성찰이 나타난다.

2.3 문학의 완벽한 표현형태인 아동·청소년 문학

이 규범은 아동·청소년 문학이 그 문학이 속하는 시대의 시대적 문체형식과 창작방식을 사용하리라는 기대, 즉 가능한 한 당대의 지배적인 미학적 원칙과 (고급)문학의 관례를 폭넓게 존중할 것이라는 기대를 담고 있다. 말하자면 아동·청소년 문학은 (고급)문학의 각 개념에 상응해야하고 이런 의미에서 완벽한 문학임이 입증되어야 한다. 이는 기호 이론적으로 말해서 아동·청소년 문학의 의사소통이 전달내용을 코드화시키기 위해 독자적인 문학 상징체계를 쓸 것이 아니라 당대의 (고급)문학의 상징체계를 써야한다는 것이다. 18세기 후반 요한 칼 베젤Johann Karl Wezel이 쓴 『로빈슨 크루소』(1779/1780) 서문에서 차용했던 이 아동·청소년 문학 규범에 관한 중요한 옛 표현 하나를 인용해보자. "만약 이해력과 연관해서 뿐만 아니라 이야기책에서도 어른들 것을 아이들 것과 다르게 써야한다고 주장한다면, 이는 잘못된 관찰에서 나온 전적으로 잘못된 원칙이다. 어떤 연령이 봐도 분명하게 그리고 개성을 담아 글을 써야한다. 맥없고 맹탕하기 짝이 없는 형편없는 문체에다 완전 지겨운 반복에 다독거리는 표현이 아이들이 이해하기에 왜 더 낫다고 하는지 나는 이해가 안 된다. […] 우리는 새싹에서부터 미적 감각을 죽이고 형편없는 것에 길들게 할 뿐 아니라, 그런 빈곤한 언어로 아이들을 망치고 있는 것이다 […]"(Wezel 1979, 14). 19세기말 하인리히 볼가스트Heinrich Wolgast는 이 아동·청소년문학 규범에 대해 다음과 같이 말했다. "수영을 배우려는 자는 물속에 들어 가야한다. 만약 청소년들에게 문학예술작품을 묘사해주지 않는다면, 그들은 그것을 즐길 수 없을 것이다." 청소년들에게는 오직 "진짜 창작품만을 즐기게 해주면 된다[…]. 청소년문학은 예술작품이어야 한다"(Wolgast 1910, 23).

앞에서 인용한 아동·청소년 문학 규범에 대한 이와 같은 역사적인 발언들은 18세기 후반부터 이 규범이 당위성이나 보편성을 전혀 문제 삼지 않는다는 인상 즉 오히려 당시의 지배적인 실천을 반박한다는 인상을 불러일으킨다. 실제로 이 아동·청소년 문학규범이 요구하는 바는 각 아동·청소년 문학적 관례와 빈번하게 대립한다. 사용 가능한 문체형태냐 창작방식이냐에 대해서는 지배적인 관례 내에서 철저하기 보다는 그때그때 경우에 따라, 다시 말해서 기능적으로 결정함으로써 지배적인 관례와의 공통점을 찾아낼 수 있을지도 모른다. 아동·청소년 문학의 다른 규범들은 예를 들어 지식과 가치전달(제2장 1)이라든지 아동·청소년에 대한 적절성의 확립(단원 제2장 2)을 전면에 내세우고 있다. 이때 이 목적을 가장 효과적으로 드러내주는 그런 문체형태와 창작방식이 선호될 것이다. 실제로 아동·청소년 문학의 실천에는 문체면과 관련된 어떠한 규범도 의무도 없다. 그 대신 그때그때마다 기능적인 문학의 형식과 창작방식을 사용하는 원칙이 있을 뿐이다. 이때 지배적인 (고급)문학의 개념을 회피해야하는 불가피한 일이 벌어진다할지라도 별로 문제가 되지는 않는다. 아동·청소년 문학이 문학이라고 하기에 완벽한가 하는 문제는 부차적인 것으로 보인다. 결정적인 것은 아동·청소년 문학이 주어진 목적을 실현하는 것이다.

이 규범에 대한 역사적인 발언들은 모두 아동·청소년 문학으로 하여금 역사적이고 구체적인 특정한 문학개념을 따르도록 요구한다. 이 모든 표현을 '문학의 완벽한 표현형태인 아동·청소년 문학'이라는 시대를 초월한 규범 하에 요약함으로써 어떤 상위문학개념도, 즉 한결같은 그 어떤 기본문학개념도 건드릴 생각은 없다. "문학의 완벽한 표현형태"라는 아동 · 청소년 문학을 하나의 독립적이고 자주적인 혹은 순수 미학적인 문학으로 발전시키려는 것을 의미하는 것이 아니다. 오히려 당대의 지배적인 문학개념에 일치하는 문학으로 확대시키려는 것이다. 이때 이 개념이 문학적 자율성을 내세우는지 않는지는 별개이다. 오랜 시간이 지나서도 변함이 없는 것은 이 문학개념이 말하는 것이 무엇이든지 간에 아동 · 청소년 문학이 그때그때 지배적인 (고급)문학개념을 따라야 한다는 상관적인 도식뿐이다.

그래서 '문학의 완벽한 표현형태'인 아동 · 청소년 문학이라는 규범이 어떤 다른 아동 · 청소년 문학의 기본 규범과 부합될 수 있는지는 전혀 일반화해서 말할 수가 없다. 이것은 그때그때마다 지배적이고 일반적인 (고급)문학개념이 어떤 것이냐에 따라 다르다. 일반적으로 문학을 가치전달, 즉 도덕교육의 수단으로 보던 시기의 아동 · 청소년 문학은 아무런 제한도 받지 않고 교훈적인 규범과 일치하면서 곧 문학의 완벽한 표현형태라고 여겨질 수도 있다. 아마도 18세기는 전적으로 그런 경우라 할 수 있을 것이다. 그러나 18세기 후반(슈트룸 운트 드랑 및 초기 낭만주의와 초기 고전주의의 징후가 나타나면서) 각각의 일반적인 문학조류들은 도덕교육에 토대를 둔 문학의 기능 확립을 벗어나서 대안문학의 규범들을 끌어들였다. 18세기 후반과 19세기 초에 나온 이러한 문학개념의 예를 몇 들자면 "표현시", 즉 "체험문학"으로서의 문학, 감정의 표현("심정의 토로") 혹은 영혼의 표출로서의 문학, (각 정서적인 힘들 상호간에, 인간 공동체와 연관해서도 마찬가지지만, 인간과 자연과의 관계에 있어) 미화의 본보기로서의 문학이 그것이다.

이러한 새로운 문학관은 드물긴 해도 아동 · 청소년 문학의 영역에서도 호응을 얻었다. 아우구스트 로데August Rode (Ewers 1998)의 아동드라마 혹은 크리스티안 아돌프 오버벡 Christian Adolf Overbeck의 동시(Ewers 1992)를 생각해보면 이미 18세기 후반에도 그러한 것을 알 수 있다. 물론 그로 인하여 '교훈문학인 아동 · 청소년 문학'이라는 규범의 우위가 흔들린 것은 아니다. 이 규범은 또한 제한된 정도일지라도 19세기 초의 낭만주의 운동도 이뤄냈다. 물론 낭만주의 운동의 문학개념은 현저하게 아동 · 청소년 문학의 영향을 받았다. —대강 그 문학개념에 따르면 문학은 상상력과 판타지 및 무의식의 소리를 서술해야 한다는 것이다—"감정과 판타지를 자극하는 이와 같은 의도"는 클링베르크가 19세기를 조망하면서 옳게 단언한 바와 같이 아동 · 청소년 문학적으로는 "결코 지배적인 입지"(Klingberg 1973, 81)를 얻지 못했다[…].

고전주의와 낭만주의의 결과로 고급문학의 개념이 확립되면서 순수문학을 도덕교육을 위해 필요로 하는 것이 점차 금기시되었다. 이 상황에서 문학의 완벽한 표현형태로 여겨지고자 했던 아동 · 청소년 문학은 이제 나름대로 도덕교육적인 목적을 관철하는 것과는 거리를 두게 된다. 어쨌든 아동 · 청소년 문학은 이제 더 이상 두 규범에 동시에 맞출 수가 없다. 19세기말에 하인리히 볼가스트는 바로 이런 의미에서 지식습득과 가치전달을 위해 순수문학을 그런 식으로 이용하는 것을 교육계의 부당한 전횡이라고 비난했다. "문학은 지식과 도덕을 장려하는 수단일 수 없으며 그래서도 안 된다. 만약 문학이 외부권력에 휘둘리게 되면 품위가 실추된다"(Wolgast 1910, 21).

19세기와 20세기에도 물론 문학과 교육학이 원칙적으로 양분되었다고 말할 수는 없다. 그렇지만 순수문학을 교육의 도구로 사용하는 것만은 거부되었다. 그래서 소위 순수문학의 순수미학적인 특성이 잘 부각될 수 있었을 것이다(Ewers 2000, 108). 카스파 슈피너Kaspar H. Spinner는 '교훈적인' 문학관에서 소위 '미학적인' 문학관으로 넘어가는 과도기에 일반적으로 그 문학관을 따라야하는 아동·청소년 문학도 마찬가지지만 문학이 교육문학임을 포기하지 않고 단지 다른 종류의 교육문학으로 변해가는 것에 주목하고 있다. 이에 대한 예로서 슈피너는 1900년경의 예술교육운동을 들고 있다. "18세기와 19세기의 가르치기식 아동·청소년 문학이 자라는 이들의 감각을 도덕적인 통찰을 위해 요구했다면, 예술교육운동은 미학적인 감각 그 자체를 만들어주고자 한다. […]"(Spinner1994, 20). 실제로 다음 인용문에서 보면 하인리히 볼가스트는 도덕교육적인 모든 것을 거부하면서도 예술과 문학의 교육적인 기능은 고수하고 있다. 아동·청소년 도서 하나하나가 "아이들이 문학적인 것을 향유할 수 있도록" 가르쳐야한다. 즉 아이들에게 "문학에 대한 미적 감각"을 만들어 줘야 한다고 말하고 있다(Wolgast 1910, 23). 쉴러와 빌헬름 폰 훔볼트 그리고 볼가스트의 전통을 따르는 아동·청소년 문학의 미학교육에 대한 요청은 폴커 라덴틴Volker Ladenthin과 군델 마텐클로트Gundel Mattenklott들로 이루어진 옹호자들에게서 최근에도 여전히 발견되고 있다(Mattenklott 1998, Ladenthin 1992, 1998, 2000).

2.4 민중시문학의 재탄생인 아동·청소년 문학

맨 마지막으로 선택한 이 아동·청소년 문학 규범도 마찬가지로 아동·청소년 문학이 특정한 문체형식, 즉 특정한 문학개념을 따라야 한다는 것이다. 문학 미학적인 관점에 있어서의 방향점을 이젠 더 이상 각 현대적인 (고급)문학개념이 아니라 오히려 과거에 자리 잡고 있는 문학의 실천에 넘겨줘야 한다. 여기서 말하는 과거는 가까운 혹은 중반 어느 시기가 아니라, 모든 문자문화가 생기기 이전이라서 가늠하기 조차 힘든 아득한 옛날을 말한다. 이른바 인류 내지는 한 민족의 원시기인 초창기에 생겨난 문학 장르들은 18세기 말엽과 19세기 초부터 '자연시문학' 혹은 '민중시문학' 내지는 '민중문학'이라는 개념으로 요약된다. 이 같은 네 번째 규범은 이제 아동·청소년 문학이 바로 당대의 '현대적인' (고급)문학개념을 표준으로 삼아서는 안 되며, 오히려 아주 전근대적인 '고대'의 민중시문학을 이상으로 삼아야 한다는 것을 말하고 있다. 아동·청소년 문학은 주변문화와는 반대 입장을 취해야한다. 즉 현시대의 한가운데에서 민중시문학의 재탄생임을 묘사해야하고 민요, 격언, 동화, 영웅담, 전설, 풍자, 동물서사시 그리고 유령극 등과 같은 옛 부터 내려오는 장르들을 함께 담아야 한다.

이와 같은 아동·청소년 문학의 규범은 실제로 여러 가지 다른 방식으로 변형될 수 있다. 민중시문학의 재탄생이라 하면 민중시문학을 아동·청소년 도서로서 재발견함을 의미한다. 고대의, 즉 태곳적부터 내려오고 있는 파악 가능한 시문학의 유물들을 (아동·청소년용 특별판으로) 책으로 만들어 아동·청소년들에게 제공해야 한다. '민중시문학의 재탄생인 아동·청소년 문학' 규범의 가장 유명한 변형방법에 대한 예는 그림형제의 『어린이와 가정을 위한 동화』(1812/15, 1819 2판)이다. 그러나 이 규범은 아동·청소년 문학이 옛 민중시문학의 방식과 모범에 따라 창작되고 있다는 점에서도 물론 일치될 수 있다. 재탄생이란 원래의 민중시문학에 대한 다소 신뢰할만한 문학적인 모방이다. 이와 같은 모방은 현대와 일치하면서도 어느 정도 모작으로 이해될 수 있다. 역사적으로 봤을 때 여기서 다루고 있는 것은 아동·청소년 문학의 규범 중 가장 최근의 것이다 18세기 후반에만 해도 이 규범을 추종하는 사람이 드물었다. 그러나 낭만주의의 결과로 이 규범은 19세기가 되면서 더 폭넓은 기초를 다졌고 그때부터 꾸준히 호응을 받고 있다.

아동·청소년 문학이 법칙 면에서 현대적인 (고급)문학 대신 애초의 "민중시문학"을 따라야 한다는 결정은 아동이면서 아직 부분적으로는 청소년인 이들의 전근대적인, 다시 말해서 고대적인 존재방식 자체에 토대를 두고 있다. 이 규범의 추종자들은 물론 그들 시대의 아동·청소년 독자들이 현대적인 교육의 영향으로 인해 대부분 '진정한' 아동·청소년의 본질로부터 소외되었다는 것을 너무나 잘 알고 있다. 아동·청소년들의 이런 부분을 본다면 민중시문학의 재탄생이라는 개념을 가진 이 아동·청소년 문학은 아동·청소년에 대한 적합성이라는 규범을 충족시키지 못하고 있다. 이는 문학적인 관점에서 시대에 부적합할 뿐만 아니라, 그 시대의 많은 아동·청소년 독자들에게도 익숙하지 않고 여전히 낯설기 때문이다. 그러나 이 규범은 현대식으로 잘못된 교육을 받은 일부 젊은 독자층에게 그들의 '진정한' 본질을 되찾아 줄 수 있을 만큼 영향을 미칠 수 있었다는 의미에서 교육적인 효과가 있다 하겠다. 이 아동·청소년 문학이 지금이 아니라면 미래에라도 아동·청소년에게 한없이 적합하기를 바란다.

3. 아동·청소년 문학의 기본규범의 분류

여기에서 선정된 아동·청소년문학의 네 가지 기본규범은 서로 경쟁적이거나 배타적인 규정이 아니다. 반대로 서로 완전하게 연결시킬 수가 있다. 물론 마지막 두 규범과 관련해서는 아동·청소년 문학(사조)이 당대의 현대적인 (고급)문학과 고대의 민중시문학 양쪽을 동시에 지향할 수가 없다는 점에서 어느 정도 제약이 따른다. 말하자면 세 번째와 네 번째 규범은-아마도 일부는 이 규범에, 다른 일부는 저 규범에 맞출 수는 있겠지만-한 번에 일치시킬 수 없다. 나아가 당대의 현대적인 (고급)문학 이나 고대 민중시문학을 척도로 삼는 아동·청소년 문학(사조)은 두 문학에 동시에 전념하는 기능적인 문학이해가 불가능하다. 위에 언급한 비타협성은 세 번째와 네 번째 규범이 이 규범에 대립하고 있는 기능적인 문학이해와 마찬가지로 아동·청소년 문학에 대한 관점이 동일하다는 것과 연관된다는 점에서 생긴 결과이다.

그러나 그 밖의 모든 경우 아동·청소년 문학의 기본규범들은 아동·청소년 문학의 서로 다른 측면이나 특성들이 무엇 때문에 서로 결합될 수 있는지 정립해주는 것을 내용으로 한다. 이미 언급한 세 번째와 네 번째 규범에 관련된 관점의 경우 그때그때 선택할 수 있는 문체형태와 문학의 방식이 중요하다. 이와 달리 첫 번째 기본 규범-교훈적인 문학으로서의 아동·청소년 문학-및 앞서 언급된 그 밖의 다른 교육적 규범들이 도달하고자 하는 바는 아동·청소년 문학의 목표설정, 즉 목적설정이다. 반면 두 번째 기본규범-아동·청소년에게 적합한 문학으로서의 아동·청소년 문학-은 텍스트와 독자의 관계를 조정하는 데 있다. 아동·청소년 문학규범을 위한 첫 분류도식은 이렇게 해서 생겨난다. 이 분류도식은 규범들이 그 규범을 규정대로 조정하려하는 각 작품의 관점에 따라 차이가 있을 수 있다(주 49). 여기에 나열한 세 개의 분류관점-목적, 텍스트와 독자의 관계 그리고 문학종류-에서 다루고 있는 것은 아직 더 자세하게 구별해볼 수도 있을 만큼 시점이 비교적 포괄적이다. 여기서는 기본적인 문제제기만 하고자 하기 때문에, 간략하게 아동·청소년 문학 규범을 분류해본 것으로 마치고자 한다.

　아동·청소년 문학의 기본규범은 항상 대립 쌍으로 배열된다. 이 대립 쌍 중 하나는 이미 얘기 되었다. 즉 세 번째 규범과 네 번째 규범−완벽한 문학 형태인 아동·청소년문학 그리고 민중시문학의 재탄생인 아동·청소년 문학에 대한 규정−을 기능적인 문학이해의 반대로서 서로 대립시켜 보았다. 세 번째 규범과 관련해보면 물론 이것이 일반적으로 기능주의적인 문학개념을 따랐던 시대나 사조에 적용되지 않는다. 대개 아동·청소년 문학을 오락용으로 확정하는 것은 전체 교육적 아동·청소년 문학 규범에 상반되는 것으로 보인다. 기능적인 문학이해와 마찬가지로 오락문학으로서의 아동·청소년 문학의 특성도 아동·청소년 문학의 기본규범이 되는 경우는 드물었다(Ewers 2002). 요아힘 하인리히 캄페는『소년 로빈슨』에 붙인 그의 유명한 서문에서 "우선 나는 어린 독자들에게 내가 할 수 있는 한 아주 편안한 방식으로 재밌게 이야기를 나누고자 했다"(Campe 1981, 5, Dettmar 2002)고 강조하고 있긴 하지만, 여기에 대해서는 그런 식으로 간략하게만 말하고 있다. 오락이라 하면 주로 별로 내보이고 싶지 않은 아동문학의 임의적이고 부수적이고 우연적인 특성이라고들 알고 있다. 단지 다루고 있는 대상에만 맞춰진 창작방식과 서술방식은 아동·청소년에 대한 적합성의 규범과 대립되는 것으로 보아진다. 여기서는 물론 아동·청소년 문학 영역에서는 관례가 아니라고 하는(Ueding 1990. 그 외 제7장 5 참조) 오직 "내적 적절성"만을 준수하는 것을 말한다.

아동 · 청소년 문학의 규범 분류		
대상의 관점	아동 · 청소년 문학의 규범	반대 규범
목표설정	– 지식과 가치의 전달매체 (교육문학) – 수사학적인 교육 수단 – 문학습득 및 문학교육의 매체 – 독서장려의 수단 – 미학교육의 매체 – 인격이나 정체성 형성을 위한 매체	오락적인 문학
수용자와의 관련	아동 · 청소년에게 적합한 문학으로서, '외적인 적절성'으로서의 아동 · 청소년 문학	오직 '내적 적절성'으로서의 아동 · 청소년 문학
문학 종류 및 문학 개념	– 문학의 완벽한 표현형식으로서의 아동 · 청소년 문학 – 민중시문학의 재탄생으로서의 아동 · 청소년 문학	기능적인 문학

〈도표10〉

4. 아동·청소년 문학의 기본개념

여기에 정의하고 있는 의미상의 아동 · 청소년 문학규범들은 아동 · 청소년 문학의 각 특성 및 관점을 그것이 기술하는 바대로 확정한다. 그와는 달리 아동 · 청소년 문학의 각 경향 뿐 아니라, 그 문학 전반에 걸친 규정을 아동 · 청소년 문학의 기본개념이라 한다. 여기서 그 문학 전반이라 하면 아동 · 청소년 문학의 기본적인 성격, 가장 중요한 차이점 그리고 중심적인 기능을 규정하려는 모든 것들을 말한다. 이런 류의 개념들은 예외적인 경우가 아니라면 대개 여러 규범적인 규정들의 결합으로 이루어진다. 이 개념들이 아동 · 청소년 문학이 요구하는 바를 충분히 충족시키고 있다는 점에서 보통 역사적으로는 아동 · 청소년 문학의 '본질규정'이라 말해지기도 했다.

각 규범을 선택해서 결합하는 것 자체만으로 아동 · 청소년 문학의 개념이 만들어지는 건 아니다. 다만 지금까지의 아동 · 청소년 문학 이론들이 그런-대부분은 평가기준의 형식으로 나오는-기본적인 아동 · 청소년 문학 규범들을 통합한 것에 불과할 뿐이다. "아동 · 청소년 도서"를 평가하는 세 가지 관점에 대한 학설은 이에 대한 한 예로 보여 진다. "청소년 도서의 평가"와 관련해서 예를 들어 리하르트 밤베르거Richard Bamberger는 "미학적인 원칙"과 "발달심리학적인 원칙" 그리고 "교육학적인 원칙"을 구별하고 있다(Bamberger 1955, 54, Bamberger 1965, 53). 칼 에른스트 마이어Karl Ernst Maier는 청소년 도서를 "문학재산", "교수재산 및 교육재산" 내지는 "아동 · 청소년 재산"이라 평가한다(Maier 1965, 116). 이 책의 제8판 에서는 "문학적 관점"과 교육학적 기능의 관점 그리고 "아동 독자의 관점"에 관해서 언급한다(Maier 1980, 207). 이것과 마찬가지로 이 세 관점을 설명하는 부분에서는 서로 다른 대상의 관점을 위한 평가기준들이 전개된다. 이때 평가기준들에 대한 '타협가능성'이 언제나 (충분하게) 고려되는 건 아니다. 그래서 사실상 그 저서에서 대변되고 있는 아동 · 청소년 문학의 개념을 알아내기란 쉽지 않다. 여기에서 파악한 바에 따르면, 개개의 규범이 분류된 전체로 결합된 다음에야 비로소 아동 · 청소년 문학의 개념을 얘기할 수 있다. 개별적인 규범은 그런 결합의 진행과정에서-허나 그 규범들이 위계질서에 맞게 배열됨으로써-의미를 갖는다. 개별적인 규범의 이 같은 의미부여는 사실대로만 행해지기 보다는 명확하게 근거가 제시될 때에만 아동 · 청소년 문학 이론이라 말할 수 있을 것이다.

　규범과 관련해서 얘기된 사항들은 아동·청소년 문학개념에도 해당된다. 시대를 초월한 보편적인 아동·청소년 문학개념을 찾으려는 노력이 무엇 때문에 잘못인지는 전적으로 역사적인 규정과 관련된다. 여기서 보면 각 아동·청소년 문학규범이 초시대적인 오랜 효력을 지닐 수 있다고 해서 아동·청소년 문학의 개념 또한 그럴 것이라는 데서 출발해선 결코 안 된다. 그 때문에 각각 역사적으로 접할 수 있는 아동·청소년 문학이론들을 이 자리에서 본보기로서 소개하는 것은 의미가 없다. 그 대신 여기서 선정된 아동·청소년 문학규범에서 출발하여 이 규범에 대한 생각해볼 만한 모든 결합과 서열관계를 살펴보고자 한다. 아동·청소년 문학의 개념들이 여기서 전개한 규범을 따르고 있는 한 그 결과는 아동·청소년 문학의 기본 개념에 대한 가능한 도식이 될 지도 모른다.

가능한 아동·청소년 문학 개념의 도식				
아동·청소년 문학의 상위 규정	I. 교육적 기능		II. 외적 적절성 (아동·청소년을 위한적합성)	
아동·청소년 문학의 2차적 규정	외적 적절성	문학성격 및 민중시문학적 성격	교육적 기능	문학성격 및 민중시문학적 성격
아동·청소년 문학의 하위(부수적)규정	기능적 문학개념	외적 적절성	기능적 문학개념	교육적 기능
구체적인 아동·청소년 문학개념	아동·청소년에게 적합한 교육문학으로서 기능적인 문학 이해력을 지닌 아동·청소년 문학	고급문학 및 민중시문학에 방향을 맞춘 교육문학으로서 독자를 우선적으로 다루지 않는 아동·청소년 문학	아동·청소년에게 적합한 문학으로서 교육적 특성과 기능적인 문학이해력을 지닌아동·청소년 문학	고급문학 및 민중시문학에 방향을 맞춘 아동·청소년에게 적합한 문학으로서 교육기능을 우선시하지 않는 아동·청소년 문학

아동·청소년 문학의 상위 규정	III. (고급)문학적 성격		IV. 민중시문학적 성격	
아동·청소년 문학의 2차적 규정	교육적 기능	외적 적절성	교육적 기능	외적 적절성
아동·청소년 문학의 하위(부수적)규정	외적 적절성	교육적 기능	외적 적절성	교육적 기능
구체적인 아동· 청소년 문학개념	문학의 완벽한 표현형태로서교육적인 특성을 지니며 독자를 우선적으로 다루지 않는 아동·청소년 문학	가능한 아동·청소년에게 적합하고 완벽한 문학의 표현형태로서 교육기능을 우선시하지 않는아동·청소년 문학	교육적인 특성이 있고 독자를 우선적으로 취급하지 않는 민중시문학의 재탄생인 아동·청소년 문학	아동·청소년에게 적합한 민중문학의 재탄생으로서 교육기능을 우선시하지 않는 아동·청소년 문학

〈도표11〉

구조를 보면 이 개념들 하나하나는 아동·청소년 문학의 세 기본규범의 선택과 그 규범의 서열적인 배열로 이루어진다. 선택된 세 개의 규범중 하나는 어떤 상황 하에서도 그것을 따라야 하는 서열상 우선적 규정이 된다. 그 나머지 규범 중 하나는 반드시 필요하긴 하나 서열상 두 번째 규정이 된다. 이 규범에 의해 상위 규범이 침해되지 않을 때에 한해서 이 규범도 물론 준수 되어야 한다. 나머지 규범은 결국 서열상 마지막 규정이 된다. 이 규정은 아직 쓸 만한 여지가 있을 때에만 고려되어야 한다. 이 규정은 어느 정도 아동·청소년 문학의 비본질적인 특성에 가깝다. 아동·청소년 문학의 기본개념에 대한 가능한 도식에 폭넓은 여지를 만들어주기 위해서 출발점을 한 곳으로 수정해보자. 이는 교육적인 아동·청소년 문학의 각 규범으로 되돌아가자는 것이 아니라, 여러 기능들을 이런 종류의 모든 규범을 위해 열어놓고 시작하자는 것이다. 또한 '교훈문학인 아동·청소년 문학규범'을 '교육문학인 아동·청소년 문학'이라는 일반적인 표현으로 대체하더라도

'교육적인' 혹은 '교육기능'이라는 말이 등장하는 곳이면 어디서나 그때그때 하나 혹은 여러 개의 구체적이고 교육적인 아동 · 청소년 문학의 규범들이 나와야 한다는 점을 강조하고 싶다.

여기에서 다루는 도식은 또한 아동 · 청소년 문학이 최우선적으로 교육문학이어야 한다는 개념(=각각의 교육적인 목적에 대한 우선권)과 아동 · 청소년에게 적합한 문학을 우선적으로 다뤄야 한다는 개념(=외적인 적합성에 대한 우선권)을 맨 첫 단계에서 구별하고 있다. 이는 아동 · 청소년 문학이 맨 먼저 당대의 현대적인 (고급)문학의 완벽한 형태(문학성격의 우선권)이거나 아니면 "민중시문학"의 재탄생(=민중시문학적인 성격의 우선권)이어야 한다는 개념들을 위의 개념에서 분리시키기 위함이다. 두 번째 단계에서는 이 개념유형들을 서로 다른 두 개의 위치로 각각 나눈다. 하지만 이는 남아있는 두 규범 중 어떤 것이든 아동 · 청소년 문학 서열상 두 번째 규정으로 순위를 정해준 다음이 될 것이다. 그럼으로써 각각의 개념유형들 안에서 어떤 규범이 다음 순위로 배정될지는 자동으로 정해진다. 세 번째 순위와 관련해서는 생략하겠다. 아동 · 청소년 문학의 세 번째나 네 번째 규범에 대해서는 첫 번째 서열 혹은 두 번째 서열상의 우선권이 주어진 다음에나 고려하는 것이 의미 있어 보인다. 그 밖의 다른 모든 경우에 있어서는 기능적인 문학이해만을 살필 것이다.

여기서 다소 계산적으로 만들어진 개념의 변이형들이 역사적으로 전부 입증이 된 건지는 아직 연구되지 않았다. 이 자리에서는 우선 제안된 개념을 설명하고 구체화하는 것이 중요하다. 그렇다고 해서 아동 · 청소년 문학의 기본개념에 대한 앞서 전개한 가능한 도식을 어설프게 설명해선 안 될 것이다. 그와 반대로 아동 · 청소년 문학관과 그 이론의 역사 연구는 전적으로 발견해볼 만한 가치가 있다는 생각이다.

　우리는 이제 규범의 서열화를 전혀 인식할 수 없을 정도로 아동·청소년 문학의 여러 규범을 동시에 따르는 아동·청소년 문학작품들과 만나게 된다. 그런 작품은 각양각색의 아동·청소년 문학비평가와 이론가들에게 평가를 받게 된다. 그때는 누구나 자신이 보기에 아동·청소년 문학의 최우선적인 특징이라고 여기는 특성을 강조한다. 그렇다면 여기서 교육적인 것과 아동·청소년에게 적합한 것 그리고 문학적 내지는 민중시문학적인 것을 똑같은 서열로 실현시키는 것을 아동·청소년 문학의 이상으로 끌어올리고 그런 규범의 서열화를 무시하면 안 될까(그리고 그런 작품에 대해 한장 한장은 물론이고 매장마다 칭송하듯 강조하면 안 될까)? 이제까지 살펴본 바에 따르면 아동·청소년 문학의 역사는 이런 유의 작품들이 오히려 드문 경우라는 것을 보여 준다 대다수의 작품들은 그렇듯 규범을 완벽하게 수행해 내지 못하고 있다. 바로 이런 미진한 작품들 때문에 비평가와 이론가들은 색깔을 밝혀주고 입장을 정해줄 수밖에 없다.

　실제로 다양한 몇몇 아동·청소년 문학적인 입장의 성격은 주로 시중에 나와 있는 아동·청소년 문학에 대한 단면적인, 부분적으로는 또한 문제가 있어 보이는 작품을 연구함으로써 뚜렷해진다. 단지 교육적인 유용가치가 미흡하거나 유용가치가 전혀 없는 작품의 경우에 비평가와 중개자가 어떤 태도를 취하는지는 독자적인 그리고 다소 의도적인 규범의 서열화에 달려있다. 교육적인 기능을 가장 우선시하는 그런 사람들은 자기태도를 고집할 것이다. 전적으로 아동·청소년 독자를 배려 한다는 이유로 주도적인 (고급)문학의 관례를 벗어난 장르를 선택해야할 때가 종종 있다. (세 번째 규범에 적합한) 아동·청소년 문학의 특성을 가장 우선시 하는 비평가에게 (대개 문학일반으로 봤을 때 가장 시대에 뒤떨어지는) 그런 결정을 내리는 것이 쉽지 않을 것이다.

5. 기본개념에 따른 자료구성

아동 · 청소년 문학의 개념들이 아무리 또렷이 세분되어 있다 할지라도 이는 작품을 분류하는 기초가 될 뿐이다. 여기에서는 작품의 분류를 기본개념에 따른 자료구성이라 표현하고자 한다. 제1장에서 설명한 자료구성은 오직 그 구성의 전제가 되는 행위의 형식에 따라 구별되었다. 그 경우 내용적인 시점은 완전히 제외되었다. 아동 · 청소년 권장도서(주2)의 범주라 하면 예를 들어 (어떤 내용적인 검토, 즉 어떤 아동 · 청소년 문학개념을 근거로 하든지 간에) 아동 · 청소년에게 적절한 도서로서 특정한 시대에 발행된 텍스트들 전체를 의미한다. 우리는 이제 시대 혹은 사회 분야와 연관하고 있다. 여기에서는 아동 · 청소년에게 적합한 도서라고 꼬리표가 달린 텍스트들이 계속해서 아동 · 청소년 문학의 유일한 정의에 의해서 좌지우지되어진다. 그런 경우 여기서 말하고 있는 자료구성방식의 차이는 언급할 만한 효과가 없다. 말하자면 여러 가지 도서자료들은 상당부분 겹쳐질 수 있다. 그러나 이는 일반적으로 일부는 병존하기도 하고 일부는 서로 경쟁하는 여러 아동 · 청소년 문학관과 연관된다. 그런 경우 두 자료구성방식 간에는 차이가 분명하게 드러난다. 여기서는 다른 말로 상이한 도서자료형성이 될 것이다. 아동 · 청소년권장도서의 도서자료는 그런 경우에 포괄적인 도서자료다. 왜냐하면 이 도서 자료는 (그 어떤 객관적인 이유든 간에) 아동 · 청소년에게 적절한 도서로 여겨지는 작품 전체를 포괄하기 때문이다. 그와는 반대로 개념에 따른 자료구성은 이러한 도서자료들 중에서 이제 그 작품들의 부분집합(하지만 그 개념에 적절한 규범서열에 부합하는 그런 부분집합)만을 가려내준다. 이런 부분집합에 속하는 작품들은 '진짜' 즉 '본래의' 아동·청소년 문학이라는 이름으로 발행된다. 반면 나머지 작품들은 '가짜', 즉 '본래의' 아동·청소년 문학이 아닌 것으로 간주되어 거부된다.

이 도서자료들은 그 범위와 관련해서 뿐 아니라, 그 내적 연관과 관련해서도 다르다. 아동·청소년 권장도서라는 도서자료는 (제1장에서 설명한 다른 자료구성과 마찬가지로) 외관상 이질적인 작품들을 그 안에 포함하고 있다. 그와는 반대로 기본개념에 따른 자료구성을 한다면 비교적 동질성이 큰 작품들을 분류해 낼 수 있다. 그런 도서자료들로 통합된 자료구성은 텍스트 상에 다소 공통된 특징을 나타낸다. 여기에서 이해한 바대로라면 한 시대의 전체 아동·청소년 권장도서가 전체적으로 단지 성질이 비슷한 텍스트의 일종일 것이라고 기대하는 것은 바람직하지 않다. 이런 기대는 그저 아동·청소년 문학의 각 사조 내지는 각 경향을 고려할 때에 한해서만 받아들여야 한다. 여기서 설명한 개념을 빌어 말하자면 이 사조 내지 경향은 기본개념에 따른 자료구성을 다루기 때문이다. 제1장에서 다룬 자료구성들은 (이미 거기서 언급한 바와 같이) 철저히 최신 자료들이며 지난 몇 십년간의 아동·청소년 문학의 연구의 틀에서 개발되었다. 개념에 따른 자료구성, 달리 말해서 규범적인 아동·청소년 문학의 정의는 그에 반해 그 대상자체 만큼이나 아주 오래되었고 다양하다.

6. '아동·청소년 문학' 이라는 행위시스템 내에서 아동·청소년 문학의 개념이 갖는 역할에 관하여

제2장에서 제시한 바와 같이 아동·청소년 문학의 창작과 유

통 그리고 중개활동에는 많은 행위자들이 참여하고 있다. 그들은 각자 그 안에서 그때그때의 하위체계와 자기가 행해야하는 구체적인 기능에 의존하는 특정 역할에 따른 기대와 대면하고 있는 것으로 보인다. 이런 역할의 형태는 물론 주관적인 요소로 결정할 만한 "표현과 결합을 위해 개개인이 행사할 수 있는 여지"가 더 이상 남아있지 않을 만큼 확고하게 정해져 버린 것은 아니다 (Heydebrand/Winto 1996, 93). 이러한 사실은 사안이 좀 더 구체적인 개별 결정에 관한 것이 되면 될수록(대략 어떤 책을 출판 할 것인지, 어떤 책을 팔고, 어떤 책을 줄일 것인지, 아니면 어떤 책을 잘 팔리게 광고를 해야 하는지에 관한 결정 사항이 될수록) 더 잘 들어맞는다. 여기서는 누구나가 자신의 입장과 가치를 설정함에 있어 거래에 영향을 미칠 수 있게끔 할 수가 있다. 즉 여기에서 각자 기본적으로 자신이 "갖고 있는 가치"(같은 책, 53)를 관철시킬 수 있다. "갖고 있는 가치"라 하면 "상황을 포괄하는 개인적인 본보기", 즉 한 개인이 가지는 "이미 획득한 중심적이고 비교적 지속적인 '우위모델'"로서 이는 행위를 중단시키고/거나 해체하기도 한다(같은 책 50). 아동 · 청소년 문학의 행위시스템에 가담하고 있는 자들이 갖고 있는 가치의 중심적인 요소는 의심의 여지없이 아동 · 청소년문학에 대한 나름의 이해라고 해도 될 것이다. -아동 · 청소년 도서를 가끔 구매하는 자로서-이 행위체계에 피상적으로만 끼어드는 그런 사람들조차 적어도 아동 · 청소년 문학이 중시하는 것에 대한 사전개념을 사용하고 있다. 어떤 행위자한테든 간에 구체적인 평가와 선별을 좌우하는 것은 시스템대상의 기본적인 특성에 관한 그때그때의 개념들이다.

행위자가 이미 갖고 있는 아동 · 청소년 문학에 대한 기초개념은 다양한 시점에 따라, 예를 들어 명확성과 심사숙고의 정도에 따라 분류될 수 있다(Heydebrand/Binko 1996, 제1장 1.4, 1.5). 물론 여기서 아동·청소년 문학의 복합시스템(주19)의 각 하위시스템 내에 그 영역 특유의 개념들이 형성됐는지 그리고 경우에 따라서 아직도 여전히 형성되고 있는지에 대한 문제는 특별히 관심을 가져볼만 하다. 근본적인 아동·청소년 문학관은 행위자들에게 각기 어느 정도 자신이 걸어온 길을 통해 각인될 것이다. 그러나 곧 아동·청소년 문학을 전문적으로 취급하는 자들의 경우 일반적으로 서적상이 되거나 사서가 되기 위한 직업교육 또는 사회교육학적인 직업교육 및 대학에서 교직전공을 하면서 그 대상을 이론적으로 다룸으로써 이런 전기적인 특성이 겹쳐진다. 그 때문에 전문적인 중개자 대다수는 근본 아동·청소년 문학관과 연관해서 직장에 딸린 직업교육장은 말할 것 없고 직장 내에 지배적인 개념들을 따를 것이다. 각 하위시스템의 함축적이고 명시적인 아동·청소년 문학 개념을 목표로 하는 연구는 우선 많지 않지만, 각 중개자 집단마다 그들 고유의 "우위모델"을 지니고 있다고 가정해도 빗나간 건 아닐 것이다.

7. 아동·청소년 문학담론

동일한 하나의 대상에 대한 서로 다른 견해는 물론 병립될 수 있다. 이 견해들이 서로 다른 영역에 자리를 잡고 있는 경우라면 더욱이 그러하다. 이는 물론 일치된 결론을 내지 못한 채, 목적 있는 의견분쟁을 일으키기도 하지만, 결국엔 그 대상에 대하여 만장일치의 견해에 도달하는 경향도 있다. 이는 하나의 대상에 관해 알려진 내용 전체의 내적 역동성을 부각시키고 담론적인 힘겨루기라고 묘사한 담론이론의 성과이다. 우리는 지금까지 아동·청소년 문학 상징체계의 중심적인 부분인 아동·청소년 문학의 규범과 개념(주49, 50)을 의사소통 이론적으로 내지는 기호 이론적으로 규정했다. 담론 이론적인 관점에서 특정한 한 시대에 해당하는 아동·청소년 문학의 규범과 개념전체는 당대의 아동·청소년 문학담론과 결코 다르지 않다. 담론은 각 시대에 따라 훨씬 더 꾸준하고 탄탄한 성격을 지니거나 아니면 더 역동적이고 불안정한 특징을 지닐 수 있다. 후자는 18세기에 형성되기 시작한 만큼 특히나 근대 사회의 담론과 맞다 하겠다. 앤서니 기든스 Anthony Giddens의 경우에서 보면 이는 이성이 "전통의 요구" 뿐만 아니라, "번복할 수 없을 만큼 확실한 지식의 획득이란 의미로 이해"되는 곳에서 이성 자체도 매장된다고 하는 "근대의 성찰성"과 연관된다. 근대와 연관해서 "지식과 확신을 동일시하는 것은[…] 오해임이 입증되었다"(Giddens 1966, 55). 근대와 더불어 담론적인 분쟁의 조정원칙도 주어져 있다. 동일한 사안을 다르게 이해한다면 논거를 대어 결말지어야 한다. 이때 그 사안과 관련해서 좀 더 나은 논거를 제시하는 쪽이 이긴다. 근대에 각 담론은 합리적인 담론이어야 한다.

18세기부터는 이상도 매우 중시하지만 아동·청소년 문학담론도 이성적 담론의 경향을 보인다. 이는 담론에 참여하는 각 직업군들, 즉 어떤 사안에 따른 합리적인 논거를 댈 수 있음으로 해서 전문화된 직업군들을 확실한 우위에 올려놓는다. 여기에서는 우선 18세기에-특히나 신학자의 계층에서-분리된 철학자와 교육학자의 계층을 의미한다. 이들은 종교에 토대를 두고 있는 아동·청소년 문학 규범을 근대적이고 합리적인 인류학과 발달심리학의 도움을 얻어 그 전통을 허물고 있다. -전문직업교육 때문이긴 하지만 아직은 종종 신학자들조차도-이 계층에 속하는 이들은 아동·청소년문학의 중개자, 비평가, 편집인, 출판관계자 그리고 작가들로서 실제로 아동·청소년 도서의 생산과 유통을 장악하고 있는 모든 주체들(교회 기관, 출판인, 인쇄인, 서적상 등)에게 현저한 영향을 끼친다. 오늘날까지도 유치원교사, 교사, 세미나강사, 전임강사 그리고 (주로 사범대학과 이후에는 교육대학과 문헌학 전공)교수들은 아동·청소년 문학규범과 개념(제2장의 교육학적인 행위시스템에 관한 설명 참조)을 만들고 기초를 세우는 데 지대한 역할을 한다. 마찬가지로 주로 논거를 설득력 있게 관철시키는 두 번째 직종인 미학자, 문학비평가, 문예학자들은 그 직종의 영향력과 연관해 보면, 우선 교육학자보다 뒤쳐져 있다가 20세기 중반에야 비로소 중요해진다(제2장에 '아동·청소년 문학의 공공성'이라는 행위시스템에 관한 설명 참조).

구체적인 사안과 관련해서 교육학자와 문학미학자의 논증논리는 그 논리가 특수한 교육적 질이나 미학적 질에 중점을 두는 한 현저하게 아동·청소년 문학의 분리, 즉 독립을 목표로 삼는다. 그에 대립하고 있는 것이 일반적인 경향의 비세분화된 논증논리이다. 그 논리 내에서 아동·청소년 문학은 근본적으로 일반적인 (세계)관의 보급매체로 특징지어진다. 여기서 담론적인 분쟁은 시스템 내적이 아니라 주변과의 연관을 통해서 해결된다. 다시 말해서 특정한 외적인 견해, 즉 아동·청소년 문학과는 직접적인 관계가 없는 입장을 통해 관철된다. 이와 같은 것을 몇 가지 언급하자면, 특정 종파의 학설, 특정계층의 사회적 윤리 그리고 일반적인 정치관, 예를 들어 애국주의, 국가주의, 공화주의, 사회주의 내지는 공산주의, 시오니즘 등을 의미한다.

여기서 아동·청소년 문학 규범 중 아직 언급이 되지 않은 범주를 접한다. 이 규범들은 아동·청소년 문학을 일반적인 세계관의 전달수단으로 이해한다는 점에 공통성이 있다. 다시 말해서 아동·청소년 문학을 본질적으로 종교적, 부르주아적, 프롤레타리아적, 애국적, 민족적 내지는 독일적, 사회주의적, 시오니즘적 등등의 문학으로서 본원적으로 규정한다는 점에서 공통점이 있다. 이 모든 규범을 (종교적, 사회적, 정치적인) 세계관의 문학으로서의 아동·청소년 문학' 이라는 명칭으로 요약하고 여기에서는 '교훈적 문학으로서의 아동·청소년 문학, 즉 지식과 가치전달을 위한 문학으로서의 아동·청소년 문학' 이라는 규범의 특수한 형태로 간주하고자 한다. 현대의 교육학자와 문학미학자들의 경우 그것이 만약 시스템 내적인 합리적 담론이 된다면, 합리적 담론의 세계관을 따르는 사람들의 경우 그 중심은 시스템 외적인 데로 옮겨진다. 이는 (소위)올바른 세계관에 토대를 둔 바로 아동·청소년 문학적 입장의 승리이다. (아동·청소년 문학 시스템 외부의) 세계관 분쟁이 합리적인 담론의 경향을 적게 띨수록, 그것은 더 이념적인 성향이 두드러진다. 이는 일반적으로 아동·청소년 문학을 이념화시키는 결과가 된다.

담론적인 논쟁을 조정하는 세 번째 방식을 이야기 해보자. 이 방식은 체계내적으로 이루어져 있긴 하나 이성적 담론의 모든 특징이 결여되어 있다. 여기서는 행위권한을 담론권한으로 활용하는 것에 대해 이야기하고자 한다. 이와 같은 담론 논쟁의 조정 형태는 아동·청소년 문학의 유통시스템과 평가시스템의 모든 행위자들에 의해 실행될 수 있다. 여기서 행위자라고 하면 문지기 기능을 하는 자로서, 다른 말로 아동·청소년 문학의 의사소통을 완결되기 직전에 중단시켜버릴 수 있는 힘을 행사하는 사람을 말한다. 아동·청소년 문학 행위체계의 여러 영역에서 활동하는 중개자들은 아동·청소년 문학을 지속적으로 행위체계에 맞게 공급함으로써 자신의 입지를 존중하도록 강요할 수 있다. 그렇게 함으로써 아동·청소년 문학적 의사소통의 성공여부에 의존하고 있는 생산자들에게 중개자들이 가진 담론의 이점을 따르도록 강요하고 있다. 중개자들이 자신들의 입지를 관철시키는 데는 원칙적으로 그 사안과 관계된 어떠한 합리적인 논거도 필요치 않다 그들은 그저 행위를 통해서만 담론적인 실제를 만들어 낼 수 있기 때문이다. 현대사회에 와서는 이제 중개자들도 자신들의 행위에 합리적인 토대를 마련해야하는 입장에 놓이게 된다. 그렇기 때문에 여기서는 오히려 중개행위 중 가장 극단적인 경우도 다루어야 한다. 그럼에도 불구하고 행위권한을 행사하는 몇몇 중개자집단은 아동·청소년 문학사에 다시금 담론적인 상황을 만들었거나 합리적으로는 더 이상 유지가 어려운 담론의 상황이 정착되도록 애를 썼다.

8. 아동·청소년 문학담론의 질서범주로서의 작가

아동·청소년 문학 상징체계 중 이 장에서 다루어질 부분(인 동시에 한 시대의 아동·청소년 문학 담론)에 속하는 것은 마지막으로 배열 규칙과 대상의 분담이다. 여기에서는 질서 범주라고도 말할 수 있다. 이런 관점을 다룸에 있어 우리는 작가가 아동·청소년 문학담론의 질서 범주에 편입되어 있는지, 만약 편입되었다면 거기에 얼마나 깊이 관여하고 있는지에 질문을 제한하고자 한다. 미셸 푸코Michel Foucault는 '작가'라는 범주가 비중은 없을지라도 문학담론의 한 부분(즉 질서요소일 뿐만 아니라 권력 복합체)이라는 데에 주목했다(Foucault 1988). 맨 처음 언급한 관점은 '문학'이라는 전달유형을 분석할 때 이미 알려진 것과 계속 일치한다(제3장). 담론이론적인 시각에서 '작가'라는 범주는 "말하기와 쓰기의 실천을 지배할 수 있는 질서의 힘"이다(Bosse 1981, 120). 텍스트는 수없이 많은 개인에 의해 창작되지만 그들이 모두 '작가'

로 승격되는 것은 아니다. 현대적인 작가성은 생산자와 문학의 전달을 담당하는 대리인이 서로 담론을 교환함으로써 비로소 만들어진다. 텍스트 생산자는 자신이 쓴 것이 '그의 작품'이라 칭해지고 문학 담론의 대변인들이 그것을 작품이라고 취급할 때 비로소 작가가 된다. 여기서 작가는 두 가지로 출현한다. 한번은 문학적인 담론 내에서 질서의 요소로서 출현한다. "실제로 그가 썼던 안 썼던 한 작가의 이름이 붙은 그런 텍스트들은 그 작가의 것으로 여겨진다. 그것은 그의 작품인 것이다"(같은 책 120). 하나의 "작품"은 "담론을 분담하고, 자기 것과 남의 것 간의 경계를 만든다"(같은 책 121). 두 번째로 작가는 문학담론의 배후에서 작품의 저자인 동시에 실제로 또는 말로만이라도 이 작품의 유일한 원천으로 자리매김 한다.

이런 연관에서 이제 결정적인 것은 '작가'라는 범주가 주로 문학담론이 갖는 몫의 크기를 나타내는 것이 아니라 오히려 다른 몫의 크기를 하위에 놓거나 아주 없애버리는 담론의 지배적인 공권력이 된다는 것이다. '작가'를 문학적 삶의 질서원칙상 최고의 서열로 승격시키는 것은 구체적으로 무엇을 의미하는가? 소위 고급문학에서는 오늘날도 여전히 각 문학의 신간이 나오면 우선 한 작가의 새 작품이라는 것을 인식시키기 위해 맨 먼저 신경을 쓴다. 그 다음으로는 일반적으로 주제, 무엇보다 관심을 흥미롭게 형상화한 것이라든지 혹은 오랜 전통을 가진 전형적인 장르를 놀랍게 변형시킨 점에 주목한다. 적어도 뷔일란트Wieland, 레싱 Lessing, 클롭슈톡Klopstock이래로 근대문학은 오직 한 작가의 전집에 들어있는 형태로 보존되고 전달된다. 가장 현저한 문학 간행방식을 보여주는 것이 작가의 전집이다. 그 작가가 쓴 작품 전체 중에서 대개 대표적이고 뛰어난 것만을 선별하여 편집한

"선집"도 거기에 해당된다. 목록에 오르는 것은 각 텍스트가 아니라 작가의 전 창작물이다. 만약 고전이라 하면 그것은 각각의 작품들을 말하는 것이 아니라 작가의 이름, 예를 들어 레싱, 괴테, 쉴러, 클라이스트, 슈티프터, 폰타네, 호프만슈탈, 카프카 또는 브레히트 등등을 의미한다.

아동 · 청소년 문학에서는 오늘날까지 비교할만한 발전이 이뤄지지 않았다. 여기서는 두 가지 관점을 구별할 수 있다. 하나는 '작가'라는 범주의 의미가 주로 몫의 크기를 의미하고 다른 하나는 다른 질서유지 요소와 비교했을 때 갖는 그들의 지위를 의미한다. 차이는 이미 첫 번째 관점에서 나타난다. 아동 · 청소년 문학 영역 전체를 고려한다면, '작가'라는 범주 자체는 순수한 질서범주일 뿐 비교적 의미가 거의 없다는 것을 확인하게 된다. 이는 본질적으로 아동 · 청소년문학의 상당한 분량이 아직도 기록 전승되는 구비문학이라는 사실에 있을 뿐만 아니라, 또한 그런 기록전승문학으로 간주하고 또 그렇게 다루고 있다는 점과 연관된다. 그렇다. 문외한인 독자 측에서 보기에 후자는 아직도 즉 오랫동안 기록 전승되는 구비문학이 텍스트의 전승유형인 '문헌'이라는 메커니즘에 따라 생산되고 전달되는 데서 생긴다. 오늘날까지도 저자보다는 일반적으로 제목이나 개별 작품이 훨씬 더 잘 알려져 있고, 저자의 이름은 흔히 전문가들에게나 친숙한 문학영역이라는 점이 그러하다. 예를 들어 『피노키오』나 『말괄량이 삐삐』하면 우선 아동문학의 고전이란 생각을 갖는다. 그 다음에야 카를로 콜로디Carlo Collodi나 아스트리드 린드그렌Astrid Lindgren의 작품임을 떠올린다. 그 동안 계속돼온 아동 · 청소년 문학의 텍스트 생산과 텍스트 전달이란 '문헌화'는 일반적으로 (비전문적인) 아동 · 청소년 문학의 담론에서는 우선 일부만 나타난다.

    그와는 반대로 전문적인 아동·청소년 문학 담론 내에서는 작가의 범주가 계속해서 질서유지의 원칙으로서 자리를 잡았다. 여기서 문제는 작가가 여러 공권력 중의 하나에 불과한지 그리고 담론적인 공권력의 최고서열인지 여부다. 실제로 아동·청소년 문학계도 (원래부터) 작가의 능력을 부각시키는 장의 하나였다. 18세기부터 아동·청소년 문학 작가들은 각자 구매자 내지는 독자를 자신에게 끌어들이기 위해 자신의 문학적 산물에 절대 혼동하지 않을 만한 상표를 달아주는 데 성공했다. 비평가 측에서도 처음부터 저자의 이름을 하나하나 명부에 올리려는 모색을 늘 해왔다. 물론 전체적으로 보면 이 영역을 원래 '작가'라는 질서유지범주가 장악하고 있는 문학 담론으로 편성하는 일도 아직 성공하지 못한 채 남아있다. 그 때문에 아동문학의 영역에서 전집을 내는 것은 관례가 아니라는 것 또한 우연이 아니다. 대략 캄페라든지, 최근 (벨츠 운트 겔베르크Beltz & Gelberg) 페터 헤르틀링, 크리스티네 뇌스틀링어, 그리고 다그마 치돌루의 경우에서 알 수 있는 바와 같이 아동도서의 작가가 전집이나 선집을 낸 다는 것은 접하기 쉽지 않다. 마찬가지로 아동문학의 대가하면 작가의 이름이 아니라 오히려 각각의 작품을 의미한다는 것도 거의 우연이 아니다. 명부에라도 오르게 된다면 한 작가의 작품전체가 아니고, 작가의 개개 작품 혹은 작가의 작품 중 오직 하나가 된다. 이때 작가의 이름은 아예 잊혀질 수도 있다. 오늘날까지도 아동문학의 영역에는 원래 작가위주로 작성된 어떤 추천목록도 선정목록도 없다.

    아동·청소년 문학 담론 내에서 '작가'라는 질서 범주가 계속해서 낮은 지위에 있는 이유 중 하나는 작가성의 관점과 연관된다. 작가성이라 하면 권력 디스포지티브를 의미한다. 작가성은 작품창작을 통해서 뿐만 아니라, 글을 쓰지만 창작을 하지 않는 모든 이들과 분리함으로써 확립된다. 18세기 후반 캄페, 바이쎄, 로코프Rochow, 잘츠만과 같은 거장들에 의해 이 영역에 자리를 잡은 아동·청소년문학 작가의 역할은 거의 위축되지 않았던 것 같아 보인다. 즉 거의 방해를 받지 않았던 것 같다. 동시대의 어느한 비평가가 다음과 같이 불평하고 있는 바와 같이 너나할 것 없이 아동·청소년 문학의 작가가 되어야겠다는 소명감을 갖고 있었다. "그러나 그 직업에 쏟아지는 박수는 수 없이 많은 악필가들을 이리 유인했다. 이들은 굶주린 메뚜기 떼처럼 새로운 벌판으로 쏟아져 나와 […] 아이들을 위해 […] 쓴다는 것을 대단한 천직이라 믿었다. […] 대학생들과 지망생들, 초중 고등학교 교장, 장래의 교육자 그리고 비교육자, 간단히 말해서, 쓰거나 그저 단지 베끼기 위한 것이라도 손이 멀쩡한 사람은 모두 사랑스런 청소년들을 위해 책을 써내고 있는 것이다[…]"(Gedike 1787, 6). 이 시대부터 끊임없이 불평들이 쏟아졌고 19세기 중엽에는 다음과 같은 불평이 나온다. "청소년들을 위해 봉사하겠다고 얼마나 많은 부적격자들이 매일 이리 밀려드는지. 마치 오류가 전혀 없는 문장을 쓸 줄 아는 사람이면 누구나 문자로 다른 이를 지도하고 교육할 능력을 이미 갖고 있기라도 한 것처럼 말이다."(Hopf 1861, 5). 20세기 중엽 케스트너Kästner는 이런 말을 하기에 이른다. "우리 아동·청소년 도서는 거의 저술가가 아닌 사람에 의해 쓰여 진다. […] 단지 십 퍼센트만이 제대로 '배운' 작가였거나 작가이고 […] 구십 퍼센트는 아마추어들이다, 이는 어째 좀 많은 것 같다!"(Kästner 1957, 556). 아동문학 영역에서는 '자격이 되는' 작가들이 어느 면에서 보든 이들이 놀라 달아나게 할 만큼 영향력을 충분히 행사하지 못하고 있다. 그 결과 작가들은 아마추어들이나 가끔씩 글을 쓰는 사람들의 무리에 묻혀버릴 위험에 처해 있다.

다른 이유로는 아동·청소년 문학적 지평에서 상당시간 동안 작가의 역할과 '원저자'의 역할이 별 관계를 공유하지 못했다는 데 있다. 아동문학은 오랜 시간 동안 전해져 내려온 것들과 최신 일반문학들 중에서 선택된 것이 전부였다(제1장, 7 참조). 이는 특정 수용자의 시각을 가지고 특정한 목적을 위해 선택되었다. 여기에서 일관된 것은 단지 선택된 텍스트가 더 이상 저자에 따라 분류된 것이 아니라 그때그때의 사용의도와 같은 그때그때 겨냥된 대상에 따라 분류되고 있다는 데 있다. 아동·청소년 문학의 문헌화 과정이 결국 작가 숭배라는 결과 될지는 몰라도 수용자와 사용상황에 따른 아동·청소년문학의 내적분류를 확고하게 확립해주는 단계에는 이르지 못했다. '작가'라는 범주는 오늘날 이런 분류 하에서 존중되어지긴 하지만, 그러나 여전히 중심적인 질서범주로는 다뤄지지 않고 있다. 아동·청소년 문학 작가가 창작하는 것은 개개의 작품들이지 전집이 아니라고 말할 수 있을지 모른다. 아동·청소년 문학은 모든 '문헌화'에도 불구하고 본질적으로 아직도 작가문학이 아니라 목표 집단을 위한 문학, 주제문학 그리고 실용문학으로 정리되고 분류되고 관리되고 중개된다.

　질서범주를 권력 디스포지티브로 파악한다면 아동·청소년 문학은 앞으로도 중개자가 장악하는 문학영역이 될 것이다. 아동·청소년 문학은 "작가라는 기능을 반드시 갖추지" 않고도 소비될 수 있다. 아동문학의 텍스트는 아직도 맨 처음 "누가 어떤 시기에 어떤 상황에서 혹은 어떤 구상으로 그 텍스트를 썼는지"(Foucault 1988, 19)를 묻는 것이 아니라, 어떤 수용자 집단을 위해, 어떤 목적으로 창작했는지를 묻는다. 아동·청소년 문학 담론의 역사는 극단적으로 말하자면 천대 받는 역사인 동시에 작가의 위치를 억압하는 역사였다. 독자에게 품질보증 혹은 품질검사필증과 같은 역할을 하는 아동·청소년 문학 작가의 이름은 중개자의 영향력을 차단하고 중개자를 불필요한 존재로 여기게 하는 경향이 있다. 그 점은 중개자에게는 당연히 중요할 수밖에 없다. 그 때문에 중개자가 보기에 성공한 작가들은 항상 미심쩍은 존재이다. 그들이 아동·청소년 문학과 아동·청소년 도서로 자신의 생각을 펼치기 시작할 때면 더욱이 그러하다. 후자의 경우가 비교적 드물게 나타나는 것은 아동문학의 영역에서 작가의 입지가 얼마나 약한지를 보여주는 또 다른 증거라 여길 수 있을지도 모른다. 규범발달과 방침의 결정권한은 전적으로 중개자와 교육자의 손에 있었다. 작가의 견해와 의도가 중요하게 고려되는 아동·청소년 문학이론은 옛날이건 최근이건 거의 없을지 모른다.

제 7 장

아동·청소년에 대한 적합성: 조절

제 7 장

아동·청소년에 대한 적합성: 조절

앞 장에서 소개된 아동·청소년 문학의 규범 중 하나는 아동·청소년 문학에 대한 외적인 적합성을 요구한다. 즉 전달되는 보고를 의도된 수신자에게 맞추는 것이다. 제6장에서 논의된 아동·청소년 문학의 몇몇 개념에서는 수신자에게 보고를 맞추는 것이 상위 규범임을 설명하였다(6장 4절과 도표 14번 참고). 이러한 개념에서는 아동·청소년에 대한 적합성이 핵심적인 규정, 즉 아동·청소년 문학을 구분 짓는 특별한 기준이 된다. 괴테 클링베르크의 견해를 예로 들자면 "아동·청소년을 위해 생산된 모든 문학은 어떠한 방식으로든 소비자인 아동·청소년들에게 적합하게 만들어져야 한다. 그렇지 않으면 아동·청소년 문학이라 할 수 없기 때문이다"(Klingberg 1973, 92). 아동·청소년을 위해 만들어진 모든 문학, 다시 말해 아동·청소년을 대상으로 한 모든 문학(주 8)은 아동·청소년에게 적합한 문학이어야 한다는 자명한 명제는 시간의 흐름과 상관없이 지속될 수 있는 것은 아니다.

그럼에도 불구하고 수신자에게 보고를 맞추는 것이 과거와 현재의 아동·청소년문학 이론에서 가장 중요한 문제에 속한다는 사실은 변함이 없다. 아동·청소년에게 적합한 읽을거리에 대해 고찰해보면, 항상 이러한 관점을 주목하게 된다. 여기서 존 로크의 『교육에 관한 숙고Thoughts Concering Education(1692)』의 일부를 예로 들어보겠다. 로크는 "이성적인 대화가 […] 아이들을 다루는 올바른 방법"이라고 설명했는데, 우리는 여기에 아이들과의 일상적인 의사소통뿐만 아니라 문학적 의사소통을 하는 것도 올바른 방법이라고 덧붙이고자 한다. "하지만 내가 말하는 이성적인 대화란 단순히 아이들의 능력과 이해력에 맞춘 대화를 의미하는 것이다. 그 누구도 세 살이나 일곱 살짜리 아이와 토론을 할 때 성인과 하듯 해야 한다고 생각하지는 않을 것이다. 긴 시간의 논쟁과 철학적 논증은 기껏해야 아이들을 혼란스럽게 하고 당황하게 할 뿐, 아무것도 가르치지 못한다"(Locke 1970, 89). 이 말은 조금 더 시간이 지난 후에 '아이들의 연령, 특성, 성향'을 고려하는 것이 효과가 있다는 것이다. 아이들은 "아이들의 연령에서 알기 쉬워야"하고, "분명해야"하며 "아이들의 이해력을 넘어서지 않는" 이유를 들어 납득시켜야 한다는 말이다. "그러나 아이들을 지도하고, 아이들에게 예의바른 행동을 가르치는 모든 방법 중 가장 간단하고 쉬우면서도 중요한 방법은 아이들에게 직접적으로 아이들이 행동하거나 따라야만 하는 예를 보여주는 것이다[…]"(같은 책 1970, 90).

1. 아동·청소년에 대한 적합성

이번 장에서는 아동·청소년 문학이 어떤 지위를 갖는지는 상관없이 아동·청소년 문학의 특징으로서 아동·청소년에 대한 적합성을 다루고자 한다. 이에 따라 아동·청소년에 대한 적합성이 무엇으로 구성되어 있으며, 보고 내지는 (파라)텍스트의 어떤 관점에 해당하는지, 그리고 그때마다 어디까지 해당될 수 있는지에 대해 살펴보고자 한다. 아동 · 청소년에 대한 적합성에서는 관련규정, 즉 **두 가지의 관련개념**이 중요하다. 말하자면 아동 · 청소년에 대한 적합성은 두 가지 측면 사이의 관계를 가리킨다. 이러한 아동 · 청소년에 대한 적합성을 이용해서 아동 · 청소년 문학텍스트(그리고 아동과 청소년에게 맞추어진 파라텍스트의 일부)는 목표 대상인 아동 · 청소년 독자와 연관되며, 적절한 것, 적합한 것(부정적인 경우에는 부적절한 것, 부적합한 것)으로 분류된다. 파라텍스트와 개별적인 텍스트의 자질이나 텍스트 요소들도 독자의 해독능력에 맞추어지게 되는가? 즉 개별적인 텍스트의 자질이나 텍스트 요소들이 독자의 언어능력, 인식능력, 문학능력에 상응하는가? 목표로 삼은 독자가 해당 텍스트를 해독할 수 있으며, 텍스트 속에 담긴 보고의 내용을 추론해서 이해할 수 있는가? 이러한 아동 · 청소년에 대한 적합성의 관점을 우리는 노르베르트 그뢰벤이 창시한 **텍스트의 명료성**이란 용어에 포함시킬 수 있을 것이며(Groeben 1982, 148), "(독자 측면에서의) 소화능력과 (텍스트 측면으로부터의) 소화요구를 완전히, 혹은 적어도 부분적으로나마 동등하게 조율하는 것이라 규정할 수 있을 것이다"(같은 책 1982, 160).

그 밖에 텍스트는 독자의 흥미와 성향 내지는 욕구에 맞추어질 수 있다. 아동 · 청소년 독자는 특정한 생활영역, 개별적인 지식영역, 특정한 동기, 내용, 주제, 문제에 흥미를 가질 수 있다. 그들은 자신이 닮고 싶은 이상적인 모델, 확신, 확증과 인정, 도피, 이국적 정서와 모험 같은 것을 필요로 할 수 있다. 아동과 청소년의 이해의 폭을 훨씬 넘더라도 그들로부터 어느 정도의 흥미를 이끌어내고, 그 후 그들의 개별적인 욕구를 들어주고 이를 만족시켜줄 뿐만 아니라, 그들 각각의 문학에 대한 관심(야한 것, 과장, 익살, 넌센스 혹은 우스꽝스러움, 긴장, 스릴, 공포 또는 호러

까지)을 충족시키는 아동·청소년 문학의 텍스트들은 아동과 청소년을 사로잡는 일종의 힘을 얻게 된다. 이러한 텍스트는 독자의 욕구와 마찬가지로 독자의 호기심을 자극한다. 아동·청소년 독자의 흥미와 애호 그리고 욕구와 관련된 아동·청소년에 대한 적합성의 관점은 **텍스트의 흡인성**이란 개념으로 총괄할 수 있다.

아동·청소년 문학 텍스트가 아동·청소년에게 적합한가의 문제는 경험적 방법으로, 더 나아가 아동·청소년의 수용을 관찰함으로 산출될 수 있다. 이러한 아동·청소년에 대한 적합성을 산출하는 방법은 이전부터 중요한 역할을 해왔다. 『함부르크 아동연감 *Hamburgschen Kinderalmanachs*』을 발행하면서 요아힘 하인리히 캄페는 몇 가지 원칙을 따랐다. "나의 첫 번째 원칙은 아이들이 이해할 수 있는 작품, 재미있으면서도 교훈적으로 받아들여질 수 있는 작품만을 수용한다는 것이다. […] 이 두 가지 특성과 관련해서 나는 내가 수용하고자 했던 작품마다 미리 검증해 볼 수 있는 분명한 기준을 가지고 있었다. 그러니까 나는 작품을 제일 먼저 어린 아이들에게 읽어주었다. 그리고 작품을 읽어 줄 때에 아이들 중 하나가 하품을 하거나, 무언가 다른 것에 관심을 갖기 시작하면 그 자체가 이미 작품에 대한 거부감의 표시였던 것이다"(Ewers, 1996, 85). 캄페는 당시 함부르크 인근의 작은 기숙학교를 운영하고 있었다. 따라서 기술된 상황은 역사적으로 사실에 근거한 것이다. 또한 오늘날에도 여전히 아동·청소년 문학 작가들은 아직 발표되지 않은 작품이 아동·청소년에게 적합한지를 확인해보기 위해 아동·청소년 독자를 대상으로 한 낭독회를 이용한다. 이러한 테스트의 결과들은 물론 제한적으로만 일반화될 수 있다.

그러나 대부분의 경우에는 직접적인 수용관찰 방식이 사용될 수 없다. 텍스트는 생산자-발행인, 작가, 삽화가-, 비평가 그리고 중개자가 각각 목표로 삼은 수신자에 대해 갖고 있는 표상과 이미지에 맞추어지게 된다. 이러한 조건 하에서 어떤 텍스트가 **(성인)생산자, 비평가 또는 중개자**들이 생각하는 **아동 · 청소년에 대한 견해**와 일치할 때, 그것은 아동 · 청소년에게 적합한 텍스트로 간주된다. 아동 · 청소년기에 대한 견해는 오직 목표그룹들과의 무수한 만남을 통한 결과물이다. 다시 말해 이는 경험에서 우러나온 현실적이며 환상에 빠지지 않는 이미지라고 할 수 있다. 그것은 본질적으로 자신들의 유년기와 청소년기를 통해 각인되어진 것으로, 각각의 시대에 따른 유년기와 청소년기에 대한 일반적인 표상에 적지 않게 의존한다. 물론 이것은 기껏해야 자기 자신의 아동 · 청소년기에 대한 견해들 가운데 **경험적인 부분, 전기적인 부분 그리고 세계관에 따른 이데올로기적 부분**에서 우러나온 것일 수 있다. 이로써 어떠한 경우에든 아동 · 청소년에 대한 적합성을 판단하는 척도는 어느 정도 모호함을 드러낸다. 즉 한편으로는 엄격히 경험적인 의미에서 해석할 수 있으며, 다른 한편으로는 (의식적이든 무의식적이든 간에) 전기적이거나 일반적인 원칙에 더 근거할 수 있을 것이다. 따라서 아동 · 청소년에게 적합한 문학은 목표그룹에 다양하게 인접해 있을 수 있다.

이 두 가지 경우에서 아동 · 청소년에 대한 적합성은 변하지 않는 것이 아니라, **역사적인 것**으로 입증된다. 아동 · 청소년기에 대한 이해가 역사의 흐름에 따라 변화한다는 것은 이미 오래전부터 누구나 인정하는 것이다. 그에 반해 아동 · 청소년기에 대한 의견과 개념, 이론뿐 아니라, '아동기'와 '청소년기'라는 실제 현상들도 변화를 겪게 된다는 것은 보다 최근에서야 일반적으로 의식되었다. 최근의 아동 · 청소년기에 대한 연구는 역사를 초월하는 아동 · 청소년기의 특징, 인류학적인 불변체로서의 아동 · 청소년기는 있을 수 없다는 사실을 보여주었다. 반대로 아동·청소년기의 본질적인 특성은 문화적 산물이며, 그 자체로 변화를 겪게 된다. 따라서 아동·청소년에게 적합한 것으로 간주되는 시간을 초월한 규정은 불가능한 것이다. 아동·청소년에 대한 적합성은 일정한 역사적 기간 동안, 예를 들어 사회적으로 보다 큰 발전을 하게 되는 전환기에만 의미 있게 언급될 수 있는 것이다. 아동·청소년에 대한 적합성의 표상은 분명하게 이념적인 특징을 지닌 채 나타날 때 훨씬 더 제한된 가치를 지니게 된다. 예를 들자면 18세기 후기의 지배 세력들에 의해 아동·청소년에게 적합한 것으로 간주되었던 것은 이미 19세기 초 각각의 사조에 의해 아동·청소년기에 매우 부적합한 것이라고 평가되었다. 이러한 역사적 전환기에 대부분 등장하는 비난, 즉 이전 시대에는 아동·청소년 독자에 대해 제대로 이해하지 못했다는 비난은-대개 무의식적으로 행해지는-아동·청소년기 고유의 상을 인류학적인 불변체로 구체화시킴으로써 해명된다.

2. 적합하게 만들기, 동화, 조절

아동·청소년에 대한 적합성에 관한 논의는 이미 18세기에 (혹은 그 이전에) 아동·청소년 독자에 맞게 '낮추기'라는 개념과 연관되어 있었다. 이러한 아동·청소년 독자와의 소통은 '대상에 맞추어 조정하는 것'으로 여겨질 것이다. 이는 지배자가 신하를 향해 관대하게 자신의 몸을 구부리는 행동에 해당하는 것이 아니다. 이 경우에는 지배자가 동등한 위치에서 말을 하기 위해, 또한 신하와 얼굴을 맞대고 의사소통하기 위해 무릎을 구부리는 것이다. 에리히 케스트너는 "무릎을 꿇은 글쓰기"라며 비난할 정도로 이러한 모습을 부정적인 방법이라고 생각했다. 그러나 18세기 후기에는 이러한 모습에 대한 평판이 나쁜 것만은 아니었다. 당시의 한 사전에서는 당대의 가장 유명한 아동문학작가인 요아힘 하인리히 캄페와 크리스티안 고트힐프 잘쯔만에 대해 다음과 같이 말하고 있다. "잘쯔만은 장난스럽지 않으면서도 전적으로 아이들의 이해력에 맞게 낮추기를 할 수 있다. 그는 분명 캄페와 더불어 아이들에게 가장 사랑받는 친구이다. 이는 그가 항상 아이들의 관심사를 적극적으로 반영하려고 하기 때문이다[…]"(Baur 1790, 389). "우리는 이 두 사람의 영혼, 사고방식, 태도와 표현들이 아이들의 영혼과 얼마만큼 자연스럽게 어울리는지, 말하자면 얼마만큼 보기 좋게 아이들의 영혼에 접근하는지, 또는 아이들에 대해 얼마나 곰곰이 생각하고 아이들의 방식에 따라 말할 줄 아는지를 즐겁게 바라본다"(같은 책 1790, 69).

수많은 이론서들에서 아동·청소년에 대한 적합성을 '대상에 맞게 낮추기', '대상에 맞추어 조정하기' 또는 '적합하게 만들기'와 구분해놓고 있지 않다. 이를 뒷받침하는 논지는 다음과 같다. 즉 목표로 삼은 독자에 맞게 '낮추기'를 하고, 그 독자를 겨냥하여 '대상에 맞추어 조정'하고, 목표 독자에게 '적합하게 만드는' 곳에서만 아동·청소년에 대한 적합성이 존재한다는 것이다. 이로써 한 시대의 문학작품 전체 중에서 어떤 부분들이 적합하게 만드는 과정을 거치지 않고 아동·청소년 독자의 손에 닿는 일은 생각할 수 없다. 물론 이러한 가능성을 배제한다는 것이 그리 타당해 보이지 않을 수도 있다. 이는 아동·청소년에 대한 적합성이 항상 변화를 통해서만 일어날 필요는 없기 때문이다. 오히려 아동·청소년에 대한 적합성은 **이미 존재하는 일반문학작품의 특성**을 나타낼 수도 있다. 물론 일반문학 그 자체가 아동·청소년에게 부적절한 것은 아니다. 칼 에른스트 마이어도 이러한 입장인데, 즉 '서적인쇄의 초창기'와 관련해서 봤을 때 아동 · 청소년문학에 적합하게 만드는 문제는 전혀 존재하지 않았다(Maier 1976, 120). 이는 일반적인 문학작품들이 계속해서 아동 · 청소년들에 의해 소비되기 때문이고, 또한 어느 정도는 이미 그 자체로서도 아동 · 청소년에게 적합한 것이기 때문이다. 그러므로 아동 · 청소년에 대한 적합성을 개념상으로 '대상에 맞게 낮추기', '대상에 맞추어 조정하기' 또는 '적합하게 만들기'와 별개로 간주하는 것이 타당해 보인다.

테오도어 브뤼게만과 말테 다렌도르프는 '낮추기', '대상에 맞게 조정하기' 또는 '적합하게 만들기'라는 오랜 전통을 가진 범주를 '개작'의 범주로 대체할 것을 제안했다(Brüggemann 1977, 26; Dahrendorf 1967, 392). 70년대 초, 괴테 클링베르크는 이러한 견해에 동조했지만(Klingberg 1973, 92; Groeben 1982, 161에서는 이와 같은 클링베르크의 상론에 비판을 가했다), 이를 용어상으로 적절한 제안이라 할 수는 없다. 여기에서는 문예학 내에서 확고한 의미를 지니는 전문용어가 필요하다. 해당 전문용어 사전의 정보를 빌자면, '개작'이라는 것은 '대부분 장르를 바꾸지 않는 단순한 개작과는 달리, 또 다른 장르나 일부만을 발췌한 형태로 된 매체의 필요에 따라 하나의 문학작품을 적합하게 만드는 것'을 가리킨다.(Wilpert 1964, 3; Schweikle 1990, 3의 "다른 장르나 의사소통수단의 구조적인 제약에 적합하게 만들기 위한 문학작품의 개작"도 비교해 보자.) 예를 들자면 이는 무대공연, 라디오 극 또는 영화에 맞추어 이야기작품들을 개작하는 것을 의미하는 것이다. 따라서 장르나 매체의 경계를 뛰어넘는 개별 작품의 모든 개작 형식이 관건이 된다. 물론 우리는 성인문학과 아동 · 청소년 문학 사이의 경계 또한 덧붙이고 싶다. 이에 따라 캄페의 『소년 로빈슨』은 디포의 소설을 아동문학으로 개작한 것이라 할 수 있을 것이다. 아동·청소년 문예학은 이미 일반적으로 잘 알려진 의미의 개작이라는 범주를 포기할 수는 없다. 이처럼 아동·청소년 문예학은 앞서 제안된 용어로는 결과적으로 모호함만을 얻게 된다. 물론 이러한 모호함은 또 다른 용어를 선택함으로써 쉽게 해결될 수 있을지도 모른다. 따라서 우리는 특정 독자층에 맞추어 문학작품을 적합하게 만드는 과정을 나타내기 위해-문예학적으로 별다른 손색이 없는-조절이라는 개념을 사용할 것을 제안하는 바이다.

발달심리학은 조절이라는 개념과 더불어 동화라는 과정을 둔다. 그 의미에서 보면(장 피아제의 견해에 따라) 다음과 같이 다른 말로 표현될 수 있다. 즉 "동화시킨다는 것은 개체의 구조, 형식 등에 맞추어 주변 환경을 적합하게 만드는 것을 의미한다. 이와는 달리 조절은 새로운 주변여건에 맞추어 개체를 보완적으로 적합하게 만드는 것을 말한다"(Groeben 1982, 154). 아동·청소년 문학 이론 영역에서는 이러한 개념상의 대립 쌍들이 이미 처음부터 작용되고 있는 것이다. 이때에는 보통-발달심리학에서 명백한-개체의 위치설정이 출발점이 되었다. 따라서 칼 에른스트 마이어는 동화시키는 과정을 "주체에 맞추어 객체를 적합하게 만드는 것"으로 규정한다. 즉 "아동문학영역으로 옮겨간다는 것"은 "미리 목표로 설정된 독자층의 정신적 성향과 능력에 맞게 텍스트를 구성하고, 변형하거나 일련의 텍스트로부터 선별해내는 것을 의미한다"(Maier 1976, 119). 마이어는 아동의 입장에서 문학의 여건에 적합하게 만드는 과정을 조절이라 지칭한다.

'대상에 맞게 조정하기' 또는 '적합하게 만들기'라는 영역에 대하여 18세기까지 거슬러 올라가는 지난 논의에서는 보통 반대의 관점이 우세했던 것 같다. 문학 작품 또는 개별 작품들이 항상 출발점을 이루었는데, 이런 문학 작품을 아동·청소년 문학 보고의 발신자, 비평가, 중개자의 관점이 지배했다. 이 경우 외부에서 독자에게 "적합하게 만드는" 것, 즉 "독자와 관련하여 의식적으로 구성하는 것"이 관건이 되었다(Brüggemann 1977, 27). 그 때문에 아동·청소년 문학적 논의에 개념상의 대립 쌍을 둘 경우, 문학적 보고, 즉 문학 작품을 개체의 입장에 두고 아동·청소년 독자층을 (새롭게) 주어진 환경으로 정의내리는 것이 우리에게는 보다 적절해 보인다. 그 결과 **(객체인) 수신자에 대해 (주체인) 보고를 적합하게 만들기는 조절**이라 할 수 있을 것이다. 이럴 경우, **일반적으로 지배적인 (주체인) 문학 관습에 (객체인) 수신자를 단계적으로 조절해 넣는 것**, 다시 말해 문학 텍스트의 '일반적인' 요구 사항에 맞추어 수신자의 문학 해독능력을 접근시키는 것은 **동화** 라는 범주의 하위에 놓일 것이다.

이번 장에서 언급된 모든 개념-대상에 맞게 낮추기, 대상에 맞추어 조정하기, 개작, 적합하게 만들기, 조절-들은 위, 절차뿐만 아니라 성질, 특성을 나타낼 수 있다는 점에서 이중적인 의미를 지닌다. **조절 절차**의 개별적인 단계는 다음과 같다. (1)일반적인 문학의 보고는 아동·청소년 수신자와 관련되며, 아동·청소년 수신자에게 적합하지 않은 것으로 인식된다. (2)보고와 수신자 사이의 적절성을 유도하기 위해 (예를 들어 다른 수신자를 기대하는 대신에) 보고를 수정하기로 결정한다. 즉 오래된 보고를 변경하여 새로운 보고를 만든다. (3)새로운 보고는 수신자에게 적합한 것으로 규정되고 발신된다. 조절의 절차가 아직 나타나지 않은 모든 곳에서 이러한 절차는 아동·청소년에 대한 적합성을 유도하는 것을 목표로 한다. 그러나 아동·청소년에 대한 적합성의 첫 단계에서 이미 적합하다고 분류될 때에는 조절의 절차는 필요치 않다.

우리가 조절의 범주를 **문학적 보고의 몇 가지 특성을 지칭**하는 데 이용할 경우-예를 들어 아동 · 청소년 문학적 보고의 단순한 문장구성, 서술 방식, 선별된 동기가 각각 조절을 나타내는지를 판단하듯이-우선적으로 아동 · 청소년에게 적합하게 맞추었는지를 살펴보았다. 그러나 더 자세히 살펴보면, 그 밖에도 **일반 문학 관습을 벗어난 변형**을 토대로 한 아동 · 청소년에 대한 적합성도 확인해 보았다. 따라서 특성을 가리키는 명칭으로서의 조절은 일반적인 것으로 간주된 문학절차의 변형에서 생겨난 **아동 · 청소년에게 적합한 텍스트 특성 가운데 하나의 특별한 부류**를 의미한다. 그러므로 이러한 변형에서 기인하지 않은 아동 · 청소년에게 적합한 요소들은 조절이 아니다. 앞에서 다루었던 일반적인 아동 · 청소년에 대한 적합성에서는 두 가지의 관련개념을 다루었던 반면에, -특성의 범주로서 사용된-조절이라는 개념에서는 **세 가지의 관련개념**을 다루게 된다. 즉 조절로 확인된 텍스트 특성(1)은 이중의 관계를 맺는다. 즉 하나는 텍스트 특성이 아동 · 청소년에게 적합한 것으로 입증된 수신자와의 관계(2)이고, 다른 하나는 텍스트의 특성이 변형된 것으로 밝혀진 텍스트의 출발상황, 즉 문학적 표준상태와의 관계(3)이다.

조절의 범주에 추가된 두 번째 관련 대상은 지금까지는 유동적으로 규정되어왔다. 조절을 하나의 조작으로 기술할 경우, 우리는 본래의 문학적 보고를 관련 대상으로 삼았다. 이어서 제기되는 것은 성인문학작품을 **아동 · 청소년에게 맞게 개작**하는 경우, 즉 성인문학작품을 아동 · 청소년문학에 맞게 적용하는 경우이다. 가장 유명한 예는 1719년 다니엘 디포가 출간한 소설 『요크의 선원 로빈슨 크루소의 생애와 이상하고 놀라운 모험*The Life and Strange Surprizing Adventures of Robinson Crusoe*』을 요아힘 하인리히 캄페가 아동·청소년용으로 개작한 작품(『소년 로빈슨』1779/80)과 그 뒤를 이은 19세기와 20세기의 수많은 아동·청소년 문학일 것이다. 가령 일찍이 모든 개작자들이 소설을 아동·청소년에게 적합한 버전으로 만든 것을 문제 삼는다면, **원전과 개작된 작품을 비교**함으로써 상이한 종류의 아동·청소년에 대한 적합성이 쉽게 부각될 수 있을 것이다. 변형되지 않은 채 남아있는 특징과 요소들에서는 이미 원전이 가지고 있던 아동·청소년에게 적합한 특성이 중요하다. 그 자체로는 (각 시대의 관점에서 볼 때) 아동·청소년에게 적합한 두드러진 특징을 제시하지 못하는 성인문학 작품은 결코 아동·청소년 문학적으로 개작되어서는 안 될는지도 모른다. 로빈슨을 예로 들면, 개작자들은 원작과는 달리 로빈슨을 가톨릭 신자나 독일인, 스위스인으로 만들었을 수도 있다. 이러한 방식의 변경들은 문화적으로나 이념적으로 제한되며, 예외적인 경우에만 아동·청소년 수용자에게 적합하게 만드는 것을 의미한다. 그에 반해 이렇게 적합하게 만든 것으로 재인식되고 새로운 수용자 범주를 고려하여 인식될 수 있는, 즉 원전에는 주어지지 않은 부분에서 아동·청소년에게 적합한 창작을 목표로 하는 모든 변화는—예를 들면 로빈슨 크루소의 청소년판으로의 변형—조절이라고 지칭된다.

오직 아동·청소년을 위해 작품을 창작하고, 또한 아동·청소년을 대상으로 하는 문학을 다루는(주8)경우에는 원전, 즉 성인문학의 원본에 대해 언급할 필요가 없다. 그렇다면 이 경우에 두 번째 관계 대상으로서 무엇을 삼을 수 있을 것인가? 우리는 이미 앞에서 일반 문학의 관습, 즉 그때마다 변형되었을 일반적인 문학 절차에 관해 언급한 바 있다. 보다 더 정확히 말하자면, 이러한 경우 한 시대의 **성인문학의 의사소통**에 적용되는 **문학적 규칙**

체계와 상징체계(주47)가 이 관계 대상이라 할 수 있을 것이다. 처음부터 아동·청소년을 위한 것으로 결정된 보고를 작성할 때, 작가는 이러한 체계의 상징과 규칙 목록을 어느 정도 훑어보게 되고, 이러한 상징과 규칙을 그대로 끌어다 작가가 아동·청소년에게 적합한 것으로 간주한 자신의 보고의 텍스트를 작성하는 데에 적용하게 될 것이다. 작가는 아동·청소년 문학의 의사소통 범위 내에서 사용할 수 없는 것으로 보이는 규칙과 상징을 생략하거나 변경해야 한다. 아동·청소년을 대상으로 한 문학작품의 아동·청소년에 대한 적합성에 있어서 조절을 했는지의 여부를 알아보기 위해서는—상호 텍스트의 관계가능성이 부족하기 때문에—문학적 규칙체계와 상징체계라는 우회로를 택해야만 한다. 예를 들어 성인문학 작품에서—아버지와 아들 또는 어머니와 딸 사이의 갈등과 같은—특정한 갈등을 묘사할 때 근본적으로 다른 방식을 취한다면, 아동이나 청소년에게 적합하다고 밝혀진 아동·청소년 문학작품에서는 다른 규칙을 따라야 하는가? 만약 그렇지 않다면, 조절이 적용되지 않는 아동·청소년에 대한 적합성이란 것도 다루어야 할는지 모른다. 이미 괴테 클링베르크는 이와 관련한 행동강령을 제안했다. 즉 성인문학과 아동·청소년 문학에서 대략 동일한 타입의 텍스트를 추출하여 살펴보면, 아동·청소년 독자를 고려하여 일반문학의 규칙체계를 변형한 것들도 눈에 띈다 (Klingberg 1973, 93).

특히 오래된 참고문헌에서 자주 등장하며 일부는 거리낌 없이 사용되는 '적합하게 만들기', (브뤼게만, 다렌도르프, 클링베르크가 말하는 의미에서의) '개작', (마이어가 말하는 의미에서의) '동화', '조절'이란 용어는 아동·청소년에 대한 적합성과 동의어로 사용된 것으로 밝혀졌다. 여기에서 이루어진 아동·청소년에 대한 적합성과 조절간의 차이에 따라, 실제로 여기서 규정된 의미에서의 조절인지, 아니면 아동·청소년에 대한 적합성만을 뜻하는 것인지 경우에 따라서 시험해 볼 수 있을 것이다. 이러한 차이는 전개된 관계의 방식에 따라서, 말하자면 세 가지 관계인지 또는 두 가지의 관계인지에 따라 알 수 있을 것이다. 성인문학 작품을 아동·청소년 문학에 적용시킨 것이 문제가 될 때 제일 먼저 여기서 확정된 의미의 조절을 언급한다면, 불가피하게 상호텍스트 차원뿐 아니라 텍스트와 독자의 관계 또한 관련시켜야 한다. 그에 반해 아동·청소년을 대상으로 한 작품들에서는 어떤 용어가 사용될지라도 사실상 아동·청소년에 대한 적합성만이 계속해서 나타난다. 물론 이러한 경우에 성인문학 관습에서 벗어났는지, 만일 벗어났다면 어느 정도까지 벗어났는지를 밝히는 것은 훨씬 더 어렵다. 이때 가장 어려운 것은―시대마다 내용이 달라지는―성인문학 관습을 아주 정확하게 규정하는 것이다. 엄밀히 살펴보면 성인문학이란 개념은 매우 다양한 다수의 문학에 대한 집합개념이기 때문에, 구체화하기가 특히 어렵다. 개작된 아동·청소년 문학은 이러한 방식으로 비교할 경우, 지금까지의 일반적으로 규범이 된, 소위 고급문학을 기준으로 삼았을 것이다. 그에 반해 오락문학과는, 하물며 성인 대상의 소위 통속문학과는 조금도 관련을 맺지 않는다. 한편으로 성인 문학의 관습을 벗어난 것일지라도, 다른 한편으로는 완전히 일치된 것일 수 있다.

3. 아동·청소년에 대한 적합성의 여러 가지 특징들: 조절의 형태

테오도어 브뤼게만은 이미 아동·청소년에 대한 적합성('개작')이 "책의 전체구조에서도 나타나야만 한다"고 단언했다. "그렇기 때문에 우리는 소재의 선택, 소재의 내적 구성 그리고 소재를 통해 밀접하게 연관된 언어적-문체적 표현양식뿐만 아니라 외장, 활자, 삽화를 포함한 책의 전체 외관 등도 고려해야만 한다"(Brüggemann 1977, 27). 그보다 조금 후에 다렌도르프는 다음과 같이 말했다. "개작은 […] 언어형태(단순함과 생동감)와 심리적으로 아주 중요한 긴장을 만들어내는 책의 전개와 구조에서, 그리고 아이들이 이해할 수 있고 한눈에 알아볼 수 있으며, 추후 체험할 수 있어야만 하는 주제와 소재 그리고 내용 안에서 나타난다"(Dahrendorf 1967, 393). 클링베르크는 이 점에 주목하여 아동·청소년에 대한 적합성(조절)에 대한 다양한 특징들을 체계적으로 세분화하였다(Klingberg 1973, 92). 다음에 소개되는 것들은 이러한 견해와 관련이 있다. 제일 먼저 문학작품의 다양한 분야에서 나타나는 아동·청소년에게의 적합성의 구체적 형태를 다룬다. 그 다음 두 번째 단계에서는 이러한 아동·청소년에 대한 적합성의 구체적 형태가 조절, 즉 성인문학이나 고급문학의 관습을 벗어난 것으로 간주될 수 있는지에 대해 살펴볼 것이다. 동시에 아동·청소년에 대한 적합성의 서로 다른 형태간의 차이는 일반적으로 통용되는 (파라텍스트를 포함한) 문학텍스트의 다양한 분야를 세분화한 것과 일치하여야 한다.

3.1 파라텍스트 영역에서의 아동·청소년에 대한 적합성:
파라텍스트의 조절

클링베르크는 이후에 분류하게 될 몇몇의 현상들을 "매체에 따른 조절"이라는 표제 하에 논하였다(Klingberg 1973, 97). 그러나 이 용어는 아주 적절한 것은 아니다. 작품을 또 다른 매체에 맞게 개작하는 것은 자연스럽게 (비교적 적절히) "매체선택", 다시 말해 "매체의 조절"이란 말로 이해될 것이다. 소설의 각색과 방송극, 만화버전 그리고 영화화를 예로 들 수 있다. 클링베르크가 초점을 맞춘 영역은 주네트가 피력한 (이미 제4장 3절에서 상세히 다룬) 파라텍스트의 개념으로 명확하게 특징지어진다. 이 개념을 받아들임과 동시에 여기에서 살펴볼 전체 현상들이 명확해질 것이다(클링베르크는 삽화만을 다루었다). 물론 여기에서 파라텍스트에 관한 논의는 아동 · 청소년 수신자와의 부분 의사소통에 이용된다는 점에서 이루어진다. 그렇다면 파라텍스트에서 아동 · 청소년에 대한 적합성이 정당하게 기대될 수 있다. 따라서 여기에서 언급하는 대부분은 이미 제4장 3절에서 논의되었기에 쉽게 이해할 수 있을 것이다. (어찌되었든 일반적인) **작가와 관련된 파라텍스트**의 영역부터 시작해야 할 것이다.

제일 먼저 아동 · 청소년에게 적합한 **제목 정하기**부터 살펴보자. 제목 정하기가 아동 · 청소년 독자에게 맞춘 조화로 인식될 수 있다면, 한 단계 더 나아가서 이 제목 정하기는 타이틀(제목)이라는 항목과 관련하여 당대의 일반문학 관습을 벗어난 것인지의 여부가 문제시될는지도 모른다. 예를 들어 19세기에 『어린 소녀의 고통과 기쁨Backfischchens Leiden und Freuden』, 『고집쟁이Der Trotzkopf』, 『아빠의 어린 딸 Papas Junge』 또는 『장난꾸러기Irrwisch』와 같은 소녀문학작품의 제목은 여주인공을 개별화하여 높은 수준임을 알리는 고급문학영역에서의 제목 (보바리부인Emma Bovary, 그레테 민데Grete Minde, 예니 트라이벨부인Frau Jenny Treibel, 에피 브리스트Effi Briest)과 첨예하게 대립된다. 이러한 일반문학이나 고급문학의 관습을 탈피하는 것이 우연히, 혹은 단독으로 일어난 것이 아님이 확실하다면, **파라텍스트의 조절**이라 언급할 수 있을 것이다. **장의 표제**나 **아동 · 청소년을 위한 서문** 혹은 **발문**도 유사한 방식으로 연구될 수 있을 것이다. 말하자면 장의 표제와 서문 혹은 발문이 일반문학에서 사용되지 않을 때에는, 이미 그것들이 단순히 존재한다는 점에서 파라텍스트의 조절을 의미할 수 있을 것이다.

출판자와 관련된 파라텍스트의 경우, 우선 (대부분 삽화에 의한) 그 구성에 있어서 처음부터 아동·청소년 독자를 고려한 **장정**이나 **겉싸개**가 언급될 수 있을 것이다. 동시에 그것은 두드러진 파라텍스트의 조절일 것이다. 처음부터 아동·청소년 도서(주10)는 성인도서의 외장을 탈피하려고 한다. 마찬가지로 외장의 표지 날개에 실린 텍스트와 **삽화**를 표현하는 그 밖의 장정에 실린 텍스트와 상징들에 대한 언급은 생략한다. 삽화는 장정과 마찬가지로 아동·청소년에 대한 적합성에서 그 중심적인 의미를 갖고 있으며, 또한 출판사의 페리텍스트 영역이다. 성인도서 분야에서 문학작품에 삽화를 그려 넣는 일이 적어질수록, 파라텍스트의 조절에 따라 아동·청소년 도서를 식별하는 표시가 되었다. 아동·청소년 도서의 삽화는 수신자의 나이가 어릴수록 그 양이 많아졌으며, 이렇게 풍부한 삽화와 더불어 대체로 모든 시대에 가능한 채색된 그림에 대한 아동(부분적으로는 청소년도 포함)의 호기심과 욕구가 고려되었다. 이는 삽화의 "시선을 끄는 기능"(Genette 1992, 93)이라 말할 수 있을 것이다. 마지막으로 각각 예상된 독자를 고려하여 정해지고, 이로써 아동도서의 특별한 특성에 속하는 **장정의 재료**와 **종이 종류**(유아그림책에서 물로 닦을 수 있는 플라스틱이나 두꺼운 종이, 텍스트와 삽화를 고려한 다양한 종이종류 등)의 선택과 **타이포그래픽**(서체와 글자 크기, 획이 굵은 글씨로 쓴 식자, 행의 길이가 불규칙한 식자, 활자체의 선정과 크기 결정, 배열 등)이 출판자와 관련된 파라텍스트 영역에서 거론될 수 있을 것이다.

3.2 언어와 문체적 관점에서의 아동·청소년에 대한 적합성:
언어와 문체의 조절

클링베르크는 문체의 조절에만 주목한다.(문체에 따른 조절 Klingberg 1973, 96) 그렇지만 우리는 모든 문체상의 결정을 내리기 이전에 대개 작가가 맘대로 사용하는 언어적 표현수단이 제한되는 현상들에 계속해서 부딪히게 된다. 더욱이 이러한 제한은 그때 마다 언급되는 연령집단의 언어능력을 고려하여 일어난다. 이러한 제한은 형태론(수동태 등의 회피: 예를 들어 형용사와 같은 특정한 품사의 제한적인 사용), 통사론(문장의 길이: 종속적 문장구조 보다는 병렬적 문장구조), 화법(예를 들어 간접화법, 경험화법 등의 회피), 의미론(특정 연령집단의 제한된 어휘에 대한 방향설정:외래어와 전문용어 등의 회피)과 관계될 수 있다. 클링베르크의 연구는 아동·청소년을 대상으로 하는 텍스트에서 다음과 같은 언어적 제한을 설정했다. a)비교적 짧은 문장 사용, b)어렵고 추상적인 단어 사용의 제한, c)동사들의 보다 빈번한 사용, d)주어 사용의 제한, e)미사여구 사용의 제한(Klingberg 1973, 97). 이러한 연구 결과에서 앞서 언급된 언어적인 규칙의 제한을 예상 목표 집단의 언어능력을 고려하여 다루는 한, 우리는 아직 문체상의 아동·청소년에 대한 적합성을 다루지 않고 순수하게 **아동·청소년에 대한 언어적 적합성**을 다루게 된다. 또한 일반문학 영역과 관련하여 일반적으로 사용하는 언어를 회피할 경우에는 **언어조절**이라 한다. 그럼에도 불구하고 어느 정도 모든 시대에서는 언어적 관점에서 볼 때, 종종 아동·청소년에게 적합한 단순하거나 간결한 표현방법 내지 서술 방법이 일반문학 영역에서 사용되고 있다. 따라서 이러한 경우 언어조절은 불필요하다.

수많은 경우에서 경계를 짓는다는 것이 어려울지라도, 아동·

청소년에 대한 언어적 적합성과 문체적 적합성을-마찬가지로 언어조절과 문체조절을-구분하는 것이 중요하다. 문체적 조절의 범주는 이미 언급한바와 같이 클링베르크의 연구('문체선택의 조절')에서 드러나고, 그에 해당하는 예들은 아동·청소년에 대한 언어적 적합성 내지 언어조절의 경우에 속한다. 실제로 언어조절과 문체조절은 이러저러한 언어적 현상들과 관련이 있다(동시에 문체영역에서 언어의 울림이나 리듬은 더 큰 역할을 할 수 있다). 그러나 언어조절이 일상어를 1차적이고 순수한 언어법칙으로 구조화시킨 것과 관련된 반면, 문체조절은 일상어를 부차적이고 인위적으로 구성한 것과 관련된다. 여기에서는 "좁은 의미에서 언어능력을 인위적으로 형성한 문체"(Wilpert 1964, 675), 다시 말해 일상어를 2차적으로 구조화시킨 문체를 논한다. 문체적 표현방법 내지 서술 방법은 그 자체가 일상어의 관습에서 어느 정도 변형된 규칙을 통해 인식된다. 그러나 그에 반해 그때마다 제시되는 문체의 특수성은 다른 문학들의 문체와 비교를 통해서만이 드러난다.

이와 관련된 연구의 성과는 별로 없지만 아동·청소년 문학의 전형적인 문체적 특징은 분명히 드러난다고 할 수 있다. 더 나은 개념이 없기에 우리는 여기에서 전적으로 **아동·청소년 문학 장르의 문체**에 대해서만 언급할 수 있다. 하지만 이러한 문체는 보통 아동·청소년 문학 전체가 아니라 개별적인 장르영역에만 해당된다. 아동 또는 청소년문학 장르의 문체가 예상된 수신자에게 일반적으로 공감될 수 있으며, 동시에 목표그룹이 일상적으로 사용하는 의사소통 형태와 어느 정도 친밀함을 제시하거나, 목표그룹이 특별히 자신과 관련된 문학적 의사소통의 문체라고 인정한다면, 그것은 아동이나 청소년에게 적합한 것이라고 말할 수 있을 것이다. 아동·청소년 문학 장르의 문체는 항상 입으로 전하는 특정한 이야기체와 대화체의 표현양식, 일상에서의 대화양식에 의존한다. 그러나 아동·청소년 문학 장르의 문체는 인위적이며, 일상적인 의사소통에서 두드러지게 벗어난 특징을 제시할 수 있다. 그림형제가 만들어낸 민담식의 어투나 한스 크리스티안 안데르센의 이야기양식이 이에 해당할 수 있을 것이며, 이들은 아동·청소년 문학에 커다란 영향을 주었다. 이는 아동·청소년에 대한 적합성이 아동·청소년 생활의 발달심리학과 현상학의 문제일 뿐만 아니라, 문학 관습을 설명할 수 있다는 것을 보여준다. 아동·청소년 문학에 적용된 아동·청소년에게 적합한 문체들이 성인문학에서는 나타나지 않을 경우, 이들은 문학의 문체 레퍼토리의 확대 내지 변화를 의미하며, 이에 따라 **문체조절**이라고 말할 수 있다.

문학적 문체들은 그 속에서 내적 상태, 기본 입장, '(예술적) 형식감각', 일정한 사고방식이 나타날 때, 그러니까 전체 세계관이 분명히 드러날 때에, 일종의 모방적인 기능을 가질 수 있다. 이러한 의미에서 초기에는 특유의 '어린 아이의 어투'가, 나중에는 청소년의 어투가 아동 내지 청소년기 특유의 태도나 관점을 모방하여 문학적으로 창조되었다. 크리스티안 아돌프 오버벡은 1781년에 수집하여 출판한 『노래모음집*Liedern*』에서 "1인칭 화법이 어린 아이 식의 어투에 얼마만큼 맞을 수 있는지 알아보고자" 했다. "나는 가능한 한 어린 아이 식의 어투에 가깝게 하려고 노력했다. 만약 내가 이를 잘 해냈다면, 여기서는 실제로 한 아이가 말하는 것처럼 느껴질 것이다"(Overbeck 1781, 서문). 이에 앞서 아우구스트 로데는 다음과 같이 아동극의 어린이 등장인물에 대한 자신의 의견을 주장했다. "어린이 등장인물들은 어른들로부터 들은 재미없고 무익한 도덕적 교훈들과 같은 지루한 언어로 이야기하지 않는다"(Rode 1776, 5장). 이 두 가지 경우 어린이 등장인물의 어투는 어린 아이의 사고방식과 어린 아이의 감정을 표현하기 위해 문체화 되었다. 물론 모방한 어린 아이 식의 어투와 청소년 식의 어투는 처음부터 성인 문학에서도 존재했다. 다시 말해 이러한 어투와 양식은 상당기간 아동기와 청소년기를 주제로 삼은 성인문학에서 아동·청소년을 대상으로 하는 문학보다 훨씬 더 철저하게 적용되었다. 1900년경 나타난 '어린이로부터 생성된 문학'에 대한 연구에 힘입어 모방한 어린 아이 식의 어투가 꾸준히 아동문학상에서도 자리를 잡게 되었고, 어린이 등장인물의 대사에만 관련되는 것이 아니라 (시 또는 서사문의) 전체 텍스트에까지 관계를 맺게 되었다. 이와 유사한 일들이 20세기 중반 무렵부터 명백히 청소년을 대상으로 한 소설 영역에서도 나타났다. 이로써 모방한 어린 아이 식의 어투나 청소년 식의 어투와 등장인물의 어투는 목표그룹을 예상할 수 있는 문체가 되고, 때문에 이들은 아동·청소년에게 적합한 문체라고 할 수 있는 것이다. 이 점에 있어서 성인문학은 근본적으로 다르지 않기 때문에 여기에서 문체조절은 나타나지 않는다.

3.3 형식과 장르의 관점에서 아동·청소년에 대한 적합성: 형식과 장르의 조절

이러한 범주는 클링베르크도 언급하였으나('형식에 따른 조절' Klingberg 1973, 95), 우리는 여기에서 모든 현상들이 적절하게 분류된 것으로 간주하지는 않는다. 여기에는 한 텍스트의 형식적 또는 구조적 관점의 전체가 관계되며, 이 경우 그러한 관점은 문장 전체를 포괄하는 특징을 제시한다(문학적 구조와 표현방식). 시의 경우 운의 형식, 운율, 연의 형식, 시의 길이가 이에 해당한다. 서사 텍스트와 드라마텍스트의 경우에 있어서 줄거리의 구조

(하나의 줄거리 또는 여러 줄거리, 중심 줄거리와 부차 줄거리, 줄거리의 시간적 확장, 행복한 결말 또는 열린 결말 등)와 등장인물의 규모(주변인물의 숫자, 일목요연함, 단독 주인공과 공동 주인공 등)는 독자의 수준에 따른다. 여기에 줄거리의 표현방식(연대기적, 회고적, 불연속적 또는 몽타주기법에 따라)도 포함시킬 수 있다. 특히 서사텍스트의 경우에는 줄거리 표현과 서술하거나 상세히 논하는 구절들의 혼합된 상태와 보고 및 인물 화법(이야기 소설 대 대화식 소설)의 혼합, 그리고 대사를 묘사하는 다양한 기술(말 그대로의 표현화법과 독백, 직접화법, 생각의 표현, 경험화법)들의 사용빈도에 대해 고려할 수 있는 것이다. 마지막으로 특정한 이야기시점 내지 이야기상황(1인칭이나 3인칭 소설, 전지적 작가 시점 또는 3인칭 관찰자 시점 등)의 선택이 고려될 것이다. 시, 서사문학, 드라마에 있어서는 사용할만한 상징기법에 대한 문제와 비유적이고 아이러니하거나 빈정대는 화법 등을 다루는 문제가 공통적인 관심거리가 될 것이다. 완벽하게 체계적인 것과는 거리가 멀지만 **아동·청소년에 대한 형식이나 구조상의 적합성**이 문학작품의 어떤 요소들과 관련될 수 있는지를 분명하게 하기에는 충분하다.

우선적으로 목표 대상인 독자의 측면에서는 그들의 이해력이 관건이 된다. 즉 보다 긴 표현과 무수히 많은 부분들로 이루어진 전체 텍스트를 나타내는 아동·청소년 문학적 보고가 수신자들에게 받아들여지고 이해될 수 있기 위해서 어떻게 구조화되어야하는가의 문제이다. 이 경우에는 제한된 이해력과 더불어 어린 독자에게는 상대적으로 희박한 주의와 집중력이 고려될 수 있다. 이때에 보고는 구조적인 측면에서 봤을 때 신중하게 계산된 의외의 효과와 긴장의 곡선을 통해 주의력이 떨어지지 않게 할 뿐 아니라 오히려 집중시키는 성질을 지녀야만 한다. 따라서 형식과 구조적 관점은 아동·청소년 문학 텍스트의 **명료성**뿐만 아니라 **흡인성**에도 상당한 영향을 미친다.

형식상의 아동·청소년에 대한 적합성은 대부분 일반문학의 구조형식과 표현기법이 보다 적게 사용되는 곳에서 나타날 것이다. 아동·청소년을 위한 소설은 보통 성인문학 작품에 비해 (길이가) 짧고, 한 눈에 알 수 있는 줄거리와 전면에 배치함으로써 쉽게 인식할 수 있게 만든 등장인물들을 제시한다. 또한 서술하거나 상세히 논하는 구문 등도 적게 나타난다. 그와 같은 현상들이 일반문학에서는 나타나지 않는다는 점에서 이러한 **일반 문학적 레퍼토리의 축소된 사용**을 **형식조절**이라 할 수 있다. 일반문학에서 큰 의미가 없는 문학기법이 아동·청소년 문학에서 중요한 역할을 할 때에도 이러한 형식조절이라 할 수 있다. 예를 들어 긴장감을 불러일으키는 경우가 이에 해당할 것이다. 또한 이미 오래전부터 일반문학에서 사용되지 않은 문학의 기법들이 아동·청소년 문학의 영역에서 계속해서 사용되는 것도 형식조절이라 말해야 할 것이다. 이 경우에는 직접 독자에게 말을 건네거나, 독자를 끌어들이는 특정한 형식들이 하나의 좋은 예가 될 것이다. 이것은 아동·청소년 문학으로의 조절이 **일반 문학적 레퍼토리의** 축소뿐만 아니라 **확대**까지 이어질 수 있다는 것을 보여준다. 이는 역사적으로 볼 때 '과거'로의 확장이지만, 이러한 확장은 이미 오래전에 사라졌다가 문학적 진화에 의해 다시 회복된 문학기법이라 할 수 있다.

목표 대상으로 삼은 독자를 고려해서 문학의 구조와 기법에 맞게 내리는 판단들은 그 중 하나가 방향을 잡게 되면 자동적으로 결합될 수 있다. 그러한 결합들은 보통 개별적인 장르영역에 제한되며, 필요에 따라 다소간 분명하게 정해진 **일반문학 장르의**

아동 · 청소년 문학적인 변형물이 된다. 예를 들어 민요의 장르영역에서 동요가 생겨났고, 설화와 이야기 장르영역에서 아동설화와 아동이야기가, 소설 영역에서는 아동소설과 청소년소설이 생겨났다. 형식과 구조적 관점에서 아동 · 청소년에 대한 적합성은 각각의 아동 · 청소년 문학적인 장르변이형을 선택함으로 해서 어느 정도 자동적으로 이루어진다. 이는 또한 더 이상 일반 문학의 보조가 아니라 **순수한 아동 · 청소년 문학 장르**라고 지칭될 수 있는 아동 · 청소년 문학 장르에도 적용된다. 여기에는—어느 정도 제한적이긴 하지만—민담, (비유적이거나 본래의) 동물이야기 또는 그림이야기도 포함시킬 수 있다. 이러한 종류의 장르들은 그 자체로서 아동 · 청소년 문학의 변이형, 즉 일반 문학적 장르의 레퍼토리 확장을 의미하며, **적합한 장르로의 조절**이라고 할 수 있다. 물론 통시적 관점에 볼 때 대부분의 순수 아동 · 청소년 문학 장르는 오로지 아동 · 청소년 문학 영역에서만 사용되고 있는 소위 '수준이 낮추어진' 장르일 것이다.

3.4 소재, 내용, 주제의 관점에서 아동·청소년에 대한 적합성: 소재와 내용의 조절

이 장에서 다루고 있는 카테고리들은 밀접하게 서로 연결이 되어있고 이따금씩 구별이 어려울 수도 있다. 우리는 **'아동 · 청소년에 대한 소재상의 적합성'**이라는 카테고리에서 다시 한 번 클링베르크(Klingberg 1973, 94)에 주목하게 된다. 일반적으로 소재라 함은 사건들(고안된 것이나, 또는 어떠한 원전에서 차용된 것도 해당함)과 개별 줄거리 또는 연속된 줄거리는 물론, 이와 더불어 이에 속한 등장인물, 상황 그리고 배경을 모두 일컬을 수 있으며, 이 모든 것들은 어떠한 문학 작품에서 앞서 사용된 것이거나 혹은 추후에 찾아낼 수 있는 경우에 한한다. 소재를 선택할 때에도 작가 (발행인, 개작자 등)는 아동·청소년에 대한 적합성이라는 기준에 제한을 받을 수 있다. 아동·청소년에게 적합한 것으로 여겨지는 소재들은 친숙하면서도 동시에 낯선 것들이어야 한다. 아동·청소년에게 완전히 낯선 소재들일 경우에는 그들이 계속 이해를 해야 하거나 보통은 접근조차하지 못하게 되며, 또한 완전히 친숙한 소재들일 경우에도 그들에게 특별히 매력적으로 느껴지지 못할 것이다. 의도된 독자들의 경우에는 그들의 지식정도, 경험, 취향과 흥미, 희망과 욕구, 환상과 유토피아와 같은 것들이 관련된다. 친숙함의 측면을 강조해 보자면, 18세기 후반에는 아동·청소년들의 생활 자체가 그들에게 적합한 아동·청소년 문학의 이상적인 소재가 되었고, 그 때문에 이와 동시에 아동·청소년인 등장인물이 이상적인 인물이 되었다. 물론 아주 어린 독자들에게는 자신의 환경자체가 그렇게 친근하기 보다는 여전히 매우 낯선 것들로 가득 차 있다. 하지만 단지 그 때문에 이러한 환경이 어린 독자들에게 호감이 가는 소재가 되지 못하지는 않을 것이다. 이와 달리 조금 나이가 든 독자들의 경우에는 그들의 주변 환경이 더 이상 낯설다는 생각을 하지 않기 때문에 주변 환경에 대해 더 이상 호감을 갖지 않는다. 한층 더 나이가 든 독자들에게는 그들의 일상생활이 완전히 납득할 수 없는 것들과 해결할 수 없는 문제들로 가득 차 있기 때문에, 이들에게 있어 일상은 포기할 수 없는 소재인 것이다. −이와 같은 지적은 그 자체로서 아동·청소년에게 적절한 소재는 있을 수 없다는 점을 분명히 해줄 것이다.

일반적으로 통용되는 문학의 소재를 목표그룹을 고려해서 아동·청소년 문학의 소재로 전환하는 것을 **소재조절**이라 한다. 개별적인 문학의 소재가 아니라 문학 소재의 레퍼토리 그 자체를 관련 대상으로 삼을 경우, 성인문학에서는 더 이상 나타나지 않는 변형된 소재들이 아동 · 청소년 문학의 영역에서 사용되는 경우들에 대해서도 소재조절이라 할 수 있을 것이다. 이런 경우에 우리는 **독자적인 아동 · 청소년 문학 소재 내지는 소재 영역**이라고 할 수 있을 것이다. 물론 이 때 우리는 소재의 측면에서 아동 · 청소년 문학의 독자성과 본질성을 과대평가해서는 안 된다. 우리가 중요한 아동 · 청소년 문학 장르들(동요, 민담, 전설, 동물이야기, 환타지, 공포와 유령문학, 과학소설, 모험소설, 체험소설, 인디언소설, 여행이나 탐험 소설, 탐정이나 범죄소설, 악동 소설, 성장소설, 소녀문학, 학생이나 청소년 소설 등)을 살펴본다면, 각각의 장르마다 아동 · 청소년 문학이 어느 정도는 일반 문학소재에 관여한다는 것을 알 수 있다. '현대 사회의 조건 하에서 아동 · 청소년들의 세계'라는 중심적인 소재 영역과 관련해서조차 우리는 아동 · 청소년 문학을 오히려 수용자의 역할에서 보고 있다. 현대 아동기와 청소년기는 물론 그들이 겪는 중요한 경험들을 조사해보면, 유년기소설, 성장소설, 교양소설, 학생 또는 청소년 소설과 같은 장르로 된 성인문학이 아동 · 청소년 문학에 역사적으로 선행하고 있다. 아동 · 청소년 문학은 20세기 시작 무렵에서, 그리고 비로소 70년대부터 본격적으로 '아동기와 청소년기'라는 소재영역을 형성하고, 지속적으로 실현시키는데 전적으로 기여하게 된다(Ewers 2001).

만약 소재가 채택되어 개별 문학 작품에 사용된다면, 그것은 내용은 물론, 구체적인 무대, 상황, 줄거리, 등장인물 등과 관련을 맺게 된다. 소재는 독자적인 전승방법(소재 모음, 어휘목록, 등장인물 내지는 영웅갤러리, 연대기 등)을 지니더라도, 하나의 문학 작품 안에서 사용되기 전에 이미 어느 정도 내용상으로 명확함을 보여준다. 전승되어진 소재들이 어느 정도 구속력이 있는지는 시대마다 상이하다. 전승된 소재를 개별 문학 작품에 적용시킬 경우, 소재를 있는 그대로 적용할 수 있다. 이러한 경우에는 소재와 내용상 차이가 없거나, 있다 하더라도 경미한 정도이다. 하지만 소재는 자유롭게 다루어 질 수도 있다. 그럴 경우 우리는 비관습적이고, 전통에서 벗어난 방법으로 소재를 사용하게 된다. 예를 들어 그림형제의 경우에는 민담과 그 밖의 민중소설을 기록할 때 **소재를 있는 그대로 지키는 것**을 고집했고, 반면에 아르님과 브렌타노 같은 작가들은 전승된 민담소재와 모티브들을 자유롭게 다루는 것을 정당하다고 여겼다.

아동 · 청소년 문학 영역에서 소재를 있는 그대로 고수하는 원칙은 원칙을 따르는 신봉자들에게서만 드물게 볼 수 있었다. 만약 소재가 아동 · 청소년을 대상으로 하는 문학 작품에 발을 들여놓을 때, 일반적으로 특별한 가공이 필요하다는 입장이 보다 확대되었다. 이러한 식으로 소재를 적용하는 것에 대한 근거는 매우 상이했고, 또 지금도 그러하며, 단지 부분적으로만 아동 · 청소년 독자를 고려해서 소재를 변경하게 된다. 우리는 이 장에서 독자층에 맞게 텍스트를 조절하는 데 기여하는 변화들(어떠한 텍스트 요소들이건 간에)에 한해서 전적으로 조절이라는 카테고리를 두고 있다. 이에 따라 여기에서는 **아동 · 청소년에 대한 내용상의 적합성**을 목표로 하는 소재의 변형만이 관건이 될 수 있다. 예를 들어 전승된 소재들 중 몇몇의 측면이 아동 · 청소년에게 접근할 수 없거나, 또는 그들에게 그 어떤 자극도 주지 못할 것이라 추정되어 제한되거나 생략되는 경우를 소재 변화라 할 수 있다. 반대로 전승된 소재 중 부수적인 요소들(예를 들어, 아이들이 관여하는 부수적인 줄거리)이 아동, 청소년들에게 특별히 흥미 있는 것으로 평가될 경우에는 그것이 중심이 될 수 있다. **'아동 ·**

청소년에게 적합한 내용' 이라는 정의는 그 명칭에 있어서는 '아동 · 청소년에게 적절한 소재' 라는 정의와 구분되지 않는다. 이에 반해 우리는 '(조작에 의한) **내용조절'** 이라는 범주에서는 이미 주어진 소재를 내용상으로 변형하는 모든 것들을 포함시키고자 하는데, 이 때 이미 주어진 이러한 소재들은 변화를 내포하고 있고 기존의 것을 따르지 않는다는 원칙에도 기초를 두고 있으며, 이미 주어진 소재영역에서 내용상으로 아동 · 청소년에 대한 적합성이 주어져 있지 않는 모든 곳에 적합성을 마련해주어야 한다. 만약 우리가 그 개념을 특별한 성질이라는 범주로 사용한다면, 아동 · 청소년 문학작품에서 내용상으로 아동 · 청소년에게 적합한 이러한 모든 요소들은 채택된 소재를 변형하거나 완전히 형태를 바꾸는 것에서 비롯되는 내용조절이라 할 수 있다.

여기에서는 소재전승에 의해 성인 등장인물에서 차용되었지만 아동이나 청소년의 특징을 갖는 주인공을 설정하는 것을 예로 들 수 있을 것이다. 이에 대해서는 클링베르크가 이미 지적한 바 있는데, "개작이라는 형식은 작가가 아동이나 청소년을 성인문학에서 통용되는 것 보다 더 비중 있게 사건 진행의 주인공으로 삼을 경우를 말한다"(Klingberg 1973, 95). 이러한 아동 · 청소년 문학의 특수한 내용구성은 『소년 로빈슨』을 필두로, 『꼬마 마녀*Kleinen Hexe*』, 『꼬마 유령*Kleinen Gespenst*』, 그리고 『꼬마 흡혈귀*Kleinen Vampir*』에 이르기까지 종종 이미 제목에서 드러난다. 물론 바다 모험소설, 미국 서부 또는 인디언 소설, 여행소설 또는 식민지 소설과 같은 장르에서는 이러한 관습이 역사적으로 더디게 진행되었다. 칼 마이 때까지만 해도 성인인 영웅등장인물이 지배적이지만, 그 후 청소년이 소설의 영웅으로 점점 더 자리를 차지하게 된다. 이는 『뱃소년 로버트*Robert der Schiffjunge*』(S. Worishöffer

1877), 『덫을 놓는 밥Bob der Fallensteller』(Fr. J. Pajeken 1890), 또는 『페터 무어의 남서쪽으로의 여행Peter Moors Fahrt nach Südwest』(Frenssen, 1906)과 같이 제목에서부터 알 수 있다. 그 밖의 예로는 소설의 등장인물로 동물을 설정하는 것을 들 수 있다. 이 점에 대해서는 클링베르크도 주의를 기울였다. 작가는 "아동·청소년들이 어른보다는 동물을 더 좋아할 수 있다는 점을 상상해 볼 수 있기에, 동물도 주요 등장인물로 삼을 수 있다"(Klingberg 1975, 85).

내용조절이 아동·청소년 문학의 관습이 된다면, 이는 바로 소재조절이 된다. 청소년 독자들을 대상으로 하며 청소년이 주인공인 미국 서부 소설이나 인디언 소설은 19세기 후반 그 시대 청소년 독자들의 기대에 맞춰 J. F. 쿠퍼와 게르슈텍커의 방식에 따라 모험소설의 소재 부분을 내용상으로 조절해서 생겨나게 된 것이다. 우리가 여기서 새로운 장르라고 부르고자 할 만큼 청소년 미국 서부소설의 첫 파장을 일으킨 작가들은 소재상 주어진 것들을 바꾸는 것뿐만 아니라, 기존에 확고한 자리를 차지하고 있는 소설 장르의 소재상의 관습을 그들의 소설 속에서 의식적으로 구별하고 있다. 그렇지만 그들은 이와 같이 관습을 따르지 않고 규범에서 벗어나 내용상으로 사용한 소재(달리 말하면, 내용조절)를 길든 짧든 새로운 소재상의 관습으로 만들게 되고, 이러한 관습에 다음 세대의 작가들이 직접적으로 바로 관련될 수 있다. 그럴 경우 다음 세대 작가들은 아동·청소년에게 덜 적합한 소재들을 내용상으로 조절시키는 일로부터 해방되게 되고, 이미 그 자체로서 아동·청소년에게 적합한 것으로 여겨지는 최근의 소재들을 다소간 있는 그대로 적용하는 데 집중할 수 있다(그 때문에 내용상으로 조절하는 모든 것들이 불필요한 것으로 여겨지게 된다).

이처럼 20세기 초에 청소년 미국 서부소설은 청소년 독자층의 기대에 맞춰 (일반 문학의) 미국 서부소설의 소재상의 관습에서 그 이전에 조절해 놓은 것에 이미 근거를 두고 있다.

클링베르크는 **문학작품의 주제** 또는 **문학의 주제**에 대해서는 언급하지 않는다. 그렇지만 우리는 소재와 내용의 차이점과 마찬가지로 내용과 주제의 차이점을 필수적인 것이라 생각한다. "주제가 동일한 작품"이 부득이하게 내용까지 동일한 것을 보여줘서는 안 된다던가, 또는 "소재에 있어서는 외적으로만 동일"해야 한다는 것에 대해서는 이미 볼프강 카이저가 지적한 바 있다(Kayser 1948, 62). 주제는 추상적이고 상상적인 본성을 가지며, 그 때문에 여러 가지 방법으로 구체화되거나 실현될 수 있다. 예를 들어 '현대 문제가정의 아이'라는 주제는 희비극적인 (현실주의적) 가족소설의 형태로 전환될 수 있으며, 이와 반대로 (비본질적으로) 희극적이거나 심지어 문학적으로 그로테스크한 동물 문학의 형태로도 전환될 수 있다. 첫 번째 경우에서 주제는 **직접적인 방법**으로 표현될 수 있을 것이다. 즉 내용은 그 자체로서도 말하는 바가 있을는지 모른다. 다시 말해 내용이 본래의 의도를 나타낼는지 모른다는 것이다. 이 때에는 내용과 주제가 일치한다. 두 번째 경우에서 주제는 **간접적인 방법**으로 표현될 수 있을 것이다. 동물 줄거리는 그 자체를 위한 게 아니라 무언가 다른 것을 위한 설정일 수 있다. 이럴 경우에는 내용과 주제가 나뉘게 된다. 반대로 내용상으로 유사한 방식의 작품들이 아주 다른 주제를 제시할 수 있다. 예를 들어, 인디언 소설은 씩씩한 태도, 용기, 결의, 강인함, 금욕적인 생활 등과 같은 일반적인 인간의 특정 가치를 주제로 삼을 수 있지만, 문화적인 차이를 강조하는 것도 관건이 될 수 있다(케테 렉하이스의 후기 인디언 소설이 그 경우이다).

만약 한 시대의 문학 작품들이 어떠한 주제를 계속해서 보여
준다면, 우리는 그것을 일반화시켜서 문학의 주제(자연, 사랑, 우
정, 죽음 등)라 할 수 있다. (특정한 시대에) **아동 · 청소년 문학에
서 계속 반복되는 주제**에 대해 언급하는 것도 바람직한 일일 것이
다. 즉 이와 같은 것은 **아동 · 청소년 문학의 시대적 주제**라고도
표현할 수 있을 것이다(복종, 행동거지, 덕, 정조, 행운, 안전함,
불안 등). 이러한 주제를 선택하는 것은 종교적, 이데올로기적, 정
치적 또는 교육적 바탕에서 이루어질 수 있을뿐더러, (부가적으로
또는 특히) 수용자의 관점에서도 이루어질 수 있다. 이러한 경우
아동 · 청소년에게 적합한 주제에 대해 언급하는 것은 의미 있는
일이다. 문학적인 주제에 있어서 아동 · 청소년에 대한 적합성을
측정하는 것은 (이미 소재와 내용에서 보았듯이) 독자의 측면과
관련이 되는데, 한편으로는 그들의 인식과 그들의 일상생활의 경
험들 (친숙함의 측면)이고, 다른 한편으로는 그들의 욕구, 바람,
흥미 (매력적인 것의 측면)이다. 어떠한 면에서는 아동 · 청소년
문학을 생산하는 성인 생산자와 중개자의 요구사항에서의 갈등
이, 또 다른 면에서는 원래 목표그룹의 바램과 기대사이에서의 갈
등이 여러 시대에서 주제를 선택하는데 있어 첨예화 된 것 같다.
언어적, 문체적, 형식적 영역에서는 독자에게 적합하게 만드는 것
이 아무런 문제없이 이루어지고, 또 소재와 내용과 관련해서도 어
느 정도 융화가 일어나는 반면 ('아이들은 동물을 좋아 한다' 라는
모토에 따라), 아동 · 청소년 주제와 관련해서는 매우 신중한 태도
를 볼 수 있다. 적어도 이러한 문제에 있어서는 겉보기에 성인들
만 결정권을 가지려는 것처럼 보인다. 아동 · 청소년 문학의 아
동 · 청소년에 대한 적합성과 관련된 광범위한 논의에서 근본적인
주제에 따른 문제제기는 거의 나타나지 않는다. 명백하게 아동 ·

청소년에게 적절한 주제를 가진 읽을거리라도 너무 빨리 통속문학으로 치부되거나, 심지어 완전히 저속한 작품으로 낙인찍히기도 한다.

우리는 성인문학에서, 아동·청소년 문학에서 해당 연령층의 문제와 요구사항들이 구분되는 만큼 그들의 근본적인 주제와 관련해서도 차이가 난다는 것을 가정해 볼 수 있을 것이다. 이러한 가정은 아동·청소년 문학이 전적으로 그들의 목표그룹의 실질적인 문제와 관련된다는 것을 전제로 한다. 물론 이것은 초기의 발달단계에는 해당되지 않는다. 다시 말해, 아동·청소년 문학은 수세기에 걸쳐 그들 수용자의 현재가 아니라, 어른으로서 그들의 미래 역할에 대해 다루어 왔다(여기서 우리는 수용자의 측면에서 **미래에 관한 주제**라 언급할 수 있을 것이다). 하지만 18세기가 지나면서 주제 자체를 아동기와 청소년기에 맞춘 것과, 미래에 관한 주제를 **현재에 관한 주제**로 바꾼 것 자체가 주제의 측면에서 아동·청소년 문학을 성인문학과 떼어내지 못하게 한다. 성인문학도 마찬가지로 아동기와 청소년기를 그들의 근본적인 주제의 하나로 삼았기 때문이다. 심지어 성인문학은 주제에 있어서 아동·청소년 문학에 선행한다(Ewers 2001). 아동·청소년 문학과 마찬가지로 성인문학도 현대화가 시작되면서 공통의 핵심주제를 보여주는데, 이때 성인 문학은 아동·청소년 문학에서보다 훨씬 더 좁은 범위에서 아동·청소년 문학작품을 나타낸다. 그 때문에 두 문학이 서로 다른 관점에서 아동기와 청소년기를 그려냄과 동시에 다른 관심사를 지닌다는 점이 부인되어서는 안 된다. 하지만 우리의 견해에 따르자면, 주제 면에서 근본적인 공통점은 변하지 않는다. 우리는 현대 시대의 관점에서 아동·청소년과 성인을 그들의 **근본적인 주제에서 일치하는 문학**으로 보고, **이러한 주제를 다루는**

데 있어 차이점을 주제적인 차이가 아니라 **내용상의 차이**라고 평가하는 경향이 있다. 그 때문에 우리는 주제조절이라는 카테고리를 두는 것을 불필요하다고 생각한다.

3.5 평가와 관련된 아동·청소년에 대한 적합성

문학작품들은 주제만을 보여주는 것이 아니라, 이러한 주제와 관련해서 특정한 평가들도 제시한다. 예를 들어 어떠한 청소년 문학 텍스트에서 아버지와 아들의 갈등을 주제로 다룰 경우, 이러한 갈등은 한편으로는 잘못된 교육이나 잘못 성장한 결과로 간주될 수도 있고, 다른 한편으로는 현대 청소년들에게 필수적인 갈등이나 위기상황으로서 '정상적인' 것으로 간주될 수도 있다. 아동·청소년의 특정한 여가활동, 즉 몇몇 아동·청소년 문화의 실재(예를 들어, 파티 문화, 알코올섭취, 약물복용, 컴퓨터 게임)를 비판적으로 보는 아동·청소년 문학 텍스트들도 있다. 이 경우에는 이러한 아동·청소년 문화들을 바람직한 것으로 보거나, 적어도 허용 가능한 것이라 보는 원칙적인 평가가 이루어질 수 있으며, 또는 이와 반대로 그것을 문제가 있고 허용불가능 한 것이라 보는 평가가 이루어질 수 있다. 어떤 문학 텍스트에서는 이와 같은 서술자의 평가가 몇몇 등장인물들 (아동 내지는 청소년 그리고 성인 인물들)을 통해서도 이루어질 수 있다. 이때 여러 서술자들의 평가 또는 등장인물의 평가가 웨인 부스Wayne C. Booth에 의해 지칭된 **내재적 작가들**(Booth 1974, 77)의 관점과 얼마만큼 일치하는지, 또한 그러한 평가들이 **작품 전체와 관련된 입장**에 얼마나 근접하는지에 대한 문제제기가 있을 수도 있다. 이와 관련해서 우리는 문학 작품의 아동·청소년에 대한 적합성이라는 논의에 이러한 측면도 포함하자는 제안을 하고자 한다. 그럴 경우 문학 작품에서 나타난 평가들이 목표 대상인 아동·청소년 수용자들의 의도 및 입장과 어떤 관계에 있는지에 대한 문제가 제기될 수 있을 것이다. 한 작품에 관련되는 근본적인 평가들은 그것이 목표그룹의 입장과 태도에 일치할 경우 아동·청소년에게 적합한 것이라 할 수 있을 것이다. 여기에서 우리는 작품에 관련되는 **입장**에서의 **아동·청소년에 대한 적합성**, 요컨대 **아동·청소년에 대한 평가의 적합성**에 대해 언급하고자 한다.

작가는 소재와 내용뿐만이 아니라, 주제 또한 아동·청소년 독자의 흥미와 욕구에 따라 선택할 수 있다. 그렇지만 이때 작가는 그것들에 대한 최후의 평가는 남겨놓을 수 있다. 이럴 경우 작가는 아동·청소년이 관심 있어 하고 만족해하는 것들에 대해 쓰긴 하지만, 이러한 것에 자신의 관점을 전하고자 한다. 엘리자베스 쵤러Elisabeth Zöller의 청소년 소설 『레이브, 사랑과 행복 *Rave, Love & Happiness*』(1998)을 예로 들어 보자. 이 소설에서 청소년들의 파티 문화는 전적으로 긍정적으로 평가되고 있다. 물론 작가가 세운 기준에 따라서이다. 파티 체험은 탈선이 아니라 정체성을 찾는데 기여한다는 조건하에서만 작가의 동의를 얻게 된다. 이와 같은 작품은 주제를 선택할 때까지만 해도 아동·청소년에 대한 적합성이라는 규정을 따르지만, 서술된 것을 마지막으로 평가할 때는 수신자의 입장과 거리를 두게 된다.

그렇지만 어떤 작품은 그 조차도 포기하고, 청소년 파티문화와 같은 대상을 청소년 수신자와 다르지 않게 평가하는 경우도 생각해 볼 수 있다. 이러한 경우에 작가는 그 일에 대한 자신의 입장, 즉 자신의 관점을 그 작품 속에 첨가하지 않고, 그 대신 수신자의 관점과 입장을 지닌 (일시적인) 등장인물을 설정할 것이다. 그리고 청소년들에게 내재된 작가의 위치를 부분적으로 넘겨줄 것이다. 그러한 경우에 작가는 청소년들의 관점과 의미구조를 문학적으로 설득력 있게 표현하기 위해, 자신의 '목소리'만을 청소년들에게 어느 정도 빌려주고, 자신의 문학적 재능, 형식이나 구성양식의 기술을 사용할 것이다(비교. Ewers 1992, 169). 여기서 우리는 전적으로 청소년(다른 경우에는 아동)과 관련된 **역할문학**에 대해 언급할 수 있을 것이다.

이러한 식의 역할문학은 아동·청소년 역할문학이라는 형식으로서 일반적으로 봤을 때나 특별하게 봤을 때나 성인문학상에서 특별한 것이 아니다. 성인문학에서는 아동·청소년들의 체험방법과 평가관점을 검열하지 않고 수정하지 않은 채, 심지어 이러한 방식을 지지하는 입장에서 서술하려는 시도가 있다. 보다 이전의 아동·청소년 문학에서는 양상이 아주 다르며, 20세기 후반의 현대 아동·청소년 문학조차 그러한 (여전히 극단적으로 고안된) 역할문학의 가능성 중에서 단지 아주 적은 부분만 사용하고 있다. 대략 칼 필립 모리츠의 '심리 소설'『안톤 라이저*Anton Reiser*』(1785-1790)에서 나타나는 것처럼, 아동·청소년들의 실제적인 관점, 입장, 감정들을 가차 없이 탐색하는 것은 대개 성인 독자들에게만 유용한 문학적 프로젝트라 할 수 있다. 아동·청소년 문학에서 그러한 모험을 하는 것이 얼마나 어려운 지를 아동시인 크리스티안 아돌프 오버벡(1755-1821)이 이미 경험해야 했다. 그는 독일어권에서 아동·청소년 문학에 나타난 평가를 고려하여 아동에게 적합하게 맞추려고 한 아동·청소년 문학의 창시자로 간주해도 좋을 것이다. "만약 내가 이를 잘 해냈다면, 여기서는 실제로 한 아이가 말하는 것처럼 느껴질 것이다." 이것은 이미 위에서 인용된 서문의 방향을 제시하는 결정적인 진술이다(Overbeck 1781). 작가는 물론 제한이 필요하다고 생각한다. 즉 그의 주인공은 이제 '천사'가 아니라, '인간의 아이'이며, 그래서 '아이들을 위해 이상이 될 필요가 없다'는 것이다. 그 때문에 시의 선택만큼은 아이들의 손에 맡겨져야 한다는 것이다. "아이가 정해진 주제에서 벗어나는 것을 보는 일은 우리 어른들에게 즐거움이어야 한다. 우리는 우리 어린이들에게 염려할 필요가 없는 것들만을 선별해주고자 한다"(Overbeck 1781).

4. 부록: 두 편의 아동 문학 텍스트 분석

본 절에서는 이 전까지 전개된 분석적인 카테고리들을 두 편의 작품 분석을 통해 보다 상세하게 설명하게 된다. 이를 위해 아동문학의 대가들인 오트프리트 프로이슬러의 소설 『꼬마 물의 요정Der kleine Wassermann』(1955)과 페터 헤르틀링의 아동소설 『벤은 안나를 좋아해Ben liebt Anna』(1979)를 예로 들겠다. 설명은 중요한 대목만을 중심으로 해서 작품 전체가 아니라 몇 가지 예만으로 이루어진다.

4.1 오트프리트 프로이슬러의 『꼬마 물의 요정』

- **파라텍스트 영역**: 이 소설(Preussler 1956, 3-126)은 총 124쪽의 분량으로, 44개의 삽화가 실려 있다. 삽화는 대략 두 쪽 반마다 하나 꼴이며, 비교적 조밀하게 들어가 있는 편이다. 우리는 이것을 아동에 대한 파라텍스트의 적합성이라고 평가하는데, 이때의 적합성은 파라텍스트의 조절을 말하며, 이와 같은 삽화 방식은 일반문학에서는 통용되지 않는다. -이 소설은 21장으로 나뉘어져 있으며, 한 장의 길이가 평균 5~6쪽이다. 선택된 활자가 비교적 크고, 단락이 보통 매우 짧은 것으로 보아, 이 소설은 분명 초등학교 2학년 정도의 독서를 시작하는 아동의 독서능력에 맞춰

출판된 것이다. 이 책과 마찬가지로 예전에 출판된 소설에서도 (대략 현대의 짧은 산문과는 다르게) 장과 단락을 짧게 구성하여 파라텍스트의 조절을 보여준다.

- **언어 영역**: 언어적 영역에서는 한 장만을 평가한다(4장: 물방앗간을 가로질러 사방팔방으로, 22~25쪽). 이 장은 19개의 단락으로 구분되어 있으며, 44개의 문장으로 구성되어 있다. 이 중 16개가 단문이고, 그 밖의 10개의 문장들은 주문장이 병렬로 구성되어 있다('그리고'로 연결되어 있거나 '쉼표'로 구분되어 있다). 병렬된 문장을 각각 세어보면 문장 수는 총 59개이다. 이 중 20개만 복합문의 종속문이다 (보통 주문장과 부문장으로 구성되며, 한 경우에만 2개의 부문장이 병렬되어 있다). 따라서 텍스트는 1/3만 복합문으로 구성되어 있고, 2/3는 단문으로 구성되어 있거나 또는 주문장들이 파라텍스트 상으로 병렬되어 있는 것이다. 화법으로는 서사 텍스트, 그리고 그때마다 인용 형식과 인용부호(외적화법에서)를 통한 직접화법(외적화법, 어떠한 경우에는 내적화법)을 보여주고 있다. 이른바 체험화법, 내적독백과 같이 말이나 생각을 재현하는 복잡한 형식들은 피하고 있다. 이러한 점으로 봤을 때, 이 텍스트는 어른이 책을 읽어주는 것으로 독서를 하는 6세에서 8세의 아이들에게는 언어 상으로 수준이 낮기 때문에 언어적 구성에 있어 분명 혼자 책을 읽기 시작한 취학 아동들에게 맞춰져 있다.

- **형식적 측면**: 형식적인 측면에서는 이른바 전지적 서술방법과 관련된다. '꼬마 물의 요정' 이야기는 서술된 세계의 밖에 있으면서 무한한 통찰력을 갖는 어떤 한 명의 화자에 의해 서술된

다. 그 서술자는 등장인물로 존재하지 않는다는 점에 있어서 드러나지 않는다(이른바 비 드라마적 서술자). 우리는 서술자가 그의 서술 능력을 발휘하는 곳에서만 그를 체험하게 된다. 물론 특별한 서술 방법이 드러난다. 서술문체는 구어상의 서술상황을 생각하게끔 하는데, 구어상의 서술, 이른바 구어체 화법의 수많은 특징들이 나타난다. 이에 대한 특징적인 예로는 첫 장의 네 번째 단락이다(4쪽 위에: "그때 물의 요정이 … 갔다"). 책을 읽는 아동은 자신과 반대편에 있지만, 자신의 마음을 사로잡으면서 자신을 포함시키는 (어른)서술자와 관련될 수 있다는 인상을 받게 된다. 이러한 서술방법은 20세기 중반에는 문학사적으로 시대에 뒤떨어지는 것이지만, 이 서술방법 자체를 놓고 본다면 분명히 아동수용자들을 고려한 것이다. 50년대의 구두형식에 의지하는 전지적 서술은 50년대, 60년대 아동 문학 코드의 구성요소이다. 이러한 서술방법을 택하는 것은 아동수용자에게 맞춘 문학 체계의 형식조절(주57)이라 해도 좋다.

  - **장르상의 문제**: 여기서는 가장 광범위한 의미에서 민담문학, 보다 자세히 말하면 전설문학과 관련된다. 작가는 "우리가 아이였을 때 농부의 방에서 듣던 것과 같은 옛날이야기"를 바탕으로 하며, 따라서 그 자신이 직접 어린 시절에 경험한 민간에 떠도는 이야기 거리를 연관 짓는다. 장르는 특히 소재를 규정짓게 되는데, 예를 들어, 전설의 경우에는 인간 세상 내에 또는 주변에 살고 있는 저승 세계의 인물이나 자연 정령 등을 다루게 된다. 이때 이 세상 인물과 저 세상 인물은 동일한 세상, 즉 하나의 '활동 영역'에 속하면서도, (민담에서와는 달리) 전설 속에서는 이미 대립적으로 맞서 있을 것이다. 이때 저 세상 인물의 존재는 매우 많

은 비밀에 둘러싸여있을 지라도, 원칙적으로 의혹을 받지 않는다. 이렇게 전승되어온 장르를 프로이슬러는 낯설게 표현하지도, 반어적이지도 않게 아동문학으로 개작하였고 (적어도 아동의 읽을거리 영역에) 그 때문에 그러한 개작은 (이 점에만 주목해 볼 때) 일반 문학사의 맥락에서 시대에 뒤떨어지는 것이 된다. 이러한 문학 장르의 선택은 낯설게 표현하기와 반어법을 포기하는 것과 아울러서 아동수용자들을 대상으로 한 적합한 장르로의 조절 (주58)이라 평가되어도 좋을 것이다. 동시대의 유년기에 대한 상에 따라 여기에서 언급된 연령의 아이들은 마법이나 만화 같은 세계관과 현실적인 세계관 사이의 과도기 영역에 놓여있기 때문에, 그들은 이러한 식의 이야기를 단순히 평가하지 않고, 원래가 그런 것이라 받아들인다. 이러한 식의 이야기들은 아이들에 대한 발송과정이 미리 예견되어있을 경우에만 작성된다. 즉 이러한 장르의 선택은 그 시대 아동문학의 코드를 이루는 구성요소이다.

- **소재와 내용의 측면**: 우선 장르를 선택할 때에도 기적적인 존재, 저 세상 인물, 자연 정령 등을 소설의 등장인물로 삼는 소재와 관련된 판단이 개입된다. 그 결과 소설은 내용의 측면에서 봤을 때 아동에게 적합한 것이 된다. 이때 아이들이 이러한 식의 소설을 특별하게 평가한다는 것을 전제로 두는데, 이러한 전제는 전적으로 그 시대의 방향을 제시하는 유년기의 이데올로기와 일치한다. 바로 이러한 점에서 우리는 아동에 대한 소재의 적합성과 관련이 되는데, 하지만 무조건적으로 소재의 조절과 관련되는 것은 아니다. 왜냐하면 이러한 인물이 등장하는 소설은 20세기 일반 문학에서도 여전히 존재하기 때문이다. 이러한 기적적인 존재 내지는 자연 정령의 삶에서 어떠한 에피소드와 사건들이 언급

되어야 하는지에 대해서는 작가 측에서 결정할 수 있다. 프로이슬러는 아이들에게 자연 정령의 **유년기**에 관한 무언가를 이야기하는데, 바로 그 점에서 우리는 내용상으로 아동독자를 고려한다는 것을 알게 된다. 프로이슬러는 『꼬마 물의 요정』과 함께 그 요정의 첫 번째 모험인 세계탐험을 보고하면서 동시에 해당 일반문학 관습을 변화시키는데, 그 결과 내용조절이 나타난다. 프로이슬러가 전승된 민담이나 전설의 소재를 개작한 것도 내용조절이라 할 수 있다. 이에 대한 두 가지 예가 있는데, 첫 번째 예로는 '꼬마 물의 요정'이 태어난 것을 계기로 개최된 축제를 들 수 있다. 전통적인 요정민담에서는 초대를 할 때 요정 중 한 명을 빠뜨리게 되는데, 그럼에도 그 요정은 나타나서 새로 태어난 사람에게 저주를 퍼붓게 되고, 그 저주를 푸는 것이 민담의 줄거리가 된다. 프로이슬러는 작품의 도입부에서는 자연정령, 즉 음울한 늪지대 정령을 드러내지 않았지만 후반부에 이르러 모습을 드러내게 만들었다. 그는 자연정령에게 저주스러운 역할을 맡기는 대신에 가장 중요한 선물, 즉 착한 심성을 부여한다(같은 책, 14). 두 번째 예로는 이 세상과 저 세상 인물들 사이에 비극적 갈등의 시작과 관련된 전설의 일반적 경향을 들 수 있다. 프로이슬러는 단지 인간과의 에피소드에서만 이러한 갈등을 그리고 있다(같은 책, 99). 그 밖에 그의 소설은 반대 방향으로 전개되는데, 즉 꼬마 물의 요정과 3명의 소년과의 우정은 이해와 화해의 가능성을 보여준다. 프로이슬러식의 전승된 소재를 개작하는 것은 재앙과 비극을 제거하고 그 자리에 명랑함을 채워 넣고 근심걱정이 없게 만드는 경향을 보여준다. 즉 어둡고 끔찍한 것을 목가적인 것으로 만드는 것이다. 우리는 전승된 소재를 이와 같이 목가적으로 바꾸는 것을 아동수용자를 고려한 것이라 할 수 있으며, 이것은 일반 문학적으로 통용되는 것이 아니기에 내용조절을 나타낸다.

— **주제의 측면**: 이 소설의 주제는 유년기 그 자체인데, 더 나아가서는 특정 (현대)견해에 따라야하는 유년기이다. 다시 말해, 한편으로는 자유로운 세계 탐험을 위해, 또 다른 한편으로는 아무런 부담 없는 놀이와 모험을 위해 어느 정도 보호된 자유로운 영역을 말한다. 이 세상과 저 세상의 인물 관계, 인간과 자연 정령의 관계는 전승된 전설에서와 같지 않다. '물의 요정'-전원시는 교육개혁과 낭만적인 것을 그리는 것으로 보아 이상적인 아동에 대한 표상임에 분명하다. 이러한 해석을 통해 봤을 때 프로이슬러의 소설은 그리 날카롭지 않은 반어적인 숨은 뜻을 보여주며, 이를 통해 현대적 경향과의 거리를 다시 좁히게 된다. 그렇지만 이러한 관점은 성인 독자의 몫이다. 아동수용자의 입장에서 보았을 때 원래 다른 의도가 숨겨져 있을 경우 그 의도는 그들이 이해하기 쉽게 드러나 있지 않다. 18세기, 19세기 초의 아동용 그림책과 달리 이 텍스트는 아동수용자에게 그림책으로 인식되지 않는다. 아동수용자에게 있어 꼬마 물의 요정의 체험은 내용일 뿐만 아니라 소설의 주제이기도 하다. 어린이들은 본래의 의도를 의식하지 못하며, 때에 따라 예측할 수 있을 뿐이다. 아동수용자에게 있어 원래 의도된 것은 인간이 아니라 자연 정령의 행복한 유년기의 이야기이다.

— **내재적 평가입장**: 이 소설에서는 여러 가지 가치체계가 인식될 수 있는데, 예를 들어 (내재된 작가에 의해 평가되어진) 화난 엄마의 가치체계인데, 그것을 따르는 것이 어린 물의 요정에게는 압박을 받는 것으로 여겨질지도 모른다. 현대 성인 사회의

가치체계는 늘 인간들 속에서 드러나고, 그 때문에 부적격한 것으로 판단된다. 지배적인 가치체계는 아동의 것이며, 그 가치체계는 소설 속에서 부가적으로 일련의 성인 등장인물들에 의해 대변되는데, 자신의 아이에게 이상적인 동반자 역할만을 하는 아버지를 예로 들 수 있다. 이러한 소설의 가치규범은 (주변현상을 도외시하고 본다면) 완전히 아이에게 적합한 것으로 구성되어 있으며, 이것은 전적으로 아동의 입장에서 생각되어진 거의 완벽한 교육영역의 가치규범이다. 우리는 완전히 아동에게 적합하고, 아동의 눈으로 세상을 이해할 (동시대의 유년기에 대한 견해에 따라) 의무를 진 문학으로서의 아동문학에 관여한다.

4.2 페터 헤르틀링의 「벤은 안나를 좋아해Ben liebt Anna」

- **파라텍스트 영역**: 이 아동소설(Härtling 1979, 5-77, 소피 브란데 Sophie Brande의 삽화가 실린 제 1판을 예로 듦)은 전면 삽화를 제외하고 61쪽에 달한다. 여기서 예로 삼은 1판에는 5쪽 당 하나 씩, 총 12개의 삽화가 그려져 있다 (프로이슬러에서처럼 삽화가 상당히 조밀한 편이지만, 분량에 있어서는 프로이슬러의 절반이다). 이 소설은 14개의 장으로 구성되어 있으며, 장의 평균길이는 대략 4쪽 정도이다. 활자 유형은 비교적 큰 편이다. 이와 같은 책 구성요소들(삽화, 장 구성, 활자 유형)은 프로이슬러에서와 마찬가지로 대략 8세 정도의 비교적 가독성이 떨어지는 독서 초보자에게 적합한 것이라 할 수 있으며, 동시에 파라텍스트의 조절(주54)이라 할 수 있을 것이다.

- **언어 영역과 문체 영역**: 문장 구조 영역과 관련해서, 이번에는 하나의 장만을 예로 들지 않겠다. 이 소설에서도 단문(비교

적 짧은 주문장이 다수)이 적용되었다는 것과, 종속관계가 아닌 병렬관계가 상당수를 이룬다는 점이 눈에 띈다. 이를 극단적으로 보여주고 있는 예문으로는 8쪽의 1장 13번째 단락(10번이나 "그러고 나서"로 시작함으로써 병렬적인 것을 강조함)과 27쪽의 5장 1단락이다. 우리가 본 인상으로는, 대략 텍스트의 1/3을 차지하는 복합문의 경우 거의 전적으로 주문장과 부문장으로 구성되어 있다. 특히 단문 구조는 전적으로 아동수용자를 고려한 것으로 볼 수 있다. 하지만 이것은 동시에 문체상으로 의도한 결과이기도 하다. 이 소설은 간결하고 짧은 이야기 필법을 따르는 것이 분명하며, 이는 일반 문학에서 다방면으로 쓰이고 있다. 화법의 영역에서 본다면, 아동독자를 고려하지 않고, 서사 텍스트, 외적 · 내적 직접화법, 생각재현, 체험화법을 사용했다. 이 아동소설에서 가장 눈에 띄는 형식적인 특징은 외적 직접화법에서 인용부호가 생략되었다는 점과, 부가적으로 이따금씩 인용 형태가 빠져 있다는 점이다. 이 때문에 아동수용자에게는 외적 직접화법을 그 자체로서 인식하는 것과, 몇몇의 경우에서 이 화법을 어떤 인물과 연결시키는 것이 어렵다. 주인공들의 내면 상태를 묘사한 곳에서도 아동독자를 특별히 고려하지 않은 채 화법을 사용하고 있다. 작가가 주인공의 생각을 전달하는 형식("벤은 생각했다"와 같은 인용 형태로 종종 표현함) 또는 내적 직접화법형식("나는 그들과 안나에 대해 이야기 하지 않을 거야. 어떠한 경우에라도 홀거와는 더 이상 그러지 않을 거야, 라고 그는 맹세했다."-25쪽)을 사용하는 곳에서는 내면 상태의 묘사를 분명히 인식할 수 있다. 하지만 그 밖에 서사 텍스트나 체험화법이 존재하는지, 말하자면 주인공의 감정 상태가 보고되거나 주인공의 자아인식이 나타나는지의 여부를 판단하기는 쉬운 일이 아니다. 그러니까 화법 차원에서 이 텍스트는 아동독자를 고려하지 않는다. 이점에 있어서 이 텍스트는 내면 상태의 묘사를 목표로 하는 현대 성인소설과 원칙적으로 구분이 되지 않는다(단지 어느 정도만 구분됨).

- **형식적인 측면**: 우리는 이른바 1인칭 서술방식, 다시 말해 주인공의 입장에서 더 이상 객관적인 것이 아니라 주관적인 서술과 맞닥뜨리게 된다. 서사 텍스트는 비교적 적은 부분에서만 전지적인 특징들을 받아들이고 있다(장이 시작되는 곳에서나, 방향을 잡는 문장에서 또는 서술적 축약이 일어날 경우에). 이 경우의 서술은 원칙적으로 현대 성인소설과 구분되지 않는다(때에 따라 어느 정도 구분됨). 이것은 장르상 현대소설과 같고(모든 경우에 있어 근본적인 형식원칙과 관련해서), 더 자세히 말하자면 탈환상적 특징을 갖는 심리적-일상생활 소설(이른바, 탈환상 소설)이다. 이것은 일반문학에서 매우 실질적인 형식이다. 단지 이러한 장르상의 모범을 적용시키는 영역에서만 아동독자를 고려한다고 할 수 있다(길이의 문제, 대상과 주제 영역에서의 제한 등).

- **소재와 내용적인 측면**: 이 소설은 놀이 친구와 학교 친구의 관계를 넘어, 4학년인 9살 소년이 폴란드에서 이민 온 소녀에게 감정적으로 심한 동요를 느끼는 첫 사랑의 관계를 다루고 있다. 주인공은 분명하게 차이가 느껴질 정도로 상세하게 그려지고 개체화되어서, 독자가 더 이상 자신이라고 여기는 부분(독자가 희망하는 부분)을 보여주는 투사체가 되지 못한다. 오히려 수용자들에게는 주인공 벤의 입장이 되어 생각하는 것, 다시 말해 감정 이입이 요구된다. 그럼에도 불구하고 감정이 이입된 독자는 자신과 같은 사람이라고 여기는 주인공의 체험, 경험과 관련되며, 이 때

문에 소재나 내용이 독자에게 가깝고 친근한 것으로 여겨질 수 있고, 바로 이러한 점으로 인해 아동에 대한 소재와 내용의 적합성이라 할 수 있다. 유년기를 다루는 현대의 일반 문학에서는 이러한 식의 소재와 내용이 다방면으로 사용된다. 이러한 소재와 내용은 헤르틀링의 아동소설에서도 계속해서 삭제되거나 줄어들지 않기 때문에 이점에 관해서 소재조절, 또는 내용조절이라 할 수 없다. 부차적인 그 밖의 내용이나 갈등소재(학급에서 왕따 문제, 전학생의 운명, 특히 아버지의 직업세계)와 관련해서 본다면, 이 것들은 적어도 목표 대상인 수용자의 체험영역과 직관영역에 속한다. 그 때문에 이들 수용자에게 있어 이와 같은 내용이나 갈등소재들은 직접적으로 이해되어야 할 것이고, 반면에 이러한 소재에 대한 (일시적) 흥미는 분명하게 구분되어야 할 것 같다.

- **주제와 관련해서**: 다루어진 대상들이 무언가 다른 것을 위해 있는 것이 아니라, 그 자체로서도 의미가 있다는 것은 여기서 실현된 장르모범의 원칙에 속한다. 그러므로 텍스트에서는 내용과 주제영역이 상당부분 일치한다. 그렇지만 주제의 관점에서는 이미 내용의 영역에서 나타난 단계가 훨씬 더 분명해진다. 즉 아이들의 사랑이라는 중심주제와 관련해서, 내용상으로 뿐만 아니라 주제상으로도 아동에게 적합한 것으로 간주해도 된다면(이 때에는 소녀와 소년 사이가 어느 정도 또 한 번 구분 될 수 있을지 모른다), 이 것이 또 다른 주제와 관련해서 봤을 때 목표 대상인 독자에게 자율적이고 아무런 영향을 주지 않으면서도 흥미를 불러일으킬 수 있는지는 분명하지 않은 것 같다. 이에 반해 아동독자가 그러한 테마에 문제를 제기해야 한다는 것은 작가의 견해임이 분명하다. 이러한 주제의 선택은 주제상으로 독자를 고려한 결과가 아니라, 오히

려 어느 정도 작가의 교육적 의도에서 기인된 것일 수 있다.

- **내재적 평가입장**: 주관적인 인칭 서술이란 독자가 소위 반영된 인물의 입장에서 모든 것을 체험하고(K. Stanzel), 모든 것을 인지하며, 모든 것을 주관적으로 평가하는 것을 말한다. 반영된 인물은 인지와 체험뿐만 아니라, 평가를 담당한다. 첫사랑의 체험과 관련해서 헤르틀링은 서술 관점 상으로 분명히 드러나는 어린이 주인공의 평가관점을 전혀 침해하지 않는다. 어린이 주인공의 평가관점에 반대되는 견해(확실히 빠르게 변화하는 나머지 가족 구성원들의 견해)들은 인정되지 않는다. 아이들에게도 쉽게 나타날 수 있는 체험으로서 사랑에 대한 이의제기는 (그 때문에 아동문학의 대상이기도 하다) 아이들의 동등한 권리에 대한 요구의 중심부분이며(아동문학에서도 그러하다), 이러한 요구 이면에 작가는 자신의 입장을 나타낸다(서문에서, 또는 다른 곳에서도). 그렇지만 다른 내용이나 주제와 관련해 봤을 때, 평가의 중심은 다른 곳에 있는 것 같다. 이점에 있어서 아동 주인공은 계속해서 여전히 자신의 입장을 갖지 못한다. 왕따 문제와 관련해 봤을 때, 이것이 학급의 영역에서 설명되는 한, 선생님이 평가를 담당하는 것처럼 보인다. 전학문제에서도 마찬가지로 후반부에서 결국엔 아버지가 중요한 역할을 한다. 이러한 주제의 선택이 오히려 작가의 교육적인 의도에서 비롯된다면, 텍스트에서 어른 등장인물이 이와 관련된 평가를 담당하는 것이 당연한 결과이다. 다른 경우에 주인공 벤은 진짜 모범적인 소년으로 여겨질지도 모르며, 이것은 심리적 사실적 현대 소설의 법칙과 일치하지 않을지 모른다. -우리는 전적으로 아동에게 적합하면서, 이와 동시에 아동을 주체로 해서 구상된 아동문학에 관여하며, 이러한 아동문학은 개

별적인 부수 테마와 관련해서만 교육적인 의도를 갖는다. 이 때 변화된 유년기에 대한 견해를 근거로 했을 때, 헤르틀링은 조절을 그렇게 필수적인 것이라 여기지 않았다. 70년대 후반기에 나온 이 작품은 프로이슬러의 소설과 비교해 봤을 때 일반문학적인 관습에서 크게 벗어나지 않는다.

5. '외적' 적절성과 '내적' 적절성

우리는 (파라텍스트, 언어, 문체, 형식, 장르, 소재, 내용, 주제 또는 규범의 측면에서) 하나의 문학작품이 갖는 아동·청소년에 대한 적합성을 수사학 전문용어를 인용해 문학작품의 '외적 적절성'이라고 표현했다. 수사학에 따르면, 화법의 외적 적절성은 **배열법**의 한 부분, 이른바 '작품 외적인 배열법'에서 계획되어지고 설계되어지는데, 그것은 "말하는 목적에 도달하는 것을 겨냥한 화자의 '계획'이라 이해된다(Lausberg 1967, 46장, 2)."(고대)수사학의 경우에는 우선적으로 재판관의 설득이나 논증을 목표로 하는 법률화법에 주목하였다. 작품 외적인 배열법과 달리 이른바 '작품 내적인 배열법'은 '작품 전체에서 부분들을 선택하고 배열하는 것', 다시 말해 말의 '내적인 분배'의 계획과 관련된다(Lausberg 1967, 49장). 중요한 것은 '말의 전체'이며, 이것은 적용된 언어적-문체적 기법이 어떻게 서로 어울려야 하고, 적절해야 하며, 조화를 이루어야 하는지를 나타내야 한다. 이러한 경우에 우리는 외적인 적절성과 달리 **'내적 적절성'**, 즉 '대상에 대한 기법상의 적절성'이라 할 수 있다(Ueding 1990, 21).

외적 적절성과 내적 적절성은 보다 최근의 문학사 서술에서 대조를 이루게 되었다. '예술의 자율화'와 그로 인해 생겨난 (사회적, 연령별, 성별로 구분되지 않는) '문학 대중'을 통해 '외적 적절성의 척도'는 '효력을 잃게 된 것'은 아니지만, 어쨌든 '구별하는 작용'은 없어졌을는지 모른다. 동시에 이로써 특별한 수용자 층을 유지하는 아동·청소년 문학은 일반문학의 특수영역으로 자리 잡게 되었을 것이다. 따라서 아주 특별한 의미에서는 외적 적절성의 척도도 그 의미와 효능을 지닐 수 있었다. 아동·청소년 문학에 다소간 숨겨진 평가, 말하자면 미학적인 자율성의 시대에 외적 적절성을 중요하게 다루었던 문학은 저질 문학일 수 있다는 평가가 없다면, 이러한 설명에 어느 누구도 이의를 제기하지 못할 것이다. 어떤 특별한 대중을 고려할 경우 '작가의 기법상의 완성도'는 제지를 당할 것이며, '대상에 대한 기법상의 내적 적절성'은 불가피하게 손해를 입게 될 것이다.

원래 외적 적절성과 내적 적절성이 동시에 일치해야 하는 두 가지 척도라는 점은 반론이 제기될 수 있을는지 모른다. 독립적인 문학은 두 척도 중 하나, 다시 말해 독자에 대한 적절성과 점점 거리가 멀어지는 반면에, 아동·청소년 문학에는 어쨌든 두 척도 모두가 적용되고 바로 이점에 있어서 아동·청소년 문학이 구분될 수 있을 것이다. 하지만 우리는 두 가지 원칙을 동시에 고려한다는 것을 구체적으로 어떻게 생각해야하는가? 각각의 구성요소를 봤을 때, 그것이 아동·청소년 독자와 그들의 이해력 측면에서 적절한 지를 고려할 수 있을 뿐만 아니라, 그런 후에는 그것이 작품과 어느 정도 연관될 수 있는지도 생각해 볼 수 있을 것이다. 그것은 텍스트 안에서 강제적인 성격을 갖는가? 각각의 구성요소는 어느 정도 두 가지 측면에서 토대를 세울 수 있어야 한다. 다시 말해 다중으로 결정된 것이라는 점이 입증되어야 하며, 더 나아가 내적인 결정을 보면 외적인 결정을 완전히 고려하지 않을 수 있으며 그 반대 역시 마찬가지이다. 이에 대한 예를 보면,

프로이슬러는 물론 헤르틀링의 작품에서 보았던 것처럼 단문구조(병렬 구조의 짧은 주문장, 적은 수의 종속문구조)는 한편으로는 (물론 이미 보다 실력이 향상돼 있는) 책을 처음 읽는 독자와의 관계에서 그 정당함이 입증되며, 이와 같은 단문구조는 이 작품의 외적 적절성이라 할 수 있다. 다른 한편으로, 이러한 식의 구문유형에서 단문구조는 의도적인 문체요소를 이해하는 기법이다. 그 결과 프로이슬러는 아동 독자 앞에 나타나는 이야기 서술자의 비교적 단순한 말을 문체상으로 표현하고자 한다. 이에 반해 헤르틀링은 문장구조상으로 9살 주인공의 내적 사고 양식, 인지 양식, 감정 양식에 접근하고자 한다. 한 소년의 기다림을 세밀하게 이야기하는 사람은 복잡한 문장구조가 없는 간결하고 일상 언어적인 양식만을 사용할 수 있다. 그 밖의 예를 보면 아동·청소년 문학은 성인 텍스트에서는 언급되지 않는 사건에 대한 설명과 정보를 제공하는 것이 특징이다. 이러한 식의 방향설정은 예상 독자를 고려한 (위에서 실행된 것처럼) 다소간 불가결한 것으로 여겨지며, 그 결과 외적 적절성, 즉 아동·청소년 문학의 독자 관련성의 측면이라는 것이 입증된다. 물론 이러한 방향설정이 아동·청소년 소설에서 어떻게 필수불가결한 것이 될 수 있는지는 의문이다. 전지적 서술자가 존재하는 한 이미 이것은 그 어떤 어려움도 지니지 않는다. 방향설정을 하는 것은 그것의 타고난 기능이라 생각한다. 1인칭 서술상황, 더 나아가 3인칭 서술 상황에서는 이것이 어렵게 된다. 여기서 대화는 종종 방향설정과 관련된 정보를 주어야한다는 짐을 지게 되고, 이럴 경우 대화는 딱딱하게 된다. 문학 미학적으로 통일되지 않고, 서술 상황에서 분명하게 나타나지 않는 방향설정은 '튀거나', '낯설게' 된다. 이러한 경우에 구성의 엄격함의 의미에서 외적 적절성과는 관련이 있지만,

내적 적절성과는 관련이 없다.

두 척도를 인지하고 배열하는 것은 어떤 부분에 있어서 시대적으로 두드러지게 구분된다. 대략 50년대와 60년대 초에 아동·청소년 문학은 외적 적절성을 중점적으로 다루었는데, 이러한 시대에 이미 몇몇 사람들은 기법상의 내적 엄격함이 고려되어야 한다고 주장했다. 이에 반해 80년대와 90년대 초 아동·청소년 문학 비평의 의식구조에 따르면, 아동독자에 대한 동시대의 외적 적절성이 의도되지는 않았지만 운 좋게 발생하는 부수적인 효과처럼 나타나도록 밀접하고 간결해야 한다. 그렇지만 동시대의 외적 적절성이 모든 경우에 있어 문학 가치평가에 결정적인 것은 아니다. 이러한 비평의 흐름에 있어서 아동·청소년 문학텍스트는 그것이 아동·청소년을 위해 작성되고 그들의 이해력과 상상의 세계에 맞춰졌다는 점을 사람들이 잊을 때 성공적인 텍스트인 것이다. 이에 따라 몇몇 규범에 위반 되는 것들은 상이하게 평가된다. 최근의 경향이 이해하기 어려운 텍스트와 그 밖의 독서에 장애가 되는 것들을 용인하는 반면, 예전의 경향은 오히려 지금보다 더 내적 엄격함의 결함이 용인되지 않았다.

이제 우리는 내적 적절성을 2가지 종류로 구분할 것을 제안하고자 한다. 하나는 개별 작품의 내부 조직과 관련되며, 이제까지 이 내부 조직에 대해 언급되어 왔다. 그 이외에 그때그때 주어진 일반 문학적 발전단계에 관련된 적절성이 언급될 수 있다. 관련대상은 더 이상 개별 작품의 내부 조직이 아니라, 그때그때 현 발전단계에서 작품을 포괄하는 문학적 상징체계이다. 그럴 경우 **작품과 관련된 내적 적절성**에 대한 요구 이외에도 **일반 문학적 발전단계와의 일치**에 대한 요구가 나타날 것이다. 여기서 우리는 개별 요소들의 **작품 내재적인** 미학적 합법성과 **문학 진화론적** 미학적 합법성을 용어상으로 구분할 수 있을 것이다. **문학체계 각각의 발전단계에 대한 아동문학의 적절성**에 대한 요구는 **미학적인 엄격함의 의미에서 작품 내재적 적절성**에 대한 요구 이상으로 독자와 관련된 규칙들을 동시에 충족시키기 어려울 수 있다. 더욱이 두 가지 요구를 아동수용자들에게 적합하게 만들기란 불가능할 것이다. 여기서 우리는 19세기 초/중엽부터 볼 수 있듯이, 거의 모든 교수법적인 문학종류와 장르의 틀에서 시대착오적으로 대략적인 과정만을 생각할 지도 모른다. 또한 일반문학에 있어서 전지적 작가 서술양식으로 퇴보하는 것은 아동문학을 어느 정도 딜레마에 빠지게 만든다.

　일반문학적인 발전단계와의 일치에 따른 요구가 몇몇 비평가들에 의해 원칙적으로 거부되었다는 것은 놀라운 일이 아니다. 아동 · 청소년 문학은 문학 미학적 현실에 대한 모든 요구로부터 전반적으로 면제되어야 할 것이다. 일반문학체계(항상 표준 문학)의 그때그때 발전단계는 아동 · 청소년 문학에 중요한 방향점을 나타낼 것이다. 그러나 우리는 고유한 진화규칙을 가지며, 일반문학의 진화규칙에서 완전히 벗어난 문학에 관해 말하는 것일지 모른다 (이에 따라 필수적인 것으로 여겨지는 조절의 수는 높다). 반대 입장의 주장은 아동 · 청소년 문학이 항상 외적 적절성 요구 및 두 측면의 내적 적절성 요구를 뒤따르려는 시도를 한다는 것이다. 아동 · 청소년 문학은 가능한 한 그들의 아동 · 청소년 독자를 겨냥하면서도 동시에 미학적인 요구를 채우고, 엄격함을 중시하는 문학이다. 또한 넓은 의미에서는 그 당시 당면한 문학적 문화의 부분이며, 취향에 따른 관습에 기여하는 문학일 것이다. (조절은 아주 적은 정도만 필요하다.) 아동 · 청소년 문학이 이러한 삼중의 요구를 이행하는 것은 어떠한 시대에서는 비교적 쉽고, 어떠한 시대에서

는 비교적 어렵다. 이러한 입장에서 모든 아동문학은 한편으로는
그 시대의 예술적 요구에, 다른 한편으로는 문학적으로 시대의 적
합성에 대한 요구에 부합할 경우에만 독자와 관련될 수 있다.

제 8 장

단순한 문학으로서
그리고 초급자문학으로서 아동문학

제 8 장

단순한 문학으로서 그리고 초급자문학으로서 아동문학

아동과 청소년에게 적합한 텍스트(주52)를 일상적인 언어사용에서 흔히들 **단순텍스트**라고 한다. 또한 아동과 청소년에게 제공되는 성인문학은 아동과 청소년의 이해력에 상응하게 **단순화**되었다고도 한다. 두 주장에는 타당성이 있다. 대부분의 경우 아동과 청소년 독자에게 적합한 텍스트들은 성인을 위한 텍스트들과 비교해보더라도 실제로 더 단순하다. 그리고 성인 문학작품을 아동 및 청소년 작품으로 개작한 수많은 작품들은 단순화를 통해 생겨난 것들이다. 그럼에도 불구하고 여기에서는 아동청소년에 대한 적합성을 단순함과 그리고 조절(주53)을 단순화와 원칙적으로 동일하게 취급하는 것에 반론을 제기하고자 한다.

1. 아동·청소년에 대한 적합성과 단순함의 차이

아동 · 청소년에 대한 적합성의 경우처럼 **단순함**의 범주는 **이원적 관계개념**이다. 하나의 구조가 단순하다는 것은 구조 그 자체가 단순하다는 것이 아니라, 간단하지 않고 복합적인 또 다른 구조와의 관계에서 단순하다고 보는 것이다. 복합적인 이 구조는 세 번째 구조 (이원적 관계의 반복)와의 관계에서 다시 단순할 수 있다. 아동과 청소년에게 적합한 각 요소들이 복합적이면서 동시에 아동 및 청소년에 적합하지 않은 다른 어떤 구조와의 관계에서 단순한 구조로 입증된다면 두 범주사이에 내용과 형식적인 측면이 일치할 수도 있다. 앞장에서 살펴보았듯이 텍스트의 모든 요소와 특성들은 아동과 청소년에게 적합한 것으로 검증될 수 있다. 달리 말하자면 하나의 문학 텍스트는 모든 관점 하에서 아동 및 청소년 독자와 관련되고 아동과 청소년 독자에게 적당하거나 부적당한 것으로 분류될 수 있다. 그러나 단순함은 사정이 다르다. 문학작품의 모든 요소와 특성이 아니라 특정 요소와 일정한 특성이 어떤 것에 대해 복합적인 것으로 나타나는 대안적 요소와 특성과의 관계에서 단순한 것으로 분류될 수 있다. 형식적인 면에서 2행시가 확실히 8행시에 비해 단순하며, 또한 쌍운이 교차운에 비해서 또는 단순 줄거리가 복합 줄거리에 비해 단순하다. 그러나 우리 생각엔 단순한 소재, 내용, 주제 또는 평가를 복합적인 것으로 간주할 수 있는 다른 소재, 내용, 주제, 평가와의 관계에서 언급하는 것은 아무런 의미가 없어 보인다(어쨌든 우리는 단순함 자체를 의미적으로, 그러니까 원시성, 독창성, 순수성 등의 의미에서 문화철학적으로 이해한다). 소재, 모티브, 내용, 주제, 평가 등은 '단순' 그리고 '복합' 이라는 관계에서가 아니라 **다른 유형과의 관계**(각 구성은 동일한 소재, 내용, 주제 그리고 평가를 가진 다른 구성과의 관계에서 다시 단순한 것으로 선별되어질 수 있다)에 놓여 있다. 아동 · 청소년에 대한 적합성이란 범주의 적용범위는 단순함의 적용범주보다 더 확장되어 사용된다. 한마디로 아동과 청소년에 적합하다는 것은 단지 부분적으로만 단순함과 부합된다.

아동 · 청소년에 대한 적합성을 어떤 부분에서 **단순함**으로, 그리고 어떤 부분에서 **다른 유형**으로 이해하는 가는 시대별로 다르게 나타난다. 어떤 시대에는 아동과 청소년들이 갖는 근본적인 관심, 흥미, 가치들이 성인과 거의 동일시되기도 한다. 단지 교육과 성숙도에서 아동과 청소년들의 지적 능력이 떨어질 뿐이라고 여긴다. 이런 경우에 해당되는 예로 초기와 중기 계몽주의 시대를 들 수 있을 것이다. 이런 전제하에서 아동·청소년 문학은 소재, 내용, 주제 그리고 형식을 성인문학과 공유할 수 있다. 아동·청소년 문학에서는 모든 것을 단순한 문체의 형태로 다루어야 한다. 대상에 대해서도 정확하게, 명료하게, 구체적으로 언급해야한다. 사건은 충분히 이해될 수 있는 방식으로, 단계별로 전개되어야 한다. 이러한 경우 아동·청소년에 대한 적합성이란 것이 문체의 단순함과 부합되는 것이다. 이 시대와는 반대로 아동과 청소년을 어른들의 축소판이 아니라 다른 성향을 가진, 그 나름대로 완전한 존재로 보는 시대도 있다. 이에 대한 예로는 낭만주의를 들 수 있을 것이다. 이러한 전제하에서 아동·청소년 문학은 **다른 성향**의 언어세계, 표현세계, 상상의 세계, 관심의 세계 및 규범세계를 목표로 한다. 이 당시의 아동과 청소년을 위한 글쓰기란 우선적으로 단순하게 쓰는 것이 아니라 **다른 방식**으로 쓰고 **다르게 취급**하는 것이다. 따라서 아동·청소년에 대한 적합성은 우선적으로 다른 유형의 형태로 보여진다.

지금까지 모든 아동·청소년에 대한 적합성이 단순함으로 이루어지는 것은 아님을 강조했다면, 이제는 반대로 모든 단순함 또한 아동·청소년에 대한 적합성을 의미하지 않음을 살펴보고자 한다. 예를 들자면 서술방식의 특정 형태는 다른 형태들에 비해서 단순하게 보여 질 수 있고 아동의 해독 능력을 향상시킬 수 있다. 아동과 청소년에 적합하다는 것으로 제시된 단순함에 대한 부수적인 자격은 또 다른 제한을 가진다. 이러한 제한을 통해 해당 요소는 다른 관계 속에 놓이게 되고 부가적으로 수신자와 관계를 맺는다. 결국 이것은 **삼원적 관계**에 놓인다. 어떤 작품요소는 비교할 수 있는 다른 요소의 시각에서 단순한 것으로 나타나고 동시에 단순성과 복합성으로 이해될 수 있는 것에 한해서 수신자에게 알맞은 것으로 간주된다. 위에서 언급한 단순함이 문학내적(상대적)인 것을 묘사한 것이라면, 여기서 언급하는 것은 **수신자와 관계된 단순함**이다. 조절(주53)의 범주에 대한 구조적인 접근을 간과할 수는 없다. 즉 조절이란 것을 독자에게 적합한지 부적합한지를 결정하기 위해 어떤 요소를 성인 문학적 관습의 변이형과 동일시하는 것으로 보았다면, 여기에서는 어떤 요소를 우선적으로 다른 대체 요소와의 관계에서 단순한 것으로 규정하고, 그런 다음 단순함 속에서 수신자의 해독 능력에 맞춘 것으로 본다.

수신자와 관계된 단순함은 당연히 아동 · 청소년에 대한 적합성의 특수한 경우로 볼 수 있으며 더불어 앞장에서 열거된 문제들을 참조할 수도 있을 것이다. 그렇지만 이러한 범주는 앞장에서 제기한 문제와 동떨어진 것으로 보고자 한다. 앞장에서는 어떤 것이 아동과 청소년에게 적합한 것인지에 대한 문제에 **역사적으로 한정된** 답을 제시했다. 즉, **그때그때 마다 아동과 청소년에게 적합한 것으로 여겨지는 것을 아동과 청소년에게 적합한 것으로 보았다.** 이에 대한 기준은 아동과 청소년에 대한 각 시대별 개념에서 찾아볼 수 있을 것이다. 따라서 오늘날 이런 개념들이 부분적으로 낯설게 보여 질 수도 있을 것이다. 이에 대하여 이 장에서는 **다소간 불변하는 심리적 사실**(역주:인간의 모든 정신 현상으로써 주관적이고 경험적인 사실)**의 관점에서 수용자의 입장에서 단순하게 보여지는 것을 단순한 것으로 간주**하고자 한다. 단순함에 대한 역사적 개념들은 이 경우 아무런 역할을 하지 않는다. 역사적으로 해당되는 단순함에 관한 규정이 여기서 형성된 규정과 다르다는 것이 단연 전제되어야 할 것이다.

더불어 아동·청소년에 대한 적합성과 관련하여 지금까지 대부분의 이론이 범한 오류, 즉 각자의 해석이 절대적이라고 여기는 오류를 반복하고 있지는 않는가? 어차피 불가피하게 변화하는 역사에도 불구하고 여전히 인류학적인 불변체를 추구하고 있노라면 이런 의문을 갖게 된다. 이러한 의문은 여기서 처음 대두되는 것은 아니고 이미 20세기 초 이론전개의 출발점에서 등장했다. 마침내 이론전개의 출발점에서 아동과 청소년에게 적합한 독서공급에 대한 규정을 확고한 학문적 토대위에서 세우고자 하는 필요가 등장했다. 해당되는 관계학문은 샤를로테 뷜러Charlotte Bühler의 연구에서처럼 **상이한 발달정도 또는 발달단계**를 이론으로 제시하는 **발달심리학**이다. 이런 유형의 발달심리학적 이론에서 말하는 "발달은 연속적인 것이 아니라 단계별 또는 과정별로 진행된다. […] 발달증진은 […] 이론에 따르면 단숨에 일어나고 내생적으로, 즉 외적 원인 없이 내적으로 일어나 조정되어진다. 이렇게 생성된 단계나 과정이론이 주장하는 바는 같은 또래 아동의 발달은 확실히 동일하게 진행된다는 것이다. 각 단계는 앞 단계나 뒤 단계와 명백히 구분되어지며 동시에 단계이론 내에서 가정하는 것은 어떤 특정 과정의 고유성이 개인의 모든 영역에서 나타난다는 것이다"(Brunner 1979, 73이하, Eggert/Garbe 1995, 27-36, Steinlein 1996).

70년대 초 이러한 발달심리 단계이론의 보편적 통용에 관념 비판론적인 문제가 제기되었다(Dahrendorf 1980, 113이하). 아동과 청소년은 특정적이고 역사적인 표상이 아니라 가능한 계층특유의 표상으로 인류학적으로 규범화되어지는가? 여기서 특정한 관념적인 위치를 학문적으로 꾸며대고 있지는 않는가? 70년대에 관념비판과 나란히 등장하는 역사적 아동 및 청소년연구(아리에, 드 모제Ariès, de Mause)는 이후로 아동 및 청소년의 시대를 초월한 발달과정에 인류학에 대한 불신이 더 이상 생기지 않도록 하는데 일조했다. 지금까지의 발달심리학적 단계이론이 총체성에 대한 요구를 부인하고 있다는 것이 이러한 비판을 받는 주된 이유라고 여겨진다. 이런 귀결이 요구하는 것은 아동 및 청소년의 각 발달단계를 총체적으로 이해하는 것이고 인류학적인 불변체로서 물질적 정신적 조건의 총체성에서 발달심리학적 단계이론을 입증하는 것이다. 새로운 발달심리학은 **각각의 정신적 인지적 능력과 아동과 청소년기에서 이런 능력의 단계적인 형성과 완성**에 대한 연구로 제한된다. 이런 능력의 발달에 역사적으로 불변하는 특정한 규칙성이 나타나지 않는지에 대해서는 의문이다. 그와 같은 불변의 규칙성에서 시대를 초월한 아동기와 청소년기는 더 이상 추론될 수 없고 다만 아동기와 청소년기에 대한 역사적-구체적 특징들이 전적으로 교체되는-부분적으로는 일치하고 부분적으로는 상반되는-관계에 놓일 수 있는 경계만이 확정될 수 있는 것이다.

이 장에서는 이러한 능력 중 한가지인 점진적 발달과 **문학적 이해력, 문학적 해석능력**의 단계적 형성에 대해 논하고자 한다. 동시에 문학적 이해력의 발달에서 인류학적 불변체로 간주할 수 있는 불변의 규칙성이 나타는지에 대해서는 논의의 여지가 있다. 위에서 수신자관점의 단순성으로 명명한 것에 대해 인류학적으로 규정하기 위한 토대를 세웠다. 따라서 이 장에서는 아동과 청소년 독자를 더 이상-여전히 앞장에서처럼-능력과 힘, 열정과 흥미의 총체로 파악하지 않고자 한다. 아동과 청소년 독자를 단지 능력을 수행하는 자, 즉 문학적 이해력의 소유자로 간주하고자 한다. 문학해석능력은 일치된 연구소견에 따르면 원칙적으로 아동기 후반(대략 12세 말경)에 완전히 발달되므로 청소년 수신자의 경우 완전하게 계발되지 못한 문학적 수용능력에 대한 **원칙상**의 고려는 필요 없어진다. 이와 관련하여 아래에서 문학과 다른 매체에 대한 아동 수신자에 대해 살펴보고자 한다. 이럴 경우 아동은 문학적 이해력을 단계적으로 형성한다는 점에서 **문학적 초보자**로 간주해도 될 것이다.

2. 아동문학과 문학습득

일반적으로 특정한 문화 환경에 적응하는 과정이라고 하는 것은 문화라는 의사소통체계 또는 기호체계를 단계적으로 습득하는 것이라고 할 수 있다. 이런 기호체계에 속하는 것 중 하나가 바로 문학이다. 문학을 이해한다는 것은 인간이 타고나는 능력이 아니라 학습에 의해 습득해야만 하는 것이다. 이것은 문학적 지식에 대한 습득, 즉 구체적인 문학의 전통과 그에 따른 고전적인 작품을 깨닫고 이해하는 것을 의미하는 게 아니다. 그러니까 그것은 일반적으로 문학적 화법을 이해하는 능력을 의미하는 것이다. 이런 능력은 문학에서 요구하는 규칙을 (비학문적 또는 학문적으로) 지니는 것에서 생겨난다. **문학습득**이란 용어는−언어습득이란 개념과 유사하게−문학규칙의 습득과정, 문학을 수용하는 능력의 형성, 문학적 해석능력의 습득 등을 내포하고 있다. (도서관학적 전문용어에서도 '문헌습득'이라는 용어가 있지만 이는 '문헌구입'이라는 의미를 나타낸다. 이러한 중복된 용어는 전체적인 맥락에 따라 이해할 수 있을 것이다.)

문화적인 기호체계를 습득하는 것에는 일반적으로 두 가지 규칙습득방법이 있다. 첫째로 문화적 기호체계 규칙을 습득하는 과정은 완전히 무의식적인 절차로 이루어지는 것이다. 이것은 인식하지 못하고 수행되는 완전히 **부수적 규칙습득**이라고 한다. 이와 반대로 **의식적이고, 대부분 제도화된 교육과정에서 습득되는 규칙습득**이 있다. 언어습득을 보면 모국어 규칙의 습득은 유아의 언어 사회화의 범주 내에서 제1의 원형에 따라 무의식적, 부수적 규칙습득으로 이루어진다. 반면에 외국어 습득은 일반적으로-학교수업에서 의식적이고 체계화된 교육과정에서 이루어지는 **목적 지향적 규칙습득**인 제2원형을 따른다. 언어습득에서 보인 위의 두 방법을 문학 습득에도 적용할 수 있다. 문학 습득은-어떠한 경우든 독일 문화 내에서는-부수적이고 목적 지향적으로 이루어진다. 문학은 문화적인 기호체계에 속한다. 기호체계의 규칙은 일부는 의도적이지 않으나 또 일부는 의도적으로 제도화된 것, 즉 대부분 학교 교육과정에서 습득하게 된다.

의도적인 규칙 습득은 누구나 익히 아는 과정인 반면, 무의식적인 규칙습득은 비교적 익숙지 않은 개념으로 여겨진다. 무의식적인 규칙습득은 불완전하고 결함이 있더라도 문학적 의사소통에 참여하는 방식으로만 이행될 수 있다. 즉 "대상에서 직접 학습" (Lypp 1989, 70)한다는 'Lerning by doing'이란 원칙에 따라 이루어지는 것이다. 초보자는 문학적 의사소통이 어떻게 기능하는지 알지 못한 채 문학적 의사소통에 참가하려는 의지를 가진다. 뿐만 아니라 초보자는 규칙을 습득하려는 의도에서가 아니라 단순히 문학적으로 의사소통을 하기 위해서 문학적 의사소통에 가담한다. '문학'이란 기호유형의 규칙습득, 문학 이해능력의 형성이 목적이 아니라 최초의 문학적 의사소통을 하려는 노력의 부수적 효과이다. 최초의 문학적 의사소통을 하려는 노력이란 아동의 경우에서 볼 때 대개 아동문학의 공급과 관련될 것이다. "아동문학을 접하는 것이 아동들에게는 문학체계의 규칙을 습득하는 것이다. 입학하기 전에 이미 독일 문화권에 있는 아동들은 특정한 문학적 지식을 가지고 있다. 그것은 그림책, 동화듣기, 만화책, 카세트, TV, 인형극, 놀이시 등을 통해서 습득된 것이다. […] 그러므로 아동문학을 통한 문학적 교육은 아동문학이 제공될 때에만 저절로 이루어질 수 있다"(Lypp 1989, 70이하).

이로써 아동문학적 의사소통(주38) 또한 중요한 **문학적 의사소통의 입문**이라고 할 수 있다. 이는 초보자가 단순히 허용되는 것이 아니라, 과소평가와 차별을 두려워할 필요가 없는 정식 대상으로 간주되는 문학적 의사소통의 형태를 의미한다. 그러나 역사적으로 보았을 때 아동문학적 의사소통이 의사소통의 입문이라고는 근본적으로 제시되어 있지 않다. 문학습득의 기능은 "다른 교육적 요구에서처럼 동일한 방법으로 이루어지지 않으며 관찰되어지지 않는다." 이것은 "전통적인 방식으로 문학의 부류에 속하는 사회화 기능의 근원에서 설명된다. 문학은 사회화 기능에 의해 도구화되고 그 결과 문학적인 것 자체에는 별로 영향을 받지 않는다"(Lypp 1989, 70). 그럼에도 불구하고 아동 문학적 초보자에게 있어서 문학 능력은 어떤 시대든 간에 아동문학적 의사소통에 참여함으로써 이루어졌을 것이다. 하지만 이러한 효과는 아동 자신에게 있어 보편적인 문화처럼 그렇게 의식되진 않는 것이다.

문학적 의사소통의 입문으로 기능하기 위해서 문학적 의사소통은 어떤 특별한 성질을 지니고 있어야만 하는가? 문학적 의사소통에서 전달되는 문학 메시지는 어떻게 생산되어져야 하는가? 무엇이 아동문학에게 문학적 학습의 유익한 매개물이란 자격을 주는가? 아동문학은 "단순한 텍스트로 간단한 복합성의 단계에서 점차적으로 고수준의 복합성"으로 옮겨가기 때문에, 또 아동문학은 자체적으로 "단순한 텍스트에서 복잡하게 설정된 텍스트로의 발전단계"를 기술하기 때문에 문학적 학습을 가능하게 한다(Lypp 1989, 70). "아동문학은 전제조건 없이 시작해야만 하기에 문학적인 것의 원칙론으로부터 자유롭다. 오히려 아동문학이 문학적 문제를 먼저 만들 수 있다"(Lypp 1989, 72). 이는 언어습득 과정과 유사하다고 볼 수 있다. 문학적 능력이 처음부터 대상에서 직접 학습하는 것을 통해 형성되는 것과 마찬가지로 "언어습득 또한 […] 체계에 참여를 통해, 즉 언어공동체 속에서의 생활을 통해 이루어진다"(Lypp 1989, 72). 즉 언어습득이나 문학습득은 헤아릴 수 없이 많은 작은 단계로 이루어진 기나긴 과정의 형태로 완성되어진다는 것이다. 그러므로 성인들은 언어 초보자 또는 문학 초보자인 아동과 나누는 문학의사소통과 마찬가지로 일상 언어에서 자신의 언어적 또는 문학적 능력에 대한 각각의 상태에 유의해야한다.

유사한 방식으로 장 피아제Jean Piaget에 의해 출발하는 현대 인지발달심리학은 논리적 행위, 도덕적 판단력, 시간관념, 세계관 구조 등등의 개체 발생사를 다루고 있다. 현대 인지 발달이론과 현대 언어습득이론은 다음과 같은 절차에서 동일한 것으로 여겨진다. 인지발달과 언어습득은 장기 과정이라고 보며 이 과정 내에서 **명확하게 구분될 수 있는 발달수준** 또는 발달단계가 형성된다. 그리고 나서 이 발달단계나 수준은 **확고한 발달단계의 연속체**를 이루고 있다. 동시에 개별적인 발달단계는 완성된 발달단계의 연속체로, 불변의 단위로, 인류학적인 지속체로 간주된다. 인지능력처럼 언어능력의 발달은 문명사적으로 간격이 큰 주기에서 어느 정도 변화를 겪을 수 있는 선천적인 발달의 기원에 따라 이루어진다(Ewers 1989, 62쪽과 비교참조). 그러므로 외적 자극의 결정적인 의미와 외적 작용의 불보충성에 대한 논쟁의 여지는 없다.

–환경요소의 여러 가지 다양한 영향 또한 마찬가지다. 외적 자극에 의해서 일어나거나 다양한 환경요소로 변이되는 것은 언제나하나의 동일한 선천적 또는 문명사적으로 제한된 정신발생학적발달원형에서 다루어야 한다.

인간의 언어와 인지발달에 대한 이런 개념화는 다음과 같은과제를 남긴다. **문학적 능력형성**이 **보편적 또는 시대에 불문하고적용되는 규칙성**에 의해서도 이루어지는가? 문학습득의 절차를**개별적인 단계들의 확정된 연속**이라 할 수 있는 **단계별로 분류된과정**이라고 설명할 수는 없는 것인가? 아동 초보자가 문학 규칙을습득할 때 보편적 통용이 아닐 경우 보다 고차원의 문명사적으로불변하는 단계적인 법칙성이 형성될 수 있는가? 그런 경우라면 단순함과 복합성의 자질을 결정하는 가능성에 그 근거를 둘 것이다.그러한 자질들은 보편적이지 않다면 고차원의 문명화된 결정체일것이다. 그래서 이제는 이쪽 방향을 제시하는 수많은 개별 연구가있다. 그럼에도 불구하고 아동의 문학 습득에 대한 상세한 이론이부족하다. 그러므로 이 방면의 이론적인 윤곽을 제시하고자 한다.

3. 기본적인 문학취급방식에서 복합적인 문학취급방식으로의 발전

문학능력은 문학적 화법으로 법칙성과 규칙성을 통제하는 능력을 말한다. 이런 법칙성과 규칙성을 의식적으로 만들어내고 이를 전승문학에 이미 존재하는 용어로 명명할 수 있다면 문학능력이 내재되었다고 한다. 예를 들면 낭송을 염두에 둔 서정시의 경우 특정한 시구의 종류와 각운법, 다양한 절의 형식과 시의 형식에 통달한 것을 말한다. 수용자는 이러한 것들을 오류 없이 바로알아본다. 서정시적 화법의 리듬적, 선율적 그리고 수사적인 법칙성에 통달해 있다고 말할 수 있다. 이러한 문학능력에는 리듬적,

선율적, 양식적, 서사적, 표현적 형식 등 무한한 다양함이 축적되어 있다. 형식들은 특유의 감정 유발 신호로 수용자에게 바로 실현되어지는 것이고 감상되는 텍스트에 잠정적으로 나타나는 것이다. 그 외에도 문학적 능력은 연결규칙의 총체, 즉 결합 법칙과 이와 반대되는 배타규칙의 총체를 전망하는 것도 포함한다. 문학습득 이론의 과제는 어떤 방식으로 또는 단계에서 문학능력이 이루어지는가를 재구성하는 것이다. 문학습득도 언어습득이나 인지습득처럼 장기간의 과정을 필요로 한다. 문학능력성립의 시기나 속도는 특히 그때그때마다 공급되는 문학작품에 달려있다.

단순한 규칙이 복합적인 법칙보다 먼저 습득된다는 것이 전제되어진다. 예로 풍자문학 같은 복합적인 문학의 방식은 비교적 문학 습득기 후반에 이루어지게 될 것이다. 따라서 문학습득 이론의 첫 번째 과제는 **습득할 형식과 결합규칙**의 순서를 **단순성과 복합성의 정도에 따라** 정렬하는 것이다. 다음으로는-완결성과 완전한 논술에 대한 요구 없이-각각의 문학적 또는 문학기법의 등급을 복합성의 정도에 따라 나누어 준다. 물론 서로 비교할 수 있고 동일한 형상화 과제를 대안으로 인식할 수 있는 문학적 취급방식만 순서가 정해지게 된다. 문학적 기법은 나란히 정렬된 다수의 형식에 근거를 두고 있다. 따라서 무수한 각 학습과정의 연속체인 문학습득과정 또한 문학작품의 다양한 영역에 스며있는 규칙과 절차에 관계된 것으로 이해할 수 있을 것이다.

문학적 메시지의 단순성과 복합성은 단순히 길이, 즉 문학적 메시지가 조합되는 개별적 단락의 수에 따른다. 하나의 이야기는 기본적으로 여러 개의 단락으로 이루어진다. 이야기가 복잡하게 창작되고 감상될수록 단락의 수는 많아진다. 이런 단순한 문학적 메시지의 양적 증대는 전래동시의 아동문학에서 분명하게 나타난다. 『신은 요켈을 보냈네*Der Herr, der schickt den Jokel aus*』처럼 원형에 근거하여 각운이 눈덩이처럼 불어나는 소위 라비넨라임 장르를 들 수 있다. 아동들은 이런 증가하는 시의 유형을 기억력에 대한 오락적 도전으로 체험하게 된다. -복합성의 증가는 문학작품의 다양한 측면에서 보자면 동일한 것의 반복, 즉 '증가'의 형식에서 생겨날 수 있다. 예를 들자면 더 많은 부수적 일화, 더 많은 사건의 플롯, 더 많은 인물들이 텍스트를 더 복잡하게 만든다. 달리 말하자면, 아동문학의 단순성은 피상적으로도 텍스트의 길이, 크기, 개괄의 문제가 아니다.

복잡성의 증대는 팽창, 확대, 증가에 의한 동일한 방식으로 나타날 수 있지만 다른 성질의 복잡한 절차에 대한 발전의 결과일 수도 있다. 하나의 이야기는 단락의 수가 단순히 증가하는 경우가 아니라 복잡한 방식을 적용한 경우에 더 복잡해진다. 따라서 이야기의 각 단락을 서로 연결하는데 다양한 가능성들이 생겨난다. **단락의 연결 또는 결합방식**은 복합성의 정도에 따라 단계가 정해질 수 있으며, 다음과 같은 문장연결형태가 제시된다: 1)결합이 없는 0-단계 (개별단락의 집합체로 이루어져 있음), 2)연쇄결합 ('그리고 나서'의 형식에 따른 순차적 배열), 3)인과결합 (그러므로, 그렇기 때문에, 왜냐하면 등등), 4)종결결합 (그로인해, …하기 위해 등). 이러한 순서는 단순한 방식에서 복합적인 방식으로의 진행단계를 나타내며 동시에 습득이론의 문장연결형태를 형성한다. 습득이론에서 문장연결형태는 초보자가 결합방식을 앞에서 제시한 순서로 습득한다고 가정하고 있다.

기본적인 이야기 규칙의 다른 등급화도 생각할 수 있다. 아르투어 압플레베Arthur N. Applebee는 이야기 방식을 기본적으로 둘로 나누고 있다. **이야기의** (의미적) **핵심화 방식**과 **이야기**

단락의 연결 방식(Applebee 1978, 55이하)에는 단순한 것에서 복합적인 것으로의 진행을 다루고 있다. 처음에 언급한 이야기 핵심화 방식에는 1)핵심화되지 않은, 2)어느 정도 핵심화가 이루어진, 3)핵심화가 철저하게 이루어진 단계가 있다. 두 번째의 방식인 이야기 단락의 연결 방식에 관한 단계순서는 1)연쇄결합, 2)인과결합, 3)종결결합의 순서다. 압플레베에게서 결정적인 것은 단지 각 방식의 내부에서 복합적인 것에 대한 방식에서만 이루어지는 것이 아니라, 가장 복합적인 표현에서도 두 방식이 서로 결합되어질 수 있다는 것이다. 그럼에도 불구하고 이야기 단락의 연결방식은 우선 다음과 같은 것이 이루어지지 않는다. 즉 핵심화되지 않은 연결에서 단락의 연결이 증가하는 경우와 반대로, 단락이 전혀 혹은 미흡하게 연결되는 경우에 점점 더 많이 핵심화가 이루어진다. 일반적으로 핵심화의 방식은 연결 방식보다 먼저 통제되기 때문에 압플레베의 이야기 방식은 다분히 이론적이다. 따라서 두 방식의 증가하는 결합적 통제의 관점에서 다음과 같은 세 단계의 모델이 제시 된다: 1)핵심화되지 않은 (동시에 연결되지 않은) 이야기, 2)핵심화 된 (그러나 아직 연결되지 않은) 이야기, 3)핵심화 되고 연결된 이야기.

그 외에도 복합성의 증가는 전체이야기의 단계들을 접목하는 여러 이야기의 연결과 조합에 의한 것으로 생각할 수도 있다. 이것은 **한 단계 이야기**와 **여러 단계 이야기**의 차이에서 발생된다. 여러 단계 이야기에서 복합성의 증가는 또 다른 결합의 측면에서 나타난다. 본질적인 특성이 이야기들에 결합될 뿐만 아니라 전체 이야기의 본질적인 특성으로 실현되는 것이다. 전체 이야기의 각 개별 단계가 차례로 나타나는 것이 아니라 나란히 나타난다면 문학에서 대체되는 이야기를 통해, 즉 끊임없는 교체를 통해 하나의 이야기에서 다른 이야기로 실현되는 것은 더욱 복잡해진다. 각 개별 이야기가 이야기 플롯이 되어 **단일 줄거리 서사에서 다중 줄거리 서사**로 진행되는 것이다. 이러한 구분은 이야기에서 이미 했고 이야기의 서술, 제시의 측면도 살펴보았다. 또한 다중 플롯으로 구성된 소설은 단지 특히 복잡한 방법으로 서술된 여러 단계 이야기이다. 그 외에 소설의 연대는 이야기경과에서 생략될 수 있다. **회상적 소설**이나 **시간의 비약이 있는 소설** 또는 심지어 **서사적 몽타주**가 **시간적인** 경과에 속한다. 여기서 제시된 이야기 형식의 순서는 더 어려운 복합성으로의 진행을 새로이 세운다.

단순한 것에서 복합적인 것으로의 진행단계는 **인물형상화**의 측면에서도 관찰되어진다. 가장 기본적인 형상화의 유형으로 보이는 인물은 행위를 수행하는 자 이상은 아니다. 인물은 이 경우 순전히 **행위자**로 이해할 수 있다 (예를 들자면 가해자, 행운을 주는 자, 도움을 주는 자 등). 그 외에 특색 있는 **형상**을 띠는 외관적인 자질로 인물을 설명할 수 있다 (긴 코, 빨간 머리, 녹색의 외투 등과 유사한 것들). 다음 단계에서 인물은 문학적 **전형**으로 될 수 있는 특정한 (긍정적이거나 부정적인) 행동양식의 구체적인 표현으로 나타난다(예: 욕심쟁이, 위선자, 교활한 자, 자비심이 많은 사람 등등). 이렇게 하여 사회적 부류, 계층, 계급의 재현인 인물로서 **사회적 특성**을 언급하게 된다. 사회적 특성은 인물을 구체적인 **개인**으로 만드는 고유의 특성을 부가적으로 부여할 수 있다. 인물유형화의 마지막 단계인 동시에 가장 복합적인 단계로 완전히 **개인화된 주관적 태도**가 있다. 주관적 태도의 내면적 삶은 고유의 우주로 성장하고 어떠한 경우에서든 유동적인 외부세계와 결부되지 않는 것이다. 인물형상화 방법을 언급하는 순서는 복합적인 것으로의 진행을 나타낸다.

이제 (내적인 것과 마찬가지로 외적인) 서술방식의 묘사형태에 대해 언급하고자 한다. 직접화법은 간접화법보다 더 직접적이기 때문에 일반적으로 간접화법보다 단순해야한다. 내적독백, 생각, 연상 등과 같은 묘사에 관해서는 내적 직접화법, 내적 간접화법, 생각서술, 체험화법과 같은 것들이 생긴다. 끝으로 그 외 일련의 문학적 기법들은 이제 문학습득의 시각에서 주제화되어 개별적 연구로 진행 되었고 다음을 참고하길 바란다. **간접적 언어사용**에 대한 이해의 발달에 관하여서는 Spinner 1993, 58이하, Spinner 1985, Eggert/Garbe 1995, 23; **은유에 대한 이해력**의 발달에 관하여서는 Spinner 1986; **비유적인 이해**의 발달에 관하여서는 Spinner 1985; **허구에 대한 이해력**의 발달에 관하여서는 Applebee 1978, 38이하, Hurrelmann 1980, Spinner 1993, 56이하, Eggert/Garbe 1995, 23; **서술시점의 차용**과 **감정이입능력**의 발달에 관하여서는 Spinner 1980, 41이하, Spinner 1993, 60; **도덕성 이해**의 발달에 관하여서는 Spinner 1989, Schön 1990, Spinner 1993, 63; **익살에 대한 이해력**의 발달에 관하여서는 Lypp 1986, Lypp 1992, Spinner 1993, 62이하, Eggert/Garbe 1995, 24.

결과적으로 복합성의 정도에 따라 서로 구분되지 않는 여러 가지 문학적 기법이 제시되는 다수의 학습영역에서 병렬적으로 문학적 능력의 습득이 동시에 이루어지고 있음을 살펴보았다. 아동초보자는 단계별로 복합적인 것을 섭렵하기 위해서 각 학습영역에서 기본적인 기법을 우선적으로 습득한다고 지금까지 가정하였다. 복합적인 문학방식으로의 진행이 아동의 언어발달과 인지발달의 특정한 발달기와 관련될 수 있는지에 대해서는 다음 단계에서 설명하고자 한다. 여러 가지 문학기법의 습득을 특정 연령에 부속시키는 것을 여기서 다루고자하는 것은 아니다. 장 피아제가 세운 인지발달에 관한 연령표시는 가장 최근에 평가된 것에 따라 앞 쪽에 제시되어 있는데, 이는 매체사회의 대두와 더불어 정신적 발달의 가속화가 나타나기 때문이다(Charlton/Neumann-Braun 1992, 31). 문학습득의 과제는 실제로 개별적 **인지발달** 또는 논리적 사고, 시공간 연상, 도덕적 판단능력 등의 시기처럼 이 두 번째 단계에서 **특정한 문학적 복합성의 수준**을 개별적 **언어습득의 시기**로 부속시키는 것이다. 특정한 문학적 형상화방법을 적당하게 실혈시킬 수 있게 하기 위해서 어떤 언어적 그리고 인지적 능력이 각각 요구되지를 설명하는 것은 두 번째 이론단계에서 다루어야 한다.

연령계수는 경험적 연구로 산출해낼 수 있다. 아르투어 압플레베는 특정한 이야기 원형이 나타나는 아동의 이야기 발화를 연구하는 동시에 연령대에 따라 양적 분배에 유의했다. 세 가지 이야기 원형, 즉 핵심화되지 않은 이야기, 핵심화 된 이야기 그리고 핵심화 되고 연결된 이야기(위를 참조)에 관한 결과는 다음과 같다. 3세 연령의 실험 대상자 중 2/3는 이미 중급인 핵심화된 이야기에 통달하고 있다. 6세 연령 아동의 2/3 이상은 세 유형 중에 가장 복합적인 핵심화되고 연결된 이야기를 섭렵하고 있다. 경험적 연구에 의하면 이런 이야기 원형은 3세와 6세 연령 사이에서 습득하고, 아동의 절반은 5세 연령대에서 이미 이야기 원형을 가지고 있다. 이야기습득에 해당되는 경험적 조사결과와 견줄만한 언어심리와 인지심리에 대한 연구결과를 서로 비교해야할 것이다.

4. 구술성에서 문헌성으로, 구술문학에서 문자문학 또는 도서문학으로

아동의 문학습득 과정은 경우에 따라 매우 복잡해진다. 아동 초보자는 **구술형식**이란 중요한 부분 조건 하에서 문학에 대한 첫 경험을 하게 된다. 고차원으로 발달된 기록문화에서도 특정 문화

환경에 적응하는데 중요하고 다양한 영역은 구술 의사소통형태로만 이루어지고 있음을 알 수 있다. 예로 가족이나 동갑내기 그룹만을 생각해 보자. 아동은 기록문화 속에서도 먼저 구전공간에서 성장한다. 아동들이 읽기나 쓰기를 배우기 시작하기 전에 이미 일부 복합적인 문학적 형식, 화법 그리고 장르의 원형들의 비교적 많은 부분을 습득하고 있다. 구술형식과 기록형식의 차이, 즉 **구술성과 문헌성**의 차이는 의사소통에서 결코 종속적이지 않으므로 문학습득의 이론에서 도외시 될 수 있을 것이다. 각 전달매체는-한편으론 음성적 신호로, 다른 한편으론 기록 또는 문헌으로-메시지가 어떤 유형으로 전달되는 지와 어떤 성향의 전달이 존속되어 광범위해질 수 있는 지를 결정한다(Assmann 1983; Goody/Watt 1986). 단지 구전된 문학 메시지와 기록으로 전달된 문학 메시지는 두 가지 다른 용어로 사용하는 것이 용이하다. 여기서 입으로 전승된 문학에 '구전문학' 또는 '시문학'이란 용어를 부여하고자 한다. 그리고 문자로 고착되고 일반적으로 도서의 형태로 전달되며 보다 더 읽는 것으로 수용되는 작품과 관계되면 '기록문학'이라고 하고자 한다. 이것은 **아동이 (문자 또는 도서) 문학의 규칙을 먼저 습득하는 것이 아니라 (구술적) 구전문학 또는 시문학의 규칙**을 배우게 되는 문학습득과의 관계를 의미한다. 문학습득의 과정은 직접적이고 직선적으로 완성되는 것이 아니라 어느 정도의 우회로 이루어진다. **다른 문화적 기호유형**이, 즉 (구전)문학이 먼저 훈련되어 지고, 두 번째 단계에서 **실질적으로 의도된 문화적 기호유형**, 즉 '기록문학'이 습득되는 것이다.

여기서 서로 대립되는 문화적 기호종류들은 결코 접촉과 교차를 하지 않는 것은 아니다. 이 경우 '구전문학'의 습득과 '기록문학'의 습득은 완전히 상이한 과정에서 이루어진다. '구전문학'

과 '기록문학'은 단지 접촉만 하는 것이 아니다. 이 둘은 하나의 주요한 부분으로 서로 융합한다. 비교적 후기의 시점에서 기록형식으로 전가되기 위해서 구술형식은 개인사적 (개체발생의) 분야와 문화사적 (계통발생의) 분야에서 기록형식을 선행한다. 문화기법인 '읽기'의 습득 또는 문자문화의 등장과 확대는 구전문학을 단지 주변영역으로 되돌린다. 구전문학은 중요한 흔적을 남긴다. 수세기에 걸쳐 적용되며 문화적으로 뿌리깊이 정착되었을 뿐만 아니라 인류에게 매우 신뢰된 구전문학의 화법과 장르원형은 대두되는 (기록)문학에 광범위하게 반영되어졌다.

  (기록)문학은 초기에 일반적으로 단순한 구전 문학을 전승하는 형태로 나타났다. -민족 서사시가 기록으로 정착한 것을 예로 들 수 있다. 구전문학의 화법과 형식의 특성 대부분은 이 방법으로 기록문학에 받아들여졌다. 오늘날 여전히 사용되는 문학의 화법과 형식 상당 부분은 발생사적으로 보면 기록 이전의 문화시기에 속한다. 오늘날 여전히 통용되고 있는 서정시, 서사시, 단편 이야기들-예를 들면 동화, 민담, 설화, 일화, 풍자, 해학, 노벨레-, 그리고 희곡 문학 등의 하위 양식들은 순수 구술 형식 조건 하에서, 즉 구술 또는 기억문화에서 형성되어졌다. 이것들의 장르 구조는 기록형식으로 넘어가는 과정에서 본질적인 변화가 없을 정도로 문화에 자리매김했다. 동시에 기록문화의 등장과 확산으로 고유의 문자문학적 표현형식과 장르들이 생겨났다. 소설의 경우를 예로 들 수 있을 것이다.

  구술문학의 습득방식에서 획득한 규칙의 대다수가 문화적 기호장르인 '문학'에 통용되고 아동의 문학습득 과정을 위해 **새로운 코드로 옮겨져야만 하는 것**이 수반된다. 그런데도 희곡문학이 아동에게 의해 실행되어지는 전환을 과소평가해서는 안 된다. 문화적인 분야에서 수세기에 걸쳐 자체적으로 요구되어진 이행을 개체 발생적 분야에서 개괄할 수 있다. 새로운 문화인류사는 기억문화에서 기록문화로의 단계적인 이행, 수많은 중간단계뿐만 아니라 장기간 지속되는 구술성과 문헌성의 공존에서 유래된 이행에 관하여 말하는 것이다(A. u. J. Assmann 1983, Goody/Watt 1986, Kloock 1997).

아동문학의 의사소통은 문학에 입문하는 의사소통으로만 보이지 않는다. 그 외에도 아동문학의 의사소통은 전형적인 **이행방식, 즉 매체경로**로 나타난다. ─특정 목적 집단, 즉 초등 1학년 연령을 위한 문학공급으로서의 매체경로는 **기록문화 또는 도서문화로 들어서는** 기능을 한다. **기록문화적인 또는 도서문화적인 의사소통 입문**에서 문학적 의사소통은 문학 초보자를 겨냥할 뿐만 아니라, 동시에 독자가 구술 문학에서 등장하고 신세계인 (기록)문학에 발을 내딛는 것을 고려하고 있다. 아동문학은 역설적인 방법으로 이행을 실현한다. 아동문학은 기록의 매체에서 문학적 픽션으로서, 허구의 구술적 의사소통으로서 구술 문학 세계를 두 번 소생시킨다. "아동문학은 계속해서 기록언어 체계로의 등장을 쉽게 하고자 하는 노력으로 특징 지워진다"(Lypp 1989, 74). 아동문학은 독서초보자인 아동에게 아직 생소한 새로운 매체를 픽션 내에서 친숙하게 접근시키고자 하는 것이다. 아동문학은 현실과 허구의 의사소통 상황을 서로 대비하게 하는 가능성을 이용한다. 아동문학은 우선 아동들을 소설 내의 구전된 이야기의 독자로 삼는다(주67).

허구적으로 구술적 의사소통을 형성하지 않은 곳에서도 아동문학은 구술성을 유지한다. 아동문학은 구술적 화법을 기록문학적 모방으로 특징짓게 하는 양식에 중점을 둔다(여기엔 일반적으로

Goetsch 1985, Koch/Oesterreicher 1985). 이 점에서 아동문학 텍스트의 가장 두드러진 문체적 특징이 보인다. 아동서사문학으로서 이야기를 "금방 알아볼 수 있게 하는 것"은 우선적으로 "어떤 특정한 언어사용", 즉 눈에 띄는 준구술적 이야기언어에 의해서다 (Lypp 1989, 74). 아동문학 텍스트는 무엇보다도 **구술적 문체론**으로 확인될 수 있다. 이러한 구술적 문체론은 상이한 기능을 가진다. 낭독을 위한 문학에 관한 것이라면 텍스트의 구술적 문체화가 기능상 직접적으로 의도된 사용상황과 관계된다. 텍스트의 구술적 문체화로 텍스트를 구술적으로 실현할 수 있고, 쉽게 들을 수 있는 텍스트로 작성할 수 있다. 구술적 문체론으로 작성된 텍스트는 낭독을 자연스럽게 하도록 한다. 아동이 직접 독서하는 것을 전제로 한 아동문학 텍스트에는 또 다른 기능이 있다. "구술성의 재수용"은 "문학이전 선상의 도서 서사문학으로의 연장"을 의미한다 (Lypp 1989, 74). 이 구술성의 재수용은 "현실적 화자의 부재를 보충하며 문학성의 충격을 완화하도록 하며 감성적 친밀을 도모한다" (Lypp 1989, 75). 구술성의 재수용은 독서의 적막함에서 자유로워진 아동에게 독서의 생소함과 새로움을 동시에 없애기 위해서 친숙한 구술적 이야기 상황으로 되돌려 놓을 가능성을 가진다. 문헌텍스트의 구술적 문체화는 아동문학의 "도서문학으로의 입문"을 용이하게 한다. 말하자면 "도서문학의 익명성과 복합성으로 이끄는 기능을 갖는 것이다"(Lypp 1989, 74).

이것은 문학 방식의—앞 단락에서 언급한—단계식 규정에 의한 결과이다. 통용되는 전제하에 이 규정은 하나의 매개 변수에 따라, 즉 단지 단순성 또는 복합성의 정도에 따라 더 이상 시행되지 않는다. 구술형식에 대한 문학기법에 근접 정도 또는 벗어난 정도, 구술 문학의 법칙성에 멀어짐의 정도 등과 같은 또 다른 매개 변수를 이제 함께 살펴보아야 한다. 초등학교 1학년 연령의 아동에게 수용된 구술 문학은 이미 중요한 복합성의 수준을 내포하고 있다. 이와 반대로 이 연령의 아동에게 동일시간에 독서로 수용된 도서문학은 아주 단순하게 보인다. 동일한 문학 방식이지만 '(구술)문학'이란 요건을 갖추면 간단하거나 또는 쉬운 것으로 판명될 수 있으며, '(기록)문학'이란 요건이 있으면 복합적이고 어려운 것으로 명시될 수 있다. 사용된 각각의 문학 기법의 난이도에 따라 아동문학의 내부구조는 하나의 짜 맞춘 구조가 된다. 아동문학은 점점 더 복합적인 서술형식을 따르는 것만은 아니다. 그 외에 아동문학에서 소위 말하는 '구술성'은 감소하는 추세를, 소위 '문헌성'은 증가하는 추세를 보인다. 아동문학은 대체로 전단계에서 도달한 구술 문학의 복합수준을 문학적 또는 도서 문학적 토대 위에 있는 뒤따르는 두 번째 과정에서 재확인하고 넘어가려고 한다. 왜냐하면 아동문학은 '기록문학'으로서 구술문학의 가능공간을 원칙적으로 벗어나는 복합성의 단계에서 소개될 수 있기 때문이다.

5. 매체 경로의 단계

문화사 분야에서처럼 개인사 분야에서도 구술성에서 문헌성으로의 이행은 두서없이 이루어지는 것이 아니라, 여러 중간단계를 형성하며 단계 식으로 이루어진다. 이러한 중간단계는 초등학교 1학년 연령대의 아동에 해당되는 아동문학적 의사소통의 경우에 매체 관점이 동등하지 않는 상대자 사이의 의사소통이 중요하다는 데서 형성된다. 이 연령의 아동 수용자는 구술적인 기억문화에 속하는 반면, 성인은 기록문화의 그룹에 속한다. 매체경로의 단계를 4단계로 구분하고 운문적 의사소통과 산문적 의사소통의 이중적 방법을 들어 설명하고자 한다. **제1단계**에서는 수용자 뿐만 아니라 발신자의 입장에서 **구술적인 시학적 의사소통**을 다루고 있다. 성인은 익숙한 구술적 관례(=순수하게 기억에 의존한 시낭송 또는 이야기 재현)로 시를 낭독하거나 이야기를 한다. 이 단계에서는 아직 의사소통 상대자 사이의 매체의 불균형은 없다. **제2단계**는 성인이 먼저 기록된 원전에서 따온 시나 이야기를 기억에 의존해 시나 이야기로 자유로이 낭송하고 이야기를 하는 것이다. 이를 **문자에 의존한 구술 형식**이라고 할 수 있다. **제3단계**의 특징은 의사소통상황에 기록된 원전이 존재하는 것이다. 말하자면 성인이 아동 수용자를 위해 손에 들고 있는 책에서 시나 이야기를 읽어주는 것이다. 이것은 **낭독상황**과 관계된다. **제4단계**에는 (독자적인) **문자문학 또는 도서문학과 관계된 의사소통**이 해당 된다. 아동수용자는 문학적 의사소통 상대자의 동참 없이 책에 인쇄되어 있는 시나 이야기를 직접 읽는다. 마지막 단계에서는 두 가지 상황을 구별해야한다. 첫 번째 상황은 제 3단계가 대체로 지속되는 경우로, 아동 수용자는 스스로 시나 이야기를 (크게) 낭독한다(**큰소리로 읽음**). 그리고 두 번째 상황은 **묵독**으로 아동수용자가 완전히 도서와 관계된 의사소통을 하는 경우라 할 수 있다. 처음 세 단계에서는 성인의 위치에 원칙적으로 아동 발신자가 등장할 수 있다.

아동수용자는 **제1단계**와 **제2단계**에서의 순수 구술형식과 기록에 의존한 구술형식의 차이를 경험할 수 없다. 왜냐하면 성인 발신자에 의해 사용된 기록된 원전이 의사소통과정에 직접 존재하지 않기 때문이다. 아동수용자의 입장에서 보자면 성인은 하나의 동일한 줄거리, 즉 시나 이야기를 기억으로부터 자유로이 실현하는 것이다. 따라서 아동수용자에게 이러한 처음 두 단계는 동일한 전승 상황이다. **제3단계**에서는 성인이 기록된 원전 또는 도서를 낭독하면서 아동수용자에게 전해준다. 아동수용자는 성인이 이제 태도를 달리 취하고 있음을 알게 된다. 성인은 아동수용자에게 '책에 있는' 것을 읽어준다. 아동수용자들에게도 명백해진 바와 같이 이제는 더 이상 성인 '자신의' 시나 이야기를 다루지 않는다. 이제 아동수용자들에게 있어서 이러한 시나 이야기들은 낭독자에게서 분리된 독립적인 존재가 된다. 이 경우 '책에 있는 것'을 성인 낭독자의 입장에서 존재하지 않는 제3자의 입장으로 표현하고, 이와 같은 방식으로 작가의 의도를 끌어들이는 것은 성인 낭독자의 의향에 달려있다. 그렇지만 아동수용자가 '책에 있는' 것을 무조건적으로 제3자의 표현으로 해독하는지는 의문의 여지가 있다. '책에 있다'는 것은 우선 글자그대로 이해되어질 수 있고, 그 다음에는 아동의 마술적인 상상력에 맡겨질 수도 있다.

동등하지 않은 상대자사이의 구전적 또는 기록문학적 의사소통을 다룬다면, 동등하지 않은 상대자들은 이러한 의사소통을 서로 다르게 인지할 것임에 틀림없다. 기록문화를 염두에 둔 성인은 취학 전 연령의 아동에게 제공되는 문학을 일반적으로 (또는 단지 아주 최소한의 부분만) 구술적 문학으로 여기지 않는다. 현재 언급할 만한 구전 작품이 거의 없으므로 제1단계는 범위와 의미면에서 미약할 수도 있다. 일반적으로 시나 노래 또는 이야기에 대해 뛰어난 기억력을 갖고 있는 사람들은 이러한 것들을 상당 부분 기록된 원전에서 끌어낸다. 기록에 의존한 구술형식(제2단계)은 **문자문화의 관점**에 따르면 성인에 의해 구술적으로 실현된 문자문학 또는 도서문학으로 인지된다. 마찬가지로 낭독된 것(제3단계)도 구전된 문자문학으로 인식될 수 있다. 따라서 처음부터 어린이들에게 원래 입으로 전달되거나 읽혀질 수밖에 없는 (순전히 외형으로 간주되어지는 것) 문자문학이나 도서문학이 주는 인상은 전적으로 성인의 느낌을 따르게 된다.

아동수용자의 관점은 다르다. 아동수용자에게 제공되는 문학은-여전히 또한 낭독되는-구술문학이다. 이와 같은 사실은 아동수용자가 시와 이야기에 대한 특별한 보조물, 즉 도서를 알아본다 하더라도 달라지지 않는다. 읽기와 쓰기를 배우고 있는 아동에게 구술형식과 구술 문학은 상당기간동안 1차적인 것이다. 아동은 이미 읽기에 정통한 자로서 **문자문화에 대한 구술적 관점**을 유지한다. 즉 아동들은 모든 문자문학을 나중에 확립한다. 말하자면 원래 구술적인 의사소통에 대한 과정의 표기나 문자기호체계로 여긴다. 보다 발전된 긴 텍스트를 직접 읽을 수 있는 아동(제4단계)들은 도서와 관계된 의사소통의 의미를 다음과 같이 특징짓는다. 작가는 하나의 이야기를 자신의 아이들에게 먼저 이야기한다. 그리고 나서 이 이야기를 다른 아이들에게 전달하기 위해 적어둔다. 아이들은 여기서 벌써 도서와 관계된 의사소통에 참여하게 된다. 그렇지만 아동은 이에 상응하는 자의식을 갖고 있지 않으며 이 과정을 여전히 구술적인 관점에서 파악 한다(뿐만 아니라 작가가 오로지 '독자'로서의 아동 외에는 그 누구와도 소통하고 있지 않다는 사실을 아직 눈치 챌 수 없다). 도서와 관계된 의사소통은 시·공간적으로 차단되기 때문에 아동들에게는 오랫동안 이해하기 어려운 과정이다.

```
┌─────────────────────────────────────────────────────────────────┐
│              구술성에서 문헌상으로의 이해                            │
│                     (서정시의 예)                                   │
├─────────────────────────────────────────────────────────────────┤
│                                                                   │
│  1. 순수한 구술형식                                                 │
│     성인은 시(동시, 동요)를 익숙한 관례대로 재현.                      │
│                                                                   │
│  2. 문헌에 의존한 구술형식                                          │
│     성인은 시(동시, 동요)를 기억에 따라              아동의 수용방식:  │
│     자유롭게 재현.                              – 순수한 청취(경청하기)│
│     그러나 먼저 기록된 원전에서 인용.            – 청취 그리고 설명이나 질문│
│                                                    등을 통한 중단.   │
│  3. 낭독                                        – 끝까지 이야기하기  │
│     성인은 기록된 원전에 실린 시를 읽어줌.            이야기 전달하기  │
│                                                                   │
│  4. 독자적인 독서                                  아동의 수용방식:   │
│     아동수용자는 시선집에 실린 시를 읽음.         – 큰소리로 읽기(스스로 낭독)│
│                                                 – 묵독              │
│                                                                   │
└─────────────────────────────────────────────────────────────────┘
```

〈도표12〉

```
┌─────────────────────────────────────────────────────────────────┐
│              구술성에서 문헌상으로의 이해                            │
│                     (이야기의 예)                                   │
├─────────────────────────────────────────────────────────────────┤
│                                                                   │
│  1. 순수한 구술형식                                                 │
│     성인은 이야기를 익숙한 관례대로 재현.                             │
│                                                                   │
│  2. 문헌에 의존한 구술형식                                          │
│     성인은 먼저 기록된 원전에서 인용한              아동의 수용방식:   │
│     이야기를 기억에 따라 자유롭게 재현.          – 순수한 청취(경청하기)│
│                                                – 청취 그리고 설명이나 질문│
│                                                    등을 통한 중단.   │
│  3. 낭독                                        – 끝까지 이야기하기  │
│     성인은 기록된 원전에 실린 이야기를 읽어줌.        이야기 전달하기  │
│                                                                   │
│  4. 독자적인 독서                                  아동의 수용방식:   │
│     아동수용자는 이야기선집에 실린 이야기를 읽음.   – 큰소리로 읽기(스스로 낭독)│
│                                                 – 묵독              │
│                                                                   │
└─────────────────────────────────────────────────────────────────┘
```

〈도표13〉

6. 매체시대의 문자문학 또는 도서문학으로의 입문

문자를 배우기전의 아동의 상황은 매체시대에서 현격하게 변했다. 영화, 라디오, TV 그리고 컴퓨터 같은 소위 새로운 매체가 등장하기 전인 민중적 기록문화의 전성기(Charlton/Neumann-Braun 1992, Heitmann 1992)에는 아직 읽지 못하거나 미진하게나마 읽을 줄 아는 아동(정도는 사회적 계층에 따라 상이하게 나타난다)은 다음과 같은 방식을 통해 전승받게 된다. 즉 가족이나 친지 그리고 이웃의 범위 내에서, 경우에 따라서는 유치원에서 민요시나 시를 낭독하고 노래를 부르는 것에서, 이야기를 하거나 이야기를 낭독하는 것에서 전승받고, 이웃간이나 거리 또는 같은 동네에서 또래 그룹의 구술적 전승 맥락 속에서 전승받으며, 또한 소위 말하는 교회나 사회적 유형의 여가모임(노래, 시, 일화, 풍자, 이야기 등등)에서, 마지막으로는 연극적 전승맥락에서 (연시극(年市劇), 인형극, 축제극과 성탄극, 아마추어 연극, 전문적 극장에서의 성탄동화극 등등). 민중적 기록문화의 전성기에도 문자를 배우기전의 아동이 문학을 접하는 공간은 결코 협소하지는 않았다. 매체시대에는 읽지 못하는 아동에게 문학을 경험할 수 있는 가능성을 아주 높여주었다. 이로 인해 어쩌면 아동에게 연결되어 있던 전통적인 구술적 전승방법 몇 가지가 사라지게 되었을 것이다. 이것에 해당되는 경우는 아마도 가정에서 시를 읽는 문화일 것이다. 이 문화는 완전히 사라진 것으로 보인다(아직은 학교에서만 시를 사회적인 교재로 찾아볼 수 있다). 가정에서 이야기를 들려주는 것 또한 감소하고 있는 것 같다(반면 낭독은 전혀 없다). 하지만 새로운 매체가 보다 더 보충적으로 이렇게 사라지거나 감소한 모든 것들을 대신하게 되었다.

먼저 음향기기를 들 수 있는데, 그 중에서도 제1의 자리를 차지하는 것은 카세트레코드이며, 최근에는 휴대용 CD 플레이어가 그 자리를 차지하고 있다. 이런 유형의 기기들을 벌써 아주 어린 연령의 아동들도 다룰 줄 안다. 이런 기기들은 아동들의 반복에 대한 욕구와 어느 정도 일치하며, 이것은 지금까지의 전승전달자들이 할 수 없었던 것이다. 여기서 시작된 무제한적인 반복가능성은 유치원과 취학 전 연령의 아동에게 비교적 복합적인 노래, 이야기 그리고 방송극의 수용을 가능하게 한다. 이것은 수용능력을 현저하게 향상시키는 결과를 가져왔다. 유사한 발전은 TV의 분야에서도 관찰할 수 있다. 유치원연령 아동의 수용능력은 비디오레코드를 대체하는 DVD 플레이어의 유입에 의해 향상된 것이라고 볼 수 있다. 이 기기 또한 반복에 대한 아동들의 욕구를 무제한 충족시킬 수 있으며, 복합적인 TV 작품이나 영화를 비교적 빨리 이해하도록 한다.

문헌성으로의 이행, 즉 문자문학적인 의사소통에 대한 적응 조건과 관련하여 이런 변화는 장단점을 가진다. 문자를 배우기 전의 기간에 미리 습득하게 된 수용능력은 전세대보다 매체시대의 아동들이 월등해 보인다. 일반적으로 읽기를 시작한 아동들이 상대적으로 이미 복합적인 매체제공에 숙달된 수용자로 여겨진다. 읽기를 시작한 아동들의 복합적인 매체의 수용능력이 향상될수록 결과적으로 아동들은 '문학'이라는 대상 자체를 더 소홀하게 학습하게 된다. 다른 한편으로 아이들은 특히 도서라는 매체를 혼자서 다룰 수 있게 되면 그 외의 다른 매체도 가능한 쉽고 빠른 방식으로 이해할 수 있게 된다. '도서'라는 매체는 수많은 영역에서 독점적 위치를 잃고 있다. (아동)문학 자체도 이미 대량으로 영화화되어 시청각적으로 접근할 수 있다. 문자문학 또는 도서문학의 세계로 빠져들게 하는 유혹은 제공되는 경쟁 매체들 때문에 줄어든다. 따라서 출발능력의 측면에서는 어떤 이익이 있다고 장담할 수 있을지는 모르지만, 동기유발 측면에서 보자면 오히려 더 손해다. 매체시대에 문자문학으로의 입문은 쉬워졌으나 그만큼 흥미를 불러일으키는 효과는 떨어졌다. 즉 동기 부여가 더욱더 어려워졌다는 의미이다(Ewers 1998).

7. 아동문학 텍스트의 단순성과 복합성의 분석에 대한 관점

아직 정립된 이론은 턱없이 부족하다. 하지만 아동문학 텍스트의 단순성의 정도나 복합성의 정도를 평가하는 몇 개의 원칙은 세워져 있다. 첫 번째 단계에서는 문학텍스트의 개별적 분야에 각각 적용된 문학절차를 단순성 또는 복합성과 관련시켜 관찰하는 것이 중요하다. 줄거리가 얼마나 복잡한가? 줄거리가 얼마만큼 포괄적인가? 줄거리는 몇 단계로 이루어지는가? 전개방식(연대적, 회상적 등등)은 어떠한가? 인물이 어떤 유형으로 형상화 되는가? 단순성이나 복합성에 대한 평가는 각각의 형상화 요소에 해당되는 복합성의 단계를 재수용함으로써 이루어져야 한다. 이러한 첫 단계의 결과는 개별적으로 적용한 문학절차의 단순성과 복합성에 대한 판단의 총서일 것이다.

이것과 관련하여 이장의 시작부분에서 전개한 것처럼, 여기에서 문학의 취급 방식은 단지 다른 것과 비교했을 때 상대적으로 단순하거나 복잡한 것이다. 누군가를 위한 단순성, 즉 수용자에 적합한 단순성(주64)에 대해 언급하자면, 용어를 구별하는데 크고 작은 **어려움**에 직면하게 된다. 그 때마다 특정한 수용자를 위한 취급 방식은 대체로 까다롭다. 대상이 되는 수용자의 언어적이고 인지적인 발달수준이 어느 정도인지 가정할 수 있는가? 문학적 기법을 어느 정도 쉽게 이해할 수 있기 위해서는 어느 정도의 언어능력과 인지능력이 요구되는가? 이 마지막 질문에 답하기 위해서는 위에서 언급한 복합성의 단계, 즉 문학의 취급 방식이 서로 비교되는 단계를 언어적이고 인지적인 발달 자질표와 비교해야 할 것이다. 현재 언어와 인지 발달수준에 상응하며, 또한 현재 도달해 있는 단계의 발달과제에 속하는 문학적 기법은 이런 다양한 자질표의 조율에 따라 **어렵다**(그러나 다룰 수 있다)거나 **전력을 하도록 요구된다**로 표시할 수 있다. 후기 단계의 발달과제에 속하는 문학적 기법은 **아주 어렵다** 또는 **과도하게 요구된다**로, 마지막으로 문학적 기법의 습득을 이미 경과한 단계에서 완성한 문학적 기법은 **쉽다** 또는 수준이 **낮게 요구된다**로 특징지을 수 있다. 여기서 내려진 결정들은 작품, 즉 문학 텍스트 전체에 해당되는 것이 아니라, 단지 다양한 분야에서 응용된 형상화방식과 표현방식에 해당된다 할 수 있다.

이제 첫 단계에서 형성되고 (단순하거나 또는 복합적이라고, 동시에 수준에 낮게 요구된다, 전력을 하도록 요구된다 또는 과도하게 요구된다로) 평가된 문학의 취급 방식은 두 번째 매개변수, 즉 구술 문학의 법칙성에 벗어나거나 일치하는 경우와 비교해야 한다. 결과는 첫 단계에서 내려진 판단과 상대적일 수 있다. 그럼에도 불구하고 말로 표현되는 구술성, 즉 구술적 문학의 형상화원칙을 다루는 한에서 상대적으로 복합적인 문학의 취급 방식은 아동 초보자에게 거의 어려움을 주지 않는다. 두 번째 단계에서는 구술성부터 시작한 아동초보자를 위한 문학적 절차의 난이성에 대한 판결이 문제이다.

구술문학과 (문자)문학은 수많은 기법을 공동으로 사용한다는 논의를 여기서 상기해야한다. 대부분의 경우 형상화 과제에 대한 극도로 복합적인 풀이, 즉 문학적 취급 방식의 아주 복잡한 변형은 구술적 문학의 유희 공간을 뛰어 넘는다. 예를 들어 줄거리의 전개방식과 관계된 것은 이미 입으로 전달될 때부터 연대기적이고 회상적인 이야기 방식에 익숙해져 있다. 반면 교체되거나 또는 여러 갈래로 나뉘는 이야기, 즉 오히려 명백히 시간을 뛰어넘는 이야기 방식과 서사적 몽타주는 말로 표현된 문자문학적 기법을 의미한다. 인물형상화의 분야에서 가장 복합적인, 개인화되고 내면된 주관성만이 자연적인 문자문학의 취급 방식(고독하고 탐독하는 독자를 요구한다)으로 보여 진다. 결국 서술상황과 관계된 것은 전지적 서술에서 구술 형식에서부터 친숙한 서술상황 또는 낭독상황을 재생산한다. 여기에서는 아동 수용자를 위해 가장 쉽게 이해될 수 있는 서술방식을 다룬다. 1인칭 이야기는 더욱이 구술적인 일상생활 의사소통으로부터 친숙하지만, 서술하는 문학 영역에서는 익숙하지 않다. 그럼에도 불구하고 인칭 소설의 경우 자연적인 문자문학적 기법과 관계가 있다.

지금까지 단지 단순성 또는 복합성 그리고 문학 텍스트의 각 형상화요소의 난이도만이 논의되었다. 전체로서의 작품과 관계된 것을 어떻게 표현할 수 있을까? 각 형상화요소에 대한 판단은 평균적인 난이도를 산출하는 가능성이 주어진 기계적으로 가산되는 수적 가치로 전환될 수 없다. 형상화의 측면에서 질적 중요도에 대한 판정이 실시되어야만 한다. 몇몇의 텍스트 분야에서 초보자는 복합성의 증가를 다른 분야에서보다 더 빨리 섭렵한다. 예로 이야기가 이미 확실히 광범위하며 여러 단계로 이루어져 있고 여러 인물들을 제시하는 반면 재현의 측면에서는 단순한 변형, 연대적인 서술에 충실해야만 한다. 이에 상응해서 줄거리의 측면에서 복합성은 방해요소 보다 하찮게 평가될 수 있지만, 쉽게 성취되어야 하는 요구사항에 속한다. 초보자는 아마도 복잡한 줄거리를 복합적인 전개형식보다 더 빨리 통달한다. 추측컨대 초보자는 보다 더 복합적인 사건원형과 줄거리의 전개과정 또한 인물형상화의 복합적인 형식보다 먼저 섭렵할 것이다. 전체텍스트의 난이도에 대한 평가를 위해서는 줄거리의 복합성보다 인물형상화의 복합성이 더 중요하다. -따라서 평가는 두 가지 관점에서 이루어진다. 한편으로 전체로서의 텍스트는 본 텍스트와 비교해서 보다 단순하거나 또는 보다 복합적으로 보여지는 다른 텍스트와의 관계에서 단순하거나 또는 복합적인 것으로 선별되어진다. 다른 한편으로 전체로서 작품은 특정 수용자와 관련하여 '수준보다 낮게 요구 된다' 아니면 '전력을 하도록 요구된다' 또는 '과도하게 요구된다'로 특징 지워진다.

주 1. **아동·청소년 도서(Kinder- und Jugendlektüre)**란 학교수업과는 별
개로 아동과 청소년이 자발적으로 읽는 책들을 가리킨다.

주 2. **아동·청소년 권장 도서(intentionale Kinder- und Jugendliteratur)**
란 도서 추천에 관여하는 어른들이 아동과 청소년이 읽기에 적합하며 읽을
수 있다고 평가하는 도서 전체를 가리킨다. 이 경우 읽기를 권장만 하는
책들이 있는가 하면 아동과 청소년들만을 위해 출판된 책들도 있다.

주 3. **수용하기에 적합하지 않은 아동·청소년 도서(nicht-akzeptierte
Kinder- und Jugendliteratur)**란 아동과 청소년이 읽을 수 있는 가능
성은 있지만, 내용을 파악할 수 없거나 그러기에는 아직 이른 책들, 말하
자면 아동과 청소년이 당장 읽을 수 없거나 아직은 이해하기 어려운 책들
을 가리킨다.

주 4. **아동·청소년 추천 도서(intendierte Kinder- und Jugendlektüre)**
란 아동과 청소년에게 적합하다고 어른들의 견해가 일치한 아동·청소년
이 읽는 책들의 일부를 가리킨다. 이런 책들은 모두 아동과 청소년이 읽
도록 권장되며 실제로 읽고 있는 책들이란 뜻이다.

주 5. **아동·청소년 비추천 도서(nicht-intendierte Kinder- und Jugendlektüre)**
란 아동과 청소년을 위해 만든 책이 아닌, 말하자면 아동과 청소년이 읽
기에 적합하지 않고 읽을 수 없다고 판단되지만 아동과 청소년이 접하는
책들을 가리킨다.

주 6. **아동·청소년 공인 도서(sanktionierte Kinder- und Jugendliteratur)**
란 사회가 공인한 기관이 아동과 청소년이 읽기에 적합하다고 인정하고
그에 상응하는 명칭을 부여한 도서들 모두를 가리킨다.

주 7. **아동·청소년 비공인 도서(nicht-sanktionierte Kinder- und Jugendliteratur)**
란 권한을 위임받은 기관의 권유를 무시하고 아동·청소년에게 적합한
도서라고 출판한 모든 도서를 가리킨다.

주 8. **아동과 청소년을 대상으로 한 도서(spezifische Kinder- und Jugendliteratur)**
란 전적으로 아동과 청소년을 대상으로 출판된 모든 책들을 가리킨다. 여
기에는 저자가 처음부터 아동과 청소년 독자를 염두에 두고 쓴 모든 책들
이 포함된다.

주 9. **아동과 청소년을 대상으로 한 매체(spezifische Kinder- und Jugendmedien)**
란 그 자체가 이용 대상을 아동과 청소년으로 국한해서 구상된 모든 매체
를 가리킨다. 이 책에서는 오직 이런 목표 집단을 위해 세분화되거나 만
들어진 매체가 다루어진다.

주 10 **아동·청소년 도서 및 잡지(Kinder- und Jugendbücher bzw. -zeitschrift)**
란 '도서'와 '잡지'라는 출판매체를 수용자의 특수성에 맞는 특별한 형태로
생산한 것들을 의미하며 이것들은 곳곳에서 고유한 특색을 나타낼 수 있 다.

주 11. **수신자 또는 이용자 중심으로 수집된 자료의 구성(adressaten- oder
benutzerorientierte Korpusbildung)**은 책을 소개하는 과정에서 수용
자 집단 또는 인기 있는 테마와 모티브에 따라 여러 가지 장르나 여러 가지
유형의 책들의 자료를 수집한다는 뜻이다.

주 12. **아동·청소년 희곡 도서(dramatische Kinder- und Jugendlektüre)**란
학교 수업과는 별개로 아동과 청소년이 자발적으로 읽는 희곡 작품을 가리
킨다.

주 13. **아동 · 청소년 권장 희곡**(intentionale Kinder- und Jugenddramatik) 이란 도서 추천에 관여하는 사람들이 아동과 청소년이 읽기에 적합하다고 생각하는 희곡작품과 아동과 청소년이 각색하여 공연하는데 적절한 원전 으로 이용될 수 있는 희곡 작품 모두를 가리킨다.

주 14. **아동 · 청소년을 대상으로 한 희곡**(spezifische Kinder- und Jugendramatik) 이란 오직 아동과 청소년을 위해 쓰여 흔히 독서용 및 상연용 희곡으로 이 용될 수 있는 극작품을 가리킨다.

주 15. **아동과 청소년 연극수용**(kindliche und jugendliche Theaterrezeption) 이란 아동과 청소년이 실제로 수용하는 희곡 작품의 공연과 그 밖의 공연 전체를 의미한다.

주 16. **아동 · 청소년 권장 연극**(intentionales Kinder- und Jugendtheater) 이란 제작 자에 의해서든 성인들로 구성된 다른 기관에 의해서든 아동과 청 소년들이 수용하기에 적합하다고 판단된 연극 공연 전체를 가리킨다.

주 17. **아동 · 청소년을 대상으로 한 연극**(spezifisches Kinder- und Jugend- theater)이란 오직 아동과 청소년을 위해서 제작된 연극 공연 전체를 가 리킨다.

주 18. **아동 · 청소년 문학의 행위 시스템**(kinder- und jugendliterarisches Handlungssystem)이란 다양한 그러면서도 동일한 분야로 분류되는 아 동 · 청소년 문학과 관련된 행위 유형 또는 그 기능이 서로 밀접한 관계를 맺고 있는 것을 의미한다.

주 19. **아동 · 청소년 문학의 복합 시스템**(kinder- und jugendliterarisches Polysystem)이란 한 사회에 다양하게 공존하는 아동 · 청소년 문학의 행 위 시스템들이 서로 밀접한 관계를 맺고 있는 것을 의미한다.

주 20. 아동·청소년 도서 출판부(Kinder- und Jugendbuchprogramm)란 일반 도서를 출판하는 출판사에서 독립적으로 아동·청소년 도서만 전문으로 담당하고 출판하는 부서를 의미한다.

주 21. 아동·청소년 도서 출판사(Kinder- und Jugendbuchverlag)란 아동·청소년 도서만 출판하거나 아동·청소년 도서에 중점을 두는 출판사를 의미한다.

주 22. '아동·청소년 도서 시장'이라는 행위 시스템(Handlungssystem 'Kinder- und Jugendbuchmarkt')은 특히 아동과 청소년을 위한 도서와 다른 매체들(CD 또는 DVD 같은)의 생산, 유통, 소비(다시 말해 구입)를 포함한다. 이 경우 독일어권 나라들의 이러한 행위 시스템은 분리된 하나의 독립적인 도서 시장이 아닌, 일반도서 시장의 담당 부서와 연관된다.

주 23. 도서관이 공인한 아동·청소년 문학(bibliothekarisch sanktionierte Kinder- und Jugendliteratur)이란 출판사를 달리해서 새롭게 다시 출판된 판본 가운데 공공 도서관의 해당 부서에서 구입할 만하다고 선별한 아동·청소년 문학 작품을 의미한다.

주 24. '아동·청소년 도서'와 관련된 공공 도서관의 행위 시스템(öffentlich-bibliothekarische Handlungssystem 'Kinder- und Jugendbuch')에는 제공되는 아동·청소년 도서를 –상당히 자율적으로– 평가해서 선별하는 작업과 도서관 비치를 위한 선정 도서 구입, 도서 분류 및 도서관 이용자(주로 아동과 청소년)의 도서 대출이나 반납까지도 포함된다. 이러한 행위 시스템은 일반 공공 도서관에 제도적으로 편입된 부서들에 해당한다.

주 25. 교과용 도서(Schullektüre)는 수업시간에 학교에서 사용하는 교과서에 부가적으로 읽히기 위해(그리고 논의하기 위해) 학생들에게 제공되는 모든 텍스트(교과서 Unterrichtslektüre, Klassenlektüre도 좁은 의미에서의 교과용 도서에 포함된다)를 의미하며, 넓은 의미에서는 교사의 권유로 수업을 위해 부가적으로 읽히는 텍스트도 포함된다.

주 26. 교과용 도서와 관련된 유통 시스템(auf Schullektüre bezogene Distri-
butionssystem)은 텍스트를 선정하고, 선정의 교육적 근거를 제시하고,
해당 감독 기관에 의해 선정이 승인되며, 경우에 따라서는 공교육 교과과정
에서 선정 승인을 확정하며, 교과용 도서로 선정된 텍스트를 학교 측에서
출판하고(다른 경우에는 선정된 텍스트를 구입한다), 수업이나 수업의 부교
재로 사용하기 위해 구비해 갖추어 놓는 모든 과정을 의미한다.

주 27. 교육학자들이 추천한 아동·청소년 도서(pädagogisch sanktionierte
Kinder- und Jugendliteratur)는 교육학자들이 아동·청소년들이 읽기
에 교육적으로 가치가 있다고 간주하고, 공식적으로 추천한 텍스트를 의미
한다.

주 28. 개인 도서(Privatlektüre)는 수업과는 상관없이 아동·청소년들이 구입한
도서로, 기껏해야 문제의 소지가 없는 도서로 분류될 수 있는 공인되지
않은 도서를 의미한다.

주 29. '아동·청소년 문학'의 교육학적인 행위 시스템(pädagogisches Handlungs-
system 'Kinder- und Jugendliteratur')의 가장 눈에 띄는 특징은,
이 시스템이 소위 말하는 청소년 도서 비평(Jugendschriftenkritik)이라
는 시스템인 아동·청소년 도서나 매체와 관련된 교육학적인 평가 제도와
추천 제도로 구성되어 있다는 점이다. 청소년 도서 비평이라는 시스템에는
시장에 유통되도록 제공된 도서나 매체들에 대해 비판적으로 선별하는 -교사
들이 지나치게 자율적으로 가하는- 일, 문제의 소지가 있는 도서에 반대
하고 교육학적으로 가치 있다고 여겨지는 도서를 광범위하게 권장하는
일, 어린이들과 청소년들에 의해 읽혀질 것을 전제로 한 도서의 구입과
대출을 촉진하는 일이 포함된다.

주 30. '아동·청소년 문학의 공공성'이라는 행위 시스템(Handlungssystem
'Kinder- und Jugendliterarische Öffentlichkeit')이란 인쇄 및 비
인쇄된 대중매체 영역에서 행해지는 아동·청소년 문학 및 매체들에 대한
추천, 평가, 논의 그리고 분류를 의미하며, 더 나아가서는 아동·청소년

문학과 관련된 공식적인 행위(독회와 작품추천 같은)를 의미한다. 이와
같은 공식적인 행위로는 작가와 삽화가에게 수여되는 아동·청소년 문학
상과 기타 여러 상들이 중심을 이루고 있다. 이는 아동·청소년 문학에
대한 일반적인 질문들과 몇몇 작품들에 관한 성인들 사이의 의사소통 과
정에 해당한다.

주 31. **아동과 청소년들의 문학적인 공공성**(literarische Öffentlichkeit der
Kinder- und Jugendlichen)은 아이들과 청소년들이 직접 책임지는
(아동·청소년) 문학과 관계된 공식적인 의사소통 행위 전반을 의미한다.

주 32. **아동·청소년 도서와 관련된 전문 공식 기관**(allgemeine kinder- und
Jugendliterarische Fachöffentlichkeit)이란 자체적으로 출판 관련
기관과 제도적인 조직을 갖추고 있는 다양한 기능을 수행하는 전문 공식 기
관 및 그 기관의 활동을 의미한다. 이 기관은, 서로 관련이 있는 아동·청
소년 도서 토론을 통해 의견을 교환하고 공동 활동을 약정하기 위해 아동
·청소년 도서의 개별 영역을 담당하는 전문가들로 구성되어 있다.

주 33. **'전문적인 아동·청소년 극단'이라는 행위 시스템**(Handlungssystem
'professionelles Kinder- und Jugendtheater')은 공공 기관의 극단
이나 사설극단을 통해 교육을 받은 배우나 직업 배우에 의해 실현되는 아
동과 청소년들을 위한 연극공연의 제작과 상연을 의미하며, 또 아동과 청
소년들뿐만 아니라 중개자들의 공연 수용을 의미하고, 마지막으로 아동
과 청소년들이 연극을 수용할 때 얻을 수 있도록 병행되는 연극교육학적
인 측면을 의미한다.

주 34. **행위 시스템으로서의 '인형극'**(Handlungssystem 'Puppen- und
Figurentheater')은 연극공연의 전문적인 제작과 상연뿐 아니라 아마
추어적인 제작과 상연도 포함한다. 그리고 그 공연은 전적으로, 아니 한
층 더 나아가 중요하게는 인형극, 다시 말해서 생명력 없는 재료(인형)를
가지고 공연되는 것으로 구성된다. 더불어 중개자뿐만 아니라 아동, 청소
년, 성인을 목적으로 하는 그룹이 어떻게 연극을 수용하는 가의 문제도

포함한다.

주 35. **학교연극(Schultheater)**이라는 행위 시스템은 한편으로는 병행되는 모든 활동과 함께 수업분야로서 '재연하는 놀이'를, 다른 한편으로는 아동 및 청소년들과 함께 하는 전체적으로 수업에 병행하거나 학교 영역에 포함된 자유로운 그룹 활동을 포함한다. 초창기 학교연극의 지배적이었던 의도는 -수사학적 교육, 드라마 문학 작품의 전달- 현재 학교연극에서는 그저 부차적인 의의를 지닐 뿐이다.

주 36. **아동과 청소년들이 참여한 음악극(Musiktheater mit Kindern und Jugendlichen)**은 '학교 밖 음악수업'이라는 행위 시스템의 부분이며 근본적으로 음악학교에서 담당한다. 아동과 청소년들이 참여하는 음악극 활동은 일반적으로 음악극을 각색해서 완성하는 것과 극의 공연을 목표로 한다.

주 37. **아동과 청소년들이 참여하는 아마추어 연극(Amateur- bzw. Laientheater mit Kindern und Jugendlichen)**은 여가시간에 주로 이루어지며, 대부분 성인들이 이끄는 가장 다양하게 제도적으로 구속되고 연관된 그러면서도 다양한 그룹연극 활동과 관계있다. 이 활동은 연극과 공연의 교육적인 연습에서부터 모든 각색활동과 공연에 이르기까지 다양하다. 공연은 예외적인 경우에만 특별히 아동과 청소년들을 관객으로 한다.

주 38. **발신자가 아동과 청소년을 자신의 문학적 보고의 수신자로 밝힐 때** kinder- und jugendlichen Kommunikation (**아동 · 청소년 문학적 의사소통**)에 관해 언급될 수 있다. 아동 · 청소년 문학적 의사소통의 성공 여부는 의도된 독자들이 그들에게 주려고 한 보고를 실제로도 받아들이느냐 (받아들일 수 있느냐)에 달려있다.

주 39. 아동 · 청소년 문학은 아동과 청소년뿐만 아니라 동시에 성인 중개자들까지 대상으로 해야하는 상황으로 인해 **근본적인 이중성(grundlegenden Doppelcharakter)**을 띤다. 중개자와의 성공적인 의사소통은 의도된 독

자에게 접근하는 길을 열어준다. 이로써 아동·청소년 문학은 동시에 **중개자 문학**(Vermittlerliteratur)으로 간주될 수 있다.

주 40. **아동·청소년 문학의 공식적인 수신자**(offiziellen Adressaten von Kinder- und Jugendliteratur)는 분명하게 명명되고 공공연하게 드러난 의도된 수용자를 뜻한다. 즉, 이 경우 공식적인 수신자는 아동과 청소년이며, 몇몇 단계에 있어서는 성인 중개자가 되기도 한다.

주 41. **아동·청소년문학의 비공식적인 수신자**(inoffiziellen Adressaten von Kinder- und Jugendliteratur)는 드러나지 않고 감춰진 수신자를 의미하며, 보다 부차적인 발전단계에 있어서 성인 중개자가 아동·청소년 문학의 비공식적인 수신자이다.

주 42. **아동·청소년 문학 작품을 함께 읽는 독자**(Mitleser kinder- und jugendliterarischer Werke)는 그것의 본래 독자가 아니라는 의식을 하면서 작품을 읽는다. 이들은 작품 속에서 아동과 청소년을 위한 문학적 보고라는 것을 인식하고 아동·청소년 도서에 적합한지에 대한 자신의 기본적인 생각에 따라 작품을 평가한다. 특히 이들을 겨냥한 시그널 전체가 내재적으로 함께 읽는 독자에게 작용한다.

주 43. **다중적으로 발송된 아동·청소년 문학**(mehrfach adressierten Kinder- und Jugendliteratur)의 경우, 일차적으로 아동·청소년을 향한 발송과정과 부차적으로 성인들 사이의 일정한 목표그룹을 향한 발송과정이 더해진다. 말하자면 우리는 독자집단이 여러 개인 문학을 다루는 것이다.

주 44. **다중적으로 발송된 아동·청소년 문학**(mehrfach adressierten Kinder- und Jugendliteratur)은 아동·청소년 및 성인 수신자에게 동일한 하나의 보고를 제공할 경우 단의적(einsinnig)이라 일컬을 수 있다.

주 45. **다중적으로 발송된 아동·청소년 문학**(mehrfach adressierten Kinder- und Jugendliteratur)은 성인 독자에게 아동·청소년 독자와는 다른

읽을거리를 제공하고 이로써 내재적인 (본래의) 두 독자를 지닐 경우 중의적(doppelsinnig)이라 일컬을 수 있다.

주 46. 중의적인 아동 · 청소년 문학(doppelsinniger Kinder- und Jugendliteratur)은 외형적으로는 아동과 청소년에게 발송되는 것처럼 보이긴 하지만 그럼에도 두 개의 서로 다른 읽을거리, 즉 아동과 청소년을 위한 일반적인 것과 성인독자를 위한 감추어진 것을 제공하는 작품을 의미한다.

주 47. 상징체계로서의 '(아동 · 청소년) 문학'(Symbolsystem '(Kinder- und Jugend-) Literatur')은 (아동 · 청소년) 문학의 생산과 분배, 그리고 수용을 좌우하는 구성규칙과 의미론 전체라고 할 수 있다. 중요한 것은 일부는 일반적으로 순응함으로써 다소 무의식적으로 얻은 기록이 안 된 문화적 전통이고 일부는 기록된, 즉 문자로 고정된 전통이다. 이는 다시금 이중으로 출현한다. 하나는 시학 등에서 코드화된 규칙서로, 다른 하나는 '고전' 작품에서 볼 수 있는 모범에 맞는 실천으로 나타난다.

주 48. 아동 · 청소년 문학의 기본규범(grundlegende Kinder- und Jugendliteraturnormen)이란 아동 · 청소년 문학의 기본특성과 중심기능을 관례적으로 확정하는 것이다. 이때 중요한 것은 일반적인 방향설정에서 생겨나는 규정이다.

주 49. 아동 · 청소년 문학의 거시적 규범(makroepochale Kinder- und Jugendliteraturnormen)이란 여러 시대를 넘어서도 꾸준히 남아있고, 아동 · 청소년 문학의 역사적인 발전에서 오랜 시간 동안 유효한 아동 · 청소년 문학의 기본 특성과 중심기능의 규범적인 확정을 말한다.

주 50. 아동 · 청소년 문학의 기본개념(grundlegende Kinder- und Jugendliteraturkonzepte)이란 아동 · 청소년의중심적인 기능과 같은 일반적인 성격, 즉 중요한 구별특성을 규범적으로 확정하는 것을 말한다.
이 개념은 동시에 '본질을 정의하는' 성격을 지닌다.

주 51. 아동·청소년 문학의 개념 종속적인 자료구성(konzeptabhängige kinder- und jugendliterarische Korpusbildungen)은 규범적인 아동·청소년 문학의 정의를 조종하고 '진짜' 및 '본래' 그리고 '가짜' 및 '본래의 것이 아닌' 아동·청소년 문학으로 구별하는 작품분류다. 그렇게 해서 만들어지는 자료는 텍스트적인 관점에서 어느 정도 동질성이 있다.

주 52. 아동·청소년에 대한 적합성(Kinder- und Jugendgemäßigheit)은 텍스트나 텍스트의 특징이 아동과 청소년 독자에게 적합한 것을 뜻한다. 독자 측과의 관련 포인트 중 하나는 독자의 언어적, 심리적, 문학적 변형 가능성이고, 다른 하나는 독자의 흥미와 욕구이다. 따라서 아동·청소년에 대한 적합성은 **텍스트의 명료성**(Textverständlichkeit)으로 규정되기도 하고, **텍스트 흡인성**(Textattraktivität)으로 규정되기도 한다.

주 53. 아동·청소년 문학의 문맥에서 성인문학 작품의 변형이나 성인문학의 의사 소통에 적용된 규칙과 상징체계의 변경 중 하나를 포함하며, 아동·청소년에 대한 적합성이 처음에는 존재하지 않았던 모든 곳에서 아동·청소년에 대한 적합성을 획득하고자 하는 목표를 추구하는 절차는 **조절**(Akkommodation)로 이해된다. 조절은 특징의 표시로써 (파라)텍스트의 특성이나 요소를 의미한다. 즉 (파라)텍스트의 특성이나 요소를 받아들인 아동·청소년에 대한 적합성이 성인문학의 관습에서 벗어나는 것에 기인한다.

주 54. **파라텍스트의 아동·청소년에 대한 적합성**(paratextueller Kind- und Jugendgemäßheit)은 아동·청소년 독자를 겨냥한 파라텍스트 부분을 아동·청소년 독자에 맞춘 장식과 구성(제목 정하기, 제본형태, 삽화, 인쇄 등)을 뜻한다. 이때 성인문학 영역에서 지배적인 파라텍스트의 관습에서 벗어나는 것이 문제가 되는 경우, **파라텍스트의 조절**(paratextuellen Akkommodation)이 언급될 수 있다.

주 55. **아동·청소년에 대한 언어적 적합성**(sprachliche Kind- und Jugendgemäßheit)은 (파라)텍스트의 언어적 필요조건의 일치가 그때마다 요구되는 연령 그룹의 언어 능력과 일치할 때 나타난다. 이러한 일치가 대중

문학 영역에서 비교할 수 있는 문맥 속에서의 습관적인 언어사용의 회피를 요구하는 한, **언어 조절(sprachlichen Akkommodation)**에 대해 언급될 수 있다.

주 56. 아동과 청소년에 의해 그대로 이해될 수 있다고 가정되는 모든 문학상의 문체를 **아동 · 청소년에게 적합한 문체(kind- und jugendgemäße Stile)**라 한다. 그러한 문체는 종종 목표그룹의 일상의사소통과 가깝다는 것을 보여 준다. 인위적인 문체가 문제가 되는 한, 만약 그것이 목표그룹에 있어서 특별히 목표그룹과 관련된 문학적 의사소통문체라고 가정된다면, 아동 · 청소년에게 적합한 것으로 간주되어도 좋다. 아동과 청소년에게 적합한 문체가 성인 문학적으로 증명되지 않을 때, **문체조절(stilistichen Akkommodation)**에 대해 언급될 수 있다.

주 57. 사용된 구성 형태와 서술 테크닉이 아동과 청소년 수용자들의 이해력에 적합한 것으로 간주될 경우, **아동 · 청소년에 대한 형식적 적합성(formale Kind- und Jugendgemäßheit)**이 나타난다. 문학적 테크닉의 일반적인 레퍼토리에 변형을 가한 경우, **형식조절(formale Akkommodation)**에 대해 언급될 수 있다.
형식조절은 대중문학의 형식 레퍼토리에 대한 제한적 및 선택적 사용, 그리고 비중의 변화와 확장으로 이루어질 수 있다.

주 58. 하나의 장르가 그것의 구성 법칙과 서술 형태를 고려할 때 아동과 청소년의 가공능력에 적합한 것으로 평가될 때 **아동과 청소년에게 적합한 장르(kind- und jugendgemäßen Gattung)**가 언급될 수 있다. 이 장르가 성인문학의 특색을 현저하게 회피하는 경우 **적합한 장르로의 조절(gattungsmäßigen Akkommodation)**에 대해 언급될 수 있다.
그 다음 우리는 성인문학 장르의 아동 · 청소년 문학으로의 변형을 다룬다. 순수한 아동 · 청소년 문학 장르들은 장르 시스템의 조절을 그러한 장르 시스템이라 표시한다.

주 59. 목표 집단과 상당히 친밀하면서도 동시에 신선함과 낯설음으로 인해 흥미를 끄는 **소재(Stoff)**는 **아동 · 청소년에게 적합(kind- und jugendgemäß)**한 것으로 간주된다. 일상적으로 통용되는 문학적 소재들이 아동 · 청소년 소재들로 전환되면서 수신자를 고려한 변화가 있을 경우 **소재상의 조절(stofflichen Akkommodation)**이라 일컬어질 수 있다. **아동 · 청소년 문학의 독립적인 소재(eigenständiger kinder- und jugendliterarischer Stoffe)**는 성인문학의 소재 레퍼토리를 목표 집단의 필요에 따라 조절함으로써 생성된다.

주 60. 목표 집단과 상당히 친밀하면서도 동시에 신선함과 낯설음으로 인해 흥미를 끄는 **내용(Inhalt)**은 **아동 · 청소년에게 적합(kind- und jugendgemäß)**한 것으로 간주된다. 내용상 아동과 청소년에게 적합한 것을 유도하는데 쓰이는 기존의 소재들을 그대로 따르지 않고 변화를 가한 모든 내용적인 가공들은 **내용상의 조절(inhaltliche Akkommodation)**이라 일컬어질 수 있다.

주 61. **아동 · 청소년 문학작품의 주제(Thema eines kinder- und jugendliterarischen Werks)**, 아울러 **아동 · 청소년 문학의 시대별 주제(kinder- und jugendliterarische Epochenthema)**는 목표 집단의 지식과 경험 상태에 대한 각 시대의 견해에 부합되고 그들의 근본적인 필요와 관심에 상응한다면 **아동 · 청 소년에게 적합(kind- und jugendgemäß)**한 것으로 간주된다.

주 62. 한 작품에서 보편타당하다고 여겨지는 평가의 관점이 의도된 아동 · 청소년 수용자들의 견해 및 입장과 일치하는 것으로 간주될 경우 **아동 · 청소년에게 적합한 평가(Kind- und Jugendgemaessheit der Wertungen)**라 일컬어질 수 있다.

주 63. **내적 적절성(innerer Angemessenheit)**은 개별 작품에 관한 한, 작품 의도와 실제가 일치하는 것, 즉 대상과 서술 방식이 들어맞는 것으로 이해할 수 있다. 아울러 문학사적인 차원에서 보편문학 및 고급문학 시스템의 발전 상태와의 일치를 의미한다.

주 64. 하나의 형상화요소가 다른 형상화요소와 비교해서 단순하게 동일한 유형을 보이고 동시에 수신자에게 도달된 문학이해능력의 발달단계와 동조하면 **수신자와 관계된 단순성**(adressatenbezogene Einfachheit)이라고 한다.

주 65. 완전히 완성되지 않은 문학적 해독 능력을 가지고 있고 단계별로 문학적 해독 능력을 계발하는 개인을 **문학 초보자**(literarische Anfänger)로 간주할 수 있다.

주 66. 문학적 의사소통이 문학 초보자에게 참여를 제공하고 근본적으로 차별하지 않는다면 **문학적 의사소통입문**(literarische Einstiegskommunikation)이라고 명명할 수 있다. 이러한 의사소통 내에서 전달되는 메시지는 단순성 또는 복합성의 정도에 따라 분류된다. 동시에 아동문학적 의사소통은 문학적 의사소통입문의 기능을 한다.

주 67. 문학적 의사소통이 지금까지 단지 구술적 문학에 익숙해 있던 수용자에게 참여를 제공한다면 문학적 의사소통을 **기록문화적인 또는 도서문화적인 의사소통의 입문**(Schrift- bzw. buchkulturelle Einstiegskommunikation)이라고 명명할 수 있다. 이러한 매체경로를 통해 아동문학 의사소통이 계속해서 적용된다 – 수용자가 초등 1학년 연령의 아동으로 이루어진다. 아동문학은 현실과 허구의 의사소통상황을 서로 대비하는, 즉 아동이 픽션내의 현실적 독자에게 구술적으로 서술된 이야기를 하게 하는 방법으로 매체경로를 실행한다.

주 68. 작품 속에 들어있는 요구사항이 수용자의 초기언어 및 인지발달수준에 형성할 수 있는 문학적 해독의 능력을 전제한다면 작품요소, 응용문학기술 또는 전체로서 문학작품은 어려운(schwierig) (그러나 다룰 수 있는) 또는 전력을 하도록 요구되는(fordernd) 으로 표시할 수 있다.

주 69. 작품 속에 들어있는 요구사항이 수용자가 아직 도달하지 못한 후기언어 및 인지발달수준에 형성되어질 수 있는 문학적 해독의 능력을 전제한다면 작품요소, 응용문학기술 또는 전체로서 문학작품은 **아주 어려운**(zu schwierig) 또는 **과도하게 요구되는**(überfordernd) 으로 선별할 수 있다.

주 70. 작품 속에 들어있는 요구사항이 이미 수용자의 경과한 언어 및 인지 발달 수준에 형성되어진 문학적 해독의 능력에 일치한다면 작품요소, 응용문학기술 또는 전체로서 문학작품은 **쉽거나**(leicht) 또는 **수준이 낮게 요구되는**(unterfordernd) 으로 특징지울 수 있다.

색 인

국문색인

독문색인

참고문헌

머리말

Baumgärtner, Alfred Clemens(Hrsg.): Deutsches Jugendbuch heute. Velber: Friedrich, 1974.

Baumgärtner, Alfred Clemens/Heinrich *Pleticha*(Hrsg.): Kinder- und Jugendliteratur. Ein Lexikon. Autoren, Illustratoren, Verlage, Begriffe. Meitingen: Corian, 1995 ff.[Losebl.-Slg.]

Binder, Lucia u.a.: Einführung in die Kinder- und Jugendliteratur der Gegenwart. Hrsg. v. Internationalen Institut für Jugendliteratur und Leserforschung. Wien: Jugend & Volk, 1992.

Doderer, Klaus(Hrsg.): Lexikon der Kinder- und Jugendliteratur. Personen-, Länder- und Sachartikel zu Geschichte und Gegenwart der Kinder- und Jugendliteratur. 3Bde u. 1Erg. Bd., Weinheim, Basel: Belt, 1975-82.

Erl, Edmute/Willi *Erl*: Lektüre für Kinder und Jugendliche. Orientierungshilfen.Tübingen: Katzmann, 1973.

Eggert, Hartmut, Christine *Garbe*: Literarische Sozialisation. Stuttgart, Weimar: Metzler, 1995(Sammlung Metzler 287).

Ewers, Hans-Heino: Theorie der Kinderliteratur zwischen Systemtheorie und Poetologie. Eine Auseinandersetzung mit Zohar Shavit und Maria Lypp. In: Kinderliteratur im interkulturellen Prozeß. Hrsg. v. H. H. Ewers, G. Lehnert u. E. O'Sullivan. Stuttgart, Weimar: Metzler, 1994, S. 16-26.

Gansel, Carsten: Moderne Kinder- und Jugendliteratur. Ein Praxishandbuch für den

Unterricht. Berlin: Cornelsen Scriptor, 1999.

Gansel, Carsten: Systemtheorie und Kinder- und Jugendliteraturforschung. In: Kinder- und Jugendliteraturforschung 1994/95. Stuttgart: Metzler 1995, S. 25-42.

Grünewald, Dietrich/Winfred *Kaminski*(Hrsg.): Kinder- und Jugendmedien. Ein Handbuch für die Praxis. Wienheim, Basel: Beltz, 1984.

Haas, Gerhard(Hrsg.): Kinder- und Jugendliteratur. Ein Handbuch. Stuttgart: Reclam, 1984.

Heidtmann, Horst: Kindermedien. Stuttgart:, Weimar: Metzler 1992(Sammlung Metzler 270).

Hunt, Perter(Hrsg.): International Companion Encyclopedia of Children's Literature. London u. New York: Routledge, 1996.

Kaminski, Winfred: Einführung in die Kinder- und Jugendliteratur. Literarische Phantasie und gesellschaftliche Wirklichkeit. Weinheim, München: Juventa, 1987 u. ö.

Klingberg, Göte: Kinder- und Jugendliteraturforschung. Eine Einführung. Wien, Köln, Graz: Böhlau, 1973.

Kümmerling-Meibauer, Bettina: Klassiker der Kinder- und Jugendliteratur. Ein internationales Lexikon. Bd. 1, A-K, Bd. 2, L-Z, Stuttgart, Weimar: Metzler, 1999.

Lange, Günter(Hrsg.): Taschenbuch der Kinder- und Jugendliteratur. 2 Bde, Baltmannsweiler: Schneider, 2000.

Leitner, Gerald/Silke *Rabus*(Hrsg.): Kinder- und Jugendliteratur. Einführung - Strukturen - Vermittlung in Bibliotheken. Wien: Bücherreiverband Österriechs, 1999.

Lypp, Maria: Einfachheit als Kategorie der Kinderliteratur. Frankfurt/Main: dipa, 1984.

Marquardt, Manfred: Einführung in die Kinder- und Jugendliteratur. München: Bardtenschläger, 1977.

O'Sullivan, Emer: Kinderliterarische Komparatistik. Heidelberg: Winter, 2000.

Schaufelberger, Hildegard: Kinder- und Jugendliteratur heute. Themen, Trends und Perspektiven. Freiburg u.a.: Herder, 1990.

Shavit, Zohar: Poetics of Children's Literature. Athens u. London: The Univers. of Georgia Press, 1986.

Wild, Reiner(Hrsg.): Geschichte der duetschen Kinder- und Jugendliteratur. Stuttgart, Weimar: Metzler, 1990.

Wilkending, Gisela: Kinder- und Jugendbuch. Bamberg: Buchner, 1987.

제1장 아동·청소년 문학이란 무엇인가? 문학적 행위 영역에서 의 대상에 대한 한계 설정

Brüggemann, Theoder: Literaturtheoretische Grundlagen des Kinder- und Jugend-schrifttums(1996). In: Aspekte der erzählenden Jugendliteratur. Hrsg. v. Ernst G. Bernstorff. Baltmannsweiler: Schneider-Verl., 1977, S. 14-34.

Brüggemann, Theoder/Hans-Heino *Ewers*: Handbuch zur Kinder- und Jugendliteratur. Von 1750-1800. Stuttgart: Metzler, 1982.

Doderer, Klaus: Art. 'Kinder- und Jugendliteratur'. In: Lexikon der Kinder- und Jugend-literatur. Hrsg. v. Klaus Doderer. Bd. 2, Weinheim, Basel: Beltz, 1977, S. 162-165.

Eckhardt, Juliane: Kinder- und Jugenliteratur(Erträge der Forschung). Darmstadt: Wiss. Buchgesellschaft, 1987.

Ewers, Hans-Heion: 'Kinder- und Jugendliteratur' - Entwurf eines Lexikonartikels. In: Kinder- und Jugendliteraturforschung 1994/95. Stuttgart: Metzler, 1995, S. 13-24.

Ewers, Hans-Heion: Art. 'Kinder- und Jugendliteratur'. In: Fischer Lexikon Literatur. Hrsg. v. Ulfert Ricklefs. 3 Bde. Frankfurt/Main: Fischer Taschenbuchverl., 1996, Bd. 2, S. 842-877.

Ewers, Hans-Heion: Was ist Kinder- und Jugendliteratur? Ein Beitrag zu ihrer Definition und zur Terminologie ihrer wissenschaftlichen Beschreibung. In: Taschenbuch der Kinder- und Jugendliteratur. Hrsg. v. Günter Lange. Baltmannsweiler: Burg-bücherei Schneider, 2000.

Haas, Gerhard(Hrsg.): Kinder- und Jugendliteratur. Zur Typologie und Funktion einer literarischen Gattung. Stuttgart 1974; 3., völlig neu bearb. Aufl. u. d. T. Kinder- und Jugendliteratur. Ein Handbuch. Stuttgart: Reclam, 1984.

Israel, Walter: Über Wesen und Bedeutung der spezifischen Jugendliteratur. In: Das gute Jugendbuch 17(1967), H. 2, S. 1-17.

Klingberg, Göte: Kinder- und Jugendliteraturforschung. Eine Einführung. Wien, Köln, Graz: Böhlau, 1973.

Oskamp, Irmtraut M.: Art. 'Kinder- und Jugendliteratur - Begriffsbestimmung'. In: Kinder-
und Jugendliteratur. Ein Lexikon. Meitingen: Corian Verl., Grundwerk 1995, S. 5.

Rosebrock, Cornelia: Art. 'Kinder- und Jugendliteratur'. In: Historisches Wörterbuch der
Rhetorik. Bd. 4. Tübingen: Niemeyer, 1998, S. 937-949.

Scherf, Walter: Von der Schwierigkeit, die Geschichte der Kinderliteratur zu schreiben. In:
Zum Kinderbuch. Hrsg. v. Jörg Drews. Frankfurt/M.: Insel, 1975, S. 148-168.

Taube, Gerd: Kinder- und Jugendtheater. In: Taschenbuch der Kinder- und Jugend
literatur. Hrsg. v. Günter Lange, Baltmannsweiler: Schneider, 2000.

Tencik, Frantisek: Aus dem Leben - für das Leben, In: Beitrage zur Kinder- und Jugend-
literatur H. 3(1963), S. 59-65.

제2장 아동 · 청소년 문학의 유통 및 평가 시스템

Azegami, Taiji: Die Jugendschriftenwarte. Von ihrer Gründung bis zu den Anfängen des
'Dritten Reiches' unter besonderer Berücksichtigung der Kinder- und Jugend-
literarturbewertung und -beurteilung. Frankfurt/Main u.a.: Lang, 1996.

Bamberger, Richard: Produktion, Distribution und Rezeption auf dem Gebiet des Jugend-
buchs. In: R.B., Jugendschriftenkunde, Wien, München: Jugend & Volk, 1975, 159-
177.

Bamberger, Richard: Art. 'Österreich'. In: Lexikon der Kinder- und Jugendliteratur. Hrsg.
v. Klaus Doderer. Bd. 2, Weinheim, Basel: Beltz, 1977, S. 593-603 [Organisatio-
nen, Förderungsmaßnahmen etc. S. 602f.].

Barsch, Achim: Literaturtheoretische Implikationen des rechtlichen Jugendmedienschutzes in
der Indizierungspraxis der Bundesprüfstelle für jugendgefährdende Schriften unter
Besonderer Berücksichtigung der Medienwirkungsforschung. In: Internationales
Archiv für Sozialgeschichte der deutschen Literatur 21(1996), H. 1, S. 128-165.

Belgrad, Jürgen: TheaterSpiel. Zur Ästhetik des Schul- und Amateurtheaters. Balrmanns-
weiler: Schneider, 1997.

Bertlein, Hermann: Art. 'Schullektüre'. In: Lexikon der Kinder- und Jugendliteratur. Hrsg.v.
Klaus Doderer. Bd. 3, Weinheim, Basel: Beltz, 1979, S. 319-321.

Betten, Lioba: Preise zur Kinder- und Jugendliteratur in vier Ländern. Bundesrepublik Deutschland, DDR, Österreich, Schweiz. Eine Dokumentation der Jahre 1970-1980. München: Arbeitskreis f. Jugendlit., 1981.

Betten, Lioba: Art. 'Kinder- und Jugendbibliothek'. In: Lexikon der Kinder- und Jugendliteratur. Hrsg.v. Klaus Doderer. Bd. 2, Weinheim, Basel: Beltz, 1977, S. 158-160.

Blaubuch 1997/98. Adressen und Register für die deutschsprachige Kinder- und Jugendliteratur. Hrsg.v. Franz Meyer u. Doris Breitmoser. München: Arbeits- kreis für Jugendliteratur, 1997.

Dahrendorf, Malte: Jugendliteratur im gesellschaftlichen, literarischen und pädagogischen Bezugsfeld. In: Kinder- und Jugendliteratur. Zur Typologie und Funktion einer Gattung. Hrsg.v. Gerhard Haas, Stuttgart: Reclam, 1974, 2. Aufl. 1976, S. 21-60.

Dahrendorf, Malte: Handlungsort Schule. In: Kinder- und Jugendliteratur: Material. Hrsg. v. Malte Dahrendorf. Berlin: Volk und Wissen, 1995, S. 21-28.

Der Deutsche Jugendliteraturpreis 1956-1983. Ausschreibungen, Begründungen, Laudationes, Kriterien. München: Arbeitskreis f. Jugendlit., 1984.

Dolle-Weinkauff, Bernd u. Hans-Heino *Ewers*(Hrsg.): Theorien der Jugendlektüre. Beiträge zur Kinder- und Jugend literaturkritik seit Heirich Wolgast. Weinheimund München: Juventa, 1996.

Faulstich, Werner: Systemtheorie des Literaturbetriebs: Ansätze. In: Zeitschrift für Literaturwissenschaft und Linguistik 62/1986, S. 125-133; Ergänzungen. In: ebd., 63/1986, S.164-169.

Franzmann, Bodo: Institutionen der Literaturvermittlung und Leseförderung. In: Handbuch Lesen. Hrsg. v. BodoFranzmann u.a. München: Saur, 1999, S. 519-535.

Gansel, Carsten: Systemtheorie und Kinder- und Jugendliteraturforschung. In: Kinder- und Jugendliteraturforschung 1994/95. Stuttgart: Metzler 1995, S. 25-42.

Geiger, Klaus F.: Art. 'Schmutz und Schund'. In: Lexikon der Kinder- und Jugendliteratur. Hrsg. v. Klaus Doderer. Bd. 3, Weinheim, Basel: Beltz, 1979, S. 326f.

Haas, Gerhard: Kinder. und Jugendliteratur: Fakten - Institutionen - Zeitschriften und Titelverzeichnisse - Preise. In: Kinder- und Jugendliteratur. Ein Handbuch. Stuttgart: Reclam, 1984, S. 11-21.

Haas, Gerhard: Kinder- und Jugendliteratur im Unterricht. In: Taschenbuch des Deutschunterrichts. Bd.2: Literaturdidaktik. Hsrg. v. Günter Lange, Karl Neumann u. Werner Ziesenis. 6., vollst. überarb. Aufl,. Baltmannsweiler: Schneider-Verl., 1998, S.721-737

Habermas, Jürgen: Strukturwandel der Öffentlichkeit. Untersuchungen zu einer Kategorie der bürgerlichen Gesellschaft. Neuwied und Berlin: Luchterhand, 1963, 4.Aufl. 1969(auch als Suhrkamp Taschenbuch stw 891).

Hacker, Rupert, unter Mitarb.v. Hans Popst: Bibliothekarisches Grundwissen. 3., neubarb. Aufl. München: Verl. Dokumentation, 1976.

Heidtmann, Horst: Der Kinder- und Jugendbuchmarkt. In: Kinder- und Jugendliteratur: Material. Hrsg.v. Malte Dahrendorf. Berlin: Volk und Wissen, 1995, S. 8-16.

Hoffmann, Christel/Annett *Israel*(Hrsg.): Theaterspielen mit Kindern und Jugendlichen. Konzepte, Methoden und Ubungen. Weinheim, München: Juventa,1999.

Israel, Annett: Das andere Publikum. Deutsches Kinder- und Jugendtheater, Berlin: Henschel, 1996.

Jäschke, Petra: Produktionsbedingungen und gesellschaftliche Einschätzungen. In: Zwischen Trümmer und Wohlstand. Literatur der Jugend 1945-1960. Hrsg.v. Klaus Doderer. Weinheim, Basel: Beltz, 1988, S. 209-520. [Das Jugendbuchverlagswesen, 211ff.; Der Kampf gegen Schmutz und Schund, 314ff.; Der wachsende Kreis der Institutionen, 395ff.; Ausblicke in die Deutsche Demokratische Republik nach Österreich und in die Schweiz, 464ff.].

Kerlen, Dietrich: Druckmedien. In: Handbuch Lesen. Hrsg. v. BodoFranzmann u.a. München: Saur, 1999, S. 240-280.

Kirschner, Jürgen(Hrsg.): Stücke und Literatur zum Kinder- und Jugendtheater. Startinformationen für Theorie und Praxis, Frankfurt/Main: Kinder- und Jugendtheaterzentrum, 1998.

Klingberg, Göte: Herausgabe, Vermittlung und Verbreitung von Literatur. In: G.K., Kinder- und Jugendliteraturforschung. Eine Einführung. Wien, Köln, Graz: Böhlau, 1973, S. 100-109.

Koch, Hans-Albrecht: Buch, Buchhandel. In: H.-A. Koch, Neuere deutsche Literaturwissenschaft. Eine Einführung für Anfänger, Darmstadt: Wiss. Buchges., 1997, S. 119-154.

Köster, Hermann Leopold: Kritik der Jugendschrift. - In: H.L.K., Geschichte der deutschen Jugendliteratur in Monographien. 4. Aufl. Braunschweig u.a.: Westermann, 1927; Reprogr. Nachdruck 2. Aufl. München-Pullach: Verl. Dokumentation, 1971, S. 385-471.

Krüger, Anna: Kinder- und Jugendbücher als Klassenlektüre. 3. Aufl. Weinheim u. Basel: Beltz, 1973(Beltz praxis).

Meyer, Franz: Organisierte und institutionalisierte Förderung von Kinderliteratur in der Bundesrepublik Deutschland. In: Kinderliteratur in der Bundesrepublik Deutschland. München: Arbeitskreis f. Jugendlit., 1983, S. 114-120.

Mikat, Claudia: Institutionalisierte Kommunikationskontrolle in der BRD: FSK, BPjS, FSF, senderinterner Jugendschutz. In: Mediale Gewalt. Interdisziplinäre und ethische Perspektiven. Hrsg. v. Th. Hausmanninger und Th. Bohrmann. München: Fink, 2002(UTB 8216), S 64-77.

Müller, Helmut: Art. 'Schweiz'. In: Lexikon der Kinder- und Jugendliteratur. Hrsg.v. Klaus Doderer. Bd. 3, Weinheim, Basel: Beltz, 1979, S. 350-356 [Organisationen und Forderungsmaßnahmen S. 355f.].

Peltsch, Steffen: Verlage, Zahlen, Preise-ein Rückblick auf das 'Leseland' DDR. In: Kinder- und Jugendliteratur: Material. Hrsg.v. Malte Dahrendorf. Berlin: Volk und Wissen, 1995, S. 16-21.

Rabenstein, Gerlinde: Art. 'Bundesrepublik Deutschland (BRD)'. In: Lexikon der Kinder- und Jugendliteratur. Hrsg. v. Klaus Doderer. Bd. 1, Weinheim, Basel: Beltz, 1975, S. 224-231.

Ruppelt, Georg: Bibliotheken. In: Handbuch Lesen. Hrsg. v. BodoFranzmann u.a. München: Saur, 1999, S. 394-431.

Schleusener, Klaus: Art. 'Schulbibliothek'. In: Lexikon der Kinder- und Jugendliteratur. Hrsg. v. Klaus Doderer. Bd. 3, Weinheim, Basel: Beltz, 1979, S. 314-317.

Schneider, Wolfgang/Dieter Brunner(Hrsg.): Figurentheater - Das Theater für Kinder? Frankfurt/Main: Puppen & Masken(W. Nold),1994.

Schulz, Wolfgang: Vom Schutz der Menschenwürde und der Jugend vor medialen Gewaltdarstellungen: Geltende Rechtsnormen. In: Mediale Gewalt. Interdisziplinäre und ethische Perspektiven. Hrsg. v. Th. Hausmanninger und Th. Bohrmann. München:

Fink, 2002(UTB 8216), S 51-63.

Tack, Eduard: Art. 'Bundesprüfstelle für jugendgefährdende Schriften'. In: Lexikon der Kinder- und Jugendliteratur. Hrsg. v. Klaus Doderer. Bd. 1, Weinheim, Basel: Beltz, 1975, S. 223f.

Uhlig, Christian: Buchhandel. In: Handbuch Lesen. Hrsg.v. Bodo Franzmann u.a. München: Saur, 1999, S. 356-394.

Voit, Friedrich: Das Medium Buch. Zur funktionalen Bedeutung von Verlag, Buchhandel und Kritik in der literarischen Kommunikation. In: Funk-Kolleg Literatur. Hrsg. v. Helmut Brackert u. Eberhartd Lämmert. 2 Bde. Frankfurt/ Main 1977, Bd.1, S.114-126.

Wenke, Gabriele: Kinder- und Jugendliteratur-Markt in Deutschland. In: Taschenbuch der Kinder- und Jugendliteratur. Hrsg.v. Günter Lange, Baltmannsweiler: Schneider, 2000.

Wilkending, Gisela: Kritik der Jugendlektüre. Von der Mitte des 19. Jahrhunderts bis zur Herausbildung der Hamburger Jugendschriftenbewegung. In: Kinder- und Jugendliteraturforschung 1996/97. Stuttgart: Metzler, 1997, S. 38-68.

Wittmann, Reinhard: Geschichte des deutschen Buchhandels. 2. durchges. Aufl. München: Beck, 1999.

Wolgast, Heinrich: Das Elend unserer Jugendliteratur. Ein Beitrag zur künstlerischen Erziehung der Jugend. 4. Aufl. Hamburg: Selbstverl.; Leipzig: Wunderlich, 1910.

Zehn Jahre Deutscher Jugendbuchpreis. 1956-65. München: Arbeitskreis f. Jugendschrifttum, 1966.

Zwanzig Jahre deutscher Jugendbuchpreis. München: Arbeitskreis f. Jugendlit., 1976.

제3장 아동 · 청소년 문학의 전승방식들

Bogdal, Klaus-Michaeel: Akteure literarischer Kommunikation. In: Literaturwissenschaft. Hrsg. v. Jürgen Fohrmann u. Harro Müller. München: Fink, 1995(UTB 1874), S. 273-296.

Brüggemann, Theodor/Hans-Heino *Ewers*: Handbuch zur Kinder- und Jugendliteratur.

Von 1750-1800. Stuttgart: Metzler, 1982.

Ehlich, Konrad: Text und sprachliches Handeln. Die Entstehung von Texten aus dem Bedürfnis nach Überlieferung. In: Schrift und Gedächtnis. Beiträge zur Archäologie der literarischen Kommunikation. Hrsg. v. Aleida und Jan Assmann und Christoph Hardmeier, München: Fink, 1983, S. 24-43.

Ewers, Hans-Heino: Die Kinderliteretur - eine Lektüre auch für Erwachsene? Überlegungen zur allgemeinliterarischen Bedeutung der bürgerlichen Kinderliteratur seit dem ausgegehenden 18. Jahrhundert. In: Wirkendes Wort 36 (1986), H. 6, S. 467-482.

Ewers, Hans-Heino: Das doppelsinnige Kinderbuch. Erwachsene als Mitleser und als Leser von Kinderliteratur. In: Kinderliteratur-Literatur auch für Erwachsene? Zum Verhältnis von Kinder und Erwachsenenliteratur. Hrsg. v. Dagmar Grenz, München: Fink, 1990a, S. 15-24.

Ewers, Hans-Heino: Die Grenzen literarischer Kinder- und Jugendbuchkritik. In: Zwischen allen Stühlen. Zur Situation der Kinder- und Jugendliteraturkritik. Tutzing 1990b(=Tutzinger Studien 2/1990), S. 75-91.

Ewers, Hans-Heino zus. m. Andrea Weinmann(Hrsg.): Sammlung von Vorreden von Joachim Heinrich Campe zu seinen Kinder- und Jugendschriften. In: Erfahrung schrieb' s und reicht' s der Jugend. Joachim Heinrich Campe als Kinder- und Jugendschriftsteller. Berlin 1996(Staatsbibliothek zu Berlin - PK; Ausstellungskataloge NF 17), S. 72-134.

Ewers, Hans-Heino: Ein Stiefkind der eigenen Kultur? Deutschsprachige Kinderliteratur zwischen eigenkultureller literarischer Wertschätzung und Mißachtung. In: Kinder- und Jugendliteraturforschung 1996/97. StuttgartMetzler, 1997, S. 69-85.

Genette, Gérard:Paratexte. Das Buch vom Beiwerk des Buchs. Frankfurt a.M./New York: Campus, 1989, Studienausg. 1992.

Grenz, Dagmar: E.T.A. Hoffmann als Autor für Kinder und Erwachsene. Oder: Über das Kind und den Erwachsenen als Leser von Kinderliteratur. In: Kinderliteratur - Literatur auch für Erwachsene? Zum Verhältnis von Kinder- und Erwachsenenliteratur. Hrsg. v. Dagmar Grenz, München: Fink, 1990a, S. 65-74.

Kahrmann, Cordula/*Günter Reiß*/Manfred *Schluchter*: Erzahltextanalyse. Eine

Einführumg. Überarb. Neuausg. Königsten/Ts.: Athenäum, 1986.

Link, Hannelore: Rezeptionsforschung. Eine Einfuhrumg in Methoden und Probleme. Stuttgart, Berlin, Köln, Mainz: Kohlhammer, 1976 (Urban-Taschenbücher 215).

Rank, Bernhard: Belehrung über das Lesen, Zur Bedeutung von Vor- und Nachworten in der Kinderliteratur. In: Kinderliteratur, literarische Sozialisation und Schule. Hrsg. v. Bernhard Rank u. Cornelia Rosebrick, Weinheim: Dt. Studienverl., 1997, S. 29-54.

Shavit, Zohar: The Ambivalent Status of Texts. In: Z.Sh., Poetics of Children' s Literature. Athens/Georgia and London: The University of Georgia Press, 1986, S. 63-92.

Shavit, Zohar und Hans-Heino *Ewers* in Zusammenarbeit mit Annegrat Völpel und Ran *HaCohen*: Deutsch-jüdische Kinder- und Jugendliteratur von der Haskala bis 1945. Stuttgart: Metzler, 1996.

Voit, Friedrich: Das Medium Buch. Zur funktionalen Bedeutung von Verlag, Buchhandel und Kritik in der literarischen Kommunikation. In: Funk-Kolleg Literatur. Hrsg. v. Helmut Brackert u. Eberhard Lammert. 2 Bde. Frakfurt/ Main: Fischer Taschen-buchverl., 1977, Bd. 1, S. 114-126.

Wittmann, Reinhard: Geschichte des deutschen Buchhandels. 2. durchges. Aufl. München: Beck, 1999.

제4장 아동 · 청소년 문학의 의사소통

Bogdal, Klaus-Michael: Akteuere literarischer Kommunikation. In: Literaturwissenschaft. Hrsg. v. Jürgen Fohrmann u. Harro Müller. München: Fink, 1995(UTB 1874), S. 273-296.

Ehlich, Konrad: Text und sprachliches Handeln. Die Entstehung von Texten aus dem Be-dürfnis nach Überlieferung. In: Schrift und Gedächtnis. Beiträge zur Archäologie der literarischen Kommunikation. Hrsg.v. Aleida und Jan Assmann und Christoph Hardmeier, Munchen 1983, S. 24-43.

Ewers, Hans-Heino: Die Kinderliteratur - eine Lektüre auch für Erwachsene? Über-legungen zur allgemeinliterarischen Bedeutung der bürgerlichen Kinderliteratur seit dem ausgehenden 18. Jahrhundert. In: Wirkendes Wort 36(1986), H. 6, S. 467-482.

Ewers, Hans-Heino: Das doppelsinnige Kinderbuch. Erwachsene als Mitleser und als Leser von Kinderliteratur. In: Kinderliteratur - Literatur auch für Erwachsene? Zum Verhältnis von Kinder- und Erwachsenenliteratur. Hrsg. v. Dagmar Grenz, München: Fink, 1990a, S. 15-24.

Ewers, Hans-Heino: Die Grenzen literarischer Kinder- und Jugendbuchkritik. In: Zwischen allen Stühlen. Zur Situation der Kinder- und Jugendliteraturkritik. Tutzing 1990b(=Tutzinger Studien 2/1990), S. 75-91.

Ewers, Hans-Heino zus. m. Andrea Weinmann(Hrsg.): Sammlung von Vorreden von Joachim Heinrich Campe zu seinen Kinder- und Jugendschriften. In: Erfahrung schrieb's und reicht's der Jugend. Joachim Heinrich Campe als Kinder- und Jugendschriftsteller. Berlin 1996 (Staatsbibliothek zu Berlin - PK; Ausstellungskataloge NF 17), S. 72-134.

Genette, Gérard: Paratexte. Das Buch vom Beiwerk des Buches. Frankfurt a. M./New York: Campus, 1989, Studienausgabe 1992.

Grenz, Dagmar: E.T.A. Hoffmann als Autor für Kinder und Erwachsene. Oder: Über das Kind und den Erwachsenen als Leser von Kinderliteratur. In: Kinderliteratur - Literatur auch für Erwachsene? Zum Verhältnis von Kinder- und Erwachsenenliteratur. Hrsg. v. Dagmar Grenz, München: Fink, 1990a, S. 65-74.

Kahrmann, Cordula/Günter *Reiß*/Manfred *Schluchter*: Erzähltextanalyse. Eine Einführung. Überarb. Neuausgabe Königstein/Ts.: Athenäum, 1986.

Link, Hannelore: Rezeptionsforschung. Eine Einführung in Methoden und Probleme. Stuttgart, Berlin, Köln, Mainz: Kohlhammer, 1976(Urban-Taschenbücher 215).

Rank, Bernhard: Belehrung über das Lesen. Zur Bedeutung von Vor- und Nachworten in der Kinderliteratur. In: Kinderliteratur, literarische Sozialisation und Schule. Hrsg. v. Bernhard Rank u. Cornelia Rosebrock, Weinheim: Dt. Studienverl., 1997, S. 29-54.

Shavit, Zohar: The Ambivalent Status of Texts. In: Z. S., Poetics of Children's Literature, Athens/Georgia and London: The University of Georgia Press, 1986, S. 63-92.

제5장 아동·청소년 문학의 작가 유형: 교육작가에서 유년동화 작가로

Baur, Samuel: Charakteristik der Erziehungsschriftsteller Deutschlands. Ein Handbuch für Erzieher. Leipzig: Fleischer, 1790.

Benjamin, Walter: Der Erzähler. Betrachtungen zum Werk Nikolai Lesskows [1936]. In: W. B., Gesammelte Schriften. II, 2. Hrsg. v. R. Tiedemann u. H. Schweppenhäuser. Frankfurt/Main: Suhrkamp, 1977, S. 438-465.

Blickpunkt Autor. Hrsg. v. Kurt Franz u. Franz Josef Payrhuber. Baltmannsweiler: Schneider, 1996.

Bogdal, Klaus-Michael: Akteuere literarischer Kommunikation. In: Literaturwissenschaft. Hrsg. v. Jürgen Fohrmann u. Harro Müller. München: Fink, 1995 (UTB 1874), S. 273-296.

Campe, Joachim Heinrich: Robinson der Jüngere[1779/80]. Hrsg. v. A. Binder u. H. Richartz. Stuttgart: Reclam, 1981.

Fertig, Ludwig: Abends auf dem Helikon. Dichter und ihre Berufe. Darmstadt: Wiss. Buchgesellschaft, 1996.

Gansel, Carsten: Literaturunterricht - Autorstereotype - aktuelle Entwicklungen. In: Deutschunterricht 52(1999), Sonderheft, S. 30-38.

Gedike, Friedrich: Einige Gedanken über Schülbucher und Kinderschriften. Berlin: Unger,. 1787.

Göhring, Ludwig: Die Anfänge der deutschen Jugendliteratur im 18. Jahrhundert. Ein Beitrag zur Geschichte der deutschen Jugendliteratur. Nürnberg: Korn, 1904[fotomech. Nachdruck Hanau: Dausien, 1977]

Goethe, Johann Wolfgang: Werke. Hamburger Ausgabe in 14 Bdn. 9., neubearb. Aufl. München: Beck/dtv, 1981

Härtling, Peter: Zwischen Untergang und Aufbruch. Aufsätze, Reden, Gespräche. Berlin u. Weimar: Aufbau, 1990.

Härtling, Peter: Unser Leben besteht aus ganz vielen Anfängen. Ein Werkstattgespräch. In: Hannelore Daubert, Lehrerbegleitheft zu Peter Härtling Alter John. Weinheim u. Basel: Beltz, 1993, S. 37-49.

Hopf, Georg Wilhelm: Mittheilungen über Jugendschriften an Aeltern und Lehrer. 4., verm. Aufl. Nürnberg: J.L.Schmid, 1861.

Kästner, Erich: Jugend, Literatur und Jugendliteratur[1953]. Werke. Hrsg. v. Franz Josef Görtz. München: Hanser, 1998, Bd. VI. Publizistik, S. 602-612.

Kästner, Erich: Wer schreibt eigentlich die Kinderbücher?[1957]. Gesammelte Schriften. Bd. 5, Gemischte Beiträge. 3. Aufl. Köln u. Berlin: Kiepenheuer, 1965, S.556-557.

Kästner, Erich: Zur Naturgeschichte des Jugendschriftstellers [1960]. Werke. Hrsg. v. Franz Josef Görtz. München: Hanser, 1998, Bd. VI. Publizistik, S. 654-662.

Köster, Hermann Leopold: Kritik der Jugendschrift. - In: H.L.K., Geschichte der deutschen Jugendliteratur in Monographien. 4. Aufl. Braunschweig u.a.: Westermann, 1927; Reprogr. Nachdruck. München-Pullach: Verl. Dokumentation, 21971, S. 385-471.

Lindgren, Astrid: Ansprache am 17.5.1958 in Florenz [...]. In: Oetinger Almanach 1. Jg. (1963), S. 117-121.

Lindgren, Astrid: Deshalb brauchen Kinder Bücher. In: Oetinger Almanach 15. Jg.(1977), S. 14-15; Astrid Lindgren über Astrid Lindgren. Ebd., S. 40-44; Unser wunderbarer Leserkreis. Ebd., S.52-54; Über mich selbst. Ebd., S. 67-69.

Merget, Adalbert: Geschichte der deutschen Jugendliteratur. 3., rev. Ausg. Berlin: Plahn, 1882[fotomech. Nachdruck Hanau: Dausien, 1967].

Müller, Helmut: Zur Lage der Jugendbuchautoren. Eine Untersuchung über die soziale Situation der Kinder- und Jugendschriftsteller in der Bundesrepublik Deutschland. Weinheim u. Basel: Beltz, 1980.

Nöstlinger, Christine: Geplant habe ich gar nichts. Aufsätze, Reden, Interviews. Wien: Dachs Verl., 1996.

Pape, Walter: Das literarische Kinderbuch. Studien zur Entstehung und Typologie. Berlin, New York: de Gruyter, 1981

Preußler, Otfried: Vom kleinen Wassermann und von mir. In: Jugendliteratur 3. Jg. (1957), H. 6, S. 262-263.

Preußler, Otfried: Viele Bücher und eins, das es nicht gegeben hat. In: Das gute Jugendbuch 26 Jg.(1976), H. 1, S. 10-12.

Pludra, Benno: Schreiben für Kinder. Ganz hinten sollte Hoffnung sein. Frankfurt/Main: Freundeskreis des Instituts f. Jugendbuchforschung, 1993.

Schiller, Friedrich: Sämtliche Werke. Hrsg. v. Gerhard Fricke und Herbert G. Göpfert. 5 Bde. 6. Aufl. München: Hanser 1980.

Weiße, Christian Felix: Christian Felix Weißens Selbstbiographie. Hrsg. v. Christian Ernst Weiße u. Samuel Gottlob Frisch. Leipzig: Voß, 1806.

Wild, Reiner(Hrsg.): Geschichte der deutschen Kinder- und Jugendliteratur. Stuttgart u. Weimar: Metzler, 1990.

제6장 아동 · 청소년 문학의 규범과 개념 및 아동 · 청소년 문학 담론

Bamberger, Richard: Jugendlektüre. Mit besonderer Berücksichtigung des Leseunterrichts und der Literaturerziehung. Bonn: Dürr; Wien: Jugend u. Volk, 1955.

Bamberger, Richard: Jugendlektüre. Jugendschriftenkunde. Leseunterricht. Literaturerziehung. Wien: Jugend u. Volk, 1965[= 2. Aufl.]

Bosse, Heinrich: Autorisieren. Ein Essay über Entwicklungen heute und seit dem 18. Jahrhundert. In: Zeitschrift für Literaturwissenschaft und Linguistik 42/1981, S. 120-133

Bosse, Heinrich: Autorschaft ist Werkherrschaft. Über die Entstehung des Urheberrechts aus dem Geist der Goethezeit. Paderborn: Schöningh, 1981a(=UTB 1147)

Campe, Joachim Heinrich: Robinson der Jüngere[1779/80]. Hrsg. v. A. Binder u. H. Richartz. Stuttgart: Reclam, 1981 u. ö.

Dettmar, Ute: Docere-delectare-movere. Zum Stellenwert der Unterhaltung in Poetik und Praxis kinderliterarischer Aufklärung. In: Kinder- und Jugendliteraturforschung 2001/2002. Stuttgart: Metzler, 2002, S. 15-33.

Ewers, Hans-Heino: Hier spricht, wenn ich' s gut gemacht habe, wirklich ein Kind. Anmerkungen zu Theorie und Geschichte antiautoritärer Kinder- und Jugendliteratur. In: Informationen Jugendliteratur und Medien 44(1992), H. 4, S. 165-179.

Ewers, Hans-Heino: Kinderliteratur, Literaturerwerb und literarische Bildung. In: Kinderliteratur, literarische Sozialisation und Schule. Hrsg. v. B. Rank u. C. Rosebrock.

Weinheim: Dt. Studien Verlag, 1997, S. 55-74.

Ewers, Hans-Heino: Sie hüpfen fröhlich herum und freuen sich. August Rodes Kinder-
schauspiele im Kontext von Empfindsamkeit und Philanthropismus. In: Jahrbuch
der Jean-Paul-Gesellschaft 1997/1998, Bayreuth 1998, S. 221-232.

Ewers, Hans-Heino: Kinder- und Jugendliteratur zwischen Pädagogik und Dichtung. Über
die Fragwürdigkeit einer angeblichen Schicksalsfrage. In: Kinder- und Jugend-
literaturforschung 1999/2000. Stuttgart: Metzler, 2000, S. 98-114.

Ewers, Hans-Heino: Soll die Kinder- und Jugendliteratur der Unterhaltung dienen? Ver-
such, eine alte Streitfrage der Literaturpädagogik zu schlichten. In: Lesen
zwischen neuen Medien und Pop-Kultur. Kinder- und Jugendliteratur im Zeitalter
multimedialen Entertainements. Hrsg. v. Hans-Heino Ewers. Weinheim,
München: Juventa, 2002, S. 33-50.

Foucault, Michel: Was ist ein Autor?[1969] In: M.F., Schriften zur Literatur. Frankfurt/
Main: Fischer Taschenbuch Verlag, 1988, S. 7-31.

Gedike, Friedrich: Einige Gedanken über Schulbücher und Kinderschriften. Berlin:
Unger, 1787.

Giddens, Anthony: Konsequenzen der Moderne. Frankfurt/Main: Suhrkamp, 1996.

Heydebrand, Renate von/Simone *Winko*: Einführung in die Wertung von Literatur. Syste-
matik-Geschichte-Legitimation. Paderborn u.a.: Schöningh, 1996 (=UTB 1953)

Hopf, Georg Wilhelm: Mittheilungen über Jugendschriften an Aeltern und Lehrer. 4.,
verm. Aufl. Nürnberg: J.L.Schmid, 1861.

Hurrelmann, Bettina: Kinderliteratur - Sozialisationsliteratur? In: Kinderliteratur im Un-
terricht. Theorien und Modelle zur Kinder- und Jugendliteratur im didaktischen
Kontext. Hrsg. v. Karin Richter u. Bettina Hurrelmann, Weinheim, München:
Juventa, 1998, S. 45-60.

Jolles, André: Einfache Formen. Legende, Sage, Mythe, Rätsel, Spruch, Kasus, Memora-
bile, Märchen, Witz(1930). 6. Aufl. Tübingen: Niemeyer, 1982

Kästner, Erich: Wer schreibt eigentlich die Kinderbücher?[1957]. Gesammelte Schriften.
Bd. 5, Gemischte Beiträge. 3. Aufl. Köln u. Berlin: Kiepenheuer, 1965, S. 556-557.

Klingberg, Göte: Kinder- und Jugendliteraturforschung. Eine Einführung. Wien, Köln,
Graz: Böhlau, 1973.

Ladenthin, Volker: Zur Theorie des literarischen Kinder- und Jugendbuches. Spezifika und Aporien. In: Wirkendes Wort 42 (1992), H. 3, S. 494-506.

Ladenthin, Volker: Erziehung durchs Kinderbuch? In: Zeitschrift für Didaktik der Philosophie und Ethik 20(1998), H. 3, S. 163-172.

Ladenthin, Volker: Kinder- und Jugendbücher: Poetik und Autorität. In: Kinder- und Jugendliteraturforschung 1999/2000. Stuttgart: Metzler, 2000, S. 86-98.

Lypp, Maria: Literarische Bildung durch Kinderliteratur. In: Literatur-Erwerb. Hrsg. v. P. Conrady. Frankfurt/Main: dipa, 1988, S. 70-79.

Maier, Karl Ernst: Jugendschrifttum. Formen, Inhalte, pädagogische Bedeutung. Bad Heilbrunn: Klinkhardt, 1965.

Maier, Karl Ernst: Jugendliteratur. Formen, Inhalte, pädagogische Bedeutung. Bad Heilbrunn: Klinkhardt, 1980(=8., neu bearb. Aufl. v. Jugendschrifttum).

Mattenklott, Gundel: Die Kinder- und Jugendliteratur als moralische Anstalt betrachtet. In: Ein Satz. Jugend in Literatur für Jugendliche. Linz: Stifter-Haus, 1998(Literatur im Stifter-Haus; 11), S. 47-59.

Pfeffer, Fritz: Gesichtspunkte für die Beurteilung des Jugendbuches. In: Probleme der Jugendliteratur. Ratingen: Henn, 1956, S. 111-129.

Spinner, Kaspar H.: Die Dialektik des Pädagogischen in der Geschichte der Kinder- und Jugendliteratur. In: Erfahrungen mit Phantasie. Analysen zur Kinderliteratur und didaktische Entwürfe. Hrsg. v. B. Rank. Hohengehren: Burgbücherei Schneider, 1994, S. 14-24.

Ueding, Gert: Literatur mit beschränkter Haftung? Über die Misere der Kinder- und Jugendbuchkritik. In: Zwischen allen Stühlen. Zur Situation der Kinder- und Jugendbuchkritik. Tutzing: Evang. Akad., 1990, S. 17-31.

Wezel, Johann Karl: Robinson Krusoe[1779/80]. Berlin(DDR): Rütten & Loening, 1979.

Wolgast, Heinrich: Das Elend unserer Jugendliteratur. Ein Beitrag zur künstlerischen Erziehung der Jugend. 4. Aufl. Hamburg: Selbstverl.; Leipzig: Wunderlich, 1910.

제7장 아동 · 청소년에 대한 적합성: 조절

Barlet, Birgitta: 'Benn liebt Anna' als Beispiel für ein verändertes Kindheits- und Kinder-
  literaturkonzept. Ein klasiker des psychologischen Kinderromans. In: Veränderte
  Kindheit in der aktuellen Kinderliteratur. Hrsg. v. Hannelore Daubert u. Hans-
  Heino Ewers, Braunschweig: Westermann, 1995, S. 49-59.

Baur, Samuel: Charakteristik der Erziehungsschriftsteller Deutschlands. Ein Handbuch
  für Erzieher. Leipzig: Fleischer, 1790.

Booth, Wayne C.: Die Rhetorik der Erzählkunst. 2 Bde. Heidelberg: Quelle & Meyer, 1974.

Brüggemann, Theodor: Literaturtheoretische Grundlagen des Kinder- und Jugendschrift-
  tums(1966). In: Aspekte der erzählenden Jugendliteratur. Hrsg. v. Ernst G. Bern-
  storff. Baltmannsweiler: Schneider-Verl., 1977, S. 14-34.

Dahrendorf, Malte: Dichtung und Jugendliteratur. Didaktischer Versuch einer Wesensbe-
  stimmung. In: Zeitschrift für Jugendliteratur 7/1967, S. 385-400.

Dahrendorf, Malte: Kinder- und Jugendliteratur im bürgerlichen Zeitalter. Beiträge zu
  ihrer Geschichte, Kritik und Didaktik. Kronberg: Sciptor, 1980.

Ewers, Hans-Heino: 'Hier spricht, wenn ich' s gut gemacht habe, wirklich ein Kind. An-
  merkungen zu Theorie und Geschichte antiautoritärer Kinderliteratur. In:
  Indormationen Jugendliteratur und Medien 44(1992), S. 165-179.

Ewers, Hans-Heino: Kinderliteraturtheorie der Nachkriegszeit. Progressive Aspekte der
  Theorie des 'guten Jugendbuchs' der 50er und 60er Jahre. In: Theorien der
  Jugendlektüre. Beiträge zur Kinder- und Jugendliteraturkritik seit Heinrich
  Wolgast. Hrsg. v. Bernd Dolle-Weinkauff und Hans-Heino Ewers. Weinheim,
  München: Juventa, 1996, S. 165-178.

Ewers, Hans-Heino zus. m. Andrea Weinmann(Hrsg.): Sammlung von Vorreden von
  Joachim Heinrich Campe zu seinen Kinder- und Jugendschriften. In: Erfahrung
  schrieb' s und reicht' s der Jugend. Joachim Heinrich Campe als Kinder- und
  Jugendschriftsteller. Berlin 1996(Staatsbibliothek zu Berlin - PK; Ausstellungs-
  kataloge NF 17), S. 72-134.

Ewers, Hans-Heino: Der osterreichische Beitrag zur Theorie des 'guten Jugendbuchs'.
  Anmerkungen zur Kinderliteraturtheorie Richard Bambergers". In: Geschichte

der österreichischen Kinder- und Jugendliteratur von 1800 bis zur Gegenwart.

Mitherausgeber: Ernst Seibert. Wien: Buchkultur, 1997, S. 146-151.

Ewers, Hans-Heino: Kinderliteratur als Medium der Entdeckung von Kindheit. In: Kinder.

Kindheit. Lebensgeschichte. Ein Handbuch. Hrsg. v. Imbke Behnken u. Jürgen

Zinnecker. Seelze-Velber: Kallmeyer, 2001, S. 4862.

Genette, Gérard: Paratexte. Das Buch vom Beiwerk des Buches. Frankfurt a.M./New York:

Campus, 1989, Studienausg. 1992.

Groeben, Nobert: Leserpsychologie: Textverständnis-Textverständlichkeit. Münster:

Aschendorff, 1982.

Härtling, Peter: Ben liebt Anna. Kinderroman. Bilder von Sophie Brandes. Weinheim u.

Basel: Beltz & Gelberg, 1979. 7.Aufl. 1983

Kayser, Wolfgang: Das Sprachliche Kunstwerk. Eine Einführung in die Literaturwissen-

schaft. Bern: Franke, 1948, 4.Aufl. 1956.

Klingberg, Göte: Kinder- und Jugendliteraturforschung. Eine Einführung. Wien, Köln,

Graz: Böhlau, 1973.

Lausberg, Heinrich: Elemente der literarischen Rhetorik. München: Max Hueber, 1963, 3.

Aufl. 1967.

Locke, John: Gedanken über Erziehung. Dt.v. Heinz Wohlers. Stuttgart: Reclam, 1970ff.

(Reclams Universal-Bibliothek).

Lypp, Maria: Asymmetrische Kommunikation als Problem moderner Kinderliteratur(1975).

In: Kinderliteratur und Rezeption. Hrsg. v. Bettina Hurrelmann. Baltmannsweiler:

Burgbücherei Schneider, 1980, S. 319-327.

Maier, Karl Ernst: Das Prinzip des Kindgemäßen und das Kinder- buch. In: Umstrittene

Jugendliteratur. Hrsg. v. Horst Schaller. Bad Heibrunn: Kinkhardt, 1976, S. 118-

142.

Maier, Karl Ernst: Jugendliteratur. Formen, Inhalte, pädagogische Bedeutung. Bad Hein-

brunn: Klinkhardt, 1980(=8., neubearb. Aufl. v. Jugendschrifttum).

Overbeck, Christian Adolf: Frizchens Lieder. Hamburg: Bohn, 1781.

Preußler, Otfried: Der kleine Wassermann. Mit vielen Textzeichnungen von Winnie

Gayler. Stuttgart: Thienemann, 1956 u. ö.

Rode, August: Kinderschauspiele. Leipzig: Crusius, 1776.

Schweikle, Günther u. Irmgard: Metzler Literatur Lexikon. Stichwörter zur Weltliteratur. [2.Aufl.: Begriffe und Definitionen]. Stuttgart: Metzler, 1984; 2., überarb. Aufl. 1990.

Ueding, Gerd: Literatur mit beschränkter Haftung? Über die Midere der Kinder- und Jugendbuchkritik. In: Zwischen allen Stühlen: zur Situation der Kinder- und Jugendbuchkritik. Hsrg.v. Barbara Scharioth u. Joachim Schmidt. Tutzing: Evang. Akad., 1990, S. 17-31.

Wilpert, Gero v.: Sachwörterbuch der Literatur. 4., verb. u. erg. Aufl. Stuttgart: Kröner, 1964.

제8장 단순한 문학으로서 그리고 초급자문학으로서 아동 문학

Abraham, Ulf: Übergänge. Literatur, Sozialisation und literarisches Lernen. Opladen, Wiesbaden: Westdeutscher Verl., 1998.

Applebee, Arthur N.: The Child' s Concept of Story. Ages Two to Seventeen. Chicago and London: The University of Chicago Press, 1978.

Armbröster-Groh, Elvira: Literarisches Lernen beim Umgang mit Kinder- und Jugend-literatur. In: Taschenbuch der Kinder- und Jugendliteratur. Hrsg. v. G. Lange, Baltmannsweiler: Schneider, 2000, S. 968-977.

Assmann, Aleida u. Jan: Schrift und Gedächtnis. In: Schrift und Gedächtnis. Beiträge zur Archäologie der literarischen Kommunikation. Hrsg. v. A. u. J. Assmann und Christof Hardmeier. München: Fink, 1983, S. 264-284.

Brunner, Reinhard: Die Ergebnisse der Entwicklungspsychologie und ihre Bedeutung für die Kinder- und Jugendliteratur. In: Kinder- und Jugendliteratur. Hrsg. v. Marga-reta Gorschenek u. Annamaria Rücktaschel, München: Fink, 1979(=UTB 742), S. 73-93.

Charlton Michael/Klaus *Neumann-Braun*: Medienkindheit-Medienjugend. Eine Einführung in die aktuelle kommunikationswissenschaftliche Forschung. München: Quintessenz, 1992.

Dahrendorf, Malte: Kinder- und Jugendliteratur im bürgerlichen Zeitalter. Beiträge zu ihrer Geschichte, Kritik und Didaktik. Kronberg: Scriptor, 1980.

Eggert, Hartmut, Christine Garbe: Literarische Sozialisation. Stuttgart, Weimar: Metzler, 1995(=Sammlung Metzler 287).

Ewers, Hans-Heino: Vorüberlegungen zu einer Theorie der Kinderliteratur. Ein Diskussionsbeitrag. In: Literatur-Erwerb. Kinder lesen Texte und Bilder. Hrsg. v. Peter Conrady. Frankurt/Main: dipa, 1989, S. 61-69.

Ewers, Hans-Heino: Kinderliteratur, Literaturerwerb und literarische Bildung. In: Kinderliteratur, literarische Sozialisation und Schule. Hrsg. v. B. Rank u. C. Rosebrock. Weinheim: Dt. Studien-Verl., 1997, S. 55-74.

Ewers, Hans-Heino: Funktionswandel der Kinder- und Jugendliteratur in der Mediengesellschaft. Zur Entstehung neuer Buchgattungen und Funktionstypen. In: Deutschunterricht(Berlin) 51(19988), H. 4, S. 170-181.

Goetsch, Paul: Fingierte Mündlichkeit in der Erzählkunst entwickelter Schriftkulturen. In: Poetica 17(1985), S. 202-218.

Goody, Jack/Ian *Watt*: Konsequenzender Literalität. In: Entstehung und Folgender Schriftkultur. Hrsg. v. J. Goody, I. Watt u. K. Gough. Frankfurt/ Main: Suhrkamp, 1986.

Heidtmann, Horst: Kindermedien. Stuttgart: Metzler 1992(Sammlung Metzler 270).

Hurrelmann, Bettina: Überlegungen zur Verarbeitung fiktionaler Erzähltexte durch Kinder im Grundschulalter. In: Kinderliteratur und Rezeption. Hrsg. v. B. Hurrelmann. Baltmannsweiler: Schneider, 1980, S. 330-350.

Hurrelmann, Bettina: Kinder- und Jugendliteratur in der literarischen Sozialisation. In: Taschenbuch der Kinder- und Jugendliteratur. Hrsg. v. G. Lange, Baltmannsweiler: Schneider, 2000, S. 901-920.

Kloock, Daniela: Oralität und Literalität. In: Danilea Kloock, Angelika Spahr: Medientheorien. Eine Einfuhrung. München: Fink, 1997(=UTB 1986), S. 237-266.

Koch, Peter/Wulf Oesterreicher: Sprache der Nähe-Sprache der Distanz. Mündlichkeit und Schriftlichkeit im Spannungsfeld von Sprachtheorie und Sprachgeschichte. In: Romanistisches Jahrbuch 36(1985), S. 15-43.

Lypp, Maria: Einfachheit als Kategorie der Kinderliteratur. Frankfurt/Main: dipa, 1984.

Lypp, Maria: Lachen beim Lesen. Zum Komischen in der Kinderliteratur. In: Wirkendes Wort 36(1986), H. 6, S. 439-455.

Lypp, Maria: Literarische Bildung durch Kinderliteratur. In: Literatur-Erwerb. Kinder lesen Texte und Bilder. Hrsg. v. Peter Conrady. Frankurt/ Main: dipa, 1989, S. 70-79.

Lypp, Maria: Kinderliteratur und Erzählerwerb. In: Erzählerwerb. Hrsg. v. K. Ehlich u. K. R. Wagner, Bern u. a.: Lang, 1989a, S. 123-131.

Lypp, Maria: Komische Literatur für Leser am Ende der Kindheit. In: Deutschunterricht (Berlin) 45(1992), H 1, S. 32-39.

Rank, Bernhard: "Nacherzählen" oder "Weitererzählen". Zum Einfluß der Kinderliteratur auf die Erzählfähigkeit. In: Erfahrungen mit Phantasie. FS Gerhard Haas. Hrsg. v. B. Rank, Baltmannsweiler: Schneider, 1994, S. 159-186.

Rosebrock, Cornelia: Zum Verhältnis von Lesesozialisation und literarischem Lernen. In: Didaktik Deutsch 4. Jg.(1999), H. 6, S. 57-68.

Rosebrock, Cornelia: Schritte des Literaturerwerbs. In: Lesezeichen. Mitteilungen des Lesezentrums der Pädagogischen Hochschule Heidelberg, Jg. 5(2001), H. 10, S. 35-64.

Schön, Erich: Die Entwicklung der literarischen Rezeptionskompetenz. Ergebnisse einer Untersuchung zum Lesen bei Kindern und Jugendlichen. In: SPIEL 9 (1990), H. 2, S. 229-276.

Schön, Erich: Kinder und Jugendliche im aktuellen Medienverbund. In: Taschenbuch der Kinder- und Jugendliteratur. Hrsg. v. G. Lange, Baltmannsweiler: Schneider, 2000, S. 921-940.

Spinner, Kaspar H.: Entwicklungsspezifische Unterschiede im Textverstehen. In: Identität und Deutschunterricht. Hrsg. v. K. H. Spinner, Göttingen: Vandenhoek & Ruprecht, 1980, S. 33-50.

Spinner, Kaspar H.: Das mißverstandene Humpf und die verstehenden Schüler. Beobachtungen zur kognitiven Verstehenskompetenz vom 5. bis 12. Schuljahr. In: Jahrbuch der Deutschdidaktik 1983/84. Hsrg. v. H. Müller-Michaels, Tübingen 1985, S. 23-35.

Spinner, Kaspar H.: Zwischen Bild und Metapher. Zur Entwicklung ästhetischer Kompetenz bei Kindern. In: Spuren. FS Theo Sommer, Stuttgart: Akad. Verl. H.-D. Heinz, 1986, S. 469-476.

Spinner, Kaspar H.: Fremdverstehen und historisches Verstehen als Ergebnis kognitiver

Entwicklung. In: Der Deutschunterricht 41(1989a), H. 4, S. 19-23.

Spinner, Kaspar H.: Literaturunterricht und moralische Entwicklung. In: Praxis Deutsch, H. 95/1989b, S. 13-19.

Spinner, Kaspar H.: Entwicklung des literarischen Verstehens. In: Leseförderung und Leseerziehung. Hsrg. v. Ortwin Beisbart u. a. Donauworth: Auer, 1993, S. 55-64.

Spinner, Kaspar H.: Die Entwicklung literarischer Kompetenz beim Kind. In: Lesen im Medienzeitalter. Biographische und historische Aspekte literarischer Sozialisation. Weinheim, München: Juventa, 1995, S. 81-96.

Wimmer, Heinz: Zur Entwicklung des Verstehens von Erzählungen. Bern, Stuttgart, Wien: Huber, 1982.

김정회

서울대학교 독어독문학과 및 동대학원을 졸업했다. 현재 경기대학교 독어독문학과 명예교수로 재직 중이며, 경기대학교 아동 · 청소년 문학 연구실을 운영하고 있다.

대표 논문으로는 『사회 변화와 아동 · 청소년 문학: 독일 아동 · 청소년 문학을 중심으로』, 옮긴 책으로는 『우리 누나는 다운증후군』, 『엄마 잃은 아기 여우』, 『수요일엔 과외가 없다』, 『아이들이 혼자 자란다고?』, 『맑은 날 흐린 날』, 『꼭꼭 숨어라 수리부엉아』, 『친구를 만드는 이야기 주머니』, 『아주 힘센 빌리발트의 나라』, 『세계를 빛낸 사람들 1-4권』등이 있다.

강명희

경기대학교 독어독문학과 및 동대학원을 졸업하고 독일 뷔르츠부르크대학에서 수학했다. 성균관대학교 대학원에서 독어학으로 박사학위를 받았다. 현재 경기대학교 아동 · 청소년 문학 연구실, 성균관대학교 인문과학 연구소 연구원으로 활동하고 있으며, 경기대학교와 성균관대학교에서 강의를 하고 있다.

대표 논문으로는『한 · 독 청소년 도서 테마비교에 관한 연구』, 『독일 청소년 언어의 조어적 특징연구』, 옮긴 책으로는 『큰버섯』, 『둘째 코니는 낀 아이』, 『시간의 여행자』, 『세계 대문호들이 들려주는 크리스마스 동화집』(공역), 『낭만동화집』(공역) 등이 있다.

김미애

경기대학교 독어독문학과 및 동대학원을 졸업하고 독일 본(Bonn)대학 Institut fur Kommunikationsforschung und Phonetik에서 공부했다. 현재 경기대학교 아동·청소년 문학 연구실 연구원으로 활동하고 있으며, 경기대학교에서 강의를 하고 있다.

김연정

경기대학교 독어독문학과를 졸업했다. 이화여자대학교 대학원에서 독일어교육학 석사학위를 받았으며, 성균관대학교 대학원에서 독문학으로 박사학위를 받았다. 현재 경기대학교 아동·청소년 문학 연구실 연구원으로 활동하고 있으며, 경기대학교에서 강의를 하고 있다.

저서로는 『카프카의 성(城)에 나타난 여성상』, 옮긴 책으로는 『못 말리는 공주병』, 『낭만 동화집』(공역) 등이 있다.

김혜경

경기대학교 독어독문학과 및 동대학원을 졸업하고 독일 본대학과 프랑크푸르트대학에서 각각 독문학과 아동·청소년 문학을 공부했다. 현재 경기대학교 아동·청소년 문학 연구실 연구원으로 활동하고 있으며, 경기대학교에서 강의를 하고 있다.

옮긴 책으로는 『다르지만 우린 친구야』가 있다.

명정

경기대학교 독어독문학과 및 동대학원을 졸업하고, 서울대학교 대학원에서 독문학 박사과정을 수료했다. 현재 경기대학교 아동·청소년 문학 연구실 연구원으로 활동하고 있으며, 경기대학교에서 강의를 하고 있다.

옮긴 책으로는 『눈인간』, 『눈고양이』, 『아빠, 딱 하루만 바꿔요』, 『소피의 리스트』, 『세계 대문호들이 들려주는 크리스마스 동화집』(공역), 『낭만동화집』(공역) 등이 있다.

박민정

경기대학교 독어독문학과 및 동대학원을 졸업하고 현재 경기대학교 아동·청소년 문학 연구실 연구원과 어린이 책 편집디자이너로 활동하고 있다.

옮긴 책으로는 『부처가 사자가 되었을 때』, 『천재를 키운 여자들』, 『낭만동화집』(공역) 등이 있다.

배은주

경기대학교 독어독문학과 및 동대학원을 졸업하고 현재 경기대학교 아동 · 청소년 문학 연구실 연구원으로 활동하고 있다.

옮긴 책으로는 『낭만동화집』(공역)이 있다.

이미화

경기대학교 독어독문학과 및 동대학원을 졸업하고 현재 경기대학교 아동 · 청소년 문학 연구실 연구원으로 활동하고 있다.

옮긴 책으로는 『나뭇잎 오두막』, 『옥수수 자동차』, 『아프리카에서 온 카멜레온 캄부의 모험』, 『성냥팔이 소녀와 마법반지』, 『하수구에서 나온 천사 아차』, 『악마 루시아와 천사 아차』, 『낭만동화집』(공역)등이 있다.

이진금

경기대학교 독어독문학과 및 동대학원을 졸업하고 독일 라이프치히, 베를린 훔볼트 대학에서 수학했다. 성균관대학교 대학원에서 독어학 박사과정을 수료하고 현재 경기대학교 아동 · 청소년 문학 연구실 연구원으로 활동하고 있으며, 경기대학교에서 강의를 하고 있다.

옮긴 책으로는 『낭만동화집』(공역)이 있다.

황은미

경기대학교 독어독문학과를 졸업하고 독일 뮌스터대학에서 독어독문학 수학, 독일 보훔대학에서 독어학으로 박사학위를 받았다. 현재 경기대학교 아동 · 청소년 문학 연구실 연구원, 서울대 인문학 연구원 전임연구원으로 활동하고 있으며, 경기대학교와 성균관대학교에서 강의를 하고 있다.

저서로는 『Empirische Untersuchungen zur Phraseologie in der deutschen Pferdesportsprache』가 있으며, 옮긴 책으로는 『마데이라 섬의 고래』, 『낭만동화집』(공역)이 있다.